세상의 주인

세상의 주인

Lord of the World

로버트 휴 벤슨 지음
유혜인 옮김

메이븐
MAVEN

일러두기

◆ 이 책은 2016년 미국 아베 마리아 프레스(Ave Maria Press)에서 출간한《Lord of the World》를 번역 대본으로 삼았습니다.

◆ 이 책에서 인용한《성경》구절과 경전의 제목,《성경》에 등장하는 인물의 이름 및 지명 표기 등은 한국천주교중앙협의회에서 2016년 발행한《성경》제2판 9쇄를 따랐습니다.

◆ 각주와 본문의 괄호( ) 속 설명은 독자들의 이해를 위해 옮긴이가 덧붙인 글입니다. 원 저자가 덧붙인 글은 대괄호〔 〕로 표시했습니다.

◆ 책 앞부분의 콜린 오브라이언 해설은 'aleteia.org'에 실린 글로, 저자의 허락을 받아 수록했습니다(출처: https://aleteia.org/2016/04/08/why-are-two-different-popes-telling-us-to-read-lord-of-the-world/).

◆ 부록으로 실은 마크 보스코, 마이클 머피, 마틴 샘슨의 해설은 2016년 미국 아베 마리아 프레스에서 출간한《세상의 주인》에 수록된 것으로, 한국어판 저작권은 저작권자와 독점 계약을 맺은 메이븐에 있습니다.

The following pieces were originally published in Ave Maria Press's 2016 edition of Lord of the World in the United States of America : "Introduction" © Mark Bosco, S. J. "A Theological Reflection" © Michael P. Murphy, and "Benson's Conversion and the Writing of Lord of the World" © Martyn Sampson.

다윗의 열쇠*

Clavi Domus David

---

* 가장 중요한 것을 얻을 수 있는 권능을 상징한다. 《성경》에서는 다윗의 열쇠가 다음과 같이 두 번 언급된다.

'나는 다윗 집안의 열쇠를 그의 어깨에 메어 주리니 그가 열면 닫을 사람이 없고 그가 닫으면 열 사람이 없으리라.' (이사야서 제22장 22절)

'거룩한 이, 진실한 이, 다윗의 열쇠를 가진 이, 열면 닫을 자 없고 닫으면 열 자 없는 이가 이렇게 말한다. 나는 네가 한 일을 안다. 보라, 나는 아무도 닫을 수 없는 문을 네 앞에 열어 두었다. 너는 힘이 약한데도, 내 말을 굳게 지키며 내 이름을 모른다고 하지 않았다.' (요한 묵시록 제3장 7~8절)

◆ 차례 ◆

왜 두 교황은 《세상의 주인》을 추천했을까?

- 콜린 오브라이언(미국 가톨릭 주교회 공보실 실장)

　1907년 출간된 《세상의 주인》은 한동안 독자들의 기억에서 사라졌던 종말론 소설이다. 그러다가 최근 누군가의 추천 덕분에 다시금 주목받고 있다. 이 책을 추천한 이는 모든 작가가 자신의 책을 추천해 주었으면 하고 바라는 사람일 것이다. 바로 전 세계 12억 가톨릭 신자의 영적 지도자인 교황이다. 놀라운 것은 현임 프란치스코 교황뿐만 아니라 전임 베네딕토 16세 교황도 이 책을 언급했다는 사실이다.

　프란치스코 교황은 2013년과 2015년 두 번이나 이 작품을 권하며 사상적 세계화의 위험성을 묘사한 작품이라고 설명했다. 베네딕토 16세는 라칭거 추기경 시절이던 1992년 밀라노 강론에서 이 책을 세계화에 대한 경고가 담긴 책이라고 언급한 바 있다.

두 교황이 언급한 이 책의 매력은 도대체 뭘까? 로버트 휴 벤슨이 100여 년 전에 상상한 미래 세계는 소름 끼칠 만큼 지금 세상과 닮아 있다. 하늘을 날아다니는 대중교통 수단과 초고속 통신, 대량 살상 무기는 물론이고, 초자연성에 대한 부정, 인간 중심주의, 물질 만능주의 등 저자는 마치 100여 년 후를 내다본 것처럼 이 시대의 핵심 가치들을 정확히 꿰뚫어 보고 있다. 벤슨이 이 작품을 집필한 20세기 초보다 오히려 오늘날 우리에게 더 시의적절한 메시지를 전한다. 하지만 두 교황이 이 책을 언급한 이유는 미래 세계에 대한 정확한 예측 때문만은 아니다.

프란치스코 교황은 2015년 필리핀 방문을 마치고 기자들과 환담하는 자리에서 세계화의 위험성을 이야기하며 이 책을 언급했다. 교황은 세계화의 위험성을 '사상의 식민지화'라고 표현하는데, 이는 강대국의 지배적인 문화가 저개발국에 물질적·세속적 세계관을 퍼트리는 현상을 의미한다. 그로 인해 각 나라의 고유한 전통과 제도, 사상은 변질되고 강대국의 문화가 지배 가치로 자리 잡게 된다. 《세상의 주인》은 사상의 획일화가 얼마나 위험한 결과로 이어지는지를 생생하게 그리고 있다. 교황이 이 책에 주목한 이유도 바로 그 때문일 것이다.

《세상의 주인》은 미래 소설이라는 장르의 특성상 정치적 인물이나 기술 발전 및 사회 변화에 대한 예측이 많이 등장한다. 몇몇 정치적 사건은 현실에서 아주 유사한 방식으로 벌어지기도 했다. 《1984》, 《멋진 신세계》 같은 고전 미래 소설이 그런 것처럼 말이다. 이 책의 부록에는 《세상의 주인》을 깊이 이해할 수 있게 도와주는 훌륭한 해설이 포함되어 있다. 디스토피아 소설(암울한 미래를 그린 소설)이라는 장르의 개척자로서의 벤슨과 이 작품의 역사적·문학적 평가는 물론 성공회에서 가톨릭으로 개종한 벤슨의 사상적 배경에 대해서도 종합적으로 살펴볼 수 있다.

소설의 큰 뼈대는 반그리스도교 세력이 세계 정부의 권력을 잡으면서 펼쳐지는 이야기다. 수수께끼 같은 인물 줄리언 펠센버그가 그 세력의 핵심이다. 그는 미국 상원 의원 출신으로 세계 평화 회담의 중재자로 나서며 세계 정치 무대에 혜성처럼 등장한다. 세계 각국은 그에게 리더가 되어 달라고 요청하고, 시민들은 격하게 환호하며 그를 지도자로 맞이한다. 그에게 반기를 든 유일한 세력은 퍼시 프랭클린 신부가 이끄는 소수의 가톨릭 신도들이다.

진보한 기술을 가진 세계 정부가 내세운 인본주의와 물질주의가 세상에 퍼지는 과정을 묘사한 이야기의 큰 줄기 속에 미묘하게 숨겨진 초자연성에 대한 의미를 간과하기 쉽다. 그러나 초자연성을 인정하지 않는 사회에서도 초자연적인 힘에 이끌리는 인간의 본성을 완전히 없앨 수는 없다. 다만 그것이 겉으로 드러나지 않도록 억압하는 것일 뿐이다. 정부 관료, 거리의 일반 시민, 인본주의 운동에 동참한 변절 신부 등은 모두 감정과 헛된 희망으로 펠센버그에게 빠져든다. 사람들은 미신이나 그리스도교적 신앙만 잃은 것이 아니라, 세상을 타락시키는 악에 대한 인지 능력까지 상실해 버린다. 그런 점에서 《세상의 주인》은 악으로 물들어 자신의 존재를 부정하는 무신론적 세계를 그린 미하일 불가코프의 대표작 《거장과 마르가리타》를 연상시킨다.

초자연성을 외면하고 인간성을 최고 가치로 두는 세계는 정치 세력
이 조작하고 이용하고 지배하기 쉽다. 인간은 늘 희망을 필요로 한다.
소설에 등장하는 사람들이 펠센버그에게 희망을 품고 그를 지도자로
받아들이는 과정은 20세기 전체를 피와 혼돈으로 물들인 격동의 사건
들을 예감하는 듯하다. 그런 일들은 언제라도 다시 일어날 수 있다. 선
과 악은 실체이며, 악을 인정하지 않는 것은 악에게 이 세상을 지배할
기회를 주는 것이라는 이 소설의 메시지는 시간이 지나도 변하지 않
을 것이다.

아마도 두 교황이 이 책을 추천한 이유는 이 때문인지도 모른다.

세상의 주인

Lord of the World

서문

이 책이 큰 파문을 일으키리라는 사실을 잘 알고 있다. 그 점에 대해 어떠한 비판도 달게 받을 각오가 되어 있다. 다른 부분에 대한 비판도 환영한다. 그러나 세상을 떠들썩하게 만들 글을 쓰는 것 말고는 내가 바라는 원칙〔또한 진실이라고 굳게 믿는 원칙〕을 표현할 방법이 없었다. 다만 목소리를 지나치게 높이지 않으려 했고, 최대한 다른 이들의 의견을 존중하고 심정을 헤아리려고 노력했다. 그것이 얼마나 성공적이었는지는 다른 문제지만 말이다.

로버트 휴 벤슨
1907년 케임브리지에서

장황한 프롤로그를 좋아하지 않는 사람이라면 이 부분을 굳이 읽을 필요는 없다. 작품의 배경을 이해하는 데는 중요하지만 줄거리를 따라가는 데 필요한 부분은 아니다.*

---

*   원본에 있는 안내문을 그대로 번역한 내용.

프롤로그

"시간을 조금 주십시오."

노인이 뒤로 기대앉으며 말했다.

퍼시는 자세를 고쳐 앉으며 턱을 괸 채 노인이 입을 열기를 기다렸다.

세 남자가 앉아 있는 방은 쥐 죽은 듯 고요했다. 표준화된 실내 양식을 충실하게 따라 지은 공간이었다. 창문도, 출입문도 없었다. 집을 굳이 지상에 지을 필요가 없다는 사실을 깨닫고 사람들이 지하 생활을 시작한 지도 어언 60년이 흘렀다.

템플턴 노인의 집은 템스강 강둑에서 10여 미터 아래에 있었다. 입지는 상당히 좋은 편이었다. 100미터만 걸어가면 제2센터 모터서클역이 있고 블랙프라이어스에 있는 볼러*역도 400미터 거리에 있었다. 하지만 노인은 이제 아흔 살이 넘어 웬만해선 집 밖으로 나가지 않았다. 보건국 규정에 따라 비취색 가로줄이 벽면 가득 그려진 실내에는 40년 전 위대한 발명가 로이터가 만든 인공 태양광이 빛을 내고 있

---

* 초고속 비행선으로, 작가가 상상한 미래 교통수단.

었다. 밝은 나무색으로 꾸민 이곳의 난방과 환기는 전통적인 격자무늬 쇠창살을 통해 이루어지고, 실내 온도는 늘 섭씨 18도를 유지했다.

템플턴 노인은 검소한 사람으로, 아버지가 살던 삶을 따르는 데 만족해했다. 방 안에 놓인 가구는 오래돼 보이지만 철제 틀에 부드러운 석면을 덧댄 조립 방식만큼은 최신식이어서 절대 망가질 일이 없을 것 같고 촉감도 좋았다. 얼핏 마호가니 원목처럼 보였다. 방 양쪽 벽을 따라 책이 가득 꽂힌 책장이 있고, 세 남자 앞에서는 청동 받침대에 올려 둔 전기난로가 온기를 뿜고 있었다. 방 양쪽 구석으로 수력으로 작동하는 승강기 출입구가 보였다. 하나는 침실로, 다른 하나는 15미터 위에 있는 복도와 연결되어 있었다. 그 복도를 통해 강독으로 나갈 수 있었다.

두 신부 가운데 연장자인 퍼시 프랭클린 신부는 외모가 독특했다. 서른다섯 살이 채 되지 않았는데도 머리카락은 온통 백발이었다. 검은 눈썹 아래 회색 눈이 유독 반짝이며 열정을 내뿜고 있었다. 각진 턱과 곧은 코, 굳게 다문 입술은 사람의 마음을 여는 은근한 매력을 풍겼다. 지나가다가 마주치기라도 하면 한 번 더 돌아보게 되는 얼굴이었다. 반면, 난로 반대편 등받이 의자에 앉은 프랜시스 신부의 외모는 특별할 것이 없었다. 다정해 보이는 갈색 눈은 연민을 자아냈지만 기력이 없어 보였다. 입꼬리와 축 처진 눈꺼풀은 애처로운 분위기마저 풍겼다.

템플턴 노인의 선 굵은 얼굴에는 주름이 자글자글했으나 말끔하게 면도를 해서 수염 자국은 보이지 않았다. 그는 물베개를 베고 발에 담요를 덮은 채 기대앉아 있었다.

◆ ◆ ◆

마침내 노인이 왼쪽에 있는 퍼시를 쳐다보며 입을 열었다.

"글쎄, 워낙 복잡한 일이라 기억이 정확하지는 않을 겁니다. 하지만 내가 알기로는 다음과 같이 진행되었습니다. 우리 당이 처음으로 위기를 느낀 건 노동당이 잉글랜드 정권을 잡은 1917년이었어요.* 에르베주의가 사회에 얼마나 깊이 자리 잡았는지 보여 주는 사건이었거든요. 전에도 사회주의자는 있었지만 노년의 귀스타브 에르베** 같은 자는 처음이었습니다. 최소한 그 정도 권력을 가진 사람은 없었지요. 아는지 모르겠지만 에르베는 순수 유물론과 사회주의를 가르쳤습니다. 이것들이 나중에는 그들의 핵심 논리로 발전했지요. 애국주의는 야만

---

*　실제 영국 역사에서는 1867년 선거법 개정으로 상당수 노동 계급에게 투표권이 생겼고, 이들의 대표는 자유당의 공천을 받아 의회에 진출했다. 노동 계급의 권리를 적극적으로 보호하기 위해 1900년 노동 대표 위원회를 창설했고 1906년 29명의 의원이 당선되면서 노동 대표 위원회는 노동당으로 이름을 바꾸었다. 제1차 세계 대전과 러시아 혁명의 영향으로 영향력을 확대해 간 노동당은 1922년 142석을 확보하며 제1야당이 되었고, 1924년 최초로 집권에 성공했다. 오늘날까지도 보수당과 함께 영국 양대 정당으로 남아 있다.

**　귀스타브 에르베(1871~1944) : 프랑스의 정치가. 초창기에는 군국주의에 반대하는 급진적 사회주의 세력의 지도자로 활약했으나 1912년 이후 극우 민족주의로 전향해 이탈리아 무솔리니를 찬양하고 국가사회주의당을 창당하는 등 프랑스 파시즘을 이끌었다. 에르베주의는 극단적인 사회주의적 반군국주의 정치 운동을 의미한다. 이 작품의 발표 시기가 1907년이므로 이 소설에 등장하는 1907년 이후의 사건은 작가가 상상해 낸 것이다.

사회의 유물이고 최고의 가치는 오직 육체적인 쾌락뿐이라고 했습니다. 물론 다들 그를 비웃었지요. 종교가 없다면 대중은 기초적인 사회질서조차 지키려 하지 않을 거라고 했어요. 하지만 어찌 보면 에르베가 옳았습니다. 20세기 초에 프랑스 교회가 무너지고 1914년에 대학살 사건까지 터지면서 자본가들은 자기들끼리 체제를 조직하기 시작했어요. 여기에 중간 계급이 동조하면서 그런 흐름에 본격적으로 불이 붙었습니다. 애국심, 계급 의식 같은 건 없었고, 군대도 거의 개입하지 않았습니다. 프리메이슨*들이 총지휘를 맡기는 했지만 말입니다. 이 운동은 독일까지 번져 나갔는데, 독일은 이미 카를 마르크스의 영향력이…… ."

퍼시가 차분하게 끼어들었다.

"잘 알고 있습니다, 선생님. 죄송하지만 저희는 잉글랜드 이야기를…… ."

"아, 그래요. 잉글랜드. 음, 1917년 노동당이 정권을 잡은 후에 정말로 공산주의의 시대가 시작되었습니다. 사실 너무 옛날이라 기억은 안 나지만 아버지 말씀으로는 그때부터라더군요. 한 가지 의아한 점은 더

---

* 프리메이슨의 기원에 대해서는 여러 가지 설이 있으나 14세기 후반 영국 석공들 조합이라는 설이 유력하다. 박애, 구제, 진실을 추구하는 세계적인 친목 단체로, 자유주의적·이신론적 성향과 수많은 회원을 보유한 대규모 조직이라는 특성 때문에 국가나 종교의 탄압을 받았으며 역사적으로 가톨릭교회와 대립하는 관계를 형성했다. 단체의 정확한 명칭은 프리메이슨리(Freemasonry)이며 프리메이슨은 프리메이슨리의 일원을 가리킨다. 한국에서는 프리메이슨리보다 프리메이슨이 널리 쓰이고 있어 이 책에서는 프리메이슨리 대신 프리메이슨이라고 표기했다.

빨리 진행될 수도 있었는데 그러지 않았다는 거예요. 아마 토리당* 세력이 꽤 남아 있어서 그런 것 같습니다. 새로운 시대가 계획 없이 갑자기 열리면 삐걱대는 법이기도 하고요. 어쨌든 그때부터 새로운 체제가 시작됐습니다. 그 후로 공산주의가 타격을 입은 적은 없었소. 1925년의 작은 사건을 빼면 말이지요. 그 무렵 블렌킨이 〈뉴피플〉을 창간하고, 〈더 타임스〉는 폐간되었어요.** 상원이 해산된 1935년까지 버틴 것만 해도 용했습니다. 영국 국교회는 1929년에 사라졌지요."

노인이 가벼운 기침을 하느라 말을 멈추자, 퍼시가 얼른 물었다.

"국교회 몰락이 종교계에는 어떤 영향을 미쳤습니까?"

그는 대화가 요점에서 벗어날까 봐 신경이 쓰였다. 노인이 말했다.

"그게 영향을 준 것이 아니라 여러 사건의 결말이었어요. 국교회가 사라져서 바뀐 건 없습니다. 국교회 형식주의자들은 노동당 세력에 줄을 대려고 애를 쓰더니, 1919년에 주교단 회의에서 니케아 신경***을

---

*   귀족과 대지주가 주축이 되어 17세기 후반에 결성된 보수 정당. 설립 당시 왕권과 국교회를 지지했으며, 의회주의를 주장하는 휘그당과 양대 세력을 형성했다. 토리당은 1832년 보수당으로 이름을 바꾸고 현재까지 영국 주요 정당으로 남아 있다. 비슷한 시기에 설립된 휘그당은 1833년 자유당으로 이름을 바꾸고 제1차 세계 대전까지 양대 세력을 형성했으나, 시대 변화에 적응하지 못하고 1924년 노동당에 양대 정당 자리를 내준 뒤 유명무실한 세력이 되었다.

**   블렌킨은 케임브리지 트리니티 칼리지 사목과 세인트올번스 교회 주임 신부를 역임한 성공회 성직자 조지 블렌킨을 가리키는데, 보수적 성직자가 급진적 사회주의 성향의 매체를 창간한 상황을 의미한다. 〈더 타임스〉는 1785년 창간한 영국의 대표적인 보수 성향의 정론지다.

*** 325년, 전 세계 1800여 명의 주교가 니케아에 모여 정통 그리스도교 신앙을 수호하기 위해 채택한 신앙 고백문.

폐기하자 교회로 몰려왔습니다. 당시에 그들만큼 열정적으로 움직인 사람들은 없었습니다. 하지만 국교회 폐지가 미친 영향을 굳이 꼽자면, 남은 국교회 사람들이 다른 종파로 넘어갔다는 겁니다. 사실 다른 종파라고 해 봐야 남아 있는 게 거의 없었습니다. 20세기 들어 독일의 세력이 커지면서 성경의 권위는 추락할 대로 추락했습니다. 사람들은 주님의 신성은 껍데기만 남았다고 생각했습니다. 신성 포기 이론*이 이런 분위기의 이론적 배경이 되었지요."

노인이 이야기를 이어 나갔다.

"그런데 그 전에도 비국교파 사이에서 조금 이상한 움직임이 있었습니다. 그저 대세만 따르던 비국교파 목사들, 그러니까 늘 분위기에 휩쓸려 다니던 이들이 다른 쪽으로 이탈한 겁니다. 당시 역사를 다룬 책들을 보면 그 사람들을 독립적인 사상가로 칭송하던데, 뭘 보고 그렇게 평가하는지 이해가 안 갑니다. 진실은 정반대인데……. 내가 어디까지 얘기했더라? 아, 맞아……. 그게 우리에게는 기반을 닦아 준 셈이었지요. 교회는 한동안 발전했습니다. 물론 최악의 상황을 고려했을 때 그렇다는 얘깁니다. 20년 전, 아니 10년 전만 해도 상황이 지금과는 달랐거든요. 그러니까 선인과 악인을 구분하기 시작했다는 말입니다. 종교인들은 사실상 가톨릭교 신자가 아니면 개인주의자들이었습니다. 비종교인들은 종교가 미신이라며 거들떠보지도 않았지요. 그들은 죄다 유물론자나 공산주의자였어요. 그나마 우리가 발전할 수

---

* 그리스도가 인간이 됨으로써 스스로 신적 권리를 포기했다는 이론.

있던 이유는 이쪽에 비범한 인물이 몇몇 있었기 때문입니다. 철학자 딜레이니도 있고, 맥아더나 라전트 같은 자선가들도 있었고요. 딜레이니와 그의 제자들은 정말 성공할 줄 알았는데. 그가 쓴 《유추론》을 들어 보셨나요? 맞아, 교과서에 다 나와 있지……. 아무튼 19세기에 소집해서 해산하지 않고 계속되던 바티칸 공의회*가 마침내 최종 결의안을 채택하면서, 우리 쪽은 많은 동지를 잃었습니다. 세간에서는 그걸 '지식인의 대탈출'이라고도 하던데…….”

“성경적 결정 말이지요.”

프랜시스 신부가 끼어들었다.

“그것도 어느 정도는 영향이 있었지요. 20세기 초에 등장한 모더니즘 때문에 여기저기서 갈등이 쌓인 것도 있고요. 하지만 당시에는 그런 이유보다 딜레이니에 대한 비난 여론이나 새로운 초월주의가 결정적이었다고 생각했습니다. 알겠지만 딜레이니는 교회 밖에서 죽었지요. 게다가 비교 종교학 책을 쓴 스키오티도 엄청나게 욕을 먹었고……. 그러자 공산주의자들에게는 거칠 것이 없었습니다. 발전 속도는 느렸지만 말입니다. 당신들이 들으면 놀라겠지만 1960년에 기간산업 국유화법이 통과되자 사람들은 그걸 매우 반겼습니다. 그렇게 많은 산업이 국유화되었으니 사기업은 다 문을 닫으리라 생각했지요. 하지만 알다시피 그렇게 되지는 않았습니다. 분명히 국가가 뒤에서 손을 썼을 겁니다.”

---

* 신앙이나 도덕에 대한 교리나 종교 현안을 협의하고 결정하기 위한 공식 회의.

퍼시가 물었다.

"3분의 2 제한 다수결 법안은 몇 년에 통과되었습니까?"

"아! 그보다 한참 전이었습니다. 상원이 해체되기 1~2년 전이었으니까요. 그건 어쩔 수 없었어요. 안 그랬으면 개인주의자들이 미쳐서 날뛰었을 테니……. 다른 건 몰라도 기간산업 국유화법은 예정된 일이나 마찬가지였습니다. 오래전 철도가 시영화되었을 때부터 빤히 보이는 결과였어요. 그 덕분에 한동안은 예술 분야가 폭발적으로 성장했습니다. 능력이 되는 개인주의자들이 죄다 그쪽으로 몰려갔거든요. 톨러 학교도 그때 설립된 겁니다. 하지만 오래 못 가고 다들 정부 공무원으로 돌아왔습니다. 모든 사업에 개인 지분은 6퍼센트를 못 넘게 제한이 걸려 있었으니 매력이 없죠. 정부는 돈을 잘 줬고."

퍼시가 고개를 가로저었다.

"예, 하지만 지금의 상황은 이해하기 어렵습니다. 아까는 발전 속도가 느리다고 하지 않으셨나요?"

노인이 말했다.

"그랬죠. 하지만 빈민지원법 개정안이 통과되면서부터 상황이 바뀌었습니다. 그것 때문에 공산주의가 자리를 잡은 겁니다. 브레이스웨이트는 확실히 뭘 아는 남자였소."

젊은 프랜시스 신부가 궁금하다는 표정으로 고개를 들었다. 템플턴 노인이 설명했다.

"그대들에게는 옛날이야기겠지만 나한테는 빈민지원법이 통과되던 때가 어제 일처럼 생생하다오. 그 때문에 군주제와 대학도 무너졌으니까."

퍼시가 말했다.

"조금 더 자세히 말씀해 주시지요, 선생님."

"그러지요……. 브레이스웨이트는 이렇게 했습니다. 사람들은 예전 빈민지원법에 불만이 많았습니다. 모든 빈민층을 동등하게 취급했거든요. 개정된 지원법은 지금처럼 빈민을 세 등급으로 나누어 상위 두 등급 사람들에게는 참정권을 주었습니다. 최하위 등급 사람들은 범죄자나 노예와 다름없는 취급을 받았지요. 물론 등급은 철저히 조사해서 정했어요. 그다음에는 노령 연금을 개편했습니다. 그러니 공산주의자들의 힘이 얼마나 강해졌겠습니까. 그 후로 개인주의자는…… 어릴 때는 그 사람들을 토리당원이라고 했는데, 아무튼 그 개인주의자들은 도저히 회생할 기회가 없었습니다. 이빨 빠진 호랑이가 된 겁니다. 국민 100명 중에 99명이 노동자 계층인데, 누가 그들을 지지하겠습니까."

퍼시가 고개를 들었지만 노인은 이야기를 끊지 않았다.

"그러더니 맥퍼슨이 형법을 개혁하면서 사형 제도가 폐지되었습니다. 1959년에는 교육법이 통과되면서 교육과 종교가 확실히 분리되었고, 유산 상속세 개혁으로 상속도 사실상 폐지되었고……."

"옛날 체제가 어땠는지 저는 기억이 잘 안 납니다."

퍼시가 끼어들었다.

"음, 놀랍게도 옛날 체제에서는 모든 사람이 똑같은 액수의 급여를 받았어요. 먼저, 상속법을 만들어서 상속 재산에는 노동 소득의 세 배나 되는 세금을 매겼습니다. 그러다가 1989년에 마르크스주의를 전면적으로 받아들였지요. 시작은 1977년이었지만……. 아무튼 이런식으로 잉글랜드는 유럽 대륙의 뒤를 따랐고 서방 자유 무역의 최종 계획에 간신히 합류했습니다. 이게 독일에서 사회주의가 승리한 사건의 첫 번째 여파였지요."

"잉글랜드는 어떻게 동방 전쟁에서 벗어났습니까?"

퍼시가 초조하게 물었다.

"아! 얘기하자면 길지만, 한마디로 아메리카가 우리를 막았습니다. 그래서 인도와 호주를 잃었어요. 1925년 이후 공산주의자들에게 그나마 실패라고 할 수 있는 사건이 그겁니다. 하지만 브레이스웨이트는 남아프리카를 보호국으로 만드는 방법으로 영리하게 빠져나갔습니다. 그때 나이도 많았는데 말입니다."

템플턴 노인이 말을 멈추고 다시 기침을 했다. 프랜시스 신부는 한숨을 쉬며 자세를 고쳐 앉았다.

"아메리카는요?"

퍼시가 물었다.

"아! 그것도 복잡하지요. 하지만 자신의 힘이 강하다는 걸 잘 알던 아메리카는 같은 해 캐나다를 병합해 버렸습니다. 잉글랜드가 가장 약해진 것도 그때지요."

퍼시가 자리에서 일어났다.

"비교용 지도 갖고 계십니까, 선생님?"

그가 물었다. 노인이 책장을 가리키며 답했다.

"저기 있습니다."

◆ ◆ ◆

퍼시는 잠시 아무 말도 하지 않고 무릎에 펼친 지도만 바라봤다.

"확실히 단순해졌네요."

퍼시가 나직이 말하며 여러 색으로 칠해진 20세기 초의 복잡한 지도에서 셋으로 크게 나뉜 21세기 지도로 시선을 돌렸다.

그는 아시아를 따라 손가락을 움직였다. 왼쪽 우랄산맥부터 오른쪽 베링 해협까지 연노란색으로 표시된 구역에는 '동방 제국'이라는 글씨가 큼지막하게 적혀 있었다. 동방 제국에는 인도, 호주, 뉴질랜드도 포함되어 있었다. 빨간색으로 표시된 지역은 연노란색에 비해 크기는 작아도 영향력은 무시할 수 없었다. 유럽 대륙 전체와 우랄산맥 서쪽의 러시아 지역이 들어 있고, 남쪽으로는 아프리카까지 아우르고 있었다. 파란색으로 표시된 '아메리카 공화국'은 아메리카 대륙을 전부 뒤덮고 푸른빛으로 일렁이는 백해 근처에서 서반구의 왼쪽을 휘감으며 사라졌다.

"그래요, 단순하지요."

노인이 건조하게 말했다. 퍼시가 지도책을 덮어 의자 옆에 내려놓으며 물었다.

"그다음은요? 앞으로 어떻게 되겠습니까?"

템플턴 노인이 씁쓸한 미소를 지으며 말했다.

"누가 알겠습니까. 동방 제국이 움직이기로 작정하면 우리는 끝장입니다. 왜 여태 가만히 있는지는 모르겠소만, 종교 갈등 때문이라고 짐작할 뿐입니다."

"유럽이 분열되지는 않을까요?"

퍼시가 물었다.

"아니, 그러지는 않을 겁니다. 유럽도 지금이 얼마나 위태로운 상황인지 알고 있습니다. 아메리카가 도와주긴 할 테지만요. 동방 제국이 정말로 움직인다면…… 주여, 저희를 도와주소서. 나야 그렇다 치더라도 그대들은 정말 큰일입니다! 저들이 이제 자신의 힘을 깨달았으니 말입니다."

잠시 침묵이 흘렀다. 지상으로 대형 차량이 지나가는지 지하 깊숙이에 있는 방 안에서 미세한 진동이 느껴졌다. 퍼시가 불쑥 말했다.

"예측이라도 부탁드립니다, 선생님. 그러니까 종교에 대해서요."

템플턴 노인은 호흡기를 통해 숨을 길게 들이마시고는 이야기를 계속했다.

"간략히 설명하겠소. 지금 세 가지 세력이 존재하고 있습니다. 가톨릭교, 인본주의, 동방의 종교 말이오. 세 번째에 대해서는 내가 뭐라 예측할 수 없습니다. 개인적으로는 수피파*가 승리할 거라 보지만 어떻게 될지 아무도 모릅니다. 밀교파**가 발전하고 있는데, 여기는 범신

---

* 이슬람교 신비주의 분파.
** 원시 불교의 한 분파로, 주술과 신비주의를 강조한다.

론*에 가까워요. 중국과 일본 왕조가 결합하는 바람에 모든 예측이 무의미해졌습니다. 하지만 둘 사이에 분명 갈등이 있다는 게 유럽과 아메리카의 판단입니다. 나머지는 다 무시해도 좋습니다."

노인이 느릿느릿 말을 이었다.

"내 생각을 말하자면, 세속적인 관점에서 봤을 때 가톨릭교회는 앞으로 빠르게 쇠락할 겁니다. 개신교는 이미 완전히 죽었고요. 초자연적인 종교에서 절대적 권위를 떼어 낼 수 없다는 걸 사람들이 이제야 깨닫기 시작한 겁니다. 종교 문제에 관해 개인이 의견을 가지면 분열이 시작된다는 것도 말입니다. 가톨릭교회가 초자연적 권위를 인정하는 유일한 곳이고 교리 또한 확고하다 보니, 초자연적인 믿음을 버리지 않은 그리스도교 신자 대부분이 다시 가톨릭교회에 충성하게 된 것도 사실입니다. 유행을 따라 잠깐 발을 담근 사람들은 이제 얼마 남지 않았지요. 특히 아메리카와 여기에는. 그 사람들은 중요하지 않지만 말입니다. 그런데 잊지 말아야 할 게 있습니다. 사람들의 예상과 달리 초자연주의에 반대하는 인본주의가 실제로 종교처럼 되고 있다는 겁니다. 프리메이슨은 범신교에 가까운데 그들이 주도해 의식을 만들고 있어요. '신은 인간이다' 같은 교리도 있고요. 그러니 종교를 갈망하는 이들의 입맛에 현실적으로 맞는 겁니다. 이상을 추구하지만 영적 능력을 요구하지는 않거든요. 그들은 우리 가톨릭교회를 제외한 모든 교회와 대성당을 사용하고 있습니다. 이제는 종교적 감성까지

---

*   자연법칙이나 자연의 모든 것에 신이 깃들어 있다고 생각하는 믿음.

불어넣고 있습니다. 그들은 상징물을 내세우기 시작했는데 우리는 오히려 반대로 가고 있어요. 늦어도 10년 안에는 저들도 정식 종교로 인정받을 것 같습니다."

프랜시스 신부가 나직이 한숨을 내쉬었다. 템플턴 노인이 잔기침을 몇 번 하고는 말을 이었다.

"지금 우리 가톨릭교회는 무너지고 있어요. 50년 넘게 패배만 해 왔습니다. 기록상으로 아메리카에는 신도가 40분의 1밖에 안 남아 있어요. 그나마도 20세기 초 가톨릭 운동을 벌인 덕분이지요. 프랑스와 스페인에서는 전멸이고, 독일은 더 심합니다. 동방은 아직 굳건하다지만 그래 봐야 200명 중 1명꼴이고, 그마저도 뿔뿔이 흩어져 있습니다. 영국의 경우, 아일랜드는 아직 우리 쪽이지만 잉글랜드, 웨일스, 스코틀랜드에는 신자가 60분의 1밖에 남아 있지 않습니다. 70년 전에는 40분의 1이었어요. 게다가 지난 100년 동안 우리를 반대해 온 심리학이 빠르게 발전해 왔습니다. 그 전에는 유물론이 있었지만 그건 실패했습니다. 이론이 너무 조잡했으니까요. 여기에 구세주처럼 심리학이 등장한 거지요. 이제 심리학이 모든 학문의 근거가 되었습니다. 심지어 초자연적인 관념도 설명할 수 있다고 합니다. 일단 주장은 그렇소. 우리는 지고 있고, 앞으로도 계속 패배할 거요. 당장에라도 다가올 재앙에 대비해야 합니다."

퍼시가 입을 열었다.

"하지만……."

"살날이 얼마 안 남은 노인네가 심약한 소리를 한다고 생각할 수도 있습니다. 어쨌든 나는 그렇게 생각합니다. 희망이 보이질 않아요. 사실 지금 이 순간에도 무언가 우리 쪽으로 빠르게 다가오고 있다는 느낌이 듭니다. 희망이 안 보여요. 단……."

퍼시가 퍼뜩 고개를 들었다.

"우리 주님께서 돌아오신다면 또 모르겠지만."

템플턴 노인이 체념하듯 말했다. 프랜시스 신부가 다시금 한숨을 내쉬었다. 곧이어 방 안에 침묵이 내려앉았다.

◆ ◆ ◆

"대학은 어떻게 무너졌습니까?"

한참 만에 퍼시가 물었다.

"아이고, 그건 헨리 8세 때의 수도원 해산 과정과 똑같다고 보면 됩니다. 결과도, 논쟁도, 부수적인 사건도 놀랄 만큼 비슷했으니까요. 수도원이 교황제의 핵심이던 것처럼 대학은 개인주의의 중심이었습니다. 경외와 선망의 대상이라는 것도 같았지요. 처음에는 학교에서 공부는 안 하고 포도주만 마셔 댄다는 식의 사소한 불만이 간간이 들리더니, 갑자기 대학의 역할은 끝났다는 등 학생들이 목적과 수단을 착각하고 있다는 등 적대적인 말이 쏟아지기 시작했습니다. 그런 말에 힘을 실어 주는 사건도 자주 일어났고요. 초자연론을 허용하면 수도원만으로 충분하지요. 하지만 세속적인 교육은 눈에 보이는 결과물이 나와야 합니다. 그게 성품이든 능력이든 말이지요. 그런데 대학이 과연 가치 있는 것들을 생산하느냐를 증명하는 게 불가능해졌어요. 그리스어에서 '나'와 '너'의 차이를 구분하는 것 따위가 무슨 소용이 있겠습니까. 20세기 잉글랜드는 그런 교육을 받고 자란 사람들을 좋아하지 않았습니다. 나처럼 뼛속까지 개인주의자인 사람도 그랬으니 오죽했겠습니까. 불쌍하다는 생각밖에는……."

"예?"

퍼시가 물었다.

"아아, 정말 눈물겨웠습니다. 케임브리지의 과학 대학과 옥스퍼드의 식민지 분교가 마지막 희망이었지만 그마저도 곧 문을 닫았어요. 노교수들은 자기 책을 싸 들고 여기저기 자리를 알아보러 다녔지만 그들을 원하는 곳은 없었습니다. 순수 이론밖에 모르는 사람들이니까요. 일부는 1~2급 빈민 수용소로 흘러 들어갔고, 일부는 너그러운 사제들이 받아 주었습니다. 더블린에서 몇몇 교수가 모여 집단행동을 시도했지만 실패로 돌아갔고, 이내 사람들의 기억에서 사라졌지요. 알다시피 대학교 건물은 전부 다른 용도로 사용되었습니다. 옥스퍼드는 한동안 공장으로 쓰였고, 케임브리지는 정부 연구소로 변했지요. 나는 그때 킹스 칼리지*에 있었는데, 아주 끔찍했습니다. 교회 부속 건물을 박물관으로 만든 것은 그나마 봐줄 만했는데, 기도소에 해부 모형을 잔뜩 넣어 둔 것은 영 보기 불편했어요. 거기에 난로나 성직자들 의복을 같이 보관한 것은 최악이었습니다."

---

*   케임브리지 대학교의 대학 중 하나이다.

"선생님께서는 어떻게 되셨습니까?"

"아! 나는 곧바로 의회에 들어갔습니다. 모아 둔 돈도 조금 있었고요. 하지만 일부 교수는 참 힘들었을 겁니다. 연금이 많지도 않았는데 그것도 은퇴 연령을 넘겨야 받을 수 있었으니까요. 글쎄, 언젠가는 닥칠 일이었다 생각하고 체념했을 겁니다. 좋게 살아남은 이는 얼마 없었습니다. 그들에게는 종교적 신념을 지킬 품위조차 남아 있지 않았지요."

"유럽 의회는 어떻게 생각하십니까?"

퍼시가 추억에 잠겨 있는 노인의 얼굴을 바라보다가 느닷없이 화제를 바꿨다.

노인이 깜짝 놀라며 정신을 차렸다.

"아! 법안은 아마 통과될 겁니다. 추진할 사람만 나타나면요. 지난 세기가 그걸 향해 가는 길이지 않았습니까? 애국주의는 빠르게 무너지고 있고요. 가톨릭교회가 그 일을 했어야 하는데 말입니다. 노예 제도를 무너뜨린 것처럼요. 그런 일들이 교회와 상관없이 진행되는 게 현실이고, 그래서 세계가 우리에게 등을 돌리기 시작한 거겠죠. 조직적으로 우리를 반대하고 있지 않습니까. 반가톨릭 세상이 된 셈이지요. 군주들이 오랫동안 바라던 세상을 민주주의가 만들어 낸 겁니다. 새로운 법안이 이번에 통과되면 박해가 시작될 수도 있고……. 어쩌면 동방의 침공이 우리를 구할지도 모릅니다. 만약 성공한다면……. 나도 잘 모르겠습니다."

잠시 말없이 앉아 있던 퍼시가 자리에서 일어났다. 퍼시가 다시 에

스페란토*로 말했다.

"이만 가 봐야겠습니다. 선생님. 벌써 19시가 지났네요. 말씀 정말 감사합니다. 가시죠, 신부님?"

프랜시스 신부도 일어났다. 짙은 회색 사제복을 입은 그는 모자를 집어 들었다.

"저, 퍼시 프랭클린 신부님. 내 말이 지루하지 않았다면 다음에 또 찾아와 주십시오. 아직 보고서를 안 보냈나요?"

노인이 다시 말을 걸었다.

"오늘 아침에 반 정도 썼습니다. 상황을 제대로 이해하려면 다른 관점이 필요하다는 생각이 들어서요. 잘 모르던 얘기 들려주셔서 감사합니다. 보호 추기경께 매일 보고서를 쓴다는 게 참 힘든 일이네요. 할 수만 있다면 그만두고 싶습니다."

퍼시가 고개를 끄덕이며 말했다.

"그러면 안 됩니다. 이런 말을 해도 될지 모르겠지만, 머리가 아주 비상하신 분 같은데…… 균형 잡힌 정보가 없다면 교황청은 아무 일도 할 수 없습니다. 당신처럼 신중한 사제는 없는 것 같아서 하는 말입니다."

퍼시가 미소를 지으며 그런 말 말라는 듯 검은 눈썹을 치켜세웠다.

"가시죠, 신부님."

퍼시가 프랜시스 신부에게 말했다.

---

* 국제적인 의사소통을 위해 만들어진 인공어.

$$\bullet \quad \bullet \quad \bullet$$

    프랜시스 신부와 복도 끝 계단에서 헤어진 후 퍼시는 익숙한 가을 풍경을 바라보며 아래에서 들은 이야기의 의미를 곱씹어 보았다. 그 이야기는 눈앞에 보이는 풍요로운 광경에 묘한 빛을 더해 주는 것 같았다.

    하늘은 대낮처럼 훤했다. 인공 태양이 개발되어 런던은 이제 낮과 밤의 구별이 무의미한 곳이 되었다. 퍼시는 유리창이 달린 회랑 같은 공간에 서 있었다. 바닥에 두꺼운 고무판이 깔려 있어 발소리가 나지 않았다. 계단 아래에서는 칸막이를 사이에 두고 두 줄로 쏟아져 나온 사람들이 이쪽저쪽으로 걸음을 옮겼다. 지나가는 사람들의 에스페란토 대화 소리 외에 다른 소리는 전혀 들리지 않았다. 인도에 설치된 두꺼운 유리벽 너머로는 잘 닦인 대로가 보였다. 도로는 텅 비어 있다시피 했다. 양옆에 분리 벽이 서 있고 중앙에는 저속 차로가 설치되어 있었다.

    저 멀리 오래된 웨스트민스터 쪽에서 어떤 소리가 들려왔다. 거대한 벌집에서처럼 윙윙거리는 그 소리가 점점 커지더니 곧이어 눈에 보이지 않는 무언가가 퍼시를 스치고 지나갔다. 이내 소리는 다시 작아져 거리에 침묵이 내려앉았다. 남쪽에서 우편물을 싣고 온 대형차가 동쪽으로 방향을 틀었다. 이곳은 정부 소속 차량만 이용 가능한 특별 차도로, 시속 160킬로미터 이하로 운행해야 했다.

    온통 고무로 이루어진 도시이다 보니 다른 소음은 잘 들리지 않았다. 보행자 도로는 차로와 100미터가량 떨어져 있고 지하철도 아주 깊은 곳을 달리고 있어 약간의 진동만 느껴질 뿐이었다. 지난 20년간 정부 전문가들은 지하에서 발생하는 진동과 일반 차량의 소음을 없애는 방법을 연구해 왔다.

발길을 옮기려는데, 머리 위에서 음악 소리가 길게 울렸다. 놀랍도록 아름답고 날카로운 소리였다. 유유히 흐르는 강물만이 이 도시에서 변화를 거부하는, 예전과 다름없는 유일한 존재였다. 퍼시는 강에서 하늘로 시선을 옮겼다. 은은하게 반짝거리는 길쭉한 물체가 날개를 활짝 펼친 채 인공 태양 빛으로 환히 빛나는 구름을 지나 북쪽 하늘 너머로 사라졌다. 그 음악은 유럽 항로를 다니는 볼러가 대영 제국의 수도에 도착했음을 알리는 소리였다.

'우리 주님께서 돌아오실 때까지.'

퍼시는 속으로 읊조렸다. 해묵은 절망감이 가슴을 찔렀다. 화려함과 강렬함으로 마음을 사로잡는 세계가 눈앞에 펼쳐져 있으니 저 멀리 수평선에 시선을 고정하기가 어려울 수밖에! 그는 1시간 전 프랜시스 신부와 논쟁을 하면서 크다고 해서 위대한 것은 아니라고 말했다. 아무리 외관이 눈에 띈다고 해도 은근한 내면을 배제할 수는 없다고 했다. 하지만 그에게도 아직 확신은 없었다. 퍼시는 불안한 마음을 애써 억눌렀다. 그리고 나자렛(예수 그리스도의 고향)에서 온 불쌍한 이에게 제발 어린아이 같은 마음을 유지하게 해 달라고 마음속으로 울부짖었다.

퍼시는 입을 굳게 다물었다. 프랜시스 신부가 압박감을 얼마나 더 견딜지 궁금해하며 계단을 내려가기 시작했다.

제1권

강림
The Advent

1장

I

크로이던의 초선 의원 올리버 브랜드는 서재에 앉아 타자기 뒤편의 창문을 내다보았다.

올리버의 집은 서리힐스에서 뻗어 나온 지맥 끝에 북쪽을 바라보며 서 있었다. 산을 잘라 터널을 뚫었기 때문에 서리힐스의 예전 모습은 온데간데없이 사라졌다. 공산주의자들이 뿌듯해할 만한 풍경이었다.

널찍한 창문 바로 아래는 30미터 높이의 절벽이었다. 그 너머로 끝없이 펼쳐진 세상과 인간들의 작품은 눈부시게 아름다웠다. 두 줄로 뻗은 경주로 모양의 선로는 각각 폭이 400미터를 조금 넘고, 지표면에서 6미터 아래로 내려갔다가 30여 킬로미터 앞에 있는 거대한 환승역으로 이어졌다. 왼쪽으로 보이는 브라이턴으로 가는 제1중앙선은 철도 안내서에도 대문자로 쓰여 있었다. 오른쪽의 제2중앙선은 턴브리지와 헤이스팅스 지구로 향했다. 두 선로 모두 시멘트 벽을 사이에 두고 한쪽에는 전차가 다니는 철로가, 다른 한쪽에는 3차선 도로가 있었다. 1차로에서는 공무용 차량만 시속 240킬로미터로 운행이 가능하고, 2차로에서는 개인 승용차가 시속 100킬로미터 이하로 달릴 수 있었다. 정부에서 운영해 통행료가 저렴한 3차로는 규정 속도가 시속 50킬로미터이며, 8킬로미터마다 정류장이 있었다. 그 가장자리에는 보행자, 자전거, 일반 차량만 이용 가능한 도로가 있는데, 그곳에서는 모든 차량이 시속 20킬로미터 이하로만 달려야 했다.

넓은 철로 너머에는 왼쪽의 케이터햄 지구부터 전면의 크로이던까지 소박하게 생긴 지붕들이 끝을 모르고 펼쳐져 있었다. 가끔 공공 기관을 상징하는 낮은 탑이 깨끗한 하늘 아래에서 또렷하게 빛났다. 저 멀리 서쪽과 북쪽으로는 4월의 하늘을 배경 삼은 나지막한 근교 야산이 있었다. 엄청난 인구가 밀집되어 있는 것치고는 소음이 별로 없었다. 열차가 남북으로 이어진 철길을 달리며 덜커덩거리는 소리를 내거나 이따금 대형 차량이 교차로 부근에서 듣기 좋은 음악 소리를 냈지만, 올리버의 서재에서는 잘 들리지 않았다. 정원에서 벌들이 윙윙거리는 듯한, 마음이 편안해지는 소리만 방 안을 채울 뿐이었다.

올리버는 인간이 살아 있음을 알려 주는 모든 흔적, 바쁘게 움직이는 모습, 번잡한 소리를 사랑했다. 지금도 미소를 머금고 그 소리에 귀를 기울이며 맑은 하늘을 바라보고 있었다. 잠시 후 입술을 일자로 다문 올리버는 다시 타자기에 손을 얹고 연설문을 써 내려갔다.

◆ ● ●

올리버의 집은 위치가 아주 좋았다. 전국을 거대한 거미줄처럼 뒤덮은 도로의 한쪽 모퉁이에 있었는데, 그가 원하는 조건에 딱 맞았다. 부자들은 소란스러운 잉글랜드 중심부로부터 160킬로미터 이상 떨어진 외곽에 살았기 때문에 런던과 가까운 이 집은 집값이 아주 쌌다. 하지만 올리버의 기준으로 보면 이 집도 충분히 조용했다. 웨스트민스터와는 10분 거리이고, 반대편으로 20분만 가면 바다가 나왔다. 눈앞에 그의 선거구가 입체 지도처럼 훤히 보였다. 게다가 런던의 종점들과도 10분 거리라서 제1중앙선을 이용해 잉글랜드의 모든 대도시를 편히 왕래할 수 있었다. 올리버는 아직 풋내기 정치인이라 유럽 전역을 누벼야 했다. 하루는 에든버러에서, 다음 날 저녁은 프랑스 마르세유에서 연설을 해 달라는 요청을 받기도 했다. 그런 만큼 유럽에서 이곳보다 입지 조건이 좋은 집을 찾기란 쉽지 않았다.

올리버는 갓 서른을 넘긴 호감 가는 외모의 남자였다. 검은 머리카락은 숱이 많고 뻣뻣하며, 수염은 깔끔하게 깎았다. 하얀 피부에 호리호리한 체구지만 활력이 넘치고, 쭉 찢어진 눈의 푸른색 눈동자는 자석처럼 사람을 끌어당겼다. 요즘 올리버는 자신의 삶과 주변 세계가 더없이 만족스러웠다. 일을 하는 동안에도 입술을 실룩거리고 흥분해서 눈이 커졌다 작아졌다 했다. 하던 일을 멈추고 상기된 얼굴로 창밖을 보며 실없이 웃은 적도 한두 번이 아니었다.

서재 문이 열리더니 중년 남성이 서류 뭉치를 들고 쭈뼛쭈뼛 들어왔다. 남자는 말없이 서류를 책상에 내려놓고 방을 나가려 몸을 틀었다. 올리버는 손을 들어 남자의 주의를 끈 다음, 탁 소리와 함께 타자기 레버를 내리며 말을 걸었다.

"뭐죠, 필립스 씨?"

"동방에서 소식이 들어왔습니다, 의원님."

올리버의 질문에 보좌관이 대답했다. 올리버가 옆을 힐끔 보고 서류 뭉치에 손을 올렸다.

"제대로 왔나요?"

"아니요, 이번에도 끊겼습니다. 펠센버그의 이름은 나옵니다만."

올리버는 듣는 둥 마는 둥 하며 서류를 넘겨 보기 시작했다.

"앞에서 네 번째 장을 보시지요, 의원님."

보좌관이 말했다.

올리버가 고갯짓으로 신호를 보내자 필립스는 방을 나갔다.

올리버는 녹색 바탕에 빨간색 글씨로 적힌 네 번째 장에서 눈을 떼지 못했다. 미동도 없이 의자에 앉아 전문을 두세 번 더 읽어 보고는 한숨을 쉬며 다시 창밖으로 시선을 돌렸다.

그때 문이 열리고 키가 훤칠하게 큰 여자가 들어왔다.

"어때요, 여보?"

여자가 물었다. 올리버는 입을 꾹 다물고 고개를 저었다.

"확실한 얘기는 없어. 평소보다도 더 모호하네. 들어 봐."

올리버가 녹색 종이를 들고 큰 소리로 읽기 시작했다. 여자는 왼쪽의 창가 자리에 앉았다.

여자는 키가 크고 늘씬한 미인이었다. 진지해 보이는 회색 눈에는 열정이 가득하고, 붉은 입술은 도톰했다. 고개를 들고 어깨를 활짝 편 자세도 아름다웠다. 올리버가 종이를 집어 들자, 여자는 천천히 방을 가로질러 우아하고 품위 있는 자세로 자리에 앉았다. 흥미로워하는 눈빛으로 남편의 이야기에 귀를 기울였다.

"'이르쿠츠크에서—4월 14일—어제—평소같이—그러나—소문으로는—수피파가—탈퇴—군대—병력이—계속해서—집결—펠센버그가—연설을—불교—관중—그—시도는—야마—지난—금요일—무정부주의자의—소행—펠센버그는—모스크바로—출발—예정—준비—그는……' 이게 전부야. 이번에도 중간에 끊겼어."

올리버가 힘없이 말을 맺었다.

"무슨 말인지 하나도 모르겠어요. 대체 펠센버그가 누구죠?"

여자가 한쪽 발을 흔들며 물었다.

"지금 전 세계가 그걸 궁금해하고 있어. 미국 대표단에 마지막으로 합류했다는 것 말고는 알려진 정보가 없거든. 지난주 〈헤럴드〉에 그의 생애를 정리한 기사가 실렸는데 사실과 다르다고 해. 확실한 건 젊은 남자이고 지금까지 알려지지 않은 인물이라는 것뿐이야."

"이제는 세상 사람들이 그를 다 알잖아요."

여자가 말했다.

"그래, 그가 모든 걸 지휘하는 것 같아. 다른 사람이 있다는 말은 없으니 말이야. 그가 우리 편이라 다행이지."

"당신 생각은 어때요?"

올리버는 무심한 눈빛으로 다시 창밖을 보았다.

"일촉즉발의 상황이라고 생각해. 여기서 그런 현실을 인식하는 사람이 거의 없다는 게 놀라울 따름이지. 너무 심각해서 상상조차 하기

싫은가 봐. 분명히 동방은 지난 5년 동안 유럽 침공을 준비하고 있었
어. 그동안은 미국이 막아 줬을 뿐이지. 이번이 그들을 저지할 마지막
기회야. 하지만 펠센버그가 전면에 나선 이유는 도대체……."

올리버는 말을 잠시 멈췄다가 다시 이어 갔다.

"좌우간 언변이 아주 좋은 것 같아. 대중 앞에서 연설한 게 이번이
적어도 다섯 번째니까. 어쩌면 미국 통역자일지도 모르지. 아아! 대체
누구인지 정체를 알고 싶어 죽겠네."

"이름은 알아요?"

"줄리언인 것 같아. 그렇게 적힌 메시지가 하나 있었어."

"그 메시지는 어떻게 받았어요?"

올리버가 고개를 절레절레 저으며 말했다.

"민간 기업에서 받았지. 유럽 쪽 정부 기관들은 다 업무를 중단했
어. 모든 전신국이 24시간 내내 감시를 받고 있고 국경에는 빠져나오
려는 볼러들이 길게 늘어서 있어. 제국이 우리 의사와는 상관없이 일
을 벌이려는 모양이야."

"그게 잘못되면요?"

"메이블…… 만약 일이 터지면……."

올리버는 자포자기의 심정으로 양손을 들어 올렸다.

"우리 정부는 뭘 하고 있어요?"

"열심히 일하고 있지. 나머지 유럽도 마찬가지고. 전쟁이 터지면 전
부 끝장이야."

"어떻게 될까요?"

"내가 생각하는 가능성은 두 가지야."

올리버가 천천히 말했다.

"하나는 동방 제국이 미국을 두려워하기 때문에 그 두려움을 이용해서 전쟁을 막는 것이고, 다른 하나는 협상을 해서 그들이 원하는 걸 넘겨주는 방법이 있을 거야. 서로 협력하는 게 모두에게 이익이라는 걸 알아먹으면 좋겠는데. 빌어먹을 그놈들의 종교가……."

여자는 한숨을 쉬고 창문 아래로 끝없이 뻗어 있는 단색 지붕들을 다시 내려다보았다.

돌아가는 상황이 심상치 않았다. 황제를 중심으로 연방 국가들이 결합한 거대 동방 제국〔중국과 일본 왕조가 병합하고 러시아가 멸망하며 탄생했다〕은 점점 병력을 강화하고 있었다. 35년 전 호주와 인도를 손아귀에 넣은 황인들은 자신들이 가진 힘에 눈을 뜨기 시작했다. 동방 제국을 제외한 나머지 세계는 전쟁이 누구에게도 도움이 안 된다는 것을 알았으나, 러시아 공화국을 무너트리고 영토를 확장한 동방 제국은 그 기세를 이어 가고 싶어 했다. 지난 세기 동안 쌓아 온 문명사회가 한순간에 무너질 위기에 처한 것이다. 동방 제국의 일반 국민들은 전쟁에 관심이 없었다. 오랜 세월 약소국의 설움을 견디다가 비로소 힘을 갖게 된 통치자들의 횡포가 시작된 것이다. 그들을 저지할 만한 뾰족한 수가 없었다. 그 배경에 광적인 신앙이 있다는 소문도 걱정이었다. 그동안 종교에 대해 별 제재를 가하지 않던 동방 제국이 인본주의를 따르는 비종교적인 사람들에게까지 특정 종교를 강요한다는 이야기도 들려왔다. 올리버에게는 당혹스러운 상황이었다.

올리버는 창밖으로 펼쳐진 평화로운 런던 시내를 내려다보며 저 멀리 유럽의 모습까지 머릿속에 그려 보았다. 유럽 곳곳에서 허황된 이야기로 가득한 그리스도교 신앙을 누르고 상식과 진실이 승리를 거두었다. 이런 세상이 다시 종파니, 교리니 하는 미개한 믿음에 의해 혼돈에 휩쓸릴 수도 있다고 생각하니 끓어오르는 분노를 억누를 수가 없었다. 동방이 유럽을 장악하면 그렇게 되고 말 것이다. 가톨릭교도 부흥할지 모른다. 아무리 억눌러도 어느샌가 다시 불타오르는 이상한 종교 아니던가. 올리버가 생각하기에 가톨릭교처럼 기괴하고 전염성이 강한 종교는 없었다. 그들은 사람을 순식간에 노예로 만든다. 이런 가능성을 생각하면 너무도 불안했다. 동방의 공격으로 유럽이 겪을 실질적인 재앙과 유혈 사태를 생각할 때보다 더 불안했다.

하지만 메이블에게 누누이 말했듯이 한 가닥 희망도 종교에 달려 있었다. 지난 세기부터 서방과 마찬가지로 동방에서도 이슬람교와 불교, 힌두교, 유교 사이에서 정적주의적 범신론*이 유행하고 있다. 정적주의적 범신론이 퍼지면 신도들을 자극하는 초자연적인 광기가 누그러질 수도 있다. 올리버는 범신론이 큰 틀에서 자신의 믿음과 일치한다고 생각했다. '신'이란 세상에 태어난 생명의 총합이고, 신이라는 존재의 본질은 집단의식의 통합체다. 경쟁은 인간을 분열시키고 발전을 가로막는 극히 이단적인 행동이었다. 올리버는 가정 안에서 모

---

* 명상과 묵상을 통해 고요하고 평화로운 마음 상태를 유지함으로써 세상 만물에 깃든 신의 힘을 깨닫고 영혼의 완성을 이루고자 하는 사상.

든 구성원이 한마음 한뜻으로 뭉쳐야 집안이 발전하는 것처럼, 역사가 진보하려면 국가 안에서 모든 가정이, 대륙 안에서 모든 국가가, 세계 안에서 모든 대륙이 하나가 되어야 한다고 믿었다. 결국 이 세계라는 것은 매 순간 집단적 생명의 흐름을 반영한 것일 뿐이다. 이런 생각은 사실 초자연적 요소가 빠진 가톨릭 사상과 비슷했다. 세속적 종교에서 개인주의를 빼고, 초월적 종교에서 초자연주의를 뺀, 세상에 존재하는 모든 운명의 통합이었다. 자신 안에 내재하는 신이 아니라 초월적인 신에게 호소하는 행위는 반역이었다. 초월적인 신은 없다. 올리버가 아는 한, 신은 인간이다.

그럼에도 국가가 인정하는 계약을 맺고 남편과 아내가 된 두 사람의 삶은 평범한 유물론자들의 고되고 따분한 일상과는 달랐다. 그들의 세상은 삶에 대한 열정으로 고동친다. 깊은 곳에서 솟아오른 활기찬 기운이 세상 만물을 살아 움직이게 만든다. 그리고 이 세상의 신비로움을 더욱 생생하게 느끼게 한다.

세상은 수수께끼로 가득 차 있었다. 하지만 그 수수께끼 앞에서 좌절보다는 설렘을 느꼈다. 무생물이든 화석이든 전기든 저 멀리 떠 있는 별이든, 인간이 무엇인가를 발견할 때마다 새로운 번영이 찾아왔기 때문이다. 세계의 정신이 먼지를 털어 내고 비밀을 드러내면서 그 존재와 본성은 그윽한 향기를 남겼다. 예를 들어, 20년 전 천문학자 클라인은 다른 행성에도 생명체가 살고 있음을 발표했고, 그것은 이제 사실로 증명되었다. 그 후로 인간이 자신을 바라보는 관점은 완전히 달라졌다. 하지만 인간들이 사는 지구에서 진보와 성취를 이루기 위한 한 가지 조건은 평화였다. 그리스도가 가져온 칼도 아니고, 무함마드가 휘두른 검도 아니었다. 배제가 아닌 합의에 의한 평화, 인간만이 전부라는 것과 인간이 뜻을 모아야만 발전할 수 있다는 사실에 대한 이해에서 비롯한 평화여야만 했다.

올리버 부부에게 지난 세기는 일종의 계시였다. 낡은 미신이 조금씩 사라지고 새로운 곳이 밝게 빛났다. 세계의 정신은 스스로 일어났고, 태양이 서방 세계 위로 떠올랐다. 그리고 지금, 온갖 미신이 공포와 증오를 머금고 다시 몰려들고 있었다.

◆　◆　◆

메이블이 몸을 일으켜 남편에게 다가왔다.

"여보, 너무 걱정하지 말아요. 전에도 그런 것처럼 이번에도 무사히 지나갈 거예요. 그들이 미국의 말은 듣는다고 하니, 얼마나 다행이에요. 펠센버그라는 사람도 우리 편인 것 같고요."

올리버는 아내의 손을 쥐고 손등에 입을 맞췄다.

Ⅱ

30분 후, 아침 식사 자리에서 올리버는 죽을상을 하고 있었다. 해가 중천에 떠야 모습을 드러내는 그의 어머니도 팔순이 가까운 나이지만 아들의 기분을 금방 눈치챈 모양이었다. 아들을 힐끔힐끔 보고 한마디 말을 건넨 후로 묵묵히 식사만 했다.

올리버 가족은 서재 바로 뒤편에 있는 작지만 안락한 방에서 식사를 했다. 연녹색 가구들은 보편적인 실내 양식에 따른 것이었다. 창밖으로는 뒷마당의 좁고 긴 화단이 보이고, 이웃집과 사이에는 담쟁이넝쿨로 뒤덮인 높은 담장이 서 있었다. 가구 종류도 평범했다. 방 중앙에 있는 실용적인 원형 식탁 주위로 등받이가 높은 팔걸이의자 3개가 놓여 있었다. 적당한 각도의 등받이가 달린 의자에는 발판도 붙어 있었다. 식탁 한가운데에 설치된 원기둥 모양의 선반 위에 식기들이 놓여 있었다. 30년 전부터 많은 가정이 주방 위에 식당을 두었다. 부유층에서는 수력 승강기를 이용해 주방에서 식탁 중앙으로 식사를 올려 보내고 그릇을 치웠다. 미국에서 석면과 코르크를 섞어 발명한 바닥재는 소음이 나지 않고 위생적이며 발과 눈에도 편했다.

침묵을 깬 것은 메이블이었다.

"당신, 내일 연설하러 가죠?"

그녀가 포크를 들며 물었다. 올리버가 조금 환해진 얼굴로 이야기를 풀어놓기 시작했다.

공업 도시인 버밍엄에서 한동안 중단된 미국과의 자유 무역 재개를 강하게 요구하고 나섰다는 것이다. 유럽의 공장만으로는 턱없이 부족하다며 불만을 터트리는 그들을 진정시키는 것이 올리버가 맡은 임무였다. 동방 문제가 해결되기 전까지는 시위를 해도 소용없으니 당분간 정부에 대한 압박을 자제해 달라고 설득하는 한편, 정부는 당신들의 편이고 조만간 원하는 조건들을 들어줄 거라는 희망의 말도 전해야 한다고 했다.

"말이 안 통해. 고집 세고 이기적이고. 저녁 먹기 10분 전에 밥 달라고 보채는 어린애들 같다니까. 조금만 기다리면 저절로 해결될 텐데 말이야."

올리버가 사납게 덧붙였다.

"그렇게 말할 거예요?"

"고집 센 인간들이라고? 당연하지."

메이블은 눈을 반짝이며 남편을 사랑스럽게 바라보았다. 올리버는 솔직한 성격으로 인기가 많았다. 메이블은 그 점을 잘 알고 있었다. 사람들은 다정하면서도 대담한 남자를 좋아했다. 비록 가끔은 귀에 거슬리는 말을 쏟아 내더라도 말이다. 사람들은 올리버가 화가 나서 펄쩍 뛰며 삿대질하는 모습마저도 매력으로 느꼈다. 메이블도 남편의 그런 면이 좋았다.

"뭐 타고 가려고요?"

그녀가 물었다.

"볼러. 블랙프라이어스에서 18시에 출발해야 해. 회의가 19시니 21시 전에는 돌아올 거야."

올리버는 전채 요리를 푹푹 떠먹었다. 노부인은 인자한 미소를 지으며 아들의 얼굴을 바라보았다. 메이블이 자카드 덮개가 깔린 식탁을 손가락으로 톡톡 두드리기 시작했다.

"서둘러 줘요, 여보. 15시까지 브라이턴에 가야 한단 말이에요."

그녀가 말했다. 올리버는 마지막 한입을 크게 삼키고 접시를 앞쪽으로 밀었다. 모든 접시가 들어갔는지 확인한 올리버가 식탁 아래로 손을 쑥 넣었다. 그러자 소리도 없이 중앙의 기둥이 내려갔다. 아래층에서 접시 부딪히는 소리가 들렸다. 세 사람은 다음 요리가 올라오기를 느긋하게 기다렸다.

50년 된 긴 베일을 머리에 걸친 브랜드 노부인은 고령임에도 정정해 보였다. 주름진 얼굴에는 장밋빛 화색이 돌았다. 하지만 오늘 아침에는 조금 울적한 기색이었다. 전채 요리가 만족스럽지 않았기 때문이다. 새로 온 재료는 예전 것보다 품질이 떨어지고 식감도 거칠었다. 노부인은 식사가 끝난 후 조치를 취해야겠다고 생각했다. 접시 부딪히는 소리에 이어 무언가를 밀어 올리는 듯한 소리가 작게 나더니 중앙의 원기둥 선반이 원래 자리로 올라왔다. 그 안에는 절묘하게 로스트 치킨을 흉내 낸 요리가 들어 있었다.

아침 식사를 마치고 올리버 부부는 잠깐 단둘이 남았다. 메이블은 14시 30분에 출발하는 4호선 열차를 타러 곧 길을 나서야 했다.

"어머니 어디가 불편하신 걸까?"

올리버가 물었다.

"음식 때문이겠죠, 뭐. 도무지 익숙해지지 않으신대요. 입에 잘 안 맞는다고 하세요."

"다른 문제는 없고?"

"없을 거예요. 요즘 별다른 말씀 없었는걸요."

올리버는 마음을 놓고 멀어지는 아내의 뒷모습을 바라보았다. 최근 어머니가 내뱉은 묘한 말들 때문에 신경이 쓰였다. 어머니는 어린 시절 가톨릭교 신자로 자란 분이었다. 올리버는 그때의 흔적이 어머니의 영혼에 얼룩처럼 남아 있다고 느꼈다. 어머니는 낡아 빠진 《영혼의 정원》*이라는 책을 항상 곁에 두었다. 그러면서도 그 책이 헛소리로 가득하다며 못마땅해하는 표를 냈다. 올리버는 어머니가 그 책을 불태우기를 바랐다. 미신은 삶을 붙잡는 절박한 수단이었다. 뇌 기능이 약해지면 언제 다시 고개를 들지 모르는 법이다. 그리스도교는 허황되고 시대에 뒤떨어진 믿음이었다. 비현실적이고 망상적이라는 점에서 허황되고, 인간 세상의 주류와 완전히 동떨어져 있다는 점에서 시대에 뒤떨어졌다. 그들은 지금도 작고 음침한 교회에서 슬금슬금 움직이고 있었다. 언젠가 올리버는 웨스트민스터 대성당에 들어가 본 적이 있다. 그는 미친 것처럼 큰 소리로 감정을 쏟아 내는 사람들의 모습에 역겨운 분노를 느꼈다. 그곳에서는 늙고 무능하고 무식한 인간들을 상대로 허무맹랑한 말들을 지껄이고 있었다. 어머니가 그런 종교를 다시 믿는다는 것은 생각만으로도 끔찍한 일이었다.

올리버는 오래전부터 로마와 아일랜드가 가진 특권에 반대해 왔다. 두 곳에서 이런 말도 안 되는 헛소리들이 허용된다고 생각하면 견딜 수 없었다. 그곳들은 난동의 온상지이고 인본주의 모독의 중심지였다. 서방 사회를 좀먹는 사상이 뿔뿔이 흩어져 있기보다는 한데 모여 있는 편이 차라리 낫다는 의견도 있었지만 올리버는 생각이 달랐다. 하지만 어쩔 수 없는 현실이었다. 로마를 제외한 이탈리아 전역의 모

---

* 　 1740년 리처드 첼로너 주교가 쓴 가톨릭교 신심서.

든 교회와 성당을 내주는 대가로 로마는 흰옷을 입은 그 노인네의 손아귀에 들어갔다. 중세 암흑시대에 가장 타락한 곳다운 결정이었다. 아일랜드는 30여 년 전 자치 정부가 들어선 이후 가톨릭교를 국교로 정하는 한편 과격한 개인주의자들에게도 문호를 개방했다. 잉글랜드는 별다른 제재 없이 이를 용인해 주었는데 잉글랜드 가톨릭 인구 절반이 아일랜드로 즉시 이주한 덕에 불안 요인이 크게 줄었기 때문이다. 또한 잉글랜드 식민지 정책에 따라 모든 편의를 제공했다. 개인주의가 극단으로 치달아 스스로 무너질 것으로 예상했기 때문이다. 그곳에서는 온갖 황당한 일이 벌어지고 있었다. 올리버는 그곳 소식을 전하는 기사를 읽으며 코웃음을 쳤다. 푸른 옷을 입은 여인이 밟고 지나간 곳마다 성당을 세웠다는 등의 소식이었다. 하지만 로마는 우습게 볼 수가 없었다. 이탈리아 정부가 토리노로 옮겨 가며 공화국의 권위에 상처를 입었고, 낡아 빠진 종교가 번드르르한 역사와 결합하여 그들이 내뱉는 헛소리가 힘을 얻었기 때문이다. 하지만 오래가지는 못할 것이다. 이 세상이 마침내 눈을 뜨고 있지 않은가.

올리버는 아내가 떠난 후에도 한동안 문가에 서서 확실하게 눈앞에 펼쳐진 아름다운 광경을 만끽하며 안도했다. 끝없이 뻗은 지붕들의 행렬 사이로 군데군데 공중목욕탕과 체육관의 둥근 유리 천장이 보였다. 매일 아침 건강한 시민이 갖춰야 할 소양을 가르치는 학교들도 위용을 뽐냈다. 거대한 거미처럼 생긴 공사장 크레인과 비계도 여기저기 솟아 있었다. 간혹 삐죽한 교회 첨탑이 몇 개 보였지만 거슬리지 않았다. 위대한 런던의 회색빛 안개가 세상을 덮을 것이기 때문이었다.

신은 없고 인간만이 존재하며, 성직자는 없고 정치가만이 존재하며, 예언자는 없고 교사만이 존재한다는 진리를 배우고 자란 수많은 사람이 사는 이곳 런던은 얼마나 아름다운가.

올리버는 연설문을 마무리하려고 방으로 돌아갔다.

◆ ◆ ◆

브라이턴행 열차를 타고 가는 메이블은 무릎에 신문을 펼쳐 놓고 생각에 잠겼다. 내색하지는 않았지만 그녀 역시 동방 제국 소식에 마음이 편치 않았다. 아무리 그래도 그들이 정말 쳐들어올까? 믿기 힘들었다. 이곳 서방의 삶은 합리적이고 평화로웠다. 이제야 살 만한 곳으로 만들었는데 다시 진흙 움막으로 돌아가고 싶지는 않았다. 생각조차 하기 싫었다. 그건 발전의 법칙에 위배된다. 그럼에도 그 재앙이 자연의 순리 같다는 생각이 머릿속을 떠나지 않았다.

메이블은 말없이 앉아 별 내용 없는 짤막한 뉴스를 훑고는 주요 기사를 읽었다. 하지만 그것도 불안감을 자극하는 소식이었다. 객실 칸막이 너머로 몇몇 남자의 대화 소리가 들렸다. 한 남자가 정부가 추진한 공사 현장을 방문한 적이 있는데 무리하게 공사를 서두르더라고 말하자, 다른 이가 그에 관해 꼬치꼬치 캐물었다. 위안이 될 만한 내용은 아니었다. 창밖을 내다볼 수도 없었다. 열차 속도가 너무 빨라 바깥 풍경이 제대로 보이지 않았다. 긴 객차 안에 설치된 은은한 조명 때문에 앞도 잘 보이지 않았다. 메이블은 몰딩 처리된 하얀 천장을 올려다보았다. 이어 오크 나무 액자에 둘러싸인 예쁜 그림, 스프링이 달린 푹신한 좌석, 머리 위에서 은은한 빛을 내뿜는 전구, 맞은편 대각선에 앉아 있는 엄마와 아이에게로 시선을 옮겼다. 그때 음악 소리가 크게 들리고 진동이 느껴졌다. 곧이어 자동문이 열리고, 메이블은 브라이턴 역 플랫폼에 발을 내디뎠다.

역 광장으로 내려가는 메이블 앞에서 한 사제가 걸어가고 있었다. 그는 자세가 아주 꼿꼿하고 건장한 노인으로 보였다. 머리는 하얗게 셌지만 걸음걸이만큼은 흔들림이 없었다. 그가 계단을 다 내려가 걸음을 멈추고 몸을 반쯤 틀었을 때 메이블은 깜짝 놀랐다. 젊은 청년의 얼굴이었기 때문이다. 전체적으로 얼굴선이 굵고 이목구비도 반듯했다. 검은 눈썹 아래로 보이는 회색 눈은 초롱초롱했다. 메이블은 걸음을 재촉하며 광장을 가로질러 이모 댁 방향으로 걸어갔다.

사전 경고 같은 것은 없었다. 머리 위에서 날카로운 경적이 한 번 울리더니 순식간에 여러 일이 벌어졌다.

무엇인가가 태양을 가리며 거대한 그림자가 발밑에 드리워지고, 귀청이 터질 듯한 소리가 공기 중에 울려 퍼졌다. 이어 거인의 한숨 같은 소리가 들렸다. 메이블이 당황해서 걸음을 멈춘 순간, 주전자 1만 개를 박살 내는 듯한 굉음과 함께 거대한 물체가 바로 눈앞에서 고무 재질로 된 인도로 떨어졌다. 그 물체는 광장의 절반을 차지하고 누워 상부에 달린 날개를 퍼덕였다. 날개는 마치 멸종된 괴물의 앞다리처럼 움직이며 빙빙 돌아갔다. 안에서 비명이 터져 나왔고 몇몇 사람이 상처 입은 몸을 끌고 기어 나오기 시작했다.

메이블은 상황을 파악하기가 힘들었다. 뒤에서 사람들이 거세게 밀어 대는 통에 앞으로 떠밀리고 있었다. 정신을 차려 보니 만신창이 상태로 쓰러져 신음하는 남자 앞에 서서 머리부터 발끝까지 부들부들 떨고 있었다. 발밑의 남자는 또렷한 발음으로 무어라 말을 했다. 예수, 성모 마리아 같은 이름이 똑똑히 들렸다. 그때 누군가 메이블의 귓가에 속삭였다.

"비켜 주십시오. 저는 신부입니다."

메이블은 갑작스러운 상황에 넋이 나가 자리를 뜨지 못했다. 백발의 젊은 사제가 무릎을 꿇고 코트를 젖히더니 그 안에서 십자가를 꺼냈다. 그는 쓰러진 사람에게 다가가 짧은 손짓을 하고 뜻 모를 말을 중얼거렸다. 그러고는 다시 일어나 십자가를 든 채 피바다가 된 광장 안쪽으로 걸어갔다. 그러면서 어떤 신호를 찾듯 고개를 두리번거렸다. 오른쪽에 있는 대형 병원에서 사람들이 구형 카메라 같은 물건을 들고 계단을 달려 내려오고 있었다. 그 사람들이 누구인지 알아본 메이블은 안도했다. 그들은 안락사 대원들이었다. 갑자기 누군가 뒤에서 메이블의 어깨를 잡아당겼다. 메이블이 흥분해서 자기도 모르는 새 울부짖는 군중의 맨 앞에 서 있었던 것이다. 바로 앞에서 밀려드는 사람들을 막으려고 경찰과 공무원들이 저지선을 치고 있었다.

III

30분 후, 올리버는 겁이 나서 어찌할 바를 모르고 있었다. 황급히 달려온 어머니가 전하기를, 14시 30분에 출발한 열차에서 승객이 내리고 얼마 지나지 않아 브라이턴역 광장에 정부 소속 볼러 한 대가 추락했다는 것이다. 올리버는 그 소식이 어떤 의미인지 알았다. 10년 전일어난 비슷한 사고가 아직도 그의 기억에 남아 있었다. 그 일로 개인용 볼러를 금지하는 법안이 통과될 정도의 큰 사고였다. 그 정도의 사고라면 볼러 탑승객은 전원 사망했을 것이다. 추락 현장에서는 더 많은 사람이 목숨을 잃었을 것이다. 그렇다면? 분명히 메이블도 그 시간에 광장에 있었을 것이다.

올리버는 메이블의 이모에게 다급히 전갈을 보냈다. 부들부들 떨리는 몸을 의자에 앉히고 답장을 기다렸다. 그의 옆에 어머니가 앉아 있었다.

"제발, 하느님⋯⋯."

울먹이던 어머니는 아들이 자신을 쏘아보자 당황해서 얼른 입을 다물었다.

그러나 다행히 운명은 자비로웠다. 필립스 보좌관이 답장을 들고 가파른 통로를 올라오기 3분 전, 메이블이 비록 창백하지만 웃음 띤 얼굴로 방으로 들어왔기 때문이다.

"맙소사!"

올리버가 큰 소리로 흐느끼며 벌떡 일어났다. 메이블도 할 말은 별로 없었다. 아직 참사에 대한 공식 발표도 없었다. 한쪽 날개가 작동을 멈춘 것 같다는 소문만 있을 뿐이었다.

메이블은 그림자가 지더니 '쉬익쉬익' 하는 소리가 나고 이어서 볼러가 추락했다고 상황을 묘사하다가 갑자기 말을 멈췄다.

"왜 그래, 메이블?"

올리버가 물었다. 곁에 앉아 아내의 손을 쓰다듬어 주는 그의 눈 밑은 아직도 하얗게 질려 있었다.

"거기 신부가 있었어요. 사고 직전에 역에서 그를 봤어요."

올리버가 피식 코웃음을 쳤다.

"그 사람은 곧바로 무릎을 꿇었어요. 십자가를 들고요. 의사들이 아직 도착하지 않았는데도요. 사람들이 정말 그런 걸 믿어요?"

"본인들은 그렇다고 생각하지."

올리버가 말했다.

"모든 게 정말…… 정말 눈 깜짝할 새였어요. 그런데 다 예상한 것처럼 행동했어요. 어떻게 그럴 수 있죠?"

"예전부터 존재했다고 하면 사람들은 뭐든 믿으니까."

"분명 그 남자도 믿는 것 같았어요. 죽어 가던 남자 말이에요. 눈을 봤어요."

메이블이 또 말을 멈췄다.

"왜 그래?"

"올리버, 당신이라면 죽어 가는 사람에게 뭐라고 말할 거 같아요?"

"말이라고? 아니, 아무 말도 안 하지! 무슨 말을 하겠어. 뭐, 지금까지 사람이 죽는 모습을 본 적이 없기는 하지만."

"나도 오늘까지는 그랬어요. 안락사 대원들이 금방 와서 일을 시작했어요."

메이블은 몸을 조금 떨었다. 올리버가 아내의 손을 부드럽게 감싸 쥐었다.

"정말 무서웠겠군. 세상에, 아직도 떨고 있잖아."

"아니에요. 하지만…… 있잖아요, 나도 할 말이 있다면 말했을지도 모르겠다고 생각했어요. 죽어 가는 사람들이 눈앞에 있었으니까요. 잠깐은 그럴 수도 있겠다 생각했지만, 아니라는 사실을 곧 깨달았어요. 나라면 인간성이 얼마나 대단한지 말할 수 없었을 거예요."

"메이블, 정말 슬픈 일이지만 이제는 중요하지 않아. 다 끝났어."

"그렇게…… 그렇게 그냥 끝나는 건가요?"

"당연하지."

메이블이 입술을 살짝 깨물었다. 그러더니 한숨을 내쉬었다. 아까 열차에서도 긴장을 풀어 보려고 명상을 했다. 하지만 아직까지도 불안한 마음을 떨칠 수 없었다. 사람이 죽는 모습을 오늘 처음으로 보지 않았는가.

"그 신부…… 그 사람은 우리와 생각이 다르다고요?"

"그 남자가 뭘 믿는지 말해 줄게. 죽어 가는 남자에게 십자가를 보여 주면서 중얼거렸다고 했지. 그 사람들은 죽은 사람이 뇌 기능은 정지 했지만 어딘가에 살아 있다고 믿어. 그게 어디인지는 그들도 잘 몰라. 천천히 달궈지는 제련소 같은 곳 아니면 구름 위의 어딘가에 있다고 믿지. 운이 아주 좋거나 그 나무 쪼가리가 효과를 발휘하면 그 사람은 구름 위에서 성삼위 앞에 서게 된다고 해. 셋이기는 하지만 사실은 한 사람이라고 하지. 다른 사람도 많대. 푸른 옷을 입은 여인도 있고, 흰옷을 입고 머리를 옆구리에 낀 사람도 있고, 머리가 한쪽에 달린 사람은 더 많다고 하지. 다들 하프를 들고 영원히 노래를 부르며 구름 위를 걷는다고 해. 그런 생활이 아주 즐겁다는 거야. 이렇게 착한 사람들은 조금 전에 말한 그 제련소를 평생 내려다보며 그걸 만든 위대한 세 사람을 칭송한대. 이게 당신이 본 신부가 믿는 것들이야. 이제 말도 안 되는 소리라는 걸 알겠지? 그럴듯하게 들릴지는 몰라도 사실이 아니야."

메이블이 흡족해서 미소를 지었다. 이렇게 자세한 이야기는 오늘 처음 들었기 때문이다.

"그러네요. 당신 말이 맞아요. 사실일 리가 없죠. 그 사람은 어떻게 그런 걸 믿죠? 꽤 지적으로 보이던데!"

"메이블, 만약 내가 아기 때부터 당신에게 달이 녹색 치즈라고 매일같이 교육시켰다면 당신도 그렇게 믿을 거야. 당신도 알잖아. 진정한 성직자는 안락사 대원들이라고. 그게 맞는 말이지."

메이블이 안도의 한숨을 내쉬며 일어났다.

"올리버, 역시 당신 말을 들으면 위로가 돼요. 내가 당신 사랑하는 거 알죠? 그럼 나는 내 방으로 갈게요. 아직도 몸이 떨리네요."

방을 반쯤 가로지르던 그녀가 우뚝 서서 한쪽 신발을 벗었다.

"어떻게……."

그녀가 작게 내뱉었다. 신발 위에는 뭔지 모를 붉은 녹 같은 얼룩이 묻어 있었다. 아내의 얼굴에서 핏기가 사라지는 모습을 본 올리버가 벌떡 일어났다.

"메이블, 신경 쓰지 마."

세상의 주인

메이블은 그를 향해 용감하게 미소를 지어 보이고 방을 나갔다.

◆ ◆ ◆

메이블이 방을 나간 후 올리버는 잠시 그곳에 앉아 있었다. 아아! 이렇게 기쁠 데가! 메이블이 없는 삶은 상상조차 하기 싫었다. 메이블이 열두 살 때부터 7년을 알고 지낸 두 사람은 작년 구청에서 혼약을 맺었다. 메이블은 그에게 없어서는 안 될 사람이 되었다. 물론 이 세상은 메이블 없이도 굴러갈 것이고, 올리버도 그럭저럭 살아갈 것이다. 하지만 그러고 싶지 않았다. 두 사람은 정신적으로도 육체적으로도 서로를 사랑했다. 이것이 그가 신봉하는 인간애였다. 이것 말고 다른 것은 중요하지 않았다. 올리버는 눈치가 빠른 메이블이 좋았다. 그의 생각을 완벽하게 읽어 내는 그녀를 사랑했다. 마치 2개의 불꽃을 더하면 그보다 더 높이 솟아오르는 세 번째 불꽃이 만들어지는 것 같았다. 물론 하나의 불꽃은 다른 불꽃이 없어도 타오를 수 있다. 언젠가는 그렇게 될 수밖에 없다. 하지만 그때까지 그녀의 온기와 불빛을 느낄 수 있어 행복하다. 올리버는 메이블이 추락한 볼러와 멀리 떨어져 있었다는 사실에 진심으로 감사했다.

그리스도교 교리를 메이블에게 알려 준 일에 대해서는 개의치 않았다. 가톨릭교 신자들의 믿음은 어차피 별 볼 일 없는 것이었다. 그런 표현들이 불경하다고 생각하지 않았다. 자개 눈이 달린 원시 조각상이나 말총 가발을 보고 비웃는 것과 다를 바 없는 행위였다. 어떻게 그런 것들을 진지하게 받아들이겠는가. 인류가 어쩌다 그런 헛소리를 믿게 되었는지 궁금한 적도 있다. 하지만 심리학이 그를 도와주었다. 이제 그는 심리학으로 거의 모든 것을 설명할 수 있음을 잘 알았다. 그러고 보니 안락사 운동을 그토록 오래 막아 온 것도 대단하신 자비심을 내세운 역겨운 종교였다.

올리버는 '제발, 하느님'이라던 어머니의 외침을 기억하고 이맛살을 찌푸렸다. 그러나 이내 가여운 노인의 아이 같은 모습이라고 생각하자 마음이 편해졌다. 다시 책상으로 몸을 틀던 그는 신발에 튄 피를 보고 주저하던 아내의 모습을 떠올렸다. 피! 그래, 그것처럼 확실한 사실은 없었다. 그건 어떻게 설명해야 할까? 그래, 영광스러운 인본주의에 대한 믿음이 모든 것을 설명해 준다. 인본주의의 신은 하루에 만 번은 죽었다 다시 살아난 위대한 신이다. 그 신은 세상이 시작된 후로 타르수스 출신의 사울* 같은 늙은 광신도처럼 매일 삶을 마감했지만, 나자렛 목수의 아들처럼 단 한 번만 다시 태어나지는 않았다. 이 세상의 모든 아이가 태어날 때마다 신은 새롭게 생명을 얻었다. 그 정도면 모든 것이 설명되지 않겠는가.

1시간 후 필립스 보좌관이 새로운 종이 뭉치를 들고 왔다.

"동방에서 소식이 끊겼습니다, 의원님."

---

* 사도 바오로가 그리스도교 박해자로 활동하던 젊은 시절에 사용한 이름.

2장

I

퍼시 프랭클린은 잉글랜드 보호 추기경*에게 보고서를 쓰는 데만 하루에 최소 2시간이 걸렸다. 간접적으로 투자하는 시간까지 합하면 거의 8시간에 달했다.

교황청은 지난 8년 동안 시대 변화에 따라 운영 방식을 바꿔 왔다. 전 세계의 주요 관구에 대교구를 세우고 로마에서 임명한 대리인을 한 사람씩 두었다. 대리인은 각 나라의 교회와 교황 사이의 가교 역할을 했다. 다시 말해, 삶의 변화에 대응하기 위해 빠르게 중앙 집권화를 진행했다는 뜻이다. 이로 인해 교구의 권한과 사목의 자율성이 확대되었다. 잉글랜드 보호 추기경은 베네딕토회의 마틴 대수도원장이었다. 퍼시뿐만 아니라 12명의 주교를 비롯해 사제와 평신도(참고로, 이

---

*   특정 국가에서 로마 가톨릭교회를 대표하고, 교황의 대리자 역할을 하며, 각국 정부와 교황청 사이의 가교 역할을 하는 추기경. 역사적으로는 14세기부터 19세기 후반까지 유럽 각국에 존속했다. 영국에서는 1492년부터 1539년까지 6명의 보호 추기경이 있었는데, 종교 개혁 이후 명맥이 끊겼다.

들과 공식적으로 상의를 하는 행위는 금지였다)들까지 새로이 알게 된 일들에 대해 보호 추기경에게 매일 장문의 보고서를 써야 했다.

그런 이유 때문에 퍼시의 일상은 평범하지 않았다. 웨스트민스터에 있는 대주교 관저의 숙소를 배정받아 생활했다. 어떤 의미에서는 대성당에 몸이 매였다고도 할 수 있었다. 그렇지만 일상생활은 자유로운 편이었다. 아침에 일찍 일어나 1시간 동안 묵상을 하고 미사를 올렸다. 미사가 끝나면 바로 커피를 마시고 소성무일도*를 바친 후 책상에 앉아 보고서 초안을 잡았다. 10시부터는 방문객 맞을 준비를 하고 이런저런 이유로 그를 찾아오는 여러 사람과 정오까지 시간을 보냈다. 정보원 5~6명도 그 시간에 찾아와 중요한 내용에 표시를 해 둔 신문 기사를 전하며 자신의 의견을 들려주었다. 정오가 되면 관저에서 다른 사제들과 식사를 한 다음, 의견을 구해야 할 사람들을 방문하기 위해 외출을 했다가 16시쯤 돌아와 차를 마셨다. 저녁 성무일도를 마치고 성체 조배**를 한 후 다시 책상에 앉아 보고서를 완성했다. 분량은 많지 않아도 신중하게 단어를 고르고 조심스럽게 문장을 완성해야 했다. 저녁 식사 후에는 다음 날 보고서에 쓸 내용 몇 가지를 메모하고 또 방문객을 맞았다. 그러다 22시가 넘으면 곧바로 잠자리에 들었다. 일주일에 두 번은 저녁 기도를 보조했고, 토요일에는 대미사에서 성가를 불렀다.

---

* 성무일도는 매일 정해진 시간에 하느님께 바치는 기도로 성직자들의 의무이며, 소성무일도는 성무일도를 간략하게 만든 것.

** 예수 그리스도의 몸을 상징하는 성체 앞에서 존경을 표하는 의식.

이렇게 독특한 일과로 퍼시는 매일 눈코 뜰 새 없이 바빴다.

브라이턴에 다녀온 날로부터 1~2주가 지난 어느 날이었다. 보고서를 마무리하는데 직원이 방에 들어오더니 프랜시스 신부가 아래층에 와 있다고 알렸다.

"10분만 기다려 달라 전하게."

퍼시가 고개도 들지 않은 채 말했다.

마지막 문장을 쓰고 타자기에서 종이를 꺼내 쭉 읽어 내려갔다. 퍼시는 라틴어로 쓴 보고서를 무의식중에 머릿속에서 영어로 번역하고 있었다.

5월 14일 웨스트민스터

추기경님, 어제 이후 추가로 입수한 정보입니다. 모든 국가에 에스페란토를 필수로 도입하는 법안이 6월에 상정될 것이 확실해 보입니다. 이 정보는 존슨에게서 들었습니다. 전에도 말씀드렸듯이, 이것은 우리와 유럽 대륙이 통합하는 과정의 최종 단계입니다. 현재로서는 참으로 유감스러운 일입니다. …… 아마도 프리메이슨에 유대인이 대거 유입될 것 같습니다. 지금까지는 어느 정도 거리를 두었지만 유대인들도 '유일신 개념의 폐기' 쪽으로 기울고 있습니다. 이를 지지하는 유대인의 수가 급증하고 있는데 이들은 구세주에 대한 믿음을 부정합니다.

여기서도 '인본주의'가 영향을 미치고 있습니다. 오늘 런던에서 시므온이라는 랍비가 이에 관해 연설하는 것을 들었습니다. 대중들에게 큰 호응을 받았습니다. …… 일부에서는 공산주의 운동을 이끌 인물이 나타나 흩어진 힘을 하나로 결집할 것이라는 기대도 커지고 있습니다. 그와 관련해서 〈뉴피플〉에서 발췌한 사설을 동봉합니다. 어디에서나 비슷한 이야기가 나오고 있습니다. 공산주의 진영에서 조만간 그런 인물이 나올 것이라고 말합니다. 지난 100년 동안 선구자가 늘 있었는데 최근에 맥이 끊겼다면서요. 이런 생각은 표면적으로 그리스도교 사상과 매우 유사한 면이 있습니다. 추기경님께서도 일부 연설에서 '아홉 번째 물결'이라는 표현을 사용하고 있음을 알아차리셨을 겁니다. …… 오늘 유서 깊은 가톨릭 가문인 노픽의 워그레이브 가문과 그 가문의 담당 사제 미클럼이 가톨릭을 떠났다는 소식을 들었습니다. 미클럼이 이번 일을 주도한 것 같습니다. 상징적인 사건이라 판단한 〈에픽〉 신문이 이를 대대적으로 보도했습니다. 안타깝게도 요즈음 드문 일은 아닙니다. …… 평신도들 사이에 불신이 많습니다. 지난 석 달 사이 웨스트민스터 교구의 사제 7명이 우리 곁을 떠났습니다.

이 와중에 좋은 소식도 있습니다. 몇 주 전부터 들은 대로, 칼라일 성공회 주교가 신부 5~6명과 함께 오늘 아침 가톨릭 성찬식을 받았습니다. 〈트리뷴〉, 〈런던 트럼펫〉, 〈업저버〉 기사에 제 의견을 덧붙여 첨부합니다. 얼마나 기쁜 소식인지 아실 수 있을 겁니다.

참고 : 워그레이브 가문과 사제 8명의 공식 파문령은 노픽과 웨스트민스터에 각각 따로 공표하되, 그에 관한 언급은 삼가는 편이 타당함.

퍼시는 보고서를 내려놓고 의견을 덧붙인 발췌 기사를 모아 서명을 했다. 그러고는 준비해 둔 봉투에 전부 담았다.

그다음 사제각모*를 집어 들고 승강기로 향했다.

◆ ◆ ◆

유리문이 달린 객실에 들어서자마자 심상치 않은 상황임을 직감할 수 있었다. 선 채로 기다리는 프랜시스 신부의 얼굴은 병색이 짙고 눈가와 입가는 묘하게 굳어 있었다. 그가 갑자기 고개를 저었다.

"작별 인사를 드리러 왔습니다, 신부님. 더는 못 버티겠어요."

퍼시는 감정을 드러내지 않으려 애썼다. 프랜시스에게 앉으라며 의자를 가리키고 그도 자리에 앉았다. 프랜시스가 단호한 목소리로 다시 말했다.

"다 끝났습니다. 저는 아무것도 믿지 않아요. 1년 전부터 믿음을 다 잃었습니다."

"아무 느낌이 없다는 말이겠지요."

"그런 말도 소용없습니다, 신부님. 정말 끝이에요. 이제는 말씨름할 힘도 없습니다. 그냥 인사하러 온 겁니다."

퍼시는 할 말이 없었다. 프랜시스 신부가 믿음이 사라지고 있다고 처음 털어놓던 8개월 전부터 그에게 수도 없이 말했다. 얼마나 괴로

---

*   성직자가 쓰는 3~4개의 각이 잡힌 사각형 모자.

운 심정인지 충분히 이해가 갔다. 새로운 인류의 승리를 외치는 세상의 소용돌이에 휩싸인 이 가여운 영혼에게 동정심을 느꼈다. 지금은 겉으로 보이는 것들의 힘이 너무 강했다. 의지와 은총이 전부이고 감정은 아무것도 아님을 깨달은 이들을 제외한 나머지 사람들에게 믿음이란 거대한 기계의 한가운데를 기어가는 어린아이와 같았다. 목숨을 건질 수도 있고, 죽을 수도 있다. 계속 꾸준히 나아가려면 굳건한 용기가 필요했다. 어디서부터 잘못되었는지 알 수도 없었다. 그러나 퍼시의 신념은 어디서부터 잘못되었는지 알아내야 한다고 말하고 있었다. 신앙의 시대에는 종교를 완전히 이해하지 못해도 괜찮았다. 하지만 오늘날처럼 모든 것을 철저하게 검증하는 시대는 달랐다. 무지라는 기적의 보호를 받는 사람이나 겸손하고 순수한 사람이라면 모를까, 그러한 시험을 오래 견디는 사람은 없었다. 심리학과 유물론이 손을 잡으니 뭐든 설명될 수 있을 것 같았다. 하지만 종교가 실용적이지 않은 이유를 이해하려면 확실한 초자연적 인식이 필요했다. 프랜시스 신부의 책임도 없지는 않았다. 그의 종교관은 기도보다 예식에 치우쳐 있었다. 외면이 내면을 흡수한 것이다.

그래서 퍼시는 안쓰러운 눈빛을 일부러 감추었다.

"당연히 제 잘못이라고 생각하시겠죠."

프랜시스가 날카롭게 쏘아붙였다.

"신부님, 그건 분명히 신부님 잘못입니다. 제 말 좀 들어 보세요. 신부님은 그리스도교가 허무맹랑하고 말도 안 되는 종교라 하십니다. 그럴 수는 없습니다! 진실이 아닐지도 모르죠. 아니, 실제로 그렇다는 말은 아닙니다. 저는 절대적인 진실이라고 확신하고 있습니다. 교양 있고 도덕적인 사람들이 그리스도교를 계속 믿는 한 허무맹랑하다고 할 수 없습니다. 허무맹랑하다고 하는 건 우월감을 가지려고 하는 말입니다. 그리스도교를 믿는 사람들은 어리석다, 뭔가를 착각하고 있다, 이렇게 치부해 버리려고……."

퍼시가 의자에 앉아 미동도 없이 대답했다.

"좋습니다. 아까 한 말을 취소하지요. 그냥 진실이라 믿지 않는다고 하겠습니다."

프랜시스가 말을 자르며 끼어들었다.

"취소하지 않으셨어요. 신부님은 아직도 허무맹랑하다고 믿고 있잖아요. 몇 번이나 그렇게 말하지 않았습니까. 다시 말하지만 그건 우월감입니다. 그것으로 다 설명할 수 있어요. 가장 중요한 건 도덕적인 행동입니다. 다른 중요한 것들도 있지만……."

퍼시가 침착하게 응대했다.

"아이고! 또 그 뻔한 얘기를 하시려고요!"

프랜시스가 고개를 홱 치켜들며 비웃었다.

"지금 이러시는 게 여자 때문이 아니라고 맹세한다면, 어떤 나쁜 일을 계획하고 있는 게 아니라고 맹세한다면 신부님 말씀을 믿겠습니다. 하지만 이 또한 뻔한 이야기라고 하시겠지요."

"맹세합니다. 그런 일 없습니다!"

프랜시스가 소리쳤다.

"그렇다면 다행입니다! 믿음이 돌아오는 데 별문제가 없겠군요."

잠시 침묵이 이어졌다. 퍼시는 정말 더는 할 말이 없었다. 프랜시스에게 내면의 삶에 관해 끊임없이 말해 왔다. 그 안에서는 진리가 진실로 보이고, 믿음의 행위가 인정을 받는다. 퍼시는 지칠 때까지 기도하고 겸손한 마음을 가지라고 충고했다. 하지만 프랜시스는 그것은 자기 최면을 하라는 조언 아니냐고 반박할 뿐이었다. 퍼시는 아무것도 보지 못하는 이에게는 무슨 말을 해도 소용이 없다고 생각했다. 어느 한편으로는 사랑과 믿음을 자기 최면이라고 볼 수도 있다. 하지만 그것은 예술적 능력처럼 실제로 존재하는 것이고, 어느 경지에 이르려면 수양이 필요하다. 사랑과 믿음을 품으면 그것이 확실하다는 확신이 생긴다. 만질 수 있고, 맛볼 수 있다. 그것은 감각에 비할 수 없이 더 현실적이고 객관적으로 다가온다. 하지만 이 사람에게 이런 증거는 아무 의미도 없는 듯했다.

그래서 퍼시는 입을 다물고 있었다. 위기를 앞에 두고 흥분을 가라앉힌 채, 좁고 단조로운 구석 객실의 높은 창문과 바닥 깔개를 멍하니 바라보기만 했다. 여기 있는 그의 형제는 눈이 있지만 보지 못하고 귀가 있지만 듣지 못했다. 퍼시는 그 사실이 지독히도 절망스러웠다. 그냥 인사를 하고 일어나고 싶었다. 더 이상 방법이 없었다.

허리를 굽히고 앉아 있던 프랜시스가 퍼시의 생각을 읽었는지 갑자기 일어났다.

"저 때문에 피곤하시죠. 이만 가 보겠습니다."

"신부님 때문에 피곤한 게 아닙니다. 정말 안타까울 뿐이죠. 제가 아는 한 모든 것은 사실이기 때문입니다."

퍼시가 딱 잘라 말했다.

프랜시스가 그를 노려보며 쏘아붙였다.

"제가 아는 한 그 말은 틀렸습니다. 정말 아름다운 이야기예요. 저도 믿고 싶습니다. 평생 다시 행복할 수 있을지 모르겠지만…… 하지만 이렇게 됐네요."

퍼시는 한숨을 쉬었다. 그동안 프랜시스에게 수없이 말했다. '마음은 정신만큼이나 신성한 선물이다, 주님을 찾는 데 마음을 외면하면 파멸에 이를 뿐이다'라고. 하지만 그에게는 통하지 않았다. 그때마다 프랜시스는 교육으로 모든 것을 설명할 수 있다는 오랜 심리학 논거를 들이밀었다.

"앞으로 저를 모르는 사람 취급하시겠죠."

프랜시스가 말했다.

"저를 떠나는 건 신부님입니다. 제가 따라갈 수는 없지 않습니까."

"하지만…… 친구로 지낼 수는 없을까요?"

퍼시의 가슴이 갑자기 뜨거워졌다.

"친구라고요? 너무 감상적인 거 아닙니까? 우리가 어떻게 친구가 되겠습니까?"

"그럴 줄 알았습니다."

프랜시스가 우울한 표정을 지었다.

"존! 모르겠나? 자네가 주님을 믿지 않는데 어떻게 친구인 척 연기를 하겠나? 자네가 믿지 않는데 어떻게 그러겠어!"

퍼시가 외쳤다.

프랜시스가 자리에서 벌떡 일어났다.

"뭐…… 믿으려고 해 봤지만 믿을 수 없었습니다. 가 보겠습니다."

프랜시스가 쏘아붙이고 문을 향해 몸을 돌렸다.

"존! 정말 이렇게 가려고? 악수도 못 해 주나?"

퍼시가 다시 불렀다.

프랜시스가 잔뜩 화난 얼굴로 뒤돌아서며 소리쳤다.

"친구가 될 수 없다고 말한 건 신부님입니다!"

퍼시가 입을 떡 벌렸다. 뒤늦게 무슨 뜻인지 이해한 그가 미소를 지었다.

"아! 자네가 말하는 친구는 그런 뜻이었군! 내가 실례했네. 원한다면 서로 예의를 차릴 수는 있겠지."

퍼시는 아직 손을 내밀고 있었다. 그 손을 바라보는 프랜시스 신부의 입술이 잠깐 바르르 떨렸다. 하지만 그는 다시 돌아서더니 아무 말 없이 객실을 나갔다.

II

바깥의 자동 벨이 울릴 때까지 퍼시는 움직이지 않았다. 프랜시스 신부가 정말로 가 버렸다는 소리였다. 그는 객실을 나와 대성당으로 가는 긴 통로를 걸었다. 제의실* 앞을 지나갈 즈음, 앞쪽에서 어렴풋

---

* 교회 전례에 쓰이는 제구와 제의를 보관하고 성직자가 제의를 갈아입는 방.

세상의 주인

이 오르간 소리가 들렸다. 교구 교회로 사용하던 경당에 들어서고 보니, 성가대석 쪽에서 아직 저녁 성무일도가 진행 중이었다. 퍼시는 곧장 회랑을 지나 오른쪽으로 방향을 틀어 중앙으로 나아가 무릎을 꿇고 앉았다.

해 질 시간이 다가오고 있었다. 넓고 어두운 성전* 곳곳에서 화려한 대리석과 금박 장식에 닿은 런던의 붉은 불빛이 반짝거렸다. 부유한 개종자들이 마련해 준 것들이었다. 앞에는 성가대석이 높아 솟아 있고, 양쪽으로 하얀 중백의**와 털옷을 입은 참사회*** 회원들이 늘어서 있었다. 중앙에는 거대한 천개****가 세워져 있었다. 그 아래에서 타오르는 6개의 초는 100년 넘게 하루도 꺼지지 않았다. 그 뒤로 성당 안쪽 둥근 벽을 따라 높은 성가대석과 어둑한 창문이 뚫린 아치형 천장이 있었다. 그 너머 하늘에서 그리스도께서 준엄한 눈으로 세상을 굽어보시리라. 퍼시는 기도를 시작하기 전에 잠시 주위를 둘러보았다. 이 공간에 퍼져 있는 은총을 느끼며, 크게 울려 퍼지는 성가와 오르간 소리, 사제의 가늘고 부드러운 목소리를 들었다. 왼쪽을 보니 성체 앞의 램프가 굴절된 불빛을 밝게 빛내고 있었다. 오른쪽으로 고개를 돌리니 수척한 조각상들의 발밑에서 10여 개의 초가 깜박거렸다. 머리 위에는 거대한 십자가가 매달려 있었다. 그곳에 계신 마르고 수척하고

---

*　미사를 거행하는 장소.

**　성직자들이 미사 때 입는 발끝까지 내려오는 긴 장백의를 짧게 변형한 옷.

***　교구나 수도회의 행정 안건을 심의하는 사제들로 구성된 기구.

****　직물로 만든 거대한 우산 모양의 덮개.

가난한 이는 그를 올려다보는 모든 이를 당신의 품으로 부르셨다.

퍼시는 손으로 얼굴을 가리고 몇 차례 심호흡을 하고는 기도를 시작했다.

마음 기도를 하기 때문에 먼저 감각의 세계를 차단했다. 표면 아래로 가라앉는 이미지를 떠올리며 내면 깊숙한 곳으로 빠져들었다. 오르간 소리와 사람들의 발소리가 점점 들리지 않고 손목을 올려놓은 단단한 의자 등받이도 느껴지지 않았다. 외부의 모든 것이 분리되었다. 단지 심장이 뛰는 한 사람의 몸만 남았다. 머릿속에서는 이미지가 계속해서 지나갔지만, 감정의 움직임은 약했다. 내면으로 한 걸음 더 들어갔다. 그에게 속한 모든 것과의 관계가 끊어지고, 몸과도 분리되었음을 느꼈다. 영적인 존재에 대한 경외감 속에서 그의 마음과 정신이 하나로 합쳐져 그들의 지배자이자 보호자인 의지에 복종했다. 그 존재가 압도적인 기운으로 자신을 휘감아 도는 것을 느낀 퍼시는 한두 번 숨을 깊이 들이마셨다. 기계적으로 몇 마디 기도문을 반복하고 평온한 상태에 빠졌다. 모든 잡념이 머릿속에서 사라졌다.

그 상태로 잠시 쉬었다. 저 멀리 높은 곳에서 황홀한 음악이 들렸다. 묵직한 트럼펫과 날카로운 플루트가 섞인 소리였다. 하지만 잠들어 있는 이들에게 그 소리는 거리의 소음처럼 의미 없었다. 그는 지금 감각과 사고의 장벽을 넘어 베일 안에 있었다. 끊임없는 노력으로 통하는 길을 알아낸 비밀 공간이었다. 그 기이한 공간에서는 현실이 분명히 보이고, 지각이 빛의 속도로 스쳐 지나갔다. 자유로운 의지가 이 행위, 저 행위에 의미를 부여해 그것을 사방으로 퍼트렸다. 모든 것이 만나는 공간이고, 진실을 알고 만지고 맛볼 수 있는 공간이며, 내재한 신과 초월한 신이 하나가 되는 공간이었다. 그곳에서는 외부 세계의 의미가 내면을 통해 명백히 드러나고, 교회와 하늘의 신비가 영광의 안개 속에서 모습을 드러냈다.

퍼시는 그렇게 잠시 무아지경에 빠졌다.

그러다 정신을 차리고 말하기 시작했다.

"주님, 저는 여기 있습니다. 당신도 여기 계십니다. 저는 당신을 알고 있습니다. 이곳에는 저와 당신뿐이고 저는…… 저는 이 모든 것을 당신의 손에 드립니다. 당신을 배반한 사제들, 당신의 사람들, 이 세상, 그리고 저 자신을 바칩니다. 이것을 당신 앞에 놓습니다. 당신 앞에 놓습니다."

퍼시는 잠시 기도를 멈췄다. 어지러운 생각들을 정리하고 다시 입을 열었다.

"주님, 어둠과 절망 속에서 저는 주님의 은총을 얻기 위해 나아갑니다. 저를 지켜 주는 것은 당신입니다. 제 영혼 안에서 계속 머물러 당신의 일을 마무리하소서. 단 한순간도 흔들리지 않게 도와주소서. 당신께서 제 손을 놓으시면 제 존재는 완전히 사라집니다."

미천하지만 당당한 그의 영혼이 호소하듯 손을 뻗었다. 그러다 의심이 들어 의지가 희미해져 가자 믿음과 희망, 사랑을 떠올리며 애써 마음을 다잡았다. 한 번 더 심호흡을 하고 다시 기도를 시작했다. 그를 감싸고 있는 영적인 존재의 꿈틀거림이 느껴졌다.

"주님, 당신의 사람들을 봐 주십시오. 많은 이가 당신에게서 멀어지고 있습니다. 영원히 저희에게 노하지 마소서. 영원히 저희에게 노하지 마소서……. 저는 모든 성인과 천사와 성모와 하나가 됩니다. 그들과 저를 굽어보시고 저희의 소리를 들어 주십시오. 당신의 빛과 진리를 보내 주소서. 당신의 빛과 진리를! 우리가 견딜 수 있는 것보다 더 무거운 짐을 지우지 마십시오. 주님, 어찌 아무 말씀도 하지 않으십니까!"

퍼시는 간절한 열망에 사로잡혀 몸을 뒤틀었다. 근육이 찢어지는 소리가 났다. 다시 한번 긴장을 풀고 얼른 침묵 기도를 시작했다. 이것은 기도의 핵심이었다. 영혼의 눈길이 사방을 누볐다. 골고타*에서 천국으로 갔다가 다시 불안하게 흔들리는 땅으로 돌아왔다. 그리스도가 비참하게 죽어 가는 동안 땅은 흔들리고 신음했다. 그리스도는 빛의 예복을 입고 사제로서 왕좌에 앉아, 거룩한 육신 안에서 끈기 있게 단호한 침묵을 지켰다. 그는 차례로 성부의 시선을 안내했다.

그러고는 응답을 기다렸다. 그것은 아주 부드럽고 조심스럽게 다가와 그림자처럼 스쳐 지나갔다. 그것을 붙잡아 두려고 애쓰는 그의 의지가 땀과 피와 눈물이 되어 흘러내렸다.

그리스도의 신비체**가 괴로워하는 모습을 보았다. 십자가에서 그러한 것처럼 이 세상 위에서 사지가 찢기는 고통을 감내하며 침묵을 지켰다. 고통이 현란하게 깜박이는 빛으로 변할 때까지 근육이 뒤틀리고 신경이 꼬이는 것을 바라봤다. 그의 이마와 손과 발에서 생명의 피

---

* 예수 그리스도가 십자가에 못 박힌 곳. 히브리어로는 '골고타', 라틴어로는 '칼바리아'라고 하며, '해골 터'를 뜻한다. 개신교에서는 '골고다' 혹은 '갈보리'라고 음역한다.
** 그리스도가 강생의 신비를 널리 전하기 위해 세운 가톨릭교회를 뜻함.

가 방울방울 떨어졌다. 세상 사람들은 그 앞에 모여 조롱하고 웃었다.

"다른 이들은 구했으면서 자기 자신을 구할 수 없다니……. 그리스도가 십자가에서 내려오면 우리도 믿지."

저 멀리 수풀과 땅 구덩이에 몸을 숨긴 예수의 친구들이 그 모습을 엿보며 흐느껴 울었다. 마리아는 7개의 검에 찔려 말이 없었다. 그분이 사랑하던 제자는 위로의 말을 하지 않았다.

하늘에서도 아무 말을 하지 않았다. 천사들은 검을 칼집에 넣고 주님의 영원한 인내심을 기다리라는 명령을 받았다. 고통은 아직 시작하지도 않았기 때문이다. 끝이 오기 전에 아직 수천 가지 공포가 남았다. 시련의 마지막 절정까지는……. 마냥 기다리며 지켜봐야 한다. 거기 서서 가만히 있는 것에 만족해야 한다. 부활은 꿈에서나 가능한 희망에 불과한 듯하다. 안식일은 아직 오지 않았다. 그동안 그리스도의 신비체는 빛이 들지 않는 무덤에 누워 있어야 하고, 십자가의 존엄을 드러내서도 안 되며, 예수가 살아 있다는 사실도 발설해서는 안 된다.

퍼시가 오랜 노력으로 어디인지 알아낸 내면세계가 극도의 고통으로 빛났다. 소금물처럼 쓰라렸다. 흐릿한 광명은 고통이 낳은 궁극의 산물이었다. 귓가에서 흥얼거리던 소리가 점점 커져 비명이 되고…… 고문대에 묶인 것처럼 고통이 그를 짓누르고 꿰뚫고 잡아당겼다. 그의 의지가 힘을 잃고 약해져 갔다.

"주님, 견딜 수가 없습니다!"

그가 한탄했다.

퍼시는 금세 현실로 돌아와 절망의 한숨을 길게 내쉬었다. 입술을 쓱 핥고 눈을 떴다. 어둑한 제단이 보였다. 이제 오르간 소리는 들리지 않았다. 성가대도 떠나고 불빛도 사라졌다. 벽에 닿은 붉은 석양도 희미해졌다. 벽과 천장에서 엄숙하고 차가운 얼굴들이 그를 내려다보고 있었다. 퍼시는 삶의 표면 위로 다시 올라왔다. 방금 전에 본 환영은 녹아내렸다. 무엇을 봤는지도 기억나지 않았다.

하지만 남은 기억을 그러모아 부단한 노력으로 흡수해야 한다. 그에게 감각과 내면의 정신을 내려 주신 주님께 의무를 다해야 한다. 퍼시는 뻣뻣해진 몸을 일으켜 성체 조배 경당으로 향했다.

퍼시가 백발이 가득한 머리에 사제각모를 쓰고 신자석을 나오려는데 어느 노부인이 그를 빤히 쳐다보고 있었다. 퍼시는 잠시 머뭇거렸다. 회개하러 온 것일까? 그러는 사이 노부인이 다가왔다.

"실례합니다, 선생님."

그녀가 말을 걸었다.

그렇다면 가톨릭 신자는 아니다. 퍼시가 사제각모를 벗었다.

"무엇을 도와 드릴까요?"

그가 물었다.

"죄송하지만, 혹시 두 달 전 브라이턴역에서 일어난 사고 현장에 계시던 분인가요?"

"맞습니다."

"아! 역시 며느리가 본 사람이 선생님이셨군요."

퍼시는 문득 짜증이 났다. 젊어 보이는 얼굴과 흰머리 때문에 사람들의 눈에 띄는 것도 이제는 지겨웠다.

"부인께서도 거기 계셨습니까?"

노부인은 의심과 호기심이 섞인 눈으로 그를 위아래로 훑어보았다. 그러더니 퍼뜩 정신을 차리고 말했다.

"아니, 제 며느리가 봤다고 해서요. 선생님, 그런데 혹시……."

"예?"

퍼시는 짜증을 애써 숨겼다.

"선생님께서는 대주교이신가요?"

퍼시가 하얀 치아를 드러내며 웃었다.

"아닙니다, 부인. 저는 미천한 사제에 불과합니다. 대주교는 콜몬들리 박사이시고, 저는 퍼시 프랭클린 신부입니다."

노부인은 말이 없었다. 하지만 그에게서 시선을 떼지 않은 채 고개를 숙이고 구시대에나 하던 인사를 했다. 퍼시는 경배를 올리기 위해 아름다운 경당을 향해 어둠 속으로 걸음을 옮겼다.

III

그날 저녁 식사 시간, 사제들은 무섭게 확산하는 프리메이슨 세력에 관해 열띤 대화를 나누었다. 벌써 한참 전부터 있던 현상이고, 가톨릭교회는 그 위험을 잘 알고 있었다. 가톨릭교회는 수 세기 전부터 계속해서 그들을 비난해 왔기 때문에 가톨릭 신자는 프리메이슨에 가입할 수 없고, 둘 중 하나는 포기해야 했다. 하지만 지난 세기부터 상황은 급변했다. 제일 먼저 프랑스 교회가 조직적인 공격을 받았다. 그러다 1918년, 한때 프리메이슨에 몸담은 도미니코 수도회 수사 P. 제롬이 마크메이슨(프리메이슨의 하부 단체)에 관해 폭로하며 가톨릭교회의 오랜 의심이 사실로 드러났다. 전 세계에서 일어난 반가톨릭 운동의 배후에 프리메이슨이 있다는 것이었다. 일반 회원은 아니어도 최소한 고위층은 관여하고 있었다. 그러던 중 제롬이 침실에서 사망하자 대중은 충격을 받았다. 하지만 프랑스와 이탈리아의 병원이나 고아원 같은 곳에 거액의 기부금이 쏟아지기 시작하자 의심은 다시 가라앉았다. 그때나 지금이나 70년 넘게 프리메이슨은 단지 대규모 친목 단체를 표방했기 때문이다. 하지만 최근 들어 의심이 다시 고개를 들기 시작했다.

"펠센버그가 프리메이슨이라 들었습니다. 그랜드 마스터(최고위 프리메이슨)라고 하던데."

대성당을 관리하는 매킨토시 본당 신부가 말했다.

"그런데 펠센버그가 대체 누구입니까?"

젊은 신부가 불쑥 물었다.

매킨토시 신부가 입을 꾹 다문 채 고개를 저었다. 젊은 사제는 무지를 부끄러워하지 않는 겸손한 사람이었다. 주교의 출판 허가를 받지 않은 책이나 신문은 절대 읽지 않는다고 당당히 말하고 다녔다. 신부에게는 믿음을 지키는 일이 중요하므로 세속적인 지식 따위는 몰라도 상관없다고 입버릇처럼 말하곤 했다. 퍼시는 그의 마음가짐이 부러울 때도 많았다.

"수수께끼의 인물입니다. 하지만 인기가 대단한 것 같아요. 오늘 보

세상의 주인

니 강독에서 그의 전기를 팔더군요."

블랙모어 신부가 말했다.

"사흘 전에 아메리카 상원 의원을 만났습니다. 아메리카에서도 굉장한 달변가라는 사실 말고는 알려진 바가 전혀 없다고 합니다. 정치에 뛰어든 지 1년도 안 됐는데 남들과 다른 방식으로 성공 가도를 달리고 있답니다. 언어에도 아주 능통하고요. 그래서 이르쿠츠크(시베리아 바이칼호 서쪽의 공업 도시)로 보냈답니다."

퍼시가 거들었다.

"프리메이슨은……. 보통 심각한 일이 아닙니다. 지난달에 신자 4명이 그것 때문에 떠났습니다."

매킨토시 신부가 이어 말했다.

"여성도 받아 준다는 결정 때문이었죠."

블랙모어 신부가 포도주를 마시며 불평했다.

"그런 결정을 이제야 내렸다는 게 오히려 의외입니다."

퍼시가 말했다.

다른 신부 몇 명도 자신이 본 증거를 덧붙였다. 그들도 최근 프리메이슨 열풍에 신자를 잃은 모양이었다. 이 사안에 대한 대책을 준비 중이라는 소문도 돌았다.

매킨토시 신부가 침울하게 고개를 저으며 말했다.

"그것으로는 부족합니다."

퍼시는 그에 대한 가톨릭교회의 마지막 결정이 수 세기 전에 나왔다는 사실을 지적했다. 모든 비밀 결사 회원을 파문했지만 정말 그 이상

할 수 있는 일은 없었다.

"계속해서 주님의 자녀에게 주의를 주는 수밖에 없지요. 내가 다음 주일에 강론하리다."

매킨토시 신부가 말했다.

◆ ◆ ◆

방에 들어온 퍼시가 메모를 끼적였다. 그 주제에 관해 보호 추기경에게 몇 마디 더 전할 생각이었다. 전에도 프리메이슨 관련 내용을 보고서에 자주 언급했지만 이쯤에서 한 번 더 강조해야 할 것 같았다. 메모를 다 마친 뒤 편지들을 개봉했다. 첫 번째는 추기경이 보낸 것이었다.

신기한 우연이었다. 마틴 추기경의 편지에 마침 그에 관한 질문이 있었다. 질문은 다음과 같았다.

'프리메이슨은 어떻습니까? 펠센버그가 그들 중 하나라고 합니다. 그에 대한 정보를 최대한 많이 수집해 주십시오. 잉글랜드든 아메리카든 그에 관한 책이 있으면 뭐든 보내 주십시오. 지금도 프리메이슨에 가톨릭 신자들을 빼앗기고 있습니까?'

퍼시는 다른 질문들로 넘어갔다. 주로 그가 보고서에 쓴 내용을 묻는 것이었지만 여기에도 펠센버그의 이름이 언급되어 있었다.

퍼시는 편지를 내려놓고 잠깐 생각에 잠겼다.

정말 신기했다. 알려진 정보가 하나도 없는 사람의 이름이 어째서 모든 사람의 입에 오르내리고 있단 말인가? 얼마 전 거리를 지나다 이 이상한 인물의 사진이라고 주장하는 사진 석 장을 호기심에 샀다. 그 중 하나가 진짜일 수는 있지만, 석 장 다 진짜일 리는 없었다. 퍼시는 서류함에서 사진을 꺼내 책상에 펼쳤다.

하나는 카자흐스탄 사람처럼 인상이 날카롭고 수염을 덥수룩하게 기른 사람이었다. 동그란 눈이 그를 빤히 응시했다. 퍼시는 본능적으로 가짜임을 알아봤다. 동방에 영향력을 발휘할 법한 인물을 대강 상상한 모습에 불과했다. 두 번째 사진은 살이 쪄서 눈이 거의 보이지 않고 턱수염을 기른 사람이었다. 이건 진짜일지도 몰랐다. 사진을 뒤집으니 뉴욕의 어느 회사 이름이 찍혀 있었다. 세 번째 사진으로 눈을 돌렸다. 깔끔하게 면도한 얼굴이 길쭉하고, 코안경을 쓴 사람이었다. 현명해 보이지만 인상이 강하지는 않았다. 펠센버그는 분명히 강한 인물이었다.

두 번째 사진이 가장 그럴듯하지만 확신할 수는 없었다. 퍼시는 사진을 대충 모아 서류함에 다시 넣은 후 책상에 팔꿈치를 대고 생각에 잠겼다.

아메리카의 바라우스 상원 의원이 펠센버그에 관해 한 말을 떠올려 보았다. 하지만 그것만으로는 설명이 부족했다. 펠센버그는 현대 정치에서 일반적으로 쓰이는 방법을 전혀 사용하지 않는 듯했다. 언론을 이용하지도 않고, 누구를 비판하지도 않으며, 누구를 옹호하지도 않았다. 측근을 두지도 않고, 뇌물을 주지도 않았다. 범죄 혐의도 없었다. 과거에 오점이 없고 청렴하다는 점에서 신선했다. 자석처럼 사람을 끄는 성격도 빼놓을 수 없었다. 펠센버그는 오늘날보다 기사도의 시대에 더 어울리는 인물이었다. 해맑은 아이처럼 순수하고 깨끗하고 매력적이었다. 사람들의 허를 찌를 줄도 알았다. 잔잔할 날 없는 아메리카 사회주의의 탁한 회갈색 바다에서 마치 환영처럼 솟아올랐다. 그 바다는 100년 전 허스트의 추종자들이 주도한 대규모 사회 혁명 이후로 폭풍우가 몰아치지 않도록 단단히 억눌러진 상태였다. 혁명은 금권 정치의 종말을 의미했다. 1914년 발효된 유명한 법안들은 당대의 몇몇 고약한 관행에 제동을 걸었고, 1916년과 1917년에 제정된 법률들은 금권 정치가 전과 같은 힘을 회복하지 못하게 했다. 분명 아메리카에는 구원이었다. 문제는 그 구원으로 음울하고 따분한 세상이 되었다는 것이다. 그런데 지금, 김빠진 사회주의에 전에 없던 영웅이 나타났다. 바라우스 의원의 말에 따르면 그렇다는 것이다. 퍼시가 이해하기에는 너무 복잡한 사안이었다. 생각을 멈추어 버렸다.

"피곤한 세상이군."

퍼시는 혼잣말을 하며 잉글랜드로 관심을 돌렸다. 여기는 희망도 없고 활기도 없었다. 동료 사제들을 비난하고 싶지는 않았다. 하지만 몇 번을 생각해도 그들은 현재 상황에 적임자가 아니었다. 그렇다고 그 자신이 낫다는 말도 아니었다. 퍼시는 자신의 무능도 충분히 알고 있었다. 프랜시스 신부만 봐도 뻔하지 않은가. 지난 10년 동안 괴로워하며 그에게 매달리던 수많은 사람이 증명해 주지 않았는가. 어린아이처럼 믿음이 굳건한 대주교도 인품은 훌륭하지만 잉글랜드 가톨릭교회를 이끌고 적들을 물리칠 만한 인물은 아니었다. 지금은 위인이 없는 시대였다. 이 세상이 어떻게 되려는 것일까? 퍼시는 손으로 얼굴을 감쌌다.

그래, 지금 필요한 것은 새로운 수도회다. 그들의 잘못은 아니지만 기존의 수도회는 규칙에 지나치게 얽매여 있다. 수도복이나 삭발식이 없는 수도회, 전통이나 관습을 강요하지 않는 수도회가 필요했다. 그저 진심 어린 신심만 있으면 된다. 가장 신성한 특권도 자랑하지 않고, 현실에 안주하거나 과거로 도피하지 않는 수도회를 만들어야 한다. 예수회*처럼 그리스도 군대의 의용병이 되어야 한다. 물론 예수회의 악명은 빼야겠지만 그것도 그들의 잘못은 아니니……. 하지만 창시자가 필요하다. 도대체 누가 창시자가 되지? 벌거벗은 그리스도를 따르는 창시자……. 그래, 의용병이다. 사제, 주교, 평신도, 여성 모두가 창시자다. 물론 3대 서원**을 하고, 공동 재산에 대한 소유권을 절대적으로 금지하는 특별 조항을 만든다. 선물을 받으면 무조건 해당 교구의 주교에게 건네야 하고, 주교는 신도들의 생활과 여행에 필요한 것들을 제공한다. 오! 무엇을 못 하겠는가? 퍼시는 환희에 빠졌다.

그러다가 정신을 차리고 어리석은 자신을 자책했다. 이런 생각은 까마득한 옛날에도 있었지만 한 번도 실현된 적 없는 망상 아닌가. 그런 수도회를 만들고 싶다는 것은 교회의 역사가 시작된 날부터 모든 열

---

* 1534년 군인 출신 수사 이그나티우스 로욜라가 설립한 수도회. 교황에 대한 절대복종과 엄격한 규율을 특징으로 한다. 교육과 선교 활동에 적극적으로 임해 유럽 외의 지역에서 가톨릭교회 확장에 크게 기여했다. 종교 개혁 시기 무너져 가는 가톨릭교회를 수호하기 위해 개신교 탄압에 앞장서 악명을 떨치기도 했다. 프란치스코 교황은 최초의 예수회 출신 교황이다.

** 정결, 청빈, 순명의 서원으로, 선하고 훌륭하게 주님의 뜻대로 살겠다고 하느님께 드리는 약속이다.

성적인 신자의 꿈이었다. 정말로 어리석었다.

하지만 처음부터 다시 생각해 보았다.

이 수도회는 프리메이슨에 맞서기 위해 필요한 것이다. 여성들도 참여해야 한다. 무수한 계획이 실패로 돌아간 것은 남성이 여성의 힘을 무시했기 때문 아닌가? 그 때문에 나폴레옹도 몰락했다. 그는 믿었던 조제핀에게 배신을 당한 후로 다른 여자를 믿지 않았다. 가톨릭교회에서도 여성에게는 사소한 일이나 교육 말고는 적극적으로 참여할 권한이 없었다. 그 외에도 할 만한 일이 있지 않을까? 아니, 생각해 봐야 의미 없는 일이다. 설령 새 수도회가 만들어진다고 해도 퍼시가 할 일은 아니었다. 로마를 통치하는 교황께서 생각지도 않는 일을 웨스트민스터에 있는 멍청하고 보잘것없는 사제가 어떻게 나서서 하겠는가.

퍼시는 다시 한번 자책하고 기도문을 집어 들었다.

30분 만에 기도를 끝내고 다시 생각에 잠겼다. 이번에는 가여운 프랜시스 신부에 관해 생각했다. 지금쯤 뭘 하고 있을까? 그리스도의 노예임을 상징하는 로만 칼라*를 뗐을까? 가여운 사람! 여기에 퍼시 프랭클린의 책임은 얼마나 있을까?

그때 노크 소리가 들렸다. 블랙모어 신부가 자기 전에 할 이야기가 있다며 찾아온 것이었다. 퍼시는 오늘 있던 프랜시스에 관한 일을 들려주었다.

블랙모어 신부는 입에서 파이프를 떼고 천천히 한숨을 내쉬었다.

---

* 가톨릭 성직자의 신분을 나타내기 위해 목에 두르는 흰 옷깃.

"이런 날이 올 줄 알았습니다. 뭐 어쩌겠어요."

"아주 솔직했습니다. 8개월 전부터 고민 중이라고 말했으니까요."

퍼시가 설명했다.

블랙모어 신부는 곰곰이 생각하며 파이프를 빨다가 말했다.

"프랭클린 신부님, 상황이 정말 심각합니다. 어디를 가도 같은 얘기뿐이에요. 대체 무슨 일이 벌어지고 있는 겁니까?"

퍼시는 잠시 뜸을 들이다 대답했다.

"모든 게 파도처럼 밀려드는 것 같습니다."

"파도라고요?"

블랙모어 신부가 물었다.

"다른 표현이 있겠습니까?"

블랙모어 신부가 그를 응시했다.

"내가 보기에는 폭풍 전의 고요에 가깝습니다. 태풍을 본 적 있으십니까?"

그가 물었다.

퍼시가 고개를 저었다. 블랙모어 신부가 말을 이었다.

"고요한 순간이 가장 불길합니다. 바다는 기름처럼 끈적거리고 죽음의 기운을 풍깁니다. 하지만 아무것도 할 수 없지요. 그러다 폭풍이 치는 겁니다."

퍼시는 흥미가 생겨 그를 바라보았다. 블랙모어 신부에게서 처음 느끼는 분위기였다.

"엄청난 충돌이 있기 전에는 백이면 백 이렇게 고요합니다. 역사를 돌아봐도 그래요. 동방 전쟁 전에도, 프랑스 혁명 전에도 그랬습니다. 16세기 종교 개혁 때도 마찬가지였고요. 지금은 기름진 바다가 출렁이는 상황입니다. 활기라는 게 없어요. 지난 80년 동안 아메리카도 계속 그런 상태였고…… . 프랭클린 신부님, 아무래도 무슨 일이 터질 것 같습니다."

"말씀해 주세요."

퍼시가 몸을 앞으로 기울였다.

"템플턴이 죽기 일주일 전 그를 만났는데, 그날 이후로 자꾸 이런 생각이 들어서…… . 내 말 들어 봐요. 동방 문제일 수도 있지만 나는 어쩐지 아닌 것 같습니다. 무슨 일이 터지는 건 종교 쪽이에요. 적어도 내 생각은…… . 프랭클린 신부님, 대체 펠센버그가 누구입니까?"

퍼시는 그 이름을 또 듣게 되자 놀라서 한순간 말을 잃었다. 그는 블랙모어 신부를 멍하니 바라보기만 했다.

여름밤은 아주 조용했다. 20미터 아래로 지하철이 지나갈 때마다 집이 살짝 흔들렸다. 하지만 대성당 주변의 거리는 고요한 편이었다. 불길한 철새가 깍깍 하는 소리를 내며 별이 반짝이는 하늘을 날고, 강 부근에서 여인의 가늘고 날카로운 외마디 비명 소리가 들렸다. 하지만 그것뿐이었다. 주위에서는 낮고 깊은 기계 소리만 들려왔다.

"그래요, 펠센버그. 그 사람 생각이 머리를 떠나지 않습니다. 하지만 뭘 알아야지요. 그에 대해 알고 있는 게 뭐라도 있습니까?"

블랙모어 신부가 다시 입을 열었다.

퍼시가 마른 입술을 축이고는 심호흡으로 뛰는 가슴을 진정시켰다.

왜 가슴이 뛰는지 알 수 없었다. 연로한 블랙모어 신부가 그를 두려워할 리는 없을 텐데. 하지만 그가 대답할 새도 없이 블랙모어 신부가 말을 이었다.

"사람들이 교회를 떠나고 있습니다! 워그레이브 가문, 헨더슨 가문, 제임스 바틀릿 경, 레이디 마니에르도 떠나고, 수많은 사제가 뒤를 따랐습니다. 그들은 나쁜 사람들이 아니에요. 차라리 그랬으면 설득하기가 훨씬 쉬웠겠지요. 하지만 지난달에 제임스 바틀릿 경은 정말……. 재산의 절반을 교회에 바쳤는데도 억울하지 않답니다. 모든 종교가 다 거기서 거기고, 더 이상 믿을 수 없다는 겁니다. 이게 무슨 의미일까요? 분명 무슨 일이 벌어질 겁니다. 뭔지는 몰라도요! 그런데 자꾸만 펠센버그 생각밖에 나지 않고……. 프랭클린 신부님……."

"예?"

"우리 쪽에 남아 있는 괜찮은 인물이 얼마나 적은지 아십니까? 50년 전과 다르고, 30년 전과도 다릅니다. 그때는 메이슨, 셀본, 셔브룩을 비롯한 여러 사람이 있었어요. 브라이트먼 대주교도 있었고요! 그런데 지금은 이게 뭡니까. 공산주의자들도 마찬가지입니다. 브레이스웨이트는 15년 전에 죽었죠. 그는 확실히 거물이었지만 늘 현재가 아니라 미래에 관해 이야기했습니다. 그 후로 그쪽에 위인이 누가 있습니까? 그런데 불과 몇 달 전 아메리카에 나타난 수수께끼 같은 인물에 관해 모든 사람이 이야기하고 있습니다. 이만하면 무슨 뜻인지 알겠지요!"

퍼시가 이맛살을 찌푸렸다.

"무슨 뜻인지 저는 잘 모르겠습니다."

블랙모어 신부가 파이프를 입에서 떼고 대답했다.

"펠센버그가 무슨 일을 할 거라는 생각이 들어요. 뭔지는 모르겠습니다. 우리가 도움을 얻을 수도 있고, 피해를 볼 수도 있겠죠. 하지만 그가 프리메이슨이라는 걸 생각하면……. 뭐, 그냥 어리석은 노인네의 생각입니다. 이만 가 보지요."

그가 말을 마치고 자리에서 일어났다.

"잠깐만요, 신부님. 그게 무슨 뜻…… 맙소사! 대체 무슨 말씀이십니까?"

퍼시는 블랙모어 신부를 쳐다보며 더 이상 말을 잇지 못했다.

눈썹이 덥수룩한 늙은 사제도 퍼시를 마주 보았다. 아무렇지 않게 말을 했지만 그도 무엇인가를 두려워하는 눈치였다. 하지만 입 밖으로 뱉지는 않았다.

◆　◆　◆

퍼시는 손끝 하나 움직일 수 없었다. 문이 닫히고서야 기도대로 걸음을 옮겼다.

세상의 주인

3장

I

　브랜드 노부인과 메이블은 트래펄가 광장에 있는 해군성 신(新)청사의 창가 자리에 앉아 있었다. 올리버가 연설을 맡은 빈민지원법 개혁안 제정 50주년 기념식에 참석한 것이었다.

　화창한 6월 아침, 브레이스웨이트 동상 주위에 사람들이 모여 있는 광경은 왠지 감격적이었다. 15년 전 세상을 떠난 그 정치가는 특유의 자세로 서 있었다. 턱을 살짝 들고 팔을 쭉 뻗어 양옆으로 늘어뜨린 채 한쪽 발은 약간 앞으로 내밀고 있는 모습이었다. 오늘은 특별히 동상에 프리메이슨 휘장을 둘러 장식했다. 오늘 같은 기념일에 이런 식으로 동상을 장식하는 관습이 점점 굳어지고 있었다.

　브레이스웨이트가 의회에서 국제 사회의 평화와 미래의 발전이 프리메이슨의 손에 달렸다고 선언한 후 프리메이슨이라는 비밀 결사 조직은 급속도로 성장했다. 브레이스웨이트는 허황된 영적 동질감을 내세워 억지 통합을 추진하는 교회에 맞설 상대는 오직 프리메이슨뿐이라고 주장했다. 그는 국가 간 장벽을 무너뜨리고 싶다던 성 바오로의 생각은 옳았지만 예수 그리스도를 앞세운 것은 큰 잘못이라고 했다. 이렇게 빈민지원법에 관한 연설을 시작한 브레이스웨이트는 프리메이슨 회원들은 종교적 의도와 상관없이 순수한 마음으로 자선 사업에 임한다는 말로 유럽 대륙에 있는 유명 자선가들의 마음을 움직였다. 이 법안의 성공으로 프리메이슨 열풍이 불면서 신규 회원이 크게 늘어났다.

한껏 치장을 하고 나온 브랜드 노부인은 아들의 연설을 듣기 위해 모인 군중을 보자 가슴이 두근거렸다. 브레이스웨이트의 동상 주변에 설치한 연단이 어찌나 높은지 브레이스웨이트가 약간 더 높이 있기는 했지만 연사 중 한 사람으로 보일 정도였다. 외벽을 장미로 장식한 연단 위에는 확성판과 테이블, 의자가 놓여 있었다.

광장 로터리 전체를 가득 메운 수천 명이 웅성거리는 소리가 울려 퍼졌다. 이따금 시민 단체와 정치 단체 쪽에서 나팔 소리와 북소리가 크게 들렸다. 각양각색의 깃발을 치켜든 악단들이 동서남북에서 출발해서 연단 근처로 모여들었다. 악단을 위해 마련된 넓은 공간은 난간으로 군중과 분리되어 있었다. 사방에 있는 건물의 창문은 기념식을 구경하려고 내민 사람들의 얼굴로 가득했다. 높은 관중석이 국립 미술관과 성 마틴 교회 앞에까지 설치되어 있었다. 화려한 광장 정원 둘레에 광장을 등진 채 늘어선 하얀 동상들은 말없이 광장을 지켰다. 브레이스웨이트를 시작으로 빅토리아 시대 인물들인 존 데이비드슨*,

---

* 19세기 영국의 시인.

존 번스* 등이 서 있고, 북쪽 둘레로는 존 햄던**과 시몽 드 몽포르***가 보였다. 넬슨 기념탑****과 네 마리 사자상*****은 철거되었다. 넬슨은 영국과 프랑스의 평화 협정에 걸림돌 같은 존재이고, 사자상도 현대 예술적 관점에서 아름답지 않기 때문이었다. 그 자리를 차지한 넓은 포장도로는 국립 미술관 입구 계단까지 이어졌다.

푸르른 여름 하늘 아래 건물 옥상마저 사람으로 가득 찼다. 보도에 따르면 정오 무렵 연단 근처에 집결한 인파가 최소 10만 명이라고 했다.

시계가 정각을 알리자 동상 뒤편에서 2명이 나타나 앞으로 나왔다. 순식간에 사람들이 대화를 멈추고 환호하기 시작했다.

먼저 나온 이는 자세가 꼿꼿한 백발노인 펨버턴 경이었다. 펨버턴 경의 부친은 70년 전 자신이 몸담은 상원을 신랄하게 비판한 인물이었다. 아들인 펨버턴 경도 아버지의 뒤를 이어 훌륭한 정치인의 모습을 보여 주었다. 현재 맨체스터 의원인 펨버턴 경은 정부 각료로 일하며 오늘 행사를 주최했다. 이어 모자는 쓰지 않고 옷을 말쑥하게 차려입은 올리버가 등장했다. 올리버의 어머니와 아내는 멀리서도 그의 기운찬 움직임을 알아볼 수 있었다. 올리버는 연단 주위에서 자신의

---

*   19세기 영국의 사회주의 정치가.
**   17세기에 찰스 1세를 몰아낸 잉글랜드 내전의 핵심 인물.
***   영국 의회 민주주의의 초석을 놓은 13세기 프랑스계 귀족.
**** 트라팔가르 해전에서 프랑스 나폴레옹 함대를 물리친 허레이쇼 넬슨 제독의 업적을 기리기 위해 1843년 트래펄가 광장 중심에 세운 기념비.
***** 넬슨 기념탑 양옆에 설치한 청동상. 트라팔가르 해전 당시 노획한 프랑스 함대 대포를 녹여서 만들었다.

이름을 외치는 소리가 들리자 웃는 얼굴로 고개를 끄덕여 화답했다. 펨버턴 경이 앞으로 나와 손짓을 했다. 그러자 북소리가 울리며 사람들의 환호성이 잦아들고 프리메이슨 찬가의 전주가 흘렀다.

런던 시민들은 반주에 맞춰 한목소리로 노래를 불렀다. 노래를 부를수록 분위기가 고조되어 소리가 커지고 그에 맞춰 악단의 연주도 점점 커졌다. 잉글랜드인이라면 10년 전에 나온 프리메이슨 찬가를 모르는 이가 없었다. 브랜드 노부인은 무의식적으로 인쇄물을 들어 이미 외우고 있는 가사를 보았다.

'땅과 바다에 거하는 신이시여……'

노부인은 가사를 훑어보았다. 인본주의자의 관점에서 보면 열정과 의지가 세련되게 표현된 훌륭한 가사였다. 종교적인 느낌도 있어 무신경한 그리스도교 신자라면 거리낌 없이 부를 수 있었다. 하지만 인간만이 전부라는 오랜 인본주의 사상이 명백하게 담겨 있었다. 가사에는 심지어 그리스도의 말도 인용되어 있었다. 하느님의 나라가 이미 인간의 마음 안에 존재하고 모든 은총 가운데 가장 위대한 것은 자선이라는 내용이었다.

노부인은 며느리를 쳐다보았다. 메이블은 노래를 부르며 100미터 앞에 있는 남편을 보고 있었다. 눈빛으로 영혼이 쏟아져 나왔다. 노부인도 노랫소리에 맞춰 입술을 움직이기 시작했다.

찬가가 끝나고 환호성이 채 가라앉기도 전에 펨버턴 경이 앞으로 나와 연단 끝에 섰다. 뒤에서 힘차게 물줄기를 뿜어내는 분수 소리를 뚫고 노인이 가늘고 거친 목소리로 한두 문장을 이야기했다. 그가 뒤로 물러나고 올리버가 앞으로 나왔다.

◆ ◆ ◆

　두 사람이 있는 곳은 너무 멀어 연설이 들리지 않았다. 하지만 메이블은 상기된 표정으로 어머니 손에 종이를 쥐여 주고 몸을 앞으로 기울여 귀를 쫑긋 세웠다.

　노부인은 들고 있는 종이를 보았다. 아들의 연설문이었다. 어차피 그녀는 귀가 잘 안 들려 아들의 연설을 듣지 못했다.

　올리버는 여기 동상으로 서 있는 위대한 인물을 기리는 뜻깊은 기념일에 모인 모든 사람에게 전하는 감사 인사로 연설을 시작했다. 그런 다음 잉글랜드의 과거와 현재를 비교했다. 50년 전에는 가난을 불명예로 여겼지만 이제는 그렇지 않다는 내용이었다. 가난은 개인의 문제가 아니라 구조적 요인에서 비롯된다는 것을 알게 되었기 때문이다. 국가에 헌신하느라 빈털터리가 된 사람이나 온갖 악조건 속에서도 기어이 빈곤을 극복한 사람들은 존경받아 마땅하다. 올리버는 50년 전 바로 이날 통과된 개혁안 조항들을 하나하나 열거했다. 그러면서 가난은 영광스러운 흔적이며 동정받아 마땅한 불운임을 국가의 이름으로 선언했다.

　연설 전반부에서는 근면하지만 가난한 자의 노고를 칭송하며 그들이 받게 될 보상에 대해 언급하고, 아울러 이와 관련된 형법 개혁에 관한 내용도 밝힐 예정이었다. 후반부는 이제 막 시작된 정치 개혁의 선구자인 브레이스웨이트에 관한 찬사가 주를 이룰 터였다.

브랜드 노부인은 의자에 기대앉아 주위를 둘러보았다.

안락의자 2개가 놓인 이 창가 자리는 노부인과 메이블을 위해 준비된 것이었다. 바로 뒤에서는 사람들이 말없이 목을 길게 빼고 입을 헤벌린 채 서 있었다. 두 여자 뒤에 한 노인이 있고 그 뒤로 다른 사람들의 얼굴이 보였다. 노부인은 연설에 집중하는 그들의 모습을 보자 딴 생각을 하는 자신이 부끄러워졌다. 그래서 얼른 광장 쪽으로 고개를 돌렸다.

아! 벌써 브레이스웨이트에게 찬사를 바치는 차례가 되었구나! 멀리 작게 보이는 아들은 동상 근처에서 손을 높이 치켜들고 주위를 돌았다. 순간 박수 소리가 잦아들면서 낭랑한 목소리가 들렸다. 올리버가 타고난 배우 기질을 발휘해 앞으로 나가 몸을 반쯤 웅크리자 사람들이 한바탕 폭소를 터뜨렸다. 그때였다. 의자 뒤에서 헉 하는 신음 소리가 들리더니 메이블이 뭐라고 소리치기 시작했다. 무슨 일이지?

귀를 찢는 듯한 날카로운 소리가 울리더니, 손짓을 하며 이야기하던 올리버가 비틀거리며 뒤로 물러났다. 연단 위 테이블에 앉아 있던 노인이 벌떡 일어났다. 동시에 연단 맞은편에서 물속에 바위를 던지는 것처럼 격렬한 소란이 일어났다. 악단 앞에 놓인 난간 근처에서 사람들이 우르르 한쪽으로 휩쓸리는 모습이 보였다.

브랜드 노부인은 영문도 모른 채 일어나 창틀을 움켜쥐었다. 며느리가 그녀를 붙잡고 알 수 없는 말을 외쳐 대고 있었다. 엄청난 아우성이 광장을 가득 메우고, 사람들은 돌풍에 휩쓸리는 옥수수처럼 고개를 이쪽저쪽으로 돌렸다. 올리버가 다시 앞으로 나와 손가락질을 하며 울부짖는 모습이 똑똑히 보였다. 노부인은 피가 차갑게 식는 것을 느끼며 의자에 주저앉았다. 목에서 맥박이 빠르게 고동쳤다.

"애야, 메이블, 이게 무슨 일이니?"

노부인이 흐느끼며 물었다.

하지만 메이블도 망연자실한 눈으로 올리버를 지켜볼 뿐이었다. 혼란에 빠진 광장에서 들려오는 소리는 곧 뒤편에 있는 사람들의 탄식과 고함 소리에 묻혀 버렸다.

Ⅱ

그날 밤 집으로 돌아온 올리버가 자초지종을 설명해 주었다. 의자에 기대앉은 그는 한쪽 팔에 삼각 붕대를 하고 있었다.

사건이 터졌을 때 브랜드 노부인과 메이블은 올리버 쪽으로 갈 수가 없었다. 광장에 모인 군중이 극도로 흥분한 상태였기 때문이다. 올리버는 아내에게 사람을 보내 부상이 가볍고 의사에게 치료를 받았음을 알렸다.

"가톨릭 신자였어. 장전된 연발총을 가지고 있던 걸 보면 준비를 하고 온 거야. 그놈은 사제를 만날 기회도 없었지."

올리버가 얼굴을 찡그리며 이야기했다.

메이블은 천천히 고개를 끄덕였다. 저격범이 어떤 운명을 맞았는지는 이미 전광판에서 읽었다.

"놈은 그 자리에서 죽었어. 사람들이 발로 밟고 목을 졸라 숨통을 끊어 놨지. 당신도 봤겠지만 나는 최선을 다했어. 하지만…… 그 정도면 관대한 벌을 받은 거지."

"그래도 너는 할 수 있는 방법은 다 썼지?"

구석에서 노부인이 걱정스레 말했다.

"사람들에게 큰 소리로 말했어요, 어머니. 그런데 제 말을 안 듣더라고요."

메이블이 앞으로 몸을 숙였다.

"올리버, 바보 같은 생각이라는 건 알지만 그를 죽일 필요는 없었던 것 같아요."

올리버가 아내를 보며 미소 지었다. 메이블의 여린 마음을 잘 아는 그였다.

"안 그러는 게 훨씬 좋았을 거예요."

메이블이 덧붙였다.

메이블은 잠시 말을 멈추고 의자에 등을 기댔다.

"총은 왜 쐈대요?"

메이블이 물었다.

올리버는 어머니를 힐끗 보았다. 노부인은 조용히 뜨개질을 하고 있었다.

올리버가 유독 뜸을 들이며 대답했다.

"내가 한 말 때문이야. 예수와 그를 추종하는 성인이 한 일을 모두 합친 것보다 브레이스웨이트의 단 한 번의 연설이 세상에 더 이로운

세상의 주인

일을 했다고 말했거든."

어머니는 뜨개질을 잠시 멈췄지만 곧 다시 손을 움직였다.

"하지만 그 말을 안 했어도 총을 쐈을 거야."

올리버가 계속했다.

"가톨릭 신자라는 건 어떻게 알았어요?"

메이블이 또 물었다.

"묵주를 들고 있었으니까. 죽기 전에 짧게나마 자기네 신을 불렀다
고 하고."

"다른 건 모르고요?"

"그것뿐이야. 옷은 잘 차려입었다는군."

올리버는 힘없이 몸을 뒤로 기대고 눈을 감았다. 아직도 참기 힘들
만큼 팔이 쑤셨다. 하지만 마음만은 정말 행복했다. 광신도 때문에 부
상을 입었지만, 그런 고통쯤은 아무것도 아니었다. 잉글랜드가 모두
그의 편이었다. 지금도 옆방에서 필립스 보좌관은 쉴 새 없이 날아오
는 전보에 답장을 하느라 정신이 없었다. 콜더컷 총리, 맥스웰, 스노퍼
드 등 10여 명이 즉각 축하 전보를 보내왔다. 잉글랜드 전역에서 메시
지가 끊임없이 쏟아져 들어왔다. 오늘 공산당은 무자비한 공격을 받
았다. 공산당을 대표하는 인물이 그들의 정책을 이야기하는 도중에
테러를 당한 것이다. 하지만 공산주의자들은 헤아릴 수 없는 이익을
보았고, 개인주의자들은 막심한 손해를 입었다. 수많은 사람이 이 광
경을 목격했기 때문이다. 올리버가 열차에 오르던 해 질 무렵, 런던의
대형 전광판들은 일제히 이 사건을 보도했다.

'올리버 브랜드 부상…… 저격범은 가톨릭 신자…… 전국적 분노 폭발…… 범인은 현장에서 사망.'

범인을 구하고자 진심으로 최선을 다했다는 사실도 기뻤다. 갑작스럽게 벌어진 일에 정신을 차릴 수 없고 고통도 극심했지만 그 순간에도 올리버는 공정한 재판을 받게 하자고 절규했다. 하지만 이미 일은 벌어진 뒤였다. 얼굴이 검붉어진 범인이 커다란 눈을 치켜떴다. 그의 소름 끼치는 미소는 사람들이 그의 목을 움켜잡고 쥐어뜯자 사라졌다. 이어서 머리가 떨어져 나갔다. 군중은 그를 짓밟기 시작했다. 아아! 잉글랜드에 이 정도의 열정과 충성심이 남아 있을 줄이야!

어머니가 말없이 일어나 방을 나갔다. 메이블은 남편을 돌아보고 그의 무릎에 손을 올렸다.

"여보, 피곤해서 말하기 힘든가요?"

올리버가 눈을 떴다.

"아니. 무슨 일인데?"

"앞으로 어떻게 될까요?"

올리버는 몸을 조금 일으켜 세우고 평소처럼 어둑해지는 창밖의 아름다운 광경을 내다보았다. 집집마다 지붕 위에 둥근 인공조명이 달려 있어 어디를 봐도 불빛이 은은하게 반짝였다. 그 위로 보이는 여름의 저녁 하늘은 묘하게 흐린 푸른색이었다.

"앞으로 어떻게 되냐고? 좋은 일만 남았지. 어차피 한 번쯤 벌어졌어야 하는 일이야. 당신도 알다시피 요즘 내가 우울할 때가 많았는데 앞으로 그럴 일은 없을 것 같아. 우리의 정신이 다 사라져 버린 것 같아서 걱정했어. 예전에 토리당원들이 공산주의는 무너질 거라고 한 말이 옳았던 걸까 하고 말이야. 하지만 오늘 이후로……."

"네?"

"우리도 피를 흘릴 수 있다는 걸 증명한 거야. 시기도 딱 좋았어. 우리가 위기에 처해 있었는데 말이야. 부상은 별것 아니야. 총알이 살짝 스쳤을 뿐이지. 하지만 범행이 아주 계획적이고, 또 아주 극적이었어. 불쌍한 놈, 어떻게 선택을 해도 이런 때를 선택하지? 사람들은 절대 잊지 못할 거야."

메이블의 눈이 기쁨으로 빛났다.

"큰일 날 뻔했어요! 많이 아파요?"

그녀가 말했다.

"별로. 그리고 이런 건 아무것도 아니야. 골치 아픈 동방 문제가 해결되기만 한다면 아무래도 상관없어!"

올리버는 애써 흥분과 짜증을 가라앉혔다.

"아이고! 저놈들은 왜 그렇게 멍청한 거야. 이해를 못 하네, 이해를 못 해."

올리버의 얼굴이 조금 달아올랐다.

"뭐가요?"

"정말 대단한 게 뭔지 전혀 몰라. 인간의 위대함, 삶의 위대함을 모른다고. 마침내 진리를 밝히고 어리석음을 몰아냈으니 얼마나 대단한 일이냔 말이야. 내가 백번도 넘게 말했는데!"

메이블은 뜨거운 눈빛으로 남편을 보았다. 자신감에 넘쳐 열정 가득한 푸른 눈을 반짝이며 얼굴을 붉히는 남편의 이런 모습을 사랑했다. 그의 고통을 생각하니 가슴이 아팠다. 메이블이 대뜸 고개를 숙여 올리버에게 입을 맞췄다.

"당신이 자랑스러워요, 올리버!"

올리버는 말이 없었다. 메이블의 눈에는 그런 모습마저 사랑스러웠다. 부부는 하늘이 점점 어두워지는 동안 말없이 앉아 있었다. 옆방의 타자기 소리는 세상이 아직 돌아가고 있고 그들도 이 세상의 일부라는 것을 알려 주었다.

올리버가 자세를 바꿔 앉았다.

"아까 눈치챘어? 내가 예수 그리스도 이름을 말했을 때 말이야."

"잠깐 뜨개질을 멈추셨죠."

메이블이 대답했다.

올리버가 고개를 끄덕였다.

"당신도 봤군. 어머니가 다시 그쪽에 빠지실까?"

"에이! 그냥 나이가 든 거죠. 당연히 옛날 생각이 나지 않겠어요?"

메이블이 대수롭지 않게 말했다.

"하지만 혹시라도 그런다면…… 그건 최악이야!"

메이블이 고개를 저었다.

"아니, 그럴 리 없어요. 당신이 지금 좀 피곤하고 예민해져서 그래요. 쓸데없는 걱정이에요. 어머니가 그런 얘기를 하신 적도 없어요."

"하지만 그런 얘기는 다른 데서도 들을 수 있잖아."

"아니에요. 어머니께서는 요즘 외출도 거의 안 하셨어요. 외출도 싫어하시고요. 가톨릭 신자로 자라나셔서 그건 걸 거예요."

올리버는 고개를 끄덕이고는 다시 의자에 기대앉아 꿈꾸는 듯한 눈으로 창밖을 보았다.

"그 사상이 얼마나 오래가는지 놀랍지 않아? 50년이 지났는데도 머리에서 그걸 지우지 못하고 계신다니 말이야. 아무튼 당신이 잘 지켜봐. 알았지? 그나저나……."

"네?"

"동방에서 소식이 조금 더 왔어. 이제는 펠셴버그가 모든 걸 지휘하고 있다더군. 제국 측에서 사방팔방으로 그를 보내고 있대. 토볼스크, 바라나시, 야쿠츠크까지 안 간 데가 없다던데. 호주에도 갔다고 하고."

메이블이 몸을 벌떡 일으켰다.

"좋은 소식 아닌가요?"

"아마도. 수피파가 우세한 건 분명해. 얼마나 오래가느냐가 문제지. 군대도 아직 해산하지 않았고."

"유럽은요?"

"유럽은 최대한 빠르게 무장 중이야. 다음 주 파리에서 정상들을 만날 계획이라고 들었어. 나도 가야 해."

"당신 팔은 어쩌고요?"

"나아지겠지. 안 나아도 갈 거야."

"조금만 더 자세히 말해 봐요."

"더 말할 것도 없어. 하지만 지금이 고비라는 건 확실해. 만약 동방을 설득해서 손을 묶을 수만 있다면 다시는 들고일어나지 못할 거야.

전 세계적으로 자유 무역 같은 것들도 진행이 되겠지. 하지만 설득하지 못하면……."

"못하면요?"

"그러면 지금까지 상상도 하지 못한 재앙이 닥칠 거야. 모든 인류가 전쟁에 휩쓸리고, 동방이든 서방이든 한쪽은 전멸할 거야. 베닌샤인이 개발한 신형 폭탄이 다 끝장을 낼 테니까."

"정말 동방도 그걸 갖고 있어요?"

"확실해. 베닌샤인이 동방과 서방 양쪽에 팔았어. 그래 놓고 자기는 먼저 죽었지. 운도 좋아."

전에도 이런 얘기를 들은 적 있지만 도저히 상상이 되지 않았다. 동과 서가 이처럼 새로운 상황에서 싸우게 되리라고는 생각도 못 했다. 메이블이 태어난 후로 유럽은 전쟁을 치르지 않았고, 지난 세기에 있던 동방 전쟁은 지금과는 양상이 달랐다. 들리는 이야기에 따르면 폭탄 한 발에 도시 전체가 파괴될 수도 있다고 했다. 상황이 이렇다 보니 아무도 제대로 된 예측을 내놓을 수가 없었다. 군사 전문가들은 터무니없는 과장으로 서로의 주장을 반박했다. 참고할 만한 사례가 없다 보니 전쟁의 전 과정이 이론을 벗어나지 못했다. 궁수들이 폭약의 효과를 두고 논쟁하는 꼴이었다. 확실한 것은 동방은 현대식 무기를 갖고 있고, 남성 인구가 나머지 모든 국가의 인구를 합친 것보다 한 배반이나 많다는 사실이었다. 이런 전제를 통해 내린 결론은 잉글랜드에 결코 희망적이지 않았다.

하지만 아무도 이런 생각을 입 밖으로 꺼내지 않았다. 신문들은 지구 반대편에서 열리는 회담에 관한 기사를 매일 1면 기사로 내보냈다. 그 지역 언론사들에서 훔쳐 온 정보들이라 짧고 조심스러웠다. 날이 갈수록 펠센버그의 이름이 자주 등장했지만 중요한 내용에 대해서는 숨기는 느낌이 들었다. 특별한 문제는 없었다. 무역은 계속되고 유럽 주가도 평소에 비해 낮지 않았다. 사람들은 여전히 집을 짓고 결혼을 하고 아들딸을 낳았다. 여전히 일을 하고 극장에 갔다. 달리 방법이 없다는 단순한 이유 때문이었다. 앞으로 닥칠 상황을 피할 수도, 앞당길 수도 없었다. 그러기에는 사태의 규모가 너무 컸다. 가끔 현실을 어렴풋이나마 파악하고 상상력을 한껏 발휘한 사람들이 미쳐 날뛰는 경우는 있었다. 하지만 그뿐이었다. 그에 관한 연설도 많지 않았다. 그것은 오히려 기피하는 주제였다. 기다리는 것 말고는 딱히 할 게 없었다.

III

메이블은 남편 말이 기억에 남아 며칠 동안 어머니를 지켜봤다. 하지만 걱정할 만한 일은 없었다. 말수가 좀 줄기는 했지만 평소처럼 소소한 일과를 이어 갔다. 가끔은 며느리에게 책을 읽어 달라 했고, 어떤 책을 읽어 주든 군말하지 않았다. 매일 주방에 들어와 갖가지 음식을 준비하고 아들 일이라면 뭐든 관심을 보였다. 아들의 출장용 짐도 손수 쌌다. 파리까지 짧은 비행을 할 아들을 위해 털 코트를 꺼냈다. 출장을 떠나는 날에는 교차로까지 짧은 길을 걸어가는 아들에게 창가에 서서 손을 흔들어 주었다. 올리버는 사흘 후에 온다고 했다.

노부인이 앓아누운 것은 아들이 떠난 다음 날 저녁이었다. 가정부의 전갈을 받은 메이블이 놀라서 계단을 뛰어 올라갔다. 노부인은 얼굴이 붉어진 채로 의자에 앉아 경련을 했다.

"별일 아니다."

노부인이 떨리는 목소리로 안심시키고는 증상을 설명했다.

메이블은 어머니를 침대에 눕히고 가정부에게 의사를 부르라고 부탁한 후 의자에 앉아 기다렸다.

메이블은 브랜드 노부인을 진심으로 좋아했다. 집 안에 어머니가 계셔서 항상 즐겁다고 생각했다. 함께 시간을 보내는 동안에는 안락의자에 앉은 것처럼 마음이 편안해졌다. 어머니는 아주 온화하고 인간적인 분이었다. 사소하고 자질구레한 문제에 집착하고 어린 시절을 그리워하는 날이 많았지만, 그렇다고 분노나 짜증에 사로잡힌 사람은 아니었다.

늙은 영혼이 소멸을 향해 다가가는 모습은 어쩐지 애처로웠다. 아니, 메이블은 영혼이 소멸되는 것이 아니라 인격이 사라지고 이 세계를 형성하는 거대한 생명의 정신으로 재흡수된다고 믿었다. 활기 넘치는 영혼이라면 걱정할 것이 없다고 생각했다. 그런 경우라면 힘이 강한 만큼 금세 생명의 기원으로 돌아갈 테니까. 하지만 여기 평온한 노부인에게는 활력이 거의 없었다. 말하자면, 어머니의 본질은 인격이라는 얇고 섬세한 바탕 안에 존재했다. 부서지기 쉬운 것들이 모여 단순한 총합보다 훨씬 더 가치 있는 존재가 된 것이다. 메이블은 꽃의 죽음이 사자의 죽음보다 슬펐다. 깨진 도자기를 다시 붙이기가 파괴된 궁전을 재건하기보다 어렵다고 생각했다.

"실신하셨네요. 금방 돌아가실 수도 있고, 10년은 더 사실 수도 있습니다."

왕진 온 의사가 말했다.

"남편에게 전보를 보내야 할까요?"

의사는 그럴 필요 없다는 듯 작게 손사래를 쳤다.

"돌아가시지 않는다는 거죠, 당장은요?"

"네, 아닙니다. 말씀드렸다시피 10년은 더 사실 수도 있어요."

의사는 산소 호흡기 사용법을 알려 주고 떠났다.

◆ ◆ ◆

메이블이 방에 올라가자 침대에 조용히 누워 있던 노부인이 주름진 손을 내밀며 물었다.

"의사 선생님이 뭐라니?"

"몸이 조금 약해지셨대요. 가만히 누워서 아무것도 하지 마시래요. 책 읽어 드릴까요?"

"아니다. 생각할 게 좀 있어."

메이블은 어머니에게 위험한 상태라고 말할 의무는 없다고 생각했다. 과거를 바로잡을 일도, 심판을 받을 일도 없었기 때문이다. 죽음은 시작이 아닌 끝이다. 그것은 평화로운 복음이었다. 사람은 어쨌든 끝을 맞은 순간 평온해지지 않던가.

메이블은 다시 아래층으로 내려갔다. 욱신거리는 가슴이 좀처럼 진정되지 않았다.

그녀는 속으로 생각했다. 죽음이란 참으로 기묘하고 아름다운 것이었다. 30년, 50년, 길게는 70년 동안 매달려 있던 단단한 현(絃)이 하나뿐인 거대한 악기의 고요 속으로 돌아간다. 음을 연주하는 손길에는 미세한 차이가 있지만 전 세계 곳곳에서 같은 음이 다시 울려 퍼질 것이고, 과거에도 같은 음이 울려 퍼졌다. 그러나 사람이 느끼던 고유한 감정은 사라진다. 어딘가 다른 곳에서 그 음이 영원히 들릴 거라는 생각은 바보 같았다. 다른 곳이란 존재하지 않기 때문이다. 메이블도 언젠가는 사라질 것이다. 그때 그 음이 순수하고 아름답도록 열심히 살아야 했다.

◆ ◆ ◆

다음 날, 평소처럼 아침에 출근한 필립스가 마침 노부인의 방에서 나오는 메이블에게 어르신의 안부를 물었다.

"조금 괜찮아지신 것 같아요. 온종일 쉬셔야 한 대요."

메이블이 말했다.

보좌관은 고개 숙여 인사한 후 올리버의 서재로 발걸음을 돌렸다. 답장해야 할 편지가 산더미처럼 쌓여 있었다.

몇 시간 후 메이블은 위층으로 올라가다가 계단을 내려오는 필립스와 마주쳤다. 그의 얼굴이 왠지 상기되어 보였다.

"어르신께서 부르셨습니다. 의원님이 오늘 밤에 오는지 궁금하시다고요."

"그러지 않을까요? 소식 못 들으셨어요?"

"저녁 늦게 오신다고 들었습니다. 19시면 런던에 도착하실 겁니다."

"다른 소식은 없고요?"

필립스가 잠시 머뭇거리다 대답했다.

"소문이 하나 있습니다. 1시간 전에 브랜드 의원님께 전보를 받았습니다."

그는 무언가에 동요하는 듯한 눈치였다. 메이블이 놀라서 그를 쳐다보았다.

"동방 소식은 아니죠?"

그녀가 물었다.

필립스가 이맛살을 살짝 찌푸리며 답했다.

"죄송합니다, 사모님. 제가 말할 수 있는 입장이 아니라서요."

메이블은 기분이 상하지 않았다. 남편을 굳게 믿었기 때문이다. 그럼에도 두근거리는 가슴을 안고 어머니의 방으로 들어갔다.

노부인도 어쩐지 초조한 기색이었다. 창백한 뺨이 붉어졌고 며느리가 인사를 하는데도 미소를 보이지 않았다.

"필립스 씨가 왔다 갔어요?"

메이블이 물었다.

순간 노부인이 날카로운 눈으로 올려다보았다. 하지만 대답은 하지 않았다.

"불안해하지 마세요, 어머니. 남편은 오늘 밤에 올 거예요."

노부인이 길게 한숨을 내쉬었다.

"내 걱정은 하지 마라. 말 잘 듣고 있으마. 올리버는 저녁때 돌아오겠지?"

"볼러만 늦지 않으면요. 어머니, 이제 아침 드셔야죠?"

* * *

메이블은 불안한 마음으로 오후를 보냈다. 무슨 일이 터진 게 분명했다. 정원이 내다보이는 응접실에서 필립스와 함께 아침을 먹는데 그때도 그는 평소와 다르게 긴장한 모습이었다. 필립스는 올리버의 지시로 할 일이 있다며 오늘은 이만 물러가겠다고 했다. 동방 문제에 관해 이야기를 하면 말을 돌렸고, 파리 회담에 관한 소식도 알려 주지 않았다. 올리버가 오늘 밤 돌아올 것이라는 말만 앵무새처럼 반복할 뿐이었다. 그러고는 30분 후 서둘러 집을 나갔다.

식사를 마치고 위층으로 올라가니 노부인은 곤히 잠들어 있었다. 메이블은 어머니를 깨우고 싶지 않았다. 외출할 마음도 아니어서 홀로 정원을 산책했다. 그녀는 생각하고, 희망을 품고, 두려움에 떨었다. 산책길을 따라 어느새 긴 그림자가 내려앉았다. 경사가 가파른 지붕도 서쪽에서 시작된 회색 안개에 뒤덮였다.

집에 들어와 신문을 펼쳤지만 오후에 회담이 끝난다는 것 말고는 새로운 소식이 없었다.

· · ·

20시가 되어도 올리버는 나타나지 않았다. 볼러가 파리에서 제시간에 출발했다면 1시간 전에는 도착했어야 한다. 하지만 어두워진 하늘에 보석 같은 별이 하나둘 떠오르는 중에도 머리 위를 지나가는 볼러는 보이지 않았다. 물론 볼러가 항상 같은 항로로 다닌다는 법도 없고, 메이블이 놓쳤을지도 모른다. 하지만 전에 백번을 넘게 본 볼러가 왜 지금은 보이지 않는 것일까 하는 의문이 들었다. 저녁때가 지났지만 밥을 먹을 기분이 아니었다. 메이블은 흰 드레스 차림으로 서성이며 틈만 나면 창문 쪽으로 몸을 돌려 멀리 열차 달리는 소리, 차도의 경적, 1.5킬로미터 떨어진 환승역에서 나는 음악 소리에 귀를 기울였다. 이제 불빛이 하나둘 켜졌다. 밝은 지상과 어두운 하늘 사이에 넓게 펼쳐진 도시는 마치 동화 속 나라처럼 보였다. 올리버가 왜 이렇게 늦을까? 이유라도 알려 주면 안 되는 걸까?

메이블은 몹시 불안했지만 어머니를 안심시키려 위층으로 올라갔다. 노부인이 졸린 눈으로 메이블을 맞았다.

"아직 안 왔어요. 파리에서 밤을 보내려나 봐요."

메이블이 말했다.

베개를 베고 누운 어머니는 고개를 끄덕이고는 무어라 말을 했다. 메이블은 다시 아래층으로 내려왔다. 벌써 저녁 식사 시간을 1시간이나 넘겼다.

아아! 파리에서 발이 묶였을 가능성은 컸다. 이보다 더 늦은 날도 있었다. 타야 할 볼러를 놓쳤을 수도 있고, 회담이 늦게까지 이어졌을 수도 있다. 너무 피곤해서 파리에서 자고 오기로 했는데 깜박 잊고 전보를 보내지 않았을지도 모른다. 전보를 쳤지만 필립스가 전달하는 것을 잊었을 수도 있다.

결국 메이블은 답답한 마음에 전화기 앞에 섰다. 둥근 수화기 밑에는 각각의 연락처로 분류된 버튼이 있었다. 사교 클럽, 화이트홀(정부 청사) 의원 사무실, 필립스의 집, 국회 의사당 등 하나씩 연결해 남편 소식을 물어볼 셈이었다. 하지만 메이블은 조금 망설이다가 참기로 했다. 올리버는 간섭하는 것을 싫어했다. 곧 걱정하지 말라며 연락해 줄 것이다.

그렇게 결심한 메이블이 돌아서려는데 전화벨이 날카롭게 울렸다. 흰색으로 표시된 버튼에 불이 들어왔다. 화이트홀이었다.

메이블은 화이트홀 버튼을 눌렀다. 손이 너무 떨려 수화기를 간신히 귀에 댔다.

"여보세요?"

기나긴 전화선을 타고 작고 희미하게 남편의 목소리가 들렸다. 가슴이 두근거렸다.

"나예요, 메이블. 혼자 있어요."

그녀가 말했다.

"아, 메이블! 좋아. 나 돌아왔고, 다 잘됐어. 저기, 들어 봐. 내 말 들리지?"

"네, 그럼요."

"완벽한 상황이야. 동방 문제가 다 해결됐어. 펠센버그가 해냈어. 잘 들어. 오늘은 집에 못 가. 2시간 후 폴 하우스에서 발표가 있을 거야. 지금 언론과 접촉 중인데, 당장 여기로 와. 당신도 꼭 참석해야 해. 내 말 들려?"

"네."

"곧장 오도록 해. 역사상 가장 위대한 사건이 될 거야. 아무한테도 말하지 말고. 사람들이 몰리기 전에 빨리 와. 30분 후면 도로가 통제될 거야."

"올리버."

"응? 빨리 말해."

"어머니께서 편찮으세요. 혼자 계시게 하고 나가도 될까요?"

"얼마나 안 좋은데?"

"아, 위급한 상태는 아니에요. 의사가 와서 진찰하고 갔어요."

잠시 침묵이 흘렀다.

"그래, 와. 그럼 밤에 집으로 돌아가야겠네. 늦겠다고 어머니께 말씀드려."

"알았어요."

"……그래, 빨리 와. 펠센버그도 올 거야."

4장

I

같은 날 오후, 방문객이 퍼시를 찾아왔다.

특별해 보이는 사람은 아니었다. 외출복을 입고 계단을 내려오니 환한 객실의 긴 창문 앞에 그가 서 있었다. 그냥 봐서는 어떤 사람인지, 무슨 일로 왔는지 알 수 없었다. 가톨릭 신자가 아닌 것만은 확실했다.

"저를 찾아오셨다고요. 그렇게 오래 있지는 못할 것 같습니다."

퍼시가 의자를 가리키며 말했다.

"시간을 많이 빼앗지는 않을 겁니다. 5분 정도면 충분합니다."

방문객이 말했다.

퍼시가 눈을 내리깔고 기다렸다.

"저기…… 어떤 분께서 보내서서 왔습니다. 한때 가톨릭 신자이던 분인데 다시 교회로 돌아오시고 싶답니다."

퍼시는 고개를 갸웃했다. 요즈음 쉽게 듣기 힘든 말이었다.

"와 주실 수 있을까요? 약속하시겠습니까?"

남자는 무척 흥분한 기색이었다. 누렇게 뜬 얼굴은 땀으로 번들거리고 눈빛은 애처로웠다.

"당연히 가야죠."

퍼시가 웃으며 말했다.

"네, 하지만 그분이 사정이 좀 있습니다. 그게…… 이 사실이 알려지면 난리가 날 겁니다. 절대 알려져서는 안 됩니다. 그것도 약속해 주시겠습니까?"

"그런 약속은 지금 못 합니다. 아직 제가 상황을 잘 모르니까요."

퍼시가 조심스럽게 말했다.

방문객은 초조하게 입술을 핥았다.

"저, 선생님. 그러면 그분을 뵙기 전까지는 이 일을 비밀로 할 수는 있는지요? 이 정도는 약속하실 수 있죠."

그가 서둘러 말을 이었다.

"아! 그럼요."

퍼시가 대답했다.

"제 이름은 모르시는 편이 낫습니다. 피차…… 선생님이나 저나 그게 더 편할 겁니다. 그리고…… 죄송하지만 그분께서 몸이 좀 편찮으십니다. 괜찮으시다면 오늘 꼭 와 주십시오. 하지만 저녁 이후여야 합니다. 22시면 괜찮을까요?"

"어디죠?"

퍼시가 불쑥 물었다.

"크…… 크로이던 환승역 근처입니다. 주소를 적어 드리죠. 22시 넘어서 오셔야 합니다."

"이유를 여쭤봐도 될까요?"

"왜냐하면…… 다른 분들이 계시기 때문입니다. 그 후로는 외출하시고요. 그건 확실합니다."

퍼시는 수상쩍다고 생각했다. 전에도 사제를 곤경에 빠뜨리기 위해 함정을 파 놓는 일이 종종 있었다. 하지만 드러내 놓고 거절할 수는 없었다.

"왜 본당 신부님을 찾으시지 않고요?"

그가 물었다.

"그분께서 본당 신부님은 모릅니다. 하지만 전에 대성당에서 선생님을 뵙고 성함을 여쭤보셨다고 합니다. 기억나십니까? 그런 노부인을 기억하시는지요?"

한두 달 전인가, 얼핏 기억이 나지만 확신은 없었기에 확실하지 않다고 말했다.

"어쨌든 와 주실 거죠?"

"돌란 신부님과 의논을 해야 합니다. 허락을 받으면……."

퍼시가 말했다.

"부탁드립니다, 선생님. 그 돌란…… 돌란 신부님께 사모님의 성함을 알리지 말아 주십시오. 그래 주시겠습니까?"

"저도 아직 그분 성함을 모르는걸요."

퍼시가 미소를 지으며 말했다.

그 말에 방문객은 갑자기 뒤로 몸을 빼더니 얼굴을 찌푸렸다.

"저, 그 전에 드릴 말씀이 있습니다. 그분의 아드님이 제 고용인인

세상의 주인

데, 아주 유명한 공산주의자이십니다. 아드님 내외와 함께 살고 계세요. 그분들은 오늘 집에 안 계실 겁니다. 그래서 이런 부탁을 드리는 거고요. 그때 맞춰 와 주시겠습니까?"

퍼시는 잠시 그를 빤히 바라보았다. 이게 함정이라면 이렇게까지 허술하지는 않을 거라고 생각했다. 그래서 이렇게 대답했다.

"가죠. 약속합니다. 이제 성함을 알려 주세요."

방문객은 다시 긴장한 듯 입술을 축이고 주변을 살폈다. 그러다 결심을 했는지 몸을 앞으로 기울이고 재빨리 속삭였다.

"그분은 브랜드입니다, 선생님. 올리버 브랜드 의원의 어머니세요."

퍼시는 순간 얼떨떨했다. 믿기지 않는 이야기였다. 올리버 브랜드의 이름은 너무도 잘 알고 있었다. 현재 잉글랜드에서 그 누구보다 가톨릭 반대에 앞장서는 자가 아니던가. 트래펄가 광장 사건으로 모르는 사람이 없을 정도로 유명해진 인물이기도 했다. 그런데 그의 모친이…….

퍼시가 고개를 번쩍 들었다.

"선생님 성함도 모르고, 주님을 믿는지 안 믿는지도 모르지만, 선생님의 이름과 종교를 걸고 맹세할 수 있습니까? 그게 정말입니까?"

퍼시를 바라보는 그의 눈빛이 떨렸다. 하지만 속셈을 들켜서가 아니라 불안함으로 떨리는 눈빛이었다.

"저는…… 저는 맹세합니다. 전능하신 신의 이름으로요."

"가톨릭 신자이신가요?"

남자가 고개를 저었다.

"하지만 신은 믿습니다. 믿는 것 같다고 생각합니다."

남자가 말했다.

퍼시는 뒤로 기대앉아 지금 일어난 일이 무슨 의미인지 생각했다. 마냥 좋지만은 않았다. 한 번도 생각해 본 적 없는 일이었다. 두렵고 흥분되고 놀라웠다. 하지만 주님의 은총이 모든 것을 능가한다는 사실에 감동을 받았다. 이런 여인에게까지 이를 수 있다면 누구에게든 미치지 않으랴. 방문객은 걱정스러운 표정으로 그를 보고 있었다.

"두려우십니까? 설마 약속을 거두시는 건 아니겠죠?"

그 말에 안정을 되찾은 퍼시가 미소를 보이며 말했다.

"아! 아닙니다. 22시까지 가겠습니다. ……돌아가실 날이 머지않았나요?"

"아니요. 쓰러지긴 했는데 오늘 아침 조금 회복하셨습니다."

퍼시는 눈을 비비며 자리에서 일어났다.

"네, 찾아뵙겠습니다. 선생님도 계실 건가요?"

방문객도 일어나며 고개를 저었다.

"저는 브랜드 의원님과 있어야 합니다. 오늘 회의가 있거든요. 하면 안 되는 말인데……. 브랜드 부인을 찾아왔다고 하세요. 부인께서 기다리신다고요. 그러면 곧장 위층으로 안내해 줄 겁니다."

"제가 신부라는 말은 하면 안 되겠죠?"

"네, 부탁드립니다."

방문객이 수첩을 꺼내 메모를 하더니 종이를 찢어 퍼시에게 건넸다.

"주소입니다. 따로 옮겨 적은 후에 없애 주시겠습니까? 저…… 저는 가능하면 일자리를 잃고 싶지 않습니다."

퍼시는 손가락으로 종이를 꼬았다.

"선생님께서는 왜 가톨릭 신자가 아니십니까?"

퍼시가 물었다.

남자는 말없이 고개를 저었다. 모자를 집어 든 그는 문 쪽으로 돌아섰다.

◆ ◆ ◆

오후 내내 가슴이 벅차올랐다.

지난 한두 달 동안 기운 나는 일이 거의 없었다. 보고서를 쓰면서 중요한 탈퇴 소식만 대여섯 건을 전했다. 가톨릭으로 개종한 사람은 거의 없었다. 사람들이 꾸준히 가톨릭교회에서 등을 돌리고 있음이 분명해졌다. 그런 와중에 지난주 트래펄가 광장에서 일어난 사건으로 헤아릴 수 없는 피해를 보았다. 사람들은 공공연하게 가톨릭교회가 주장하는 초자연성은 거짓이라고 말하고 다녔다. 언론의 공격도 심상치 않았다. 〈뉴피플〉은 '추가 테러 막으려면 가톨릭 조사해야'를 1면 머리기사로 보도했다. 퍼시도 이 어리석은 범행에 경악했다. 대주교가 대성당 제단에서 이번 범행과 가톨릭교회의 관련성을 공식적으로 부인했다. 하지만 주요 신문들은 그 발언을 왜곡해, 가톨릭교회가 겉으로는 폭력을 부인하면서 뒤로는 폭력을 조장하는 정책을 펼치고 있다고 주장했다. 범인의 참혹한 죽음도 대중의 분노를 달래지 못했다.

그가 암살 시도 1시간 전 대주교 관저에서 나왔다는 이야기가 사실처럼 나돌았다.

그런데 지금, 상황이 급변했다. 그들이 영웅으로 받드는 자의 어머니가 자기 아들을 살해하려 한 가톨릭교회로 돌아오고 싶다는 메시지를 보낸 것이다.

❖ ❖ ❖

퍼시는 그날 오후 우스터에 있는 사제를 방문하러 북쪽으로 갔다가 저녁이 되어 불빛이 반짝일 무렵 남쪽으로 돌아왔다. 그러는 동안 이게 전부 음모가 아닐까 하는 의심이 머릿속을 떠나지 않았다. 그들이 보복을 위해 파 놓은 함정이 아닐까? 하지만 이미 아무에게도 말하지 않고 찾아가겠다고 약속을 해 버렸다.

저녁을 먹은 후 피할 수 없다는 묘한 감정을 느끼며 평소처럼 보고서를 썼다. 봉투에 주소를 쓰고 우표까지 붙인 후 외출복을 입고 블랙모어 신부의 방으로 내려갔다.

"신부님, 제 고해를 받아 주시겠습니까?"

그가 불쑥 말했다.

II

30분 후 퍼시는 빅토리아역에 도착했다. 19세기의 위대한 여왕의

세상의 주인

이름을 아직 버리지 않은 이 역은 평소보다 붐비지도, 한가하지도 않았다. 지상에서 60미터 아래에 있는 거대한 플랫폼에서 사람들이 두 줄로 오갔다. 투명한 승강기를 타고 내려온 왼쪽 끝 출입구에 사람들이 몰려 있었다. 승강기에서 나오는 사람이 너무 많아 빨리 걸을 수가 없었다.

마침내 퍼시는 조명이 은은한 플랫폼에 내렸다. 소음이 없는 격자무늬 고무바닥을 걸어 환승역을 관통하는 기다란 열차의 문 앞에 섰다. 시시각각 미끄러져 들어오는 객차가 마침내 멈춰 서고 그는 마지막 칸 앞에 섰다. 퍼시는 역 위아래 입구 사이를 오르내리는 승강기에서 눈을 떼지 않은 채 객차로 들어가 자리에 앉았다.

놀라울 정도로 마음이 차분했다. 특별히 위험한 일을 예상해서 고해성사를 하지는 않았다. 단지 영혼을 확실하게 다잡기 위해서였다. 회색 정장과 밀짚모자 차림이라 퍼시는 사제로 보이지 않았다. 적절한 이유가 있으면 그런 차림으로 일반 외출을 하도록 허락을 받는다. 생명이 위독한 상태는 아니라고 해서 성합*을 가져오지는 않았다. 돌란 신부가 전보를 보내 놨으니 필요하면 환승역 근처의 성 요셉 성당에서 가져다 쓰라고 말했다. 환자를 찾아갈 때의 관습대로 보라색 영대**만 주머니에 넣어 왔다.

---

* 사제가 환자의 영성체를 위해 성체를 모셔 갈 때 쓰는 제구. 영성체란 의식을 통해 거룩하게 축성된 그리스도의 몸과 피를 받아 모시는 일로, 제병이라고 하는 누룩 없는 빵을 먹는다. 고해성사를 통해 은총의 지위를 회복해야만 영성체를 할 수 있다.

** 성직자가 성무 집행 표시로 목에 걸치는 좁고 긴 띠. 보라색 영대는 고해성사를 위한 것이다.

열차는 평온하게 미끄러지듯 나아갔다. 퍼시는 맞은편 빈 의자에 시선을 고정한 채 침착한 마음을 유지하려고 노력했다. 그때 별안간 열차가 급정거를 했다. 퍼시는 놀라서 밖을 내다보았다. 창문에서 6미터 정도 떨어진 곳에 하얀 에나멜 길이 있는 것을 보니 벌써 터널에 들어온 모양이었다. 열차가 정차할 이유는 많았다. 퍼시는 크게 흥분하지 않았고, 다른 승객들도 심각하게 받아들이지 않는 눈치였다. 잠시 침묵이 흘렀지만 칸막이 너머로 사람들 이야기 소리가 다시 들렸다.

그러다가 멀리서 울부짖는 소리가 벽에 부딪혀 메아리치더니 경적과 음악 소리가 섞여 들렸다. 소리가 점점 더 커지자 객차 안의 대화가 뚝 끊겼다. 누군가 창문을 열자 열차 한 대가 쏜살같이 지나가는 게 보였다. 분명 역에서 멀어지는 하행선로인데 그 열차는 역을 향해 가고 있었다. 상황을 파악해야 했다. 무슨 일이 생긴 것이 분명했다. 퍼시는 자리에서 일어나 빈 객실의 끝 쪽 창문으로 향했다. 또다시 사람들의 고함 소리, 열차 신호 소리가 들리고 열차 한 대가 더 지나갔다. 곧이어 또 한 대가 그 뒤를 따랐다. 퍼시가 타고 있는 열차가 짧게 덜컹거렸다. 열차가 거꾸로 달리기 시작하면서 퍼시는 휘청이다가 엉덩방아를 찧듯 의자로 넘어졌다.

옆 객차가 시끄러웠다. 문으로 다가가 보니 남자 5~6명이 창밖으로 고개를 내밀고 있었다. 무슨 일이냐고 묻는 퍼시에게 아무도 관심을 보이지 않았다. 영문을 아는 사람이 없으니 누가 설명해 줄 때까지 기다리는 수밖에 없었다. 도대체 어떤 일이 터진 걸까. 노선이 엉망이 된 게 영 못마땅했다.

움직이던 열차가 두 번이나 정지했다. 그럴 때마다 경적이 울릴 때까지 기다렸다가 움직였다. 결국 100미터 정도 지나치긴 했지만 출발한 플랫폼으로 돌아왔다.

맙소사! 무슨 일이 일어난 것이 분명했다! 문을 열자마자 귀가 터질 것만 같았다. 플랫폼으로 뛰어올라 역의 끝 쪽을 올려다보고서야 퍼시는 무슨 일인지 알 수 있었다.

◆ ◆ ◆

거대한 플랫폼 가득 큰 소리를 내며 들썩이는 사람이 계속 쏟아져 들어왔다. 비상시에만 쓰는 폭 20미터의 넓은 계단이 순식간에 60미터 높이의 검은 폭포로 보였다. 열차가 들어올 때마다 더 많은 사람을 쏟아 내고 남녀 할 것 없이 개미처럼 떼 지어 움직이는 행렬에 합류했다. 소음이 말로 표현할 수 없을 정도로 컸다. 남자들은 고함을 치고 여자들은 비명을 질렀다. 거기에다 거대한 열차까지 종과 경적을 울렸고 나팔 소리까지 서너 번 들렸다. 위에서 비상문이 활짝 열리고 사람들이 그곳을 통해 거리로 나갔다. 하지만 퍼시는 사람들에게는 관심이 없었다. 높은 시계탑 아래에 달린 정부 전광판이 에스페란토와 영어로 쓰인 커다란 붉은 글씨를 밝히고 있었기 때문이다. 퍼시는 그 메시지를 열 번도 넘게 읽은 후에야 비로소 걸음을 옮겼다. 그러나 그는 천국 혹은 지옥의 승리를 알리는 초자연적 광경을 본 것처럼 전광판에서 시선을 뗄 수가 없었다.

동방 회담 종결

전쟁 아닌 평화

전 세계적 동맹 선포

펠센버그, 오늘 밤 런던 도착 예정

III

퍼시가 환승역 너머에 있는 집 앞에 도착한 것은 거의 2시간이 지난 후였다.

따져 보고 타일러도 보고 협박도 해 봤지만 공무원들은 어디에 홀린 것 같았다. 절반은 시내로 황급히 사라져 버렸다. 보안을 유지하려는 당국의 노력에도 불구하고 펠센버그가 폴 하우스를 방문할 예정이라는 정보가 새어 나갔기 때문이다. 폴 하우스는 한동안 세인트 폴 대성당이라고 불리던 곳이다. 그나마 역에 남아 있는 공무원들도 정신이 나간 듯했다. 한 남자가 심장 마비로 플랫폼에 쓰러져 죽었지만 아무도 신경 쓰지 않았다. 시체가 의자 아래에서 아무렇게나 뒹굴었다. 퍼시는 몇 번이나 인파에 휩쓸리면서 크로이던으로 가는 열차를 찾아 이 플랫폼, 저 플랫폼을 돌아다녔다. 크로이던행 열차는 전혀 보이지 않고, 운행을 멈춘 열차들은 홍수에 떠내려온 나무처럼 플랫폼 사이에 쌓여 갔다. 지방에서 출발해 플랫폼에 들어선 열차들은 이성을 잃고 날뛰는 사람들을 뱉어 냈다. 그들은 흰 고무바닥을 밟자마자 연기처럼 사라졌다. 플랫폼은 사람으로 가득 찼다가 텅 비기를 반복하다

자정을 30분 앞두고서야 외곽으로 가는 열차가 운행을 재개했다.

어쨌든 드디어 목적지에 도착했다. 옷은 다 흐트러지고 모자도 잃어버린 퍼시는 녹초가 되어 불 꺼진 창문을 올려다보았다.

이 일을 어떻게 받아들여야 할지 혼란스러웠다. 물론 전쟁은 끔찍한 일이었다. 게다가 요즈음 시대에 전쟁이 터지면 어떻게 될지는 상상만으로도 섬뜩했다. 하지만 퍼시에게는 더 섬뜩한 것들이 있었다. 그리스도가 아닌 다른 힘으로 확립된 세계 평화는 어떤 모습일까? 아니면 이 일에 주님의 힘이 닿은 것은 아닐까? 대답을 알 수 없는 질문이었다.

세계 평화라는 전대미문의 성과를 이끌어 낸 이는 펠센버그였다. 문명사회에 접어든 후로 의심의 여지 없이 가장 위대한 사건이었다. 그는 어떤 사람일까? 어떤 성격일까? 이렇게 행동하는 동기와 수단은 무엇일까? 오늘의 성과를 앞으로 어떻게 활용할까? 이런 생각이 흩날리는 불꽃처럼 눈앞을 날아다녔다. 아무 일 없이 지나갈 수도 있고, 이 세상에 불을 지를 수도 있었다. 하지만 지금 여기에는 죽기 전 주님의 품으로 돌아오기 원하는 노부인이 있었다.

• • •

서너 번 버튼을 누르고 기다렸다. 초인종 소리를 들었는지 곧이어 창문에 불이 들어왔다.

"부름을 받고 왔습니다. 22시에 도착하기로 했는데 길이 막혀서 늦었습니다."

퍼시는 영문을 모르는 가정부에게 외쳤다.

가정부가 횡설수설하며 그에게 이것저것 물었다.

"네, 사실인 것 같습니다. 전쟁이 아니라 평화라고 합니다. 위층으로 좀 안내해 주시죠."

그는 묘한 죄책감을 가지며 현관에 들어섰다. 여기가 브랜드의 집이란 말이지. 주님께 그토록 악의에 찬 말을 내뱉는 유력 연설가의 집이다. 이곳에 사제인 그가 어둠에 몸을 숨기고 몰래 들어왔다. 뭐, 자발적으로 온 것은 아니니까.

위층에 있는 방문 앞에서 가정부가 돌아보며 물었다.

"의사 선생님이신가요?"

"그 일로 왔습니다."

퍼시는 짧게 둘러대고는 문을 열었다.

◆ ◆ ◆

문을 닫기도 전에 구석에서 우는 소리가 작게 들렸다.

"오! 감사합니다! 주님께서 저를 잊은 줄 알았습니다. 신부님이신가요?"

"맞습니다. 대성당에서 뵈었는데 기억 못 하십니까?"

"기억하고말고요. 기도하고 계셨죠. 오! 정말 감사합니다!"

퍼시는 잠시 서서 그녀를 내려다보았다. 취침용 모자를 쓴 노인의 얼굴은 붉게 상기되어 있었다. 푹 꺼진 눈은 반짝반짝 빛나고 손은 떨렸다. 그래, 이 정도면 진심 같았다.

"자, 자매님. 말씀하세요."

퍼시가 말했다.

"고해할게요, 신부님."

퍼시는 보라색 영대를 꺼내 목에 걸치고 침대 옆에 앉았다.

◆ ◆ ◆

노부인은 고해성사 후에도 한참을 놓아주지 않았다.

"신부님, 언제 영성체를 하게 해 주실 건가요?"

퍼시는 주저했다.

"아드님 부부는 전혀 모르는 얘기라고요?"

"맞아요, 신부님."

"몸이 많이 안 좋으십니까?"

"모르겠어요. 애들이 말해 주지 않으니까요. 사실 어제 죽을 줄 알았답니다."

"언제 성체를 가져오면 되겠습니까? 부인 뜻에 따르지요."

"내일이나 모레 사람을 보내면 될까요? 신부님, 아들에게 말해야 할까요?"

"그럴 의무는 없습니다."

"해야 한다면 말할게요."

"일단 생각해 보고 알려 주세요……. 소식은 들으셨습니까?"

노부인은 고개를 끄덕였다. 하지만 별 관심이 없는 듯했다. 퍼시는 죄책감으로 가슴이 쿡쿡 쑤셨다. 한 영혼이 주님과 다시 만나는 것이 동방과 서방의 화해보다 더 위대한 일이라는 생각으로 마음을 달랬다.

"아드님께 변화가 생길 겁니다. 대단한 인물이 되실 테죠."

그가 말했다.

노부인은 여전히 말없이 그를 보며 작게 웃었다. 노인의 얼굴이 그토록 젊어 보일 수 있다니 놀라웠다. 그러다 표정이 확 바뀌었다.

"신부님, 바쁘겠지만 이것만 알려 주세요. 그 사람은 누구인가요?"

"펠젠버그요?"

"네."

"아무도 모릅니다. 내일이면 알게 되겠지요. 오늘 런던에 온다고 하니까요."

노부인의 표정이 순간 심하게 일그러져 퍼시는 발작을 일으킨다고 생각했다. 교활함 반 두려움 반의 감정으로 얼굴이 무너지는 것만 같았다.

"왜 그러십니까, 자매님?"

"신부님, 저는 그 사람을 생각하면 조금 무서워져요. 저를 해칠 수는 없겠죠? 저는 이제 안전한 거죠? 가톨릭 신자가 되었나요?"

"안전하다마다요. 무슨 일입니까? 그가 어떻게 해친다고요?"

하지만 두려워하는 표정은 사라지지 않았다. 퍼시는 좀 더 가까이 다가갔다.

"환상에 지지 마십시오. 그저 우리의 주인이신 주님께 모든 것을 맡기면 됩니다. 그자가 부인을 해칠 수는 없습니다."

그는 아이를 대하듯 말하고 있었다. 하지만 소용없었다. 노부인은 입을 합죽하게 다물고 그의 뒤에 있는 어두운 방을 응시했다.

"자매님, 뭐가 문제인지 말씀해 주세요. 펠센버그가 왜요? 지금 꿈을 꾸고 계시는 것 같습니다."

노부인이 갑자기 힘차게 고개를 끄덕였다. 퍼시는 처음으로 불안감에 가슴이 뛰었다. 이 여인은 제정신이 아닌 건가? 왜 그 이름이 이토록 불길하게 느껴지는 걸까? 블랙모어 신부가 얼마 전에 한 이야기가 문득 떠올랐다. 퍼시는 애써 자리에 다시 앉았다.

"솔직하게 말씀해 주세요. 꿈을 꾸고 계셨죠? 어떤 꿈이었습니까?"

노부인은 침대에서 몸을 살짝 일으켜 방 안을 둘러보았다. 그러더니 반지 낀 손을 내밀었다. 퍼시는 의아해서 손을 잡았다.

"문 닫힌 거죠, 신부님? 듣는 사람 없죠?"

"없습니다. 왜 떨고 계십니까? 미신을 믿으시면 안 됩니다."

"신부님, 말씀드릴게요. 꿈은 진짜가 아니죠? 어쨌든 저는 이런 꿈을 꿨어요. 저는 어느 저택에 있었어요. 어디인지는 모르겠어요. 한 번도 본 적 없는 집이었어요. 집은 아주 많이 낡고 어두웠어요. 저는 어린아이인 것 같았어요, 아마…… . 무엇 때문인지 겁을 먹었어요. 복도는 온통 캄캄했고 저는 어둠 속에서 울면서 불빛을 찾아다녔는데 아무것도 보이지 않았어요. 그때 멀리서 누군가 말하는 소리가 들렸어요. 신부님…… ."

노부인은 퍼시의 손을 더욱 세게 쥐고 다시 방 안을 두리번거렸다.

퍼시는 억지로 한숨을 참았다. 지금 그녀를 두고 떠날 수는 없었다. 집 안은 무척이나 고요했다. 혼잡한 도시에서 교외를 향해 속도를 올리는 차량의 소리만 이따금 들릴 뿐이었다. 어디선가 누군가 큰 소리로 고함을 쳤다. 지금이 몇 시쯤인지 궁금했다.

"자매님, 꼭 지금 얘기해야 하는 건가요? 아드님 부부는 언제 돌아오십니까?"

퍼시가 불안함을 감추고 침착하게 물었다.

"아직이에요. 며느리가 2시 넘어서 온다고 했어요. 지금 몇 시죠, 신부님?"

퍼시는 그녀에게 잡히지 않은 손으로 시계를 꺼냈다.

"아직 1시가 안 됐습니다."

"다행이네요. 신부님…… 저는 집에 있었어요. 말하는 소리를 듣고 복도를 달려갔어요. 그러다 문 아래로 빛이 보여서 멈춰 섰는데……. 더 가까이 오세요, 신부님."

퍼시는 조금 두려워졌다. 노부인이 갑자기 목소리를 낮추었다. 어쩐지 그녀의 시선을 피할 수 없었다.

"저는 멈춰 섰어요, 신부님. 하지만 차마 들어갈 수는 없었어요. 대화하는 소리가 들리고 불빛이 보였지만 들어갈 용기가 나지 않았어요. 신부님, 그 방에 있던 사람은 펠센버그였어요."

아래층에서 별안간 철컹 하며 문이 열리고 발소리가 들렸다. 퍼시는 황급히 뒤를 돌아보았다. 노부인은 숨을 헉 하고 들이마셨다.

세상의 주인

"쉿! 누구죠?"

퍼시가 물었다.

두 사람이 아래층 현관에서 이야기하고 있었다. 그 소리에 노부인이 손의 힘을 풀었다.

"저…… 저는 펠센버그라고 생각했어요."

그녀가 중얼거렸다.

퍼시가 의자에서 일어났다. 노부인은 아직 상황을 이해하지 못하고 있었다.

"그래요, 자매님. 근데 저 사람들이 누구인가요?"

그가 조용히 물었다.

"아들과 며느리죠."

노부인의 표정이 다시 바뀌었다.

"세상에…… 아니, 신부님……."

밖에서 발소리가 울리자 노부인은 말을 잇지 못했다. 잠시 방 안은 쥐 죽은 듯 고요해졌다. 그러다 한 여인이 속삭이는 소리가 또렷이 들렸다.

"어머, 불이 켜져 있네요. 들어와요, 올리버. 소리 내지 말고요."

곧이어 문고리가 돌아갔다.

5장

I

큰 소리가 들리더니 다시 조용해지고, 키가 훤칠한 여성이 상기된 얼굴로 회색 눈을 빛내며 방으로 들어왔다. 그 뒤로 사진으로만 보던 남자가 따라 들어왔다. 침대에서 작게 흐느끼는 소리가 들려 퍼시는 본능적으로 손을 들어 제지했다.

"어머."

메이블은 짧게 내뱉고 백발 청년을 바라보았다.

올리버는 입을 열다가 다시 다물었다. 그의 얼굴도 묘하게 상기되어 있었다.

"누구지?"

올리버가 조심스럽게 물었다.

"올리버, 그때 본 신부……."

메이블이 남편을 부르며 얼른 뒤로 돌았다.

"신부라고? 아니, 이게……."

올리버가 앞으로 나섰다.

퍼시는 목덜미에서 핏줄이 터질 듯이 고동치는 맥박을 진정시키려 심호흡을 했다.

"네, 신부 맞습니다."

또다시 침대에서 흐느끼는 소리가 터져 나왔다. 퍼시가 그녀를 달래려고 몸을 반쯤 틀었다. 그녀는 흰 드레스 위에 걸친 얇은 외투 걸쇠를 기계적으로 풀고 있었다.

"어머니가 부르셨어요?"

올리버가 떨리는 목소리로 다그쳤다. 당장 앞으로 달려들 듯 온몸을 움찔거렸다. 순간 메이블이 그를 잡으며 말했다.

"진정해요, 여보. 저, 선생님……."

"네, 저는 사제가 맞습니다."

퍼시는 아까 한 말을 반복했다. 터질 듯한 긴장감을 억누르는 데 온 신경을 집중하고 있어서 무슨 말을 하는지도 몰랐다.

"감히 우리 집에 오다니!"

올리버가 소리쳤다.

"정말 사제 맞소? 저녁 내내 여기 있었고?"

퍼시 쪽으로 다가오던 올리버가 멈칫하며 물었다.

"자정부터 있었습니다."

"설마……."

올리버는 말문이 막혔다. 메이블이 두 사람 사이를 막아섰다.

"올리버, 여기서 소란을 일으키면 안 돼요. 어머니 병환을 생각해야죠. 선생님, 아래층으로 내려가시겠어요?"

그녀 역시 흥분을 간신히 억누르고 있었다.

퍼시가 문으로 다가가자 올리버가 살짝 옆으로 비켜섰다. 퍼시는 걸음을 멈추고 뒤돌아 한 손을 들었다.

"주님의 은총이 가득하시길!"

그는 침대에서 중얼거리고 있는 노인에게 짧게 말했다. 그러고는 방을 나가 밖에서 기다렸다.

안에서 소리 낮춰 대화하는 소리가 들리더니 여자가 열을 내며 말을 쏟아 냈다. 곧 흙빛이 된 올리버가 온몸을 떨며 퍼시의 옆에 섰다. 그는 말없이 손짓을 하고는 퍼시를 지나쳐 계단을 내려갔다.

◆ ◆ ◆

모든 상황이 믿을 수 없는 꿈만 같았다. 전혀 예상하지 못한, 비현실적인 상황이었다. 속임수를 쓰려다가 들켜 버린 것 같은 수치심으로 고개를 들 수 없었다. 하지만 한편으로는 이렇게 된 이상 모든 것을 내려놓자는 무모한 마음도 들었다. 최악의 상황이지만 어찌 보면 최선의 상황이기도 했다. 그게 유일한 위안거리였다.

문을 연 올리버가 조명을 켜고 갑자기 환해진 방으로 들어갔다. 퍼시가 그 뒤를 따랐다. 올리버가 여전히 입을 다문 채 손으로 의자를 가리켰다. 퍼시가 의자에 앉고, 올리버는 벽난로 앞에 섰다. 올리버는 재킷 주머니에 손을 깊이 찔러 넣고 몸을 살짝 틀었다.

퍼시는 방 안을 샅샅이 살펴보았다. 발밑에 깔린 부드러운 녹색 카펫은 푹신했다. 창문에는 얇은 실크 커튼이 매달려 있고 낮은 테이블 위에는 꽃다발이 한 아름 놓여 있었다. 벽에는 책이 빼곡하게 꽂혀 있었다. 활짝 열린 창문으로 진한 장미향이 흘러 들어와 방 안을 채웠다. 커튼이 밤바람에 계속 흔들렸다. 여인이 쓰는 방 같았다. 퍼시 앞에 선 남자는 긴장한 얼굴로 호리호리한 몸을 꼿꼿이 세우고 있었다. 진회색 정장은 퍼시의 옷과 크게 다르지 않았다. 턱선은 매끈하고 하얀 얼굴에는 잡티 하나 보이지 않았다. 콧대는 날카롭고, 튀어나온 눈은 이상주의로 가득 차 있으며, 머리카락은 검은색이었다. 그야말로 시인의 얼굴이었다. 그의 인격 자체가 생생하게 살아 있었다. 그때 문이 열렸다. 퍼시가 두리번거림을 멈추고 얼른 자리에서 일어났다. 메이블이 들어와 문을 닫았다.

메이블은 곧장 남편에게 다가가 어깨에 손을 올렸다.

"앉아요, 여보. 얘기를 조금 해야겠네요. 선생님도 앉으세요."

셋은 자리에 앉았다. 부부는 등받이가 높은 나무의자에 앉아 맞은편의 퍼시를 바라보았다.

메이블이 먼저 말을 꺼냈다.

"시간 끌지 말고 정리해요. 폭력은 안 돼요. 올리버, 알겠어요? 소란 피우지 말고 내게 맡겨요."

메이블은 이상하리만치 유쾌하게 말했다. 놀랍지만 진심 같았다. 비꼬는 투는 전혀 느껴지지 않았다.

"올리버, 투덜대지 마요! 다 괜찮아요. 내가 알아서 할 테니까."

메이블이 다시 말했다.

올리버는 퍼시를 악의에 찬 눈빛으로 노려보고 있었다. 웃음 띤 눈으로 두 사람을 번갈아 보던 메이블도 그 시선을 느꼈는지 남편의 무릎에 손을 올렸다.

"올리버, 집중해요! 여기 신사분을 그렇게 무섭게 보지 말고요. 해를 끼친 것도 아니잖아요."

"해를 안 끼쳤다고?"

올리버가 속삭였다.

"해를 끼치지는 않았죠. 위층에 누워 계신 어머니도 멀쩡하시잖아요. 선생님, 저희 집에 왜 오셨는지 말씀해 주시겠어요?"

퍼시는 또 심호흡을 했다. 예상하지 못한 질문이었다.

"브랜드 부인을 다시 교회로 받아들이기 위해 왔습니다."

그가 답했다.

"그렇게 하셨어요?"

"했습니다."

"성함을 알려 주실래요? 그러면 대화하기가 훨씬 편할 것 같아요."

퍼시는 망설였지만 타협하기로 결심했다.

"그럼요. 제 이름은 퍼시 프랭클린입니다."

"프랭클린 신부님?"

그녀는 은근히 조롱하는 듯 뒷말을 강조했다.

"네. 웨스트민스터 대주교 관저에서 온 퍼시 프랭클린 신부입니다."

퍼시가 당당히 말했다.

"좋아요, 프랭클린 신부님. 여기 왜 왔는지 말씀해 주세요. 아니, 누가 불러서 왔죠?"

"브랜드 부인께서 부르셨습니다."

"네. 하지만 어머니 요청을 전달한 사람이 있을 거 아니에요?"

"그건 말할 수 없습니다."

"아, 알겠습니다……. 교회에 다시 받아들여지면 어떤 점이 좋은 가요?"

"교회에 다시 받아들여지면 영혼이 주님과 화해하게 됩니다."

"아! 올리버, 좀 가만히 있어요. 프랭클린 신부님, 그건 어떻게 하는 거죠?"

퍼시가 갑자기 자리에서 일어났다.

"이건 시간 낭비입니다. 이런 질문이 무슨 의미가 있겠습니까?"

메이블은 놀라서 눈이 휘둥그레졌다. 여전히 남편의 무릎에 손을 올려놓은 상태였다.

"무슨 의미가 있냐니요, 프랭클린 신부님! 저희가 궁금해서 그렇지요. 저희에게 말하면 안 된다는 교회법이라도 있나요?"

퍼시는 주저했다. 그녀의 목적을 전혀 짐작할 수 없었다. 하지만 지금 흥분하면 그들만 유리해진다. 퍼시가 다시 앉았다.

"아닙니다. 궁금하시다면 말씀드리죠. 브랜드 부인의 고해를 듣고 사죄경*을 합니다."

"아! 그렇게 한단 말이죠. 그다음에는요?"

---

* 　고해성사를 집전하는 사제가 참회자에게 죄의 용서를 선언하는 기도문.

"영성체를 하고, 죽음이 임박하면 병자성사*를 해야 합니다."

올리버가 갑자기 몸을 비틀었다.

"미치겠군!"

그가 나직이 내뱉었다.

"올리버! 제발 나한테 맡겨요. 그게 나아요. 그럼 신부님은 그것들을 저희 어머니께 해 드리고 싶으시겠네요?"

"필수적인 것은 아닙니다."

퍼시가 말했다. 이유는 모르겠지만 왠지 승산 없는 대화를 하는 기분이었다.

"아! 필수는 아니라고요? 하지만 신부님은 원하시고요?"

"가능하다면 할 겁니다. 하지만 필요한 건 다 했습니다."

퍼시는 말을 최대한 아끼려고 노력했다. 총칼로 무장을 했지만 눈에 보이지 않는 증기로 공격하는 적을 만난 꼴이었다. 이제 무엇을 해야 할지 감을 잡을 수 없었다. 차라리 올리버 브랜드가 자리를 박차고 일어나 자기 목을 졸랐으면 하는 심정이었다. 그만큼 이 여자는 감당하기 힘들었다.

"네. 다시 와도 좋다고 제 남편이 허락하는 일은 없을 것 같아요. 그래도 필요한 건 다 하셨다니 다행이네요. 그 정도면 신부님도, 위층에 계시는 딱한 저희 어머니도 만족하셨을 테죠. 그리고 저희는…… 저

---

* 병자나 죽을 위험에 놓여 있는 환자가 고통을 덜고 구원을 얻도록 하느님의 자비에 맡기는 성사. 사제가 기도문을 외우고 축성된 기름을 바른다.

세상의 주인

희 부부는……."

메이블은 남편의 무릎을 꼭 쥐었다.

"저희는 전혀 신경 쓰지 않아요. 아! 하지만 한 가지 더요."

메이블이 부드럽게 말했다.

"말씀하세요."

퍼시는 무슨 할 말이 더 남았을지 궁금했다.

"선생님네 그리스도교인들…… 제 말이 무례하다면 용서해 주세요. 그리스도교인들은 신자 수를 매일 세면서 많은 사람을 개종시키기 위해 무슨 일이든 한다고 들었어요. 프랭클린 신부님, 오늘 일…… 절대 어디 가서 이야기하지 않겠다고 약속해 주시면 정말 감사하겠어요. 남편이 아주 많이 곤란해질 거예요."

"브랜드 부인……."

퍼시가 말을 꺼냈다.

"잠시만요……. 저희가 신부님을 나쁘게 대하지 않았잖아요. 폭력도 쓰지 않았어요. 저희 어머니께도 화내지 않을게요. 약속해 주시겠어요?"

퍼시는 생각을 끝내고 얼른 대답했다.

"그럼요, 약속드리죠."

"아, 잘됐네요. 정말 감사합니다. 그리고 어쩌면 저희 남편이 좀 진정이 되면 허락할 수도 있어요. 다시 오셔서 영성체니…… 그런 것들을 하게요."

옆에 앉은 올리버가 다시 경련하듯 몸을 떨었다.

"두고 봐야 하는 일이지만요. 아무튼 신부님 주소를 알고 있으니 그리로 연락드릴게요. 참, 프랭클린 신부님, 오늘 밤 웨스트민스터로 돌아가시나요?"

퍼시가 고개를 끄덕였다.

"아! 무사히 도착하시기를 빌어요. 가 보면 아시겠지만 지금 런던이 엄청난 흥분 상태거든요. 혹시 들으셨는지……."

"펠센버그요?"

"네, 줄리언 펠센버그. 줄리언 펠센버그, 그분께서 런던에 계세요. 오늘 잉글랜드에 머무신답니다."

메이블이 조용히 이야기했다. 묘하게 유쾌한 그녀의 눈빛이 다시 번쩍였다.

그 이름을 또 듣게 된 퍼시는 어렴풋한 두려움이 느껴졌다.

"평화 협정을 맺었다고 들었습니다."

그가 말했다.

메이블 부부가 자리에서 일어났다.

"네, 평화래요. 드디어 평화가 온 거예요."

메이블이 온화한 말투로 말했다.

메이블은 불에 타는 장미처럼 얼굴을 붉히며 퍼시 쪽으로 반걸음 다가갔다. 그녀가 한 손을 살포시 들어 올렸다.

"런던으로 돌아가세요, 프랭클린 신부님. 그리고 보세요. 그분을 뵈면 더 많은 것이 보일 거예요."

메이블의 목소리가 떨리기 시작했다.

"그러면 저희가 신부님을 왜 이렇게 대하는지 이해하실 거예요. 왜 더 이상 신부님을 두려워하지 않는지, 왜 어머니 뜻대로 하게 두는지요. 아아! 이해하시게 될 거예요, 프랭클린 신부님. 오늘 밤이 아니라면 내일이라도, 내일이 아니라면 가까운 시일 내에 그렇게 될 겁니다."

"메이블!"

그녀의 남편이 외쳤다.

여자는 빙그르르 돌아 남편을 끌어안고 입술에 키스했다.

"오! 나는 부끄럽지 않아요, 올리버. 가서 직접 보라고 하죠. 안녕히 가세요, 신부님."

문으로 다가가는 동안 퍼시는 뒤에서 누군가 종을 치는 소리를 들었다. 그는 넋이 나간 채 멍하니 뒤를 돌아보았다. 부부가 서 있는 모습이 은은한 불빛 아래 거룩하게 빛났다. 여인은 남편의 어깨에 팔을 두르고 부드러운 얼굴로 꼿꼿하게 서 있었다. 남자의 얼굴에도 분노가 사라져 있었다. 불가사의한 자부심과 자신감밖에는 보이지 않았다. 둘 다 웃고 있었다.

퍼시는 고요한 여름밤으로 발을 내디뎠다.

Ⅱ

퍼시는 그곳에서 느낀 두려움 말고는 아무것도 이해할 수 없었다. 지금 그는 런던을 향해 빠르게 달리는 혼잡한 열차에 앉아 있었다. 주변에서 큰 소리로 떠들어 대지만 한마디도 들리지 않았다. 들려도 의미 모를 말들이었다. 알아들었다고 해도 '이상한 일이 벌어지고 있다', '런던이 갑자기 미쳐 돌아가고 있다', '펠센버그가 오늘 밤 폴 하우스에서 연설을 한다' 정도가 고작이었다.

브랜드 부부의 태도가 두려웠다. 나를 그렇게 대한 이유가 뭘까? 퍼시는 속으로 이 질문을 몇 번이나 되풀이했다. 초자연적 현상을 경험하고 온 기분이었다. 몸이 오슬오슬 떨리고 견딜 수 없는 졸음이 쏟아졌다. 여름날 새벽 2시에 사람으로 빽빽한 열차에 앉아 있다는 사실도 그다지 이상하지 않았다.

열차는 중간에 세 번이나 멈춰 섰다. 창밖을 보니 도시가 혼돈에 빠졌다는 증거가 곳곳에서 보였다. 어떤 이들은 새벽에 철로 사이를 달렸다. 망가진 객차가 몇 개 보이고, 방수포도 날아다녔다. 퍼시는 사방에서 들리는 경적과 외침을 멍하니 듣고만 있었다.

마침내 플랫폼으로 나와 보니 2시간 전과 다를 바가 없었다. 열차에서 내린 사람들은 여전히 우르르 미친 듯이 달려 나가고, 의자 밑의 시체도 그대로였다. 퍼시도 사람들을 따라 달리는 수밖에 없었다. 어디로 가는지, 왜 뛰는지도 몰랐다. 시계탑 아래 전광판에서는 그 거대한 메시지가 여전히 빛나고 있었다. 달리다 보니 어느새 승강기에 올랐다. 잠시 후 역 뒤편 계단에 도착했다.

그곳의 광경도 놀라웠다. 머리 위의 램프는 여전히 켜져 있었지만 그 너머로 먼동이 희끄무레 밝아 오기 시작했다. 역에서 쭉 뻗은 거리는 옛 궁전을 중심으로 웨스트민스터, 더 몰, 하이드파크에서 거미줄처럼 뻗어 나온 거리와 만났다. 거리에서는 사람들의 머리밖에 보이지 않았다. 양옆에 늘어선 호텔과 관공서들은 모든 창문을 환히 밝히고 왕을 맞이하듯 엄숙하고 의기양양하게 서 있었다. 저 멀리 하늘을 배경으로 솟은 거대한 궁전의 윤곽선이 여명으로 빛나고, 창문도 다른 집들과 마찬가지로 불을 밝힌 상태였다. 소음은 당혹스러울 정도였다. 대체 무슨 소리인지 구분하기가 불가능했다. 사람의 목소리, 자동차 경적, 북소리, 고무바닥에 부딪히는 수천 명의 발소리, 뒤편의 역으로 열차가 들어오는 묵직한 소리까지…… 모든 소리가 모여 하나의 커다랗고 엄숙한 폭발음이 되고, 그 위로 더 날카로운 비명 소리가 들렸다.

도저히 움직일 수 없었다.

어쩌다 보니 퍼시는 오래된 역 광장과 이어진 넓은 계단의 꼭대기에 서 있었다. 이곳은 모든 것을 굽어볼 수 있는 위치였다. 광장 왼쪽으로는 궁전으로 가는 널찍한 길이, 오른쪽으로는 빅토리아 스트리트가 뻗어 있었다. 모든 거리에 불빛과 사람들의 머리가 가득 들어차 있었다. 오른쪽 하늘에서는 높이 솟은 대성당 종탑이 은은하게 빛났다. 마치 전생에서나 본 것 같은 광경이었다.

퍼시는 무의식중에 왼쪽으로 몇 걸음을 움직여 기둥을 붙잡았다. 그러고는 잠시 호흡을 가다듬었다. 감정을 분석하지 않고 있는 그대로 받아들이려 애썼다.

사람들의 이런 모습은 처음이었다. 그들이 뿜어내는 일체감이 피부에 와닿았다. 공기 중에 신비로운 자력이 흐르고 있는 듯했다. 무언가 창조되고 있다는 느낌이 들었다. 수천 개의 세포가 점점 하나로 뭉쳐져 하나의 의지, 감정, 머리를 가진 거대한 정서로 완벽하게 탈바꿈했다. 그들의 외침은 이 창조의 시작을 알리는 소리일 뿐이었다. 여기 인간성이라는 거인이 서 있었다. 거인은 창조 작용이 완성되기를 기다리고 또 기다리며 살아 움직이는 팔다리를 저 끝까지 뻗고 있었다. 아마 이 대도시의 모든 도로까지 뻗어 나갔으리라. 퍼시는 지친 머리로 그렇게 짐작했다.

사람들이 이토록 애타게 기다려 온 것을 그 자신은 바란 적이 없다는 점을 깨달았다. 사실 그게 무엇인지도 몰랐다. 그들이 바란 것은 계시였다. 그 계시는 그들의 소망이 마침내 이루어지리라는 것, 그리고 그것이 영원히 지속되리라는 것을 알려 줄 무엇이었다.

이 모든 것을 전에 본 적이 있다는 느낌이 들었다. 언제 어디서 본 모습일까? 어린아이처럼 스스로에게 계속해서 질문을 던지고 생각하다가 마침내 기억해 냈다. 언젠가 최후의 심판일에 대한 꿈을 꾸었다. 꿈에서 인류는 예수 그리스도를 만나기 위해 모여 있었다. 예수 그리스도! 지금 그에게 한없이 작아 보이는 존재였다. 또한 한없이 멀리 있었다. 분명 실재하지만 의미는 없었다. 이처럼 위대한 삶과 닿을 수 없는 먼 곳에 떨어져 있지 않은가! 퍼시는 종탑을 올려다보았다. 그래, 그곳에 예수 그리스도가 못 박힌 진짜 십자가가 있었다. 2000년 전 그 가난한 이가 매달려 죽은 작은 나뭇조각……. 참으로 까마득한 이야기였다.

지금 그에게 무슨 일이 일어나는 것인지 이해할 수 없었다.

"자비로우신 주님, 저의 심판관이 아니라 구세주가 되어 주소서."

세상의 주인

퍼시는 작은 목소리로 속삭이고는 화강암 기둥을 껴안았다. 하지만 잠시 후 그 기도가 얼마나 헛된 것인지 깨달았다. 기도는 인류의 거대하고 도도한 움직임 앞에서 한 줄기 숨처럼 날아가 버렸다. 오늘 아침 흰 제의를 입고 미사를 드리지 않았는가. 그래, 그때는 굳건한 믿음이 있었다. 절망에 빠져 있었을지언정 진심으로 믿었다. 하지만 지금은……

미래를 내다보는 것은 과거를 돌아보는 것만큼이나 무의미했다. 미래도, 과거도 존재하지 않았다. 전부 영원 속의 한순간일 뿐이다. 현재가 곧 마지막이다.

그 순간, 퍼시는 노력을 포기하고 온전한 눈으로 보기 시작했다.

◆　◆　◆

하늘에 동이 트고 있었다. 한결같이 은은한 빛을 내리비치는 태양은 모든 빛 위에 군림하지만 지금 이 순간만큼은 거리의 화려한 빛에 비하면 보잘것없었다.

"태양은 필요하지 않아. 태양도, 불빛도, 촛불도 필요하지 않아. 이땅에 이미 빛이 있으니까. 모든 인간이 밝히는 빛이……"

퍼시는 서글픈 미소를 지으며 속삭였다.

희미하게 깜박거리는 새벽하늘 아래 대성당의 종탑이 그 어느 때보다 멀게 느껴졌다. 시간이 갈수록 무기력해 보였다. 반면, 거리의 빛은 아름답고 강렬하게 느껴졌다.

퍼시는 소리에 귀를 기울였다. 저 멀리 동쪽에서 침묵이 시작되는 것 같았다. 뒤에서 혼란에 빠진 남자가 속사포처럼 말을 쏟아 냈다. 퍼시는 짜증스럽게 고개를 돌렸다. 이자는 왜 입을 다물고 침묵을 들으려 하지 않는가? 남자가 곧 말을 멈췄다. 어디에선가 함성이 여름의 밀물처럼 잔잔하게 밀려들었다. 소리는 오른쪽에서 그를 향해 다가왔다. 소리가 다가올수록 귀가 먹먹해졌다. 이제는 개개인이 따로 내는 소리가 아니었다. 새로 태어난 거인이 숨을 쉬는 소리였다. 퍼시도 큰 소리로 외치고 있었다. 무슨 말인지는 알 수 없으나 멈출 수가 없었다. 혈관과 신경이 포도주로 채워져 불타는 것만 같았다. 그는 자신의 입에서 쏟아지는 외침을 들으며 궁전으로 발을 내디뎠다. 퍼시는 길게 뻗은 거리를 내려다보며 자신이 왜 그렇게 외치고, 또 왜 침묵하는지 깨달았다.

우유처럼 하얗고, 그림자처럼 희미하고, 새벽녘처럼 아름다운 유선형의 물체가 시야에 들어왔다. 하늘 위 800미터 거리에서 방향을 틀어 이쪽으로 다가오고 있었다. 주변이 일순간 조용해졌다. 날개를 활짝 편 채 긴 원을 그리며 선회하다가 머리 위 6미터 높이까지 내려왔다. 커다란 기계음이 한 번 들리더니 이내 조용해졌다.

◆ ◆ ◆

퍼시가 다시 정신을 차렸을 때(지금 그의 의지는 시계 초침 정도의 힘밖에 없었다) 기이한 흰색 물체가 더 가까이 내려왔다. 볼러는 수백 번도 넘게 봤지만 이것은 달랐다.

바다 위를 날아가는 갈매기처럼 서서히, 더 가까이 미끄러졌다. 기체의 매끈한 코, 낮은 난간, 움직이지 않는 조종사의 머리가 보였다. 프로펠러가 부드럽게 돌아가는 소리가 들렸다. 그리고 퍼시는 지금껏 무엇을 기다렸는지 보고 말았다.

볼러 중앙에 흰 천을 씌워 놓은 의자 하나가 놓여 있었다. 보이지는 않지만 그 뒤에 어떤 휘장이 있었다. 의자에는 한 남자가 미동도 없이 홀로 앉아 있었다. 다가오면서도 그는 아무 신호를 보내지 않았다. 그가 입은 검은 옷은 의자의 흰 천과 극명하게 대비되었다. 남자는 턱을 치켜들고 가끔 좌우를 둘러보았다.

볼러는 소리 없이 점점 가까이 다가왔다. 남자가 고개를 돌렸다. 은은한 불빛에 얼굴이 선명히 드러났다.

젊은 남자의 얼굴은 하얗고 선이 굵었다. 검은 눈썹은 아치 모양이고, 입술은 얇았다. 머리카락은 백발이었다.

그가 고개를 돌리자 조종사가 머리를 들었다. 아름다운 물체는 방향을 조금 틀어 모퉁이를 지나 궁전 쪽으로 움직였다.

어디선가 발작 같은 비명이 들리더니 함성이 이어지고 또다시 격한 신음이 터져 나왔다.

제2권

대결

The Encounter

1장

I

다음 날 저녁, 올리버 브랜드는 책상 앞에 앉아 〈뉴피플〉의 사설을 읽었다.

•   •   •

시간이 지나니 어젯밤의 흥분이 조금 가라앉는다. 앞으로의 상황을 예측하기에 앞서, 이미 밝혀진 사실들을 되짚어 보자. 어제저녁까지만 해도 동방 위기에 대한 불안감은 계속되었다. 21시경 양측의 극적인 합의가 이뤄졌다. 당시 런던에서 위기 상황이 끝났다는 사실을 아는 사람은 잉글랜드 대표단 40명뿐이었다. 그 후 30분간 정부는 은밀하게 몇 가지 긴급 조치를 취했다. 관련 당국 소수 책임자에게 이 사실을 전하고 질서 유지를 위해 경찰과 군 5~6개 연대를 소집했다. 폴 하우스를 통제하고 철도 회사에도 만일의 사태에 대한 대비를 지시했다. 정확히 30분 후 런던 전 지역과 주요 대도시 전광판을 통해 일제히 회담 타결 소식을 내보냈다. 지면이 부족한 관계로, 경찰이 얼마나 훌륭히 임무를 수행했는지 다 묘사할 수는 없다. 런던 전역에서 사망자가 약 70명밖에 나오지 않았다는 말이면 충분할 것이다. 정부의 발표 방식을 비판하는 것 또한 우리의 임무는 아니다.

22시가 되자 폴 하우스는 발 디딜 틈이 없었다. 옛 성가대석은 의회 의원과 정부 요인을 위한 귀빈석으로 지정되었고, 돔 천장 아래 2층 관람석은 여성 전용이었다. 그 외 좌석에는 누구든 자유롭게 앉을 수 있었다. 공중 순찰을 담당하던 볼러 경찰에 따르면 이곳을 중심으로 반경 약 1.5킬로미터의 주요 도로가 모두 통제되었다고 한다. 2시간 후에는 모두 알다시피 런던 전역의 모든 주요 도로가 통제되었다.

올리버 브랜드를 첫 번째 연사로 정한 것은 탁월한 선택이었다. 팔에 붕대를 두른 모습이 눈길을 끌었다. 그는 열정적인 연설로 그날 저녁 첫 순서를 화려하게 장식했다. 연설 내용에 대해서는 다른 기사를 참고하기 바란다. 콜더컷 총리, 스노퍼드, 해군성 장관, 외무성 장관, 펨버턴 경이 연단에 올라 특별한 소식을 확인해 주었다. 22시 45분, 건물 밖에서 환호성이 들렸다. 파리에서 온 미국 대표단이 도착했음을 알리는 소리였다. 대표단은 옛 성가대석의 남쪽 입구를 통해 한 사람씩 연단에 올라와 짧게 소감을 밝혔다.

현장에 있던 사람들은 마컴의 연설이 특히 인상적이었다고 평가한다. 그동안 소문으로만 떠돌던 내용을 분명하게 확인해 준 것도 마컴이었다. 즉 이번 회담의 성과는 전적으로 줄리언 펠센버그 덕분이었다는 것이다. 그에 관한 질문이 쏟아지자 마컴은 펠센버그가 몇 분 안에 합류할 것이라고 대답했다. 그는 펠센버그가 어떤 방법으로 역사상 가장 위대한 과업을 완수했는지 압축적으로 설명했다. 마컴은 펠센버그를 지구상에서 가장 뛰어난 연설가라고 평가했다(현재까지 알려진 그의 이력에 대해서는 자세히 다룰 예정이다). 그에게 언어의 장벽이란 없으며, 지난 8개월간 지속된 동방 회담 내내 15개가 넘는 언어로 연설을 했다고 한다. 그의 연설 방식에 대해서는 조만간 후속 보도를 낼 예정이다.

마컴은 펠센버그가 인간의 본성뿐만 아니라 신성한 존재가 스스로를 드러내는 방식에 대해서도 잘 알고 있다고 전했다. 동방의 셀 수 없이 다양한 종파와 계층을 상대로 그들 각각의 역사, 편견, 두려움, 희망, 기대를 완벽히 파악해야만 가능한 연설을 했다고 한다. 마컴의 말처럼 펠센버그는 어쩌면 역사상 처음으로 등장한 국제적 창조물인지도 모른다. 다마스쿠스, 이르쿠츠크, 콘스탄티노플(이스탄불의 옛 이름), 캘커타(콜카타의 옛 이름), 바라나시, 난징 등 아홉 곳의 이슬람교 신자들은 그를 메시아로 여기고 있다. 아메리카의 기존 정치인 대부분은 황색 언론, 부패, 경제적·정치적 탄압 등 수많은 범죄에 연루되어 악명이 높지만 펠센버그는 오점 없이 깨끗했다. 그는 계파를 만들지도 않고 외부 세력의 도움도 받지 않았다. 오직 스스로의 힘으로 그 자리에 오른 것이다. 청중은 마컴의 설명에 큰 감동을 받았다.

마컴이 자리에 앉자 침묵이 흘렀다. 달아오른 분위기를 식히기 위해 오르간 연주자가 프리메이슨 찬가를 연주하기 시작했다. 폴 하우스 안은 물론 외부에 운집한 시민들까지 한목소리로 노래를 불렀다. 그 순간 런던 전체가 거대한 성전으로 변한 듯한 모습이었다.

어제 일 가운데 글로 전달하기 가장 어려운 대목에 도달했다. 먼저 상황을 상세하게 전해야 하는 기자의 의무를 다하지 못하는 점에 대해 양해를 구한다. 위대한 것일수록 최대한 단순한 언어로 표현해야 잘 설명된다.

4절이 끝나 갈 무렵, 검은 양복을 입은 사람이 연단 계단을 오르는 모습이 포착되었다. 처음에는 주목을 받지 못했다. 그러나 그를 본 대표단이 동요하자 노랫소리가 불안정해지며 시선이 그에게로 쏠렸다. 그가 계단을 올라 연단에 이르는 동안 사람들의 시선이 일제히 그의 움직임을 따라 오른쪽에서 왼쪽으로 돌아갔고 노래는 뚝 끊겼다. 곧이어 이상한 일이 연이어 벌어졌다. 연단보다 높은 곳에 있어 아직 상황을 모르던 오르간 연주자는 관람석에서 이상한 소리가 들리고 나서야 연주를 멈췄다. 하지만 박수 소리는 들리지 않고 무거운 침묵만이 장내를 감돌았다. 기묘한 힘에 이끌린 듯 건물 밖에서도 소리가 들리지 않았다. 펠센버그가 입을 열자, 마치 살아 있는 생명체가 정적을 깨고 움직이는 것 같았다. 이 현상에 대한 분석은 심리학 전문가에게 맡기겠다.

펠센버그가 실제로 무슨 말을 했는지에 대해서는 알려진 바가 없다. 그의 말을 옮겨 적은 기자가 한 사람도 없는 것으로 파악됐다. 연설은 에스페란토로 진행됐으며 아주 짧고 간단했다는 것만 확인되었다. 전 세계적 동맹이 결성되었다는 사실을 간략히 전하고 이와 같은 역사의 완성을 목격하게 된 모든 이에게 축하의 말을 전했다고 한다. 연설은 마침내 실체를 드러낸 세계의 정신을 칭송하는 말로 끝을 맺었다.

우리가 전할 소식은 여기까지다. 그곳에 서 있던 사람이 누구인지에 관해서는 할 말이 없다. 겉모습을 설명하자면 서른세 살 정도로 보이고 깔끔하게 면도를 했으며 자세가 곧았다. 머리는 하얗고 눈동자와 눈썹은 검은색이었다. 펠센버그는 연단 난간을 짚고 흔들림 없이 서 있었다. 딱 한 번 손짓을 했는데 그 순간 사람들 사이에서 탄성이 흘러나왔다. 그는 맑은 목소리로 천천히 또박또박 말을 했다. 그러고는 가만히 기다렸다.

청중은 탄식 외에는 다른 반응을 보이지 않았다. 그 소리는 전 세계가 처음으로 숨을 내쉬는 것처럼 들렸다. 그리고 가슴을 두근거리게 하는 묘한 침묵이 다시 내려앉았다. 많은 사람이 숨죽여 흐느끼고 있었다. 수천 명이 입술을 달싹거렸지만 아무 소리도 나지 않았다. 모두가 한 사람에게 시선을 고정하고 있었다. 마치 모든 영혼의 희망이 한곳으로 모여드는 것 같았다. 역사적 사실로 확인된 바는 없으나 수천 년 전 나자렛 사람 예수에게 모이던 시선이 그랬을지도 모르겠다.

한동안 가만히 서 있던 펠센버그가 계단을 내려가 연단 뒤로 사라졌다. 그 후 그의 동선은 건물 밖에 있던 목격자들의 증언을 통해 알려졌다. 그날 밤 런던 시민 대다수가 목격한 흰색 볼러가 옛 성가대석으로 통하는 남쪽 입구 근처 약 6미터 상공에서 대기하고 있었다. 사람들은 그 볼러를 타고 온 사람이 누구인지 짐작했다. 펠센버그가 나타나자 사람들이 일제히 탄성을 쏟아 내다가 곧 침묵에 빠졌다. 어디서든 그가 나타나기 전과 사라진 후에는 탄성이 터져 나오고 그가 모습을 드러낼 때는 침묵이 깔렸다. 일출 2시간 후, 흰색 볼러는 햄스테드 위로 떠올라 북쪽으로 사라졌다. 세상의 구세주는 그렇게 런던에서 모습을 감추었다.

이제 무슨 할 말이 남았을까?

새로운 시대가 시작되었다는 말 외의 논평은 무의미하다. 어떤 예언자도 어떤 왕도 이루지 못한 시대를 맞이했다. 죽음을 무릅쓰고 고통을 견디며 무거운 짐을 지고 고생한 모든 이가 염원했지만 이루어지지 않던 새로운 시대가 마침내 탄생한 것이다. 대륙 간의 경쟁이 막을 내렸을 뿐만 아니라, 국내의 불화와 갈등도 끝이 났다. 신시대의 시작을 알린 인물에 대해서는 할 말이 없다. 그에게 남은 임무가 무엇인지는 시간만이 알려 줄 것이다.

그가 이미 성취한 과업은 다음과 같다. 동방의 위협이 완전히 사라졌다. 광신적 야만 사회도, 문명화된 국가도 전쟁의 시대가 끝났음을 선언했다. '평화가 아니라 칼을 주러 왔다'고 한 예수 그리스도의 말은 씁쓸한 진실로 드러났다. 그리스도의 주장을 애초에 믿지 않았거나 그에 대한 믿음을 거두어들인 사람들은 '칼이 아니라 평화를 달라'고 분명하게 반박한다. 지난 세기 동안 서방이 시행

착오 끝에 얻은 사랑과 연합의 원칙이 이제는 동방에서도 받아들여졌다. 앞으로는 무기가 아니라 정의를 앞세울 것이다. 보이지 않는 곳에 숨은 하느님이 아니라 자신의 신성함을 배운 인간에게 손을 뻗을 것이다. 초자연주의는 죽었다. 아니, 처음부터 존재하지 않았다. 이제는 새로운 교훈을 이해하고, 모든 행동과 말, 생각을 사랑과 정의의 심판대 앞에 세워야 한다. 분명 몇 년은 더 걸릴 것이다. 모든 법규를 수정하고, 모든 장벽을 무너뜨려야 한다. 정당은 정당과, 국가는 국가와, 대륙은 대륙과 손을 잡아야 한다. 두려움을 두려워하지 마라. 내세도, 투쟁도 두려워할 필요가 없게 되었다. 인간은 이미 충분히 오랫동안 괴로워했다. 자신의 어리석음으로 인간은 피를 물처럼 흘려야 했다. 하지만 마침내 인간은 자신을 이해하고 평화를 찾았다.

잉글랜드는 이와 같은 개혁 작업에 속도를 내야 한다. 다른 국가들에 뒤처져서는 안 된다. 폐쇄적인 정책, 인종 차별, 부에 대한 탐욕 등으로 막대한 과제의 발목을 잡아서는 안 된다. 책임은 헤아릴 수 없이 막중하지만 승리가 눈앞에 있다. 과거의 죄를 겸허히 인정하고, 미래의 성공에 확신을 가지고 위대한 보상을 향해 묵묵히 걸어가자. 인간의 이기심, 종교의 어둠, 국가의 다툼으로 그토록 오래 감춰져 있던 보상, 자신이 한 말도 모르고 자신의 주장을 부정하던 이가 약속한 보상 말이다. 온화하고 평화로우며 자비로운 자는 축복을 받을 것이다. 신의 자녀가 되어 대지를 물려받고 한없는 은총을 받을 것이다.

······

언제부터인지 메이블이 올리버 곁에 무릎을 꿇고 앉아 있었다. 올리버는 핏기가 사라질 만큼 입술을 꾹 다물고 페이지를 넘겼다. 최신 뉴스라고 표시된 짧은 기사의 제목이 눈에 들어왔다.

'정부, 펠센버그와 직접 소통.'

II

"참! 뻔한 기사군. 겉만 번드르르하지! 하지만…… 하지만 이건!"

올리버가 뒤로 기대앉으며 말했다. 메이블이 일어나 창가 자리로 가서 앉았다. 한두 번 입술을 벙긋거렸지만 아무 말도 하지 않았다.

"메이블, 당신은 어떻게 생각해?"

메이블은 떨리는 시선으로 그를 잠시 쳐다보았다.

"글쎄요, 당신하고 같아요. 말로 어떻게 표현할 수 있겠어요?"

"이게 꿈은 아니겠지?"

"꿈이라뇨. 이런 꿈이 어디 있어요?"

메이블이 남편에게 다가와 무릎을 꿇고 그의 손을 쥐었다.

"올리버, 이건 꿈이 아니에요. 드디어 현실이 된 거예요. 나도 거기 있었잖아요. 기억 안 나요? 나나 당신이나 그곳에 있었잖아요. 당신은 연단에서, 나는 관람석에서 그분 목소리를 들었어요. 그분이 강독 위로 지나가는 모습도 봤어요. 행사가 끝나고 우리는 만나서 집으로 왔어요. 그리고 그 사제를 만난 거고요."

　말을 하는 동안 메이블의 표정이 서서히 바뀌었다. 마치 영적인 체험을 하는 듯한 사람의 얼굴이었다. 메이블의 어조는 차분했다. 과장하지도 않고 흥분하지도 않았다. 올리버가 잠시 그녀를 바라보다가 고개를 숙여 다정하게 입을 맞추었다.

　"맞아, 사실이지. 하지만 계속 듣고 싶어. 당신이 본 걸 다시 들려줘."

　"나는 사람의 아들*을 보았어요. 아아! 그것 말고는 달리 표현할 수 없어요. 신문에서는 세계의 구세주라고 하죠. 나는 그분을 보는 순간 느꼈어요. 우리 모두 그랬죠. 그분 머리 뒤로 후광이 비치는 것 같았어요. 이제 다 이해하겠어요. 그분이야말로 우리가 그토록 오래 기다려 오던 사람이에요. 드디어 평화와 화합을 가지고 온 거예요. 그분이 말하는 걸 들으면서 다시 한번 깨달았어요. 그분의 목소리는 마치…… 마치 바다 같았어요. 그만큼 꾸밈없고 또…… 구슬프고…… 강렬했어요. 당신도 그렇게 느끼지 않았어요?"

　올리버가 고개를 숙였다. 메이블이 나직나직 말을 이었다.

　"그분 말이라면 뭐든 믿을 수 있어요. 지금 어디 있는지, 언제 돌아올지, 앞으로 어떤 일을 할지는 모르겠어요. 우리는 아직 그분을 잘 모르지만. 아무튼 할 일이 많겠죠. 법도 만들고 개혁도 하고…… 당신할 일도 많아지겠어요. 나를 비롯한 나머지 사람들은 그저 기다리고

---

*　예수 그리스도가 스스로 자신을 지칭할 때 쓰던 말. 개신교에서는 '인자'로 번역한다. 구약 성경에서는 구세주의 의미로 쓰인다. 이 대목에서는 인류의 정신을 대변하는 존재 혹은 신과 같은 존재, 구세주 등의 중의적 의미로 쓰이고 있다.

사랑하고 만족하면 돼요."

올리버가 다시 고개를 들고 아내를 보았다.

"메이블……."

"아! 어젯밤부터 하던 생각이에요. 그런데 잠깐 잊어버리고 있다가 오늘 일어나서 다시 생각이 났어요. 밤새 그분 꿈을 꿨거든요. 올리버, 그분은 지금 어디 있어요?"

올리버는 고개를 저었다.

"어디 있는지는 알아. 그런데 서약을 해서……."

메이블은 고개를 빠르게 끄덕이고는 일어났다.

"네, 하면 안 되는 질문이었네요. 기다리는 것으로 만족해야죠."

잠시 정적이 흘렀다. 올리버가 침묵을 깼다.

"메이블, 그분을 아직 알지 못한다는 말은 무슨 뜻이지?"

"다른 뜻은 없어요. 우리는 그분이 어떤 일을 하셨는지만 알지, 어떤 분인지는 모르잖아요. 하지만 그것도 곧 알게 되겠죠."

"그때까지……."

"그때까지 당신 일에 집중하세요. 나머지는 머지않아 따라올 거예요. 오, 올리버! 마음을 굳게 먹고 최선을 다해 주세요."

메이블은 남편에게 가볍게 입을 맞추고 방을 나갔다.

◆ ◆ ◆

올리버는 꼼짝도 하지 않고 앉아 습관처럼 창밖 풍경을 바라보았다.

160

어제 파리를 떠나기 1시간 전 미국 대표단으로부터 동방에 관한 소식을 전해 들었다. 하지만 그에 관해서는 아무 이야기도 듣지 못했다. 지금은 마침내 그를 알게 되었다. 최소한 그의 모습을 보고, 목소리를 들었으니까. 올리버는 그의 인품에 매혹되었다. 그 느낌은 말로 설명할 수 없는 무엇이었다. 메이블이라면 모를까. 다른 사람들도 그와 다르지 않았다. 경외감에 압도당해 고개를 들지 못했고, 영혼 깊은 곳에서 불꽃이 피어오름을 느꼈다. 스노퍼드와 카트라이트, 펨버턴 경이 다른 사람들과 함께 그 기이한 인물을 따라 폴 하우스의 계단으로 나왔다. 무언가 말하려 했지만 그 앞에 운집한 얼굴들을 보자 말문이 막혔다. 그들도 탄성과 침묵을 들었다. 그런 기묘한 분위기 속에서 볼러가 떠올라 운항을 시작하자, 강력한 자석처럼 저항할 수 없는 힘이 그들을 이끌고 있음이 느껴졌다.

남쪽으로 가는 볼러 안에 메이블과 함께 서 있는데 그를 다시 만났다. 세상의 구세주라는 칭호를 받을 자격이 있는 그를 태운 흰색 볼러는 수많은 사람의 머리 위로 유유히 날아갔다. 그 후에 집으로 와서 사제와 마주친 것이다.

그 일도 올리버에게는 충격이었다. 처음에는 그 사제가 2시간 전 연단에 오른 바로 그 남자인 줄 알았다. 둘은 놀라울 정도로 닮아 있었다. 얼굴은 청년인데 머리는 새하얀 것마저 똑같았다. 물론 메이블은 알아차리지 못했다. 그녀는 펠센버그를 너무 멀리서 봤기 때문이다. 올리버는 곧 놀란 마음을 추슬렀다. 어머니는…… 도를 지나친 일을 벌였다. 메이블이 아니었다면 어젯밤 피를 볼 수도 있었다. 메이블이 침착하고 이성적으로 행동한 덕분에 화를 면했다. 어머니는 일단 그냥 두어야 했다. 머지않아 변화가 일어날 것이다. 미래가 다가온다! 지금 올리버의 마음에는 다가올 미래와 어젯밤 자신을 지배하던 인물밖에 없었다. 나머지는 다 사소해 보였다. 어머니가 변절을 했어도, 병으로 앓아누웠어도 미지의 태양과 함께 떠오른 새로운 여명 앞에서는 모두 빛을 잃었다. 1시간 후면 더 많은 것을 알게 될 것이다. 웨스트민스터에서 열리는 내각 회의에 호출을 받았다. 펠젠버그에게 제의할 안건을 논의하는 자리다. 그에게 잉글랜드 정부 내의 상당히 중요한 자리를 제안할 계획이었다.

메이블 말이 맞았다. 이제는 그들이 일할 차례였다. 백발의 젊은 아메리카인이 별안간 던져 놓은 전 세계적 동맹이라는 합의를 실무적으로 완성하려면 넘어야 할 산이 많았다. 모든 외교 관계를 조정해야 함은 물론 무역, 정책, 정부 운영 방식까지 모두 뜯어고쳐야 했다. 상호 보호라는 유럽의 기존 체계는 이제 쓸모가 없어졌다. 유럽에 대한 위협이 사라졌기에 상호 보호는 무의미했다. 유럽 내 새로운 질서를 확립하는 작업만으로도 벅차지만 그보다 더 까다로운 문제가 있다. 동방과의 동맹 과정을 단계별로 명시한 최종 보고서를 작성해야 한다. 그뿐 아니라 동방 제국의 황제와 왕들, 터키 공화국이 서명하고 아메리카 대표부가 부서(다른 사람이 서명한 문서를 인정하는 서명)해야 하는 파리 조약 합의문도 필요하다. 국내 정치도 풀어야 할 숙제가 많았다. 주류 세력과 극단주의파 사이의 케케묵은 갈등을 끝내고 하나의 정당으로 통합을 이뤄야 한다. 종교인들도 처리해야…….. 생각이 여기까지 미치자 올리버는 당황스러웠다. 정말 세계의 지평이 완전히 바뀌었음을 실감했다. 서방 세계의 근간이 송두리째 수정되어야 했다. 그야말로 혁명이었다. 침공을 당한 것보다 더 거대한 격변이 일어났다. 그러나 이는 어둠이 빛으로, 혼돈이 질서로 바뀌는 과정이었다.

올리버는 심호흡을 하고 생각에 빠졌다.

◆ ◆ ◆

30분 후, 화이트홀로 출발하기 전 올리버가 이른 저녁을 먹고 있는데 메이블이 내려왔다.

"어머니께서 더 조용해지셨어요. 좀 지켜봐야 할 것 같아요. 올리버, 사제는 어떻게 할까요? 다시 부를까요?"

"너무 정신이 없어서 그건 생각 안 해 봤는데. 당신이 결정해 줘. 당신에게 맡길게."

메이블이 고개를 끄덕였다.

"이따 어머니와 다시 이야기해 볼게요. 지금은 상황을 거의 이해 못하시니…… 언제쯤 돌아와요?"

"오늘은 못 올 거야. 밤새 회의가 있어."

"그래요. 필립스 씨에게는 뭐라고 할까요?"

"아침에 전화할게. 메이블, 그 사제에 관해서 내가 한 말 기억해?"

"그분과 닮았다고요?"

"그래. 당신은 어떻게 생각해?"

메이블은 미소를 지었다.

"생각하고 말 게 있나요. 닮으면 안 되는 이유는 없잖아요?"

올리버는 접시에서 무화과를 들어 입에 넣으며 일어났다.

"그냥 궁금해서. 그럼 다녀올게, 여보."

III

"어머니, 이 사건이 무슨 의미인지 아직 모르시겠어요?"

메이블이 침대 곁에 무릎을 꿇고 앉았다.

메이블은 세계에 일어난 놀라운 변화를 어머니에게 설명해 주려고 애를 썼다. 그렇게 하지 않으면 큰일이라도 날 것처럼 필사적이었다. 혹시나 이런 현실도 모른 채 이 상태로 생명의 끈이 끊어진다면 마음이 너무 아플 것 같았다. 마치 예수가 부활한 다음 날, 그 사실을 모른 채 죽어 가는 유대인을 바라보는 그리스도교 신자의 심정처럼 안타까웠다. 하지만 침대에 누워 있는 노부인은 왠지 모를 겁에 질려 메이블의 말을 들으려고 하지 않았다.

"어머니, 다시 말씀드릴게요. 예수 그리스도가 약속한 것들이 다른 방식으로 이루어진 거예요. 하느님의 통치가 정말로 시작된 거라고요. 하지만 이제는 하느님이 누구인지 다들 알게 됐어요. 어머니는 죄인으로서 회개하고 싶다고 하셨죠. 이제 회개하신 거나 마찬가지예요. 저희도 그렇고요. 이제 죄 같은 건 없거든요. 범죄만 있어요. 그리고 영성체도요. 어머니는 그걸 해야 하느님과 하나가 된다고 믿으셨죠. 아니에요. 이제 우리는 모두 하느님과 하나예요. 인간이니까요. 그리스도교는 그걸 다르게 말하는 것뿐이에요. 옛날에는 그렇게 말할 수밖에 없었어요. 하지만 이제는 다 끝났어요. 지금이 훨씬 좋잖아요! 그게 진실이에요. 진실이라고요. 진실이라는 게 다 증명이 됐어요."

메이블은 잠시 말을 멈추었다. 그러고는 초췌한 노인의 얼굴, 주름 지고 붉어진 뺨, 이불을 꼭 움켜쥔 울퉁불퉁한 손을 보았다.

"그리스도교는 실패했어요. 그것 때문에 사람들이 얼마나 갈라져 싸웠나요. 종교 재판, 종교 전쟁같이 잔인한 일들이 벌어졌어요. 남편과 아내, 부모와 자식도 갈라놓았잖아요. 국가에 등을 돌리고 반역을 하게 만들었어요. 그런 하느님이 어디 있나요? 지옥은 또 어떻고요. 어떻게 그런 걸 믿어요? 어머니, 그렇게 무서운 건 믿지 마세요. 그런 하느님은 이제 없어요. 모르시겠어요? 처음부터 없었어요. 전부 끔찍한 악몽이었다고요. 이제 진실이 밝혀졌어요. 어젯밤 그분이 왔어요. 어머니가 그토록 두려워하던 사람 말이에요. 어떤 분인지 말씀드렸죠. 정말 조용하고 강한 분이에요. 분위기가 너무 특별해서 다들 아무 말도 못 했어요. 600만 명이 그분을 뵀다니까요. 그분이 한 일을 생각해 보세요. 오래된 상처를 전부 치료했어요. 이제 세상이 평화로워졌어요. 미래를 좀 생각해 보세요. 어머니, 이제 말도 안 되는 옛날 거짓말은 잊으세요. 다 버리고 용기를 내시라고요."

"신부님, 신부님!"

노부인이 앓는 소리를 냈다.

"아, 안 돼요, 안 돼요. 무슨 신부예요. 그 사람은 아무것도 못 해요.

다 거짓말이에요. 그 사람도 거짓말이라는 걸 알아요!"

"신부님! 신부님이 말씀해 주실 거다. 그분은 답을 알고 계셔!"

노부인이 다시 외쳤다.

힘겹게 말하느라 노부인의 얼굴에 경련이 일어났다. 그녀는 주름진 손가락에 묵주를 서툴게 꼬았다. 메이블은 겁이 덜컥 나 일어났다.

"오, 어머니, 알았어요. 이제 아무 말 안 할게요. 대신에 제발 생각 좀 해 보세요. 두려워하실 필요는 없어요. 이제 다 괜찮아졌어요."

메이블이 몸을 굽혀 노부인에게 입을 맞췄다. 그러고는 잠시 서서 동정 어린 눈으로 내려다보았다. 답답하고 안쓰러워 애가 탔다. 아니다! 지금은 그래 봐야 소용없다. 내일까지 기다리자.

"저녁 드실 때 다시 올게요. 어머니, 그런 눈으로 보지 마세요! 자, 키스해 주세요!"

그날 저녁, 메이블은 곰곰이 생각했다. 사람이 어쩌면 그렇게 눈이 멀 수 있는지 놀라웠다. 사제만 찾는 것도 본인의 나약함을 고백하는 행위나 다름없었다. 정말 어처구니가 없었다. 메이블의 마음은 전에 없던 평화로 가득했다. 이제는 죽음도 두렵지 않았다. 승리가 죽음마저 삼켜 버린 것 같았다. 그리스도교 신자들은 이기적인 개인주의자들이었다. 죽음이 두려워 흐느껴 울며 피하려 했다. 그들은 죽음을 단지 영원한 삶으로 향하는 관문이라고만 생각했다. 그에 반해 새로운 믿음을 가진 이들은 자유로운 이타주의자였다. 인간이 그저 살아가고 성장하는 것 이상을 바라지 않았다. 세계의 정신이 승리하고 스스로 베일을 벗는 동안, 그들은 삶을 가능케 한 에너지 저장고로 물러나 있는 데 만족했다. 메이블은 어떤 고통이든 감수할 수 있었다. 기꺼이 죽음을 맞이할 수도 있었다. 위층에 있는 노인이 너무 딱했다. 죽음으로 자신을 되찾고 현실에 이르는 것을 거부하다니, 불쌍하지 않은가.

메이블은 도취 상태에 빠져 있었다. 마침내 감각을 가린 무거운 베일이 벗겨지고 뒤에 숨어 있던 아름답고 영원무궁한 풍경이 드러난 것만 같았다. 그늘 없는 평화의 땅에서는 사자가 새끼 양과 뛰놀고 표범이 어린아이와 함께 뒹굴었다. 더 이상 전쟁은 없을 것이다. 피를 부르는 유령은 이제 죽었다. 그 유령의 그늘에 살던 악마들도 함께 죽었다. 미신과 분쟁, 공포, 그리고 비현실적인 모든 것도 사라졌다. 우상은 박살 나고, 쥐 떼는 달아나고, 여호와는 몰락했다. 갈릴래아에서 온 몽상가*는 무덤에 있고, 사제들의 시대는 끝이 났다. 절대 권력을 부드럽고 침착하게 행사하는 낯설고 조용한 인물이 그 자리를 대신했다. 메이블은 그를 직접 보았다. 그는 사람의 아들이자 세계의 구세주였다. 하지만 그는 괴물 같은 존재가 아니었다. 광신자들의 말처럼 반은 신이고 반은 인간이며 두 가지 본성을 모두 지니고 한편으로는 어느 쪽도 지니지 않은 그런 존재가 아니었다. 유혹 없이 유혹을 당하거나 가치와 능력 없이 정복하는 존재도 아니었다. 새로운 구세주는 진정한 신이자 인간이었다. 그래서 메이블이 믿고 따를 수 있는 존재였다. 그는 인간이기에 신이고, 신이기에 인간이었다.

메이블은 그날 밤 더 이상 말을 꺼내지 않았다. 잠깐 방을 들여다보

---

* 예수의 열두 제자 중 한 사람이자 첫 번째 교황인 베드로를 가리킨다.

니 어머니는 잠들어 있었다. 이불 밖으로 삐져나온 노인의 손에는 여전히 우스꽝스러운 구슬 줄이 들려 있었다. 메이블은 어둑한 조명이 깔린 방을 조용히 가로질러 가 묵주를 빼내려 했다. 하지만 주름진 손가락이 그것을 비틀어 움켜쥐었다. 반쯤 열린 입술 사이로 뭐라 중얼거리는 소리가 흘러나왔다. 아아! 딱하기도 하지. 위대한 진실을 외면하고 영혼을 암흑 속으로 흘려보내고 있다니. 삶을 그저 흘러가는 대로 내버려 두시는구나.

메이블은 자기 방으로 돌아갔다.

◆ ◆ ◆

시계가 3시를 알리고 벽에 회색빛 여명이 드리워졌다. 잠에서 깬 메이블에게 가정부가 다급히 말했다.

"사모님, 빨리 오세요. 곧 돌아가실 것 같아요."

IV

6시에 회의를 마치고 돌아온 올리버가 어머니 방으로 직행했을 때는 모든 것이 끝난 후였다.

방은 아침 햇살과 상쾌한 공기로 가득하고, 정원에서 새 지저귀는 소리가 흘러들어 왔다. 그러나 아내는 침대 옆에 무릎을 꿇고 주름진 손을 쥔 채 어머니 가슴에 얼굴을 묻고 있었다. 어머니 얼굴이 이토록 평온해 보인 적은 없다. 주름살조차 석고 가면의 미세한 잔주름처럼 도드라져 보이지 않았다. 입술은 미소를 머금은 상태로 굳어 있었다. 올리버는 목까지 차오르는 떨림이 가라앉기를 기다리며 잠시 어머니의 마지막 모습을 바라보고 있었다. 그가 아내의 어깨에 손을 올렸다.

"언제 가셨어?"

메이블이 얼굴을 들었다.

"오, 올리버! 1시간 전이에요. 이거 봐요."

메이블은 어머니의 손을 풀어 아직 손에 엉켜 있는 묵주를 보여 주었다. 마지막으로 실랑이를 벌이는 틈에 줄이 끊어져 갈색 구슬이 손바닥에 놓여 있었다.

"나는 최선을 다했어요. 어머니께 모질게 굴지 않았어요. 하지만 내 말을 들으려 하지 않으시는 거예요. 기력이 돌아오기만 하면 사제를 찾으셨어요."

메이블이 흐느꼈다.

"여보……."

올리버가 말을 꺼냈다. 그도 아내 곁에 무릎을 꿇고 고개 숙여 묵주에 입을 맞췄다. 눈물이 앞을 가렸다.

"그래, 그래. 어머니는 편하게 보내 드리자. 이건 차마 못 치우겠다. 어머니께서 갖고 놀던 장난감 같은 거잖아?"

메이블이 놀라서 그를 빤히 쳐다보았다.

"아량을 베풀자고. 우리는 마침내 세상을 다 가졌어. 어머니는…… 어머니는 아무것도 잃지 않으셨고. 너무 늦었어."

"나는 할 만큼 했어요."

"그래, 잘했어. 연세가 너무 많으셨어. 이해 못 하셨을 거야."

잠시 말이 없던 그가 부드러운 목소리로 속삭였다.

"안락사 했어?"

메이블은 고개를 끄덕였다.

"네. 마지막으로 고통스러워하실 때요. 싫다고 하셨어요. 그런데 당신도 그렇게 할 거라고 생각했어요."

두 사람은 올리버가 서재로 올라가기 전까지 정원에서 이야기를 나눴다. 올리버는 그사이 있던 모든 일을 들려주었다.

"거절했어. 정부에 그분 자리를 새로 만들겠다고 제안했거든. 자문위원 자리였는데 2시간 전에 거절 의사를 전해 왔어. 하지만 우리를 돕겠다고는 했어. 아니, 어디 있는지는 말할 수 없어. 조만간 아메리카로 돌아갈 것 같아. 우리와 관계를 끊는 건 아니야. 기획안을 만들어서 보내려고⋯⋯. 그래, 만장일치였어."

"무슨 기획안요?"

"선거권, 빈민지원법, 무역과 관련된 거야. 더 이상은 말할 수 없지만 핵심 내용은 그분이 제안한 거야. 하지만 우리가 제대로 이해했는지는 잘 모르겠어."

"하지만 여보⋯⋯."

"그래, 아주 특별하지. 이런 경우는 처음이야. 논쟁이 거의 없었어."

"사람들이 이해하던가요?"

"그런 것 같아. 시민들 반응은 지켜봐야 해. 가톨릭 신자들이 위험

세상의 주인

해질 거라는 말이 있어. 오늘 아침 〈에라〉에 그런 기사가 실렸거든. 우리한테 취재 내용을 확인해 달라고 요청이 들어왔어. 가톨릭 신자들을 보호하는 조치가 필요하다는 내용이었지."

메이블은 미소를 지었다.

"묘한 상황이야. 하지만 그들도 존재할 권리는 있어. 정치적 지분을 어디까지 허용할 것이냐는 다른 문제지만. 그쪽에서 1~2주 안에 우리를 찾아올 거야."

"그분에 대한 소식은 없어요?"

"특별한 건 없어. 그분께서 세계의 최고 권력을 갖고 있다는 것 말고는. 소요 사태로 시끄러운 프랑스는 그분께 독재관을 맡아 달라고 제안했대. 그런데 그것도 거절했다는군. 독일은 우리랑 비슷한 제안을 했고, 이탈리아는 종신 호민관이라는 이름으로 프랑스와 비슷한 제안을 했어. 아메리카는 아직 조용하고, 스페인은 분열 상태래."

"동방은요?"

"황제가 그분께 감사 표시를 했다는 것 말고는 없어."

메이블은 길게 숨을 내쉬고 아래쪽 마을 위로 떠오르는 아지랑이를 바라보았다. 그녀가 이해하기에는 너무 큰 문제들이었다. 하지만 메이블은 유럽이 시끄러운 벌집과도 같다고 상상했다. 그 안의 벌들이 햇살을 받으며 이리저리 움직이고 있었다. 저 멀리 프랑스, 독일의 도시들, 알프스를 떠올렸다. 그 너머로 피레네산맥과 햇볕이 쩽쩽 내리쬐는 스페인이 있었다. 전부 같은 목적으로 움직이고 있었다. 이 세계에 새로이 나타난 놀라운 인물을 붙잡으려고 안간힘을 썼다. 점잖은 잉글랜드도 열정을 불태웠다. 모든 국가가 그의 통치를 원했지만 그는 제안을 전부 거절했다.

"전부 거절했다고요?"

메이블이 답답하다는 듯 물었다.

"그래. 아메리카에서 무슨 결정이 나오기를 기다리는 게 아닐까 생각해. 아직 거기 의원으로 있으니까."

"나이는 몇 살이에요?"

"서른둘? 서른셋은 넘지 않았어. 의회에 들어온 지도 몇 개월 안 돼. 버몬트에서 혼자 힘으로 상원 의원에 당선됐고, 한두 번 연설을 한 후로 대표단에 뽑혔대. 그때까지 그분의 능력을 알아차린 사람은 아무도 없었던 것 같지만. 나머지는 당신도 아는 얘기지."

메이블은 생각에 잠겨 고개를 저었다.

"우리는 아무것도 몰라요. 하나도요! 언어는 어디서 배웠죠?"

"몇 년 동안 여행을 했다는 것 같아. 하지만 확실하지는 않아. 아무 말도 안 했는데 누가 알겠어."

메이블이 남편을 홱 돌아보았다.

"하지만 이게 다 무슨 의미일까요? 그분의 힘은 뭐인 것 같아요?"

"글쎄, 마컴은 부패하지 않았기 때문이라고 해. 연설 능력도 뛰어나고. 하지만 그것만으로는 설명이 안 되지."

"맞아요, 설명이 안 돼요."

메이블이 말했다.

"그냥 인품이 훌륭한 것 같아. 지금으로서는 그렇게 생각해. 하지만 그것도 추측일 뿐이야."

"맞아요. 추측일 뿐이죠. 하지만 그게 맞는 것 같아요. 모든 사람이 느꼈어요. 폴 하우스에서도, 거리에서도. 당신도 느끼지 않았어요?"

"느꼈느냐고? 나는 그분을 위해서라면 죽을 수도 있어!"

올리버가 단호하게 외쳤다.

・ ・ ・

부부는 집 쪽으로 방향을 틀었다. 현관문에 이르러서야 위층에 죽어 있는 노인에 관한 이야기가 나왔다.

"지금 그들이 함께 있어요. 사람들하고는 내가 연락할게요."

메이블이 조용히 말했다. 올리버는 고개를 끄덕였다.

"오늘 오후가 좋겠어. 14시에 시간이 비어. 아! 그나저나 메이블, 사제에게 메시지를 전달한 게 누구인지 알아?"

"알 것 같아요."

"맞아, 필립스였어. 어젯밤 만났어. 다시는 안 올 거야."

"자기가 그랬대요?"

"응. 그렇게 무례할 수가 없더군."

잠시 일그러진 올리버의 표정이 금세 평온을 되찾았다. 그는 어머니의 방으로 올라갔다.

2장

Ⅰ

150미터 상공에서 여름의 새벽하늘을 뚫고 로마로 향하는 동안, 퍼시는 천국의 문에 다가가고 있다는 느낌이 들었다. 아니, 그보다 더 좋았다. 꼭 집으로 돌아가는 어린아이가 된 기분이었다. 10시간 전 떠나온 런던은 저주받은 저택이었다. 주님께서는 희망과 믿음을 거두고 자기만족에 도취한 그곳을 내버려 두고 스스로 물러나신 듯했다.

그곳에서도 삶은 계속되지만 충만한 삶에 필요한 한 가지 요소가 빠져 있었다. 기대가 없다는 말은 아니었다. 사실 런던은 큰 기대로 인한 흥분에 휩싸여 있었다. 펠센버그가 돌아올 것이라느니, 이미 돌아왔다느니, 애초에 떠나지를 않았다느니 하는 온갖 소문이 떠돌았다. 펠센버그가 자문 회의 의장, 총리, 국회 의장이 될 거라는 소문도 있었다. 민주 정부의 모든 권한과 면책 특권을 지닌, 서방 세계의 황제까지는 아니더라도 왕 정도는 될 것이라는 말도 나왔다. 헌법 전문을 수정하고 세세한 법률 조항을 재조정한다고도 했다. 전쟁을 몰아낸 신비한 힘으로 범죄를 근절하고, 식량을 무료로 배급할 것이라는 말도 있었다. 심지어 삶의 비밀이 밝혀지고 죽음이 사라졌다고도 했다. 하지만 퍼시는 무언가가 부족하다고 생각했다. 삶을 더 가치 있게 만들어 주는 무언가……

볼러는 파리에서 잠시 멈춰 섰다. 한때 사크레쾨르 대성당(예수 성심 대성당)이던 몽마르트르 언덕의 볼러역에서 그는 마침내 삶과 사랑에 빠진 사람들의 함성을 들었다. 수많은 현수막이 옆을 지나갔다. 교외를 비행하는 볼러에서 내려다보니 눈부신 인공조명 속에 열차가 밝은 색의 뱀처럼 줄줄이 달리고 있었다. 그 안에 탄 시골 사람들은 연이어 벌어진 극적인 사건으로 이성을 잃은 의회의 부름을 받고 중대한 문제를 결정하기 위해 상경하는 중이었다. 리옹도 마찬가지였다. 밤도 낮처럼 밝고 소란스러웠다. 프랑스 중부 지역 사람들이 투표를 위해 속속 도착하고 있었다.

알프스의 찬 공기가 기체를 감쌌다. 은은한 달빛이 비추는 산봉우리와 검고 깊은 바다, 은빛으로 빛나는 방패 같은 호수, 론 계곡의 마을, 희미하게 불을 밝힌 인터라켄(스위스 중부의 도시) 위를 지나는 동안 퍼시는 깜박 잠이 들었다. 독일의 대형 볼러들이 옆을 지날 때마다 퍼시는 자기도 모르게 몸을 뒤척였다. 전기 안테나가 달린 커다란 나방 같은 볼러는 희미한 빛을 뿜으며 밤하늘을 날았다. 두 비행선은 고요한 하늘에서 2000미터 거리를 두고 서로 인사를 건넸고, 애처로운 울음을 남기며 각자의 목적지를 향해 날아갔다. 밀라노와 토리노는 고요했다. 이탈리아는 프랑스와 다른 정책을 펼치고 있었기 때문이다. 피렌체는 아직 잠들어 있었다. 곧이어 주름지고 구겨진 회녹색 양탄자처럼 펼쳐진 캄파냐(로마 주변의 평원) 상공으로 들어섰다. 로마는 아직 보이지 않았다. 좌석 위의 계기판 속도계가 160킬로미터에서 145킬로미터로 이동했다.

퍼시는 그제야 졸음을 떨치고 기도책을 꺼냈다. 소리 내 기도문을 외우면서도 정신은 다른 데 가 있었다. 기도를 마치고 책을 덮었다. 모포를 두르고 맞은편 빈 좌석에 발을 뻗었다. 이 객실에는 퍼시뿐이었다. 파리에서 탄 남자 셋은 토리노에서 내렸다.

◆ ◆ ◆

사흘 전, 퍼시는 보호 추기경의 전갈을 받았다. 런던을 오래 비워도 문제가 생기지 않게끔 조치를 취하고 곧장 로마로 오라는 명령이었다. 퍼시는 안도했다. 교황청이 드디어 위기를 느낀다는 의미였기 때문이다.

퍼시는 지난 이틀간 로마에 가서 보고할 내용에 관해 생각했다. 사흘 전 마지막으로 보고서를 보낸 후 웨스트민스터 교구에서만 심각한 배교가 일곱 건이나 있었다. 2명은 사제이고, 5명은 평신도지만 영향력이 큰 사람들이었다. 사방에서 반란 이야기도 들려왔다. 잉글랜드와 웨일스의 사제 120명은 교회의 모든 복장을 폐지해 달라는 청원으로 지도부를 압박했다. 이 청원에 서명한 이들은 조만간 폭도들이 가톨릭 신자들을 박해할 것이며, 보호해 주겠다는 정부의 약속은 신뢰할 수 없다고 전했다. 이는 신앙이 누구보다 굳건하던 이들마저 주님에 대한 충심이 한계에 이르러 흔들리고 있으며, 나머지는 이미 거의 무너졌다는 사실을 암시했다.

퍼시는 어떤 의견을 낼지 마음을 굳혔다. 높은 분들에게 지금 중요한 건 박해가 아니라 심상치 않은 인본주의의 광풍이라고 다시 한번 말할 작정이었다. 이미 쉰 번은 말한 내용이었다. 이 광풍은 펠센버그가 나타나고 동방 소식이 발표된 이후 백배는 더 뜨거워졌다. 극소수를 제외한 거의 모든 사람의 마음을 녹이고 있었다. 인간이 갑자기 인간과 사랑에 빠진 것이다. 평범한 이들은 눈을 비비고 의문을 품기 시작했다. 무슨 이유로 그동안 하느님을 사랑해야 한다고 믿은 것인가? 왜 그걸 꿈꿔 왔는가? 이토록 오랫동안 사람들을 홀린 주문의 비밀이 무엇인지 서로에게 물었다. 태양이 떠오르면 흩어지는 아침 안개처럼 그리스도교와 유신론은 세상 사람들의 마음에서 사라지고 있었다. 그렇다면 이에 대한 대책으로 무엇을 제시할 것인가? 퍼시는 그 또한 명확히 정해 놓았다. 왠지 모를 절망을 느끼며 속으로 그 내용을 되짚어 보았다.

사실 퍼시 본인도 자기 생각에 확신이 없었다. 3주 전 저녁, 흰색 볼러와 군중의 침묵을 목격한 후 그동안의 감정이 다 사라진 것만 같았다. 무섭도록 생생하고 분명했다. 뜨겁게 마음을 뒤흔드는 열정에 비하면 영혼의 섬세한 염원과 희망은 너무도 초라했다. 그런 모습은 처음이었다. 이 세상에서 가장 유능한 강론자라 해도 그날 군중이 내뿜은 열정의 10분의 1도 이끌어 낼 수 없을 것 같았다. 사람들은 런던의 새벽 거리에 서서 그들의 구원자를 열렬히 환영했다. 그 사람은……

퍼시는 검은 옷을 입고 조용히 앉아 있는, 자신과 같은 백발의 남자를 바라보며 자기도 모르게 예수의 이름을 중얼거렸다. 무엇이 그의 마음을 사로잡았는지 그 이유를 분석할 수 없었다. 누군가가 그의 심장을 움켜쥐었다는 것밖에는 알지 못했다. 차갑지 않고 따스하던 그 손은 퍼시에게서 모든 종교적 확신을 없애 버렸다. 그 기억을 떠올리니 속이 울렁거렸다. 퍼시는 항복하고 싶은 마음을 간신히 억눌렀다. 내면의 삶을 갈고닦으며 실패의 의미를 깨달은 사람이라면 그러한 노력에 익숙했다. 아직 문이 열리지 않은 요새는 하나뿐이었다. 나머지는 다 함락되었다. 감정은 기습을 당했고, 지성에는 재갈이 물렸으며, 신의 은총에 대한 기억에는 안대가 채워졌다. 메스꺼움이 영혼을 엄습했다. 하지만 의지라는 비밀 요새는 괴로움에 몸부림치면서도 문을 굳게 걸어 잠그고 펠센버그를 왕으로 부르기를 거부했다.

아아! 3주 동안 얼마나 많이 기도를 했는가! 기도 외에는 아무 일도 손에 잡히지 않았다. 마음이 평온할 새가 없었다. 의심의 창끝이 계속해서 문과 창문을 찌르고, 논쟁의 돌덩이들이 비처럼 쏟아졌다. 퍼시는 밤이고 낮이고 경계를 늦추지 않았다. 있는 힘을 다해 두려움을 쫓아내고 불신을 거부했다. 초자연성이라는 미끄러운 바닥에 발을 단단히 디딘 채 보이지 않는 주님을 부르고 또 불렀다. 십자가를 손에 든 채 잠들고, 잠에서 깨면 십자가에 입을 맞췄다. 보고서를 쓰고, 대화를 하고, 밥을 먹고, 산책을 하고, 차를 타면서도 내면은 바삐 움직였다. 이성이 거부하고 감정이 발을 뺀 종교에 대한 믿음을 애써 붙잡았다.

황홀한 순간들도 있었다. 하느님이 전부이고, 피조물의 삶은 조물주 손에 달렸으며, 겸손한 흠숭*은 가장 고귀한 자연적 행위를 초월하고, 초자연성은 존재의 근원이자 끝이었다. 밤중에 고요한 대성당에 등불이 일렁이고 감실**의 철문 틈으로 소리 없이 흘러나오는 공기를 느낄 때 그런 사실들을 깨달았다. 그러다가도 열정이 다시 빠져나가면 절망에 빠져 허우적거렸다. 하지만 설령 진리를 깨닫지 못할지언정 어떤 권세도 지상에서든 지옥에서든 그리스도교에 대한 믿음을 막지 못한다는 확신만큼은 버리지 않았다[믿음만큼이나 자존심이 작용했을지도 모른다]. 삶을 견딜 수 있게 해 주는 것은 그리스도교뿐이었다.

퍼시는 떨리는 숨을 길게 들이마시고 자세를 바로 세웠다. 저 멀리서 녹색 카펫 위에 앉은 푸른색 거품 같은 돔 천장이 눈에 들어왔기 때문이다. 로마에 도착했으니 이런 생각들은 잠시 접어 두기로 했다. 퍼시는 객실을 나와 중앙 통로 앞으로 걸어갔다. 지나가면서 유리문을 통해 양쪽 객실의 승객들을 살폈다. 아직 잠들어 있는 사람, 창밖 풍경을 구경하는 사람, 책을 읽는 사람이 보였다. 문에 난 사각 유리창 너머로 조종석에 우뚝 서 있는 조종사를 홀린 듯 바라보았다. 그는 거대한 날개를 조종하는 철제 바퀴에 손을 얹고 있었다. 시선은 돌풍의 세기와 방향을 알려 주는 풍향계를 응시했다. 이따금 조종사가 손을 움직이면 거대한 날개가 반응해 올라갔다 내려가곤 했다. 앞의 원형 테이블의 유리판 아래에는 다양한 계기 장치가 달려 있었다. 퍼시가 용

---

*   하느님께만 드릴 수 있는 최고의 공경 행위.
**   예수 그리스도의 몸인 성체를 모시기 위해 성당 내부에 설치된 작은 장.

도를 아는 장치는 절반도 안 됐다. 그중 하나는 기압계처럼 보였다. 아마도 현재 비행 중인 고도를 알려 주는 것이리라. 다른 하나는 나침반 같았다. 그 앞의 곡선형 창문 너머로는 하늘이 뻗어 있었다. 퍼시는 말할 수 없이 아름다운 풍경이라고 생각했다. 하지만 이런 풍경도 이제는 초자연성이 경쟁해야만 하는 대상 중 하나가 되어 버렸다.

퍼시는 한숨을 쉬며 객실로 돌아왔다.

지금 유리창 밖으로 보이는 광경은 놀라웠다. 너무 낯설어 아름답다는 생각도 들지 않았다. 입체 지도처럼 비현실적이었다. 오른쪽에는 빛나는 하늘과 바다의 회색 수평선이 맞닿아 있었다. 서풍을 맞아 살짝 기울어진 볼러가 조금 떠올랐다가 내려갔다. 뒤편에서 돌아가는 거대한 프로펠러의 희미한 진동 외에는 움직이고 있다는 느낌이 들지 않았다. 왼쪽으로는 영토가 끝없이 펼쳐져 있었다. 꼼짝 않는 날개 사이로 여기저기 늘어선 마을들이 스쳐 지나갔다. 마을은 납작하게 눌려 모양을 알아볼 수 없었다. 간간이 강물이 번쩍이고, 저 멀리 낮은 움브리아 구릉이 경계를 지었다. 기체가 움직이는 방향으로는 새로 개발된 넓은 교외 지역과 로마의 복잡한 경계선이 보였다. 점점 가까워지는 거대한 돔 천장은 아름다운 야경을 더 완벽하게 만들어 주었다. 기체의 위아래로 탁 트인 하늘이 보였다. 머리 위의 남색 하늘은 수평선에 가까워지며 연한 청록색으로 변했다.

익숙해져서 한참 전부터 알아차리지 못하던 바람 소리가 다시 들리기 시작했다. 비행 속도가 떨어져 바람 소리가 처음처럼 날카롭지는 않았다. 속도는 점점 내려가 시속 65킬로미터가 되었다. 종이 울리며 기체가 급하강하자 퍼시는 속이 불편해져 비틀거리며 모포를 움켜쥐었다. 그러다 다시 고개를 들자 볼러가 서서히 고도를 낮추고 있었다. 눈앞에 줄줄이 늘어선 탑과 지붕이 보였다. 도로 위를 지나자 더 많은 지붕이 나오고 사이사이에 녹색 잔디밭이 있었다. 다시 종이 울리고 듣기 좋은 신호가 길게 울려 퍼졌다. 사람들이 내릴 채비를 하며 바쁘게 움직였다. 제복을 입은 승무원이 복도를 서둘러 지나갔다.

퍼시는 또다시 울렁거림을 느꼈다. 짐을 정리하다가 고개를 드니, 바로 근처에 거대한 회색 돔 천장이 보였다. 볼러가 빙글 돌자 어지러웠다. 눈을 감았다. 다시 눈을 뜨니 볼러역 외벽이 점점 가까워지면서 그를 지나쳐 갔다. 마지막으로 종이 울렸다. 기체가 미세하게 진동하며 볼러역에 착륙했다. 창밖에 일렬로 선 사람들의 얼굴이 흔들리다 멈췄다. 퍼시는 가방을 들고 문을 나섰다.

II

1시간 후 근처 찻집에 홀로 앉아 커피를 마셨다. 아직 흔들리는 느낌이 가시지 않아 불쾌했다. 속으로 여기는 볼러가 아니라고 되뇌며 마음을 진정시켰다. 작고 초라한 택시를 타고 덜컹거리는 돌길을 달리는 동안 이상한 기분이 들었다. 차창 밖 풍경은 10년 전 사제 서품을 받고 로마를 떠나던 때와 다르지 않았다. 세상은 변했지만 로마는 그대로였다. 도시 외관을 꾸미는 일 말고도 생각할 문제가 많았기 때문이다. 이제 로마는 이 세상의 영적 영역에 대한 모든 책임을 어깨에 짙어지고 있었다. 변한 것은 하나도 없었다. 아니, 오히려 150년 전으로 돌아간 것 같았다. 역사서에 따르면 로마는 80년 전 독립한 직후부터 이탈리아 정부 소유의 시설 사용을 점점 줄였다고 한다. 열차는 운행을 멈추고 볼러는 성벽을 통과할 수 없었다. 유지 승인을 받은 신식 건물은 교회로 개조되었다. 로마 한복판에 있는 퀴리날레궁*은 붉은 교황**의 사무실이 되었다. 대사관이나 대형 신학 대학교들도 비슷했다. 바티칸 사도궁***도 위층을 제외하면 추기경단이 거주했다. 그들은 별들이 태양을 둘러싸듯 교황을 에워쌌다.

골동품 전문가들은 로마가 참으로 특별한 도시라고 평했다. 지구상에서 과거의 모습을 간직한 유일한 도시이기 때문이었다. 그래서 이곳에서의 삶은 고대에 그런 것처럼 끔찍하게 불편하고 비위생적이었다. 세상이 꿈을 꾸기 시작하며 포기한 삶을 로마는 그대로 간직하고 있었다. 심지어 교회의 화려한 행렬도 부활시켰다. 추기경들은 금박 마차를 타고, 교황은 흰 노새를 탔다. 성체는 종을 울리고 불을 밝히며 악취 나는 거리를 통해 옮겨졌다. 이런 풍경을 자세히 묘사한 보도가 나오자 문명사회는 48시간 정도만 관심을 보였다. 일반 대중은 역사적 퇴보를 비판하며 그 기사를 인용했다. 지식인들은 미신과 진보가 양립할 수 없다는 사실을 당연시했기에 아무 반응도 보이지 않았다.

포폴로 성문 밖의 볼러역에서 택시를 타고 오는 동안 스쳐 지나간

---

* 　1879년까지 교황의 거처로 쓰이다가 1946년부터 이탈리아 대통령의 관저로 쓰인다.

** 　교황청에서 선교 활동을 담당하는 추기경을 가리키는 말이다.

*** 　성 베드로 대성전 오른쪽 건물. 현재 교황의 거처로 쓰인다.

거리의 풍경은 낯설지만 한편으로는 신선했다. 늙은 농부의 옷, 파란색과 빨간색 줄로 장식한 포도주 수레, 양배추 찌꺼기가 버려진 배수로, 빨랫줄에서 펄럭이는 젖은 옷, 노새와 말 등은 요즘 사람들이 떠받드는 것과는 달리 인간은 위대하지도, 신성하지도 않다는 것을 상기시켜 주었다. 사람이기에 부주의하고 이기적이었다. 사람이기에 빠르고 깨끗하고 정확하지 않은 것에도 관심을 둘 수 있었다.

해가 벌써 뜨거워져 퍼시는 가리개를 내리고 창가에 앉아 있었다. 이 방도 150년 전으로 거슬러 올라간 듯했다. 아무런 장식이 없어 아주 소박한 느낌이었다. 넓은 송판 탁자가 한쪽 벽면을 차지하고 그 앞으로 팔걸이가 달린 나무 의자가 있었다. 붉은색 타일 바닥 위에는 매트가 깔려 있고, 수성 도료를 칠한 하얀 벽에는 오래된 그림 몇 점이 걸려 있었다. 문가 작은 제단에는 양쪽으로 세워 둔 초 사이로 커다란 십자가가 있었다. 책상과 의자 말고 다른 가구는 없었다. 창가 책상 위에는 타자기가 놓여 있었다. 왠지 안 어울리는 것 같아 퍼시는 고개를 갸웃했다. 그는 두꺼운 흰색 잔에 담긴 커피를 마지막 한 모금까지 마시고는 의자에 기대앉았다.

◆ ◆ ◆

부담감이 줄어들고 마음이 많이 가벼워졌다. 너무 빠르게 적응하는 것 같아 놀라웠다. 이곳의 삶은 훨씬 단순해 보였다. 이곳에서는 내면의 세계는 당연한 것이어서 논쟁거리가 아니었다. 내면의 세계는 명백하고 객관적인 것이었다. 바쁘게 돌아가는 세상 속에서는 잘 보이지 않던 무엇인가가 그의 영혼 앞에 반짝거리며 나타났다. 주님의 손길이 이곳에 닿은 듯했다. 성인들이 지켜보는 가운데 성모 마리아께서 보좌에 앉아 계시고, 하얀 원형 제단에 예수 그리스도께서 서 있다는 사실을 어렵지 않게 느낄 수 있었다.

아직 완벽하게 평온을 되찾은 것은 아니었다. 로마에 도착한 지 겨우 1시간밖에 지나지 않았으니 당연한 일이다. 주님의 은총이 공간을 가득 메우고 있지만 시간이 더 필요했다. 그러나 마음이 점점 가벼워지고, 절박하고 불안한 기분도 잦아들며, 어린아이처럼 순수해지고 있었다. 망설임 없이 신성한 권위에 기꺼이 몸을 맡길 수 있고, 세계가 다른 그 무엇이 아닌 바로 이런 방식과 목적으로 창조되었다고 당당히 외칠 수 있었다. 하지만 퍼시는 그토록 혐오하는 문명의 이기들을 사용해 온 것도 사실이다. 그 덕분에 불과 12시간 전 런던을 떠났는데 지금 여기 앉아 있을 수 있었다. 이곳은 삶의 고인 물일까, 아니면 흐르는 물의 중간일까? 아직은 확신이 서지 않았다.

◆ ◆ ◆

밖에서 발소리가 들리고 문이 열리더니 보호 추기경이 방 안으로 들어왔다. 4년 만에 보는 얼굴이라 단번에 알아보지 못했다. 보호 추기경은 나이가 많아 허리가 굽고 허약해 보였다. 얼굴은 주름살로 가득하고 가느다란 백발의 머리카락은 정수리에만 듬성듬성 남아 있었다.

　　　　　　　　　　　　　　　　세상의 주인

작은 주홍색 모자를 쓴 추기경은 가슴에 평범한 대수도원 십자가가 그려진 검은 베네딕토회 복장 차림으로 검은 지팡이를 짚으며 주춤주춤 걸어왔다. 늘어진 눈꺼풀 아래로 쭉 찢어진 눈만큼은 총기로 빛났다. 그가 웃으며 손을 내밀었다. 이곳이 바티칸임을 기억해 낸 퍼시가 허리를 깊이 숙이고 자수정 반지에 입을 맞췄다.

"로마에 오신 걸 환영합니다, 프랭클린 신부님."

노인의 말투는 의외로 기운찼다.

"30분 전에 도착했다고 들었어요. 씻고 커피 마실 시간은 줘야겠다고 생각했지요."

퍼시가 무슨 말인가 작게 중얼거렸다.

"그래, 당연히 피곤했겠죠."

추기경은 그렇게 말하며 의자 하나를 뺐다.

"아닙니다, 추기경님. 푹 잤습니다."

추기경이 가벼운 손짓으로 의자를 가리켰다.

"그런데 말입니다. 교황 성하(교황에게 붙이는 존칭)께서 11시에 만나기를 청하셨습니다."

퍼시는 조금 놀랐다.

"요즘 같은 때는 빨리 움직여야 합니다. 꾸물거릴 시간이 없어요. 당분간 로마에 머물러야 한다는 건 알고 있겠지요?"

"조치를 취하고 왔습니다, 추기경님."

"좋아요. 잘 왔습니다, 프랭클린 신부님. 교황 성하께서 신부님 의견에 깊은 감명을 받으셨습니다. 미래를 제대로 예견했더군요."

퍼시는 기분이 좋아 얼굴을 붉혔다. 이런 칭찬은 처음이었다. 마틴 추기경이 계속 말했다.

"신부님은 우리에게 가장 귀중한 통신원입니다. 특히 잉글랜드에서 말입니다. 그래서 이곳으로 부른 겁니다. 앞으로 우리를 가까이에서 도와주세요. 조언을 해 주는 일 정도로 생각하면 됩니다. 누구나 사실을 보고할 수는 있지만 그 사실을 제대로 이해하는 사람은 많지 않거든요. 아주 젊어 보이는데, 나이가 어떻게 되십니까?"

"서른셋입니다, 추기경님"

"아! 머리가 좀 일찍 세었군요. 자, 내 방으로 같이 가시죠. 지금이 8시니까 9시 정도면 얘기가 끝날 겁니다. 그리고 좀 쉬다가 11시가 되면 성하께 안내해 드리겠습니다."

퍼시는 묘하게 들뜬 기분으로 의자에서 일어났다. 그러고는 얼른 문으로 달려가 추기경이 지나갈 수 있게 문을 열었다.

Ⅲ

11시를 몇 분 앞두고 퍼시는 새 페라이올로*와 수단**, 버클 달린 구두 차림으로 하얀 방에서 나와 추기경의 방문을 두드렸다.

지금은 더없이 침착했다. 방금 전 그는 펠센버그로 인해 런던이 어

---

*   가톨릭교회 성직자들이 입는 망토 종류.

**   성직자들의 평상복.

세상의 주인

떻게 달라졌는지 추기경에게 있는 그대로 설명했다. 자신 역시 그 힘에 사로잡혀 있었다는 것까지도 숨기지 않았다. 그가 목격한 사소한 장면들을 묘사하며 유례없는 역사의 변화에 직면했음을 강조했다. 사람들이 펠센버그의 사진 앞에 무릎을 꿇었고, 죽어 가는 남자는 펠센버그의 이름을 불렀으며, 많은 사람이 정부가 그 낯선 인물에게 한 제안의 결과를 듣기 위해 웨스트민스터에 모여 있었다는 것을 이야기했다. 신문에서 오린 기사들을 보여 주며 언론이 얼마나 열광하는지도 들려주었다. 심지어 가톨릭교회에 대한 박해가 머지않았다는 예언 같은 말도 전했다.

"세상이 아주 이상하게 활기로 넘쳐 있습니다. 모두 흥분해서 들떠 있는 것만 같습니다."

"우리도 그렇게 느끼고 있습니다."

추기경이 고개를 끄덕이며 말했다.

대화 내내 추기경은 가느다란 눈으로 퍼시를 보며 고개를 끄덕였다. 중간중간 질문도 했지만 대부분 퍼시의 말을 집중해서 듣고만 있었다.

"그러니까 신부님의 생각은……. 아니, 그것까지는 물어볼 필요가 없겠군. 어차피 성하께서 물어보실 테니까."

추기경이 말을 하려다 멈췄다. 그러고는 퍼시의 라틴어 실력을 칭찬했다. 줄곧 라틴어로만 대화했기 때문이다. 퍼시는 에스페란토가 세계 공용어가 된 것처럼 라틴어가 가톨릭교회의 공용어가 되어야 한다던 10년 전 교령을 잉글랜드가 충직하게 지켜 왔다고 설명했다.

"훌륭합니다. 성하께서도 흡족해하실 겁니다."

한 번 더 방문을 두드리자 문이 열리고 추기경이 나왔다. 그는 말없이 퍼시의 팔을 잡고 이끌었다. 둘은 승강기 입구로 방향을 틀었다.

교황 관저로 올라가며 퍼시는 조심스럽게 말을 꺼냈다.

"승강기가 있어 놀랐습니다. 접견실에 있는 타자기도 그렇고요."

"왜죠?"

"로마는 예전 시대로 돌아가지 않았습니까."

추기경은 의아한 표정으로 그를 보았다.

"그런가? 그럴 수도 있겠군요. 그렇게 생각해 본 적은 없는데 말입니다."

스위스 근위대원이 승강기 문을 열고 경례를 했다. 그의 안내를 따라 바닥에 판석을 깐 복도를 걸어가니 근위대원이 한 사람 더 서 있었다. 그들을 데려다준 근위대원은 다시 경례를 하고 돌아갔다. 문틈으로 내다보던 교황 시종이 얼른 문을 열었다. 스페인식 주름 옷깃이 달린 보라색과 검은색 옷은 수수하면서도 화려했다. 아직도 이런 옷이 존재한다니 믿기 어려웠다.

"잠시만요, 추기경님. 여기서 기다려 주시겠습니까?"

시종이 라틴어로 말했다.

이곳은 문이 5~6개 달린 작고 네모난 방이었다. 원래 거대하던 방 하나를 용케 여러 개로 나눠 만든 것 같았다. 천장은 매우 높고, 변색된 금색 처마 돌림띠가 둘로 나뉘어 흰 벽 뒤로 사라졌다. 벽이 얇아 옆방에서 대화하는 소리, 발을 끄는 소리가 희미하게 들렸다. 익숙한 타자 소리가 끊이지 않고 이어졌다. 여기에서 들을 거라고는 예상하지 못한 소리였다. 이 방은 추기경의 방처럼 꾸밈새가 단순했다. 바닥에는 붉은 타일이 깔려 있고 벽은 흰색이었다. 제단에는 값어치를 짐작할 수 없는 큼지막한 청동 촛대 2개가 놓여 있었다. 금욕적이면서 검소한 분위기와 기품 있는 분위기가 묘하게 뒤섞여 있었다. 창의 덧문은 닫혀 있었다. 가슴과 머리에서 열 배로 솟구친 흥분감 외에는 그 무엇도 퍼시의 주의를 흐트러뜨리지 않았다.

곧 천사 같은 아버지를 만날 예정이었다. 50년 전 서른의 나이로 교황청 국무원장에 임명된 그는 9년 전 교황으로 선출되었다. 교황은 로마에 대한 세속적인 통치권을 얻는 대가로 잉글랜드 전역의 교회를 잉글랜드 정부에 양도하는 놀라운 결단을 내렸다. 그 후로 로마를 성인의 도시로 만들기 위해 힘을 쏟았다. 교황은 세상 사람들의 의견에는 전혀 신경 쓰지 않는 듯했다. 그의 정책은 아주 단순했다. 교회의 목적은 인간에게서 초자연적 덕성을 이끌어 내 주님께 영광을 돌리는 것이라는 원칙을 서간으로 몇 번이나 공표했다. 이 목적을 이루기 위한 일이 아니라면 그 무엇도 중요하지 않았다. 더 나아가 베드로가 교회의 반석이었으니 베드로의 도시가 세계의 수도여야 하고 모든 보호령의 본보기가 되어야 한다고 주장했다.* 하지만 베드로가 그의 도시를 지배하지 않는 한 불가능한 일이었다. 그래서 교황은 로마에 대한

---

* 마태오 복음서 제16장 18절에 보면 예수가 시몬 바르요나라는 제자에게 '반석'이라는 뜻의 베드로라는 이름을 지어 주면서 다음과 같이 이야기하는 장면이 나온다. '너는 베드로이다. 내가 이 반석 위에 내 교회를 세울 터인즉, 저승의 세력도 그것을 이기지 못할 것이다.' 열두 사도 가운데 지도자 역할을 하던 베드로는 최초의 교황이 되었다.

통치권을 확보하기 위해 전국의 교회와 가톨릭 관련 건물을 세속 정부에 넘겨주었다. 그렇게 도시에 대한 통치권을 얻었다.

교황은 인류가 최근 발견한 것들로 인해 불멸의 영혼이 영원한 진리를 숙고하지 못하고 있다고 말했다. 이런 발견이 전부 쓸모없다는 말은 아니었다. 하느님의 훌륭한 법칙에 대한 통찰을 가능하게 해 주는 측면도 있었다. 하지만 순기능보다는 상상력을 과도하게 자극하는 역기능이 더 크다고 판단했다. 전 세계 어디에나 있는 그런 것들이 굳이 로마에 있을 필요는 없다면서 전차, 볼러, 실험실, 공장을 전부 없애고, 교외 지역에서만 허용했다. 그 자리에 성당, 수도원, 십자가상을 세우고 시민들의 영혼을 보호하기 위해 각별한 주의를 기울였다.

로마의 땅은 한정적이고, 세상은 참된 소금 없이 타락했기 때문에 승인을 받지 못하면 쉰 살 이하 시민은 로마 안에서 1개월 이상 살 수 없었다. 로마의 경계 바로 바깥에서는 제한 없이 거주할 수 있고, 실제로 1만여 명이 외곽에 살았다. 교황령이 명시적으로 그것을 금지하지는 않았다고 해도 교황령의 취지에 어긋나는 일종의 편법이었다. 도시를 나누어 민족별로 거주하게 했다. 민족마다 전통과 관습이 다르므로 적절한 곳에 흩어져 살며 저마다 고유의 가치를 지킬 수 있게 하려는 의도였다. 그러자 집값이 치솟기 시작했고, 교황은 또 그것을 막는 법을 제정했다. 집값이 과열된 지역의 집을 확보해 집세를 고정하고 이를 어기면 지위 고하를 막론하고 파문했다. 나머지 집들은 부자들에게 내주었다.

레오 성벽 내부의 사법권은 전적으로 교황이 갖고 있었다. 또한 문명 세계를 비난할 때와 같은 차분하고 진지한 태도로 사형 제도를 부활시켰다. 인간의 생명은 신성하지만 인간의 덕성이 그보다 더 신성하다고 하면서 살인, 간통, 우상 숭배, 배교 같은 범죄에 사형을 선고할 수 있게 했다. 이론적으로는 사형이 승인되었지만 교황직에 오르고 8년이 지난 지금까지 사형이 집행된 사례는 두 건밖에 없었다. 독실한 신자가 아닌 범죄자들이 교황의 사법권이 미치지 않는 교외로 달아났기 때문이다.

교황의 포부는 로마에만 머물지 않았다. 전 세계 모든 국가에 여러 차례 대사를 보내 로마 가톨릭교회의 권위가 회복되었음을 알렸다. 비웃음만 샀을 뿐 관심을 보이는 나라는 없었다. 하지만 교황은 굴하지 않고 계속해서 자신의 권리를 주장했다. 또한 교황 사절에게 자신의 생각을 전파하는 중요한 임무를 맡겼다. 가끔은 모든 마을에 방을 붙여 회칙을 공표하기도 했다. 교황은 마치 전 세계가 자신의 가르침에 주목하고 있다는 듯이 차분한 어조로 생각을 밝혔다. 또 모든 이가 불멸의 영혼과 하느님의 존엄을 기억해야 하고, 몇 년 후에는 세상 모든 사람이 세계의 창조주이자 통치자인 하느님 앞에 서서 자신의 이야기를 하게 될 것이라고도 주장했다. 이런 문서에는 항상 하느님의 대리인인 교황 요한 24세의 이름과 인장을 첨부했다.

이런 일련의 조치는 세계를 놀라게 했다. 사실 사람들은 가톨릭교회의 과잉 반응, 논쟁, 열렬한 권고를 예상했다. 특사를 위장한 첩자들이 모략을 꾸미고 사람들을 선동하며 격렬하게 이의를 제기할 줄 알았다. 하지만 전혀 달랐다. 가톨릭교회는 아직 세계가 발전하기 전, 볼러가 발명되기 전 시대로 돌아간 듯했다. 교황은 전 세계가 아직 하느님에 대한 믿음을 버리지 않은 것처럼 행동했다. 사람들이 다른 신을 섬기고 있다는 사실을 모르는 척했다.

여기 있는 이 어리석은 노인은 십자가, 내면의 삶, 용서에 관해 잠꼬대 같은 말들을 쏟아 내고 있었다. 2000년 전 그의 전임자들이 한 말들을 반복하고 있었다. 이것은 로마가 권세만이 아니라 상식도 잃었음을 보여 주는 단적인 예였다. 특단의 조치가 필요한 상황이었다.

◆ ◆ ◆

바로 그 천사 같은 아버지를 곧 있으면 만나게 된다.

추기경이 퍼시의 무릎에 손을 올렸다. 문이 열리고 보라색 옷을 입은 성직자가 나와 인사를 했다.

"무엇도 숨기지 말고 솔직하게 말해야 합니다."

추기경이 말했다.

퍼시는 몸을 떨며 자리에서 일어났다. 그리고 안내를 받아 안쪽 문으로 향했다.

IV

어둑한 녹색 방 안에 들어서니 약 3미터 앞에 있는 커다란 책상 앞에 하얀 옷을 입은 사람이 뒤돌아 앉아 있었다. 그는 두 사람이 문으로 들어오자 몸을 틀어 앞을 바라봤다. 퍼시는 첫 번째 무릎 절을 하면서 그 모습을 힐끗 훔쳐보았다. 다시 시선을 떨어뜨리고 앞으로 다가가 추기경과 함께 두 번째 무릎 절을 했다. 또 앞으로 다가가 세 번째 무릎 절을 한 후 가늘고 흰 손을 들어 입술에 댔다. 그가 일어나자 문이 닫히는 소리가 들렸다.

"프랭클린 신부입니다, 성하."

추기경이 말했다.

흰 소매 사이로 나온 손이 근처에 있는 의자를 가리켰다. 두 사람은 의자에 앉았다.

◆ ◆ ◆

추기경은 느릿느릿한 라틴어로 몇 문장을 이야기하며 그토록 중요한 보고서를 보낸 잉글랜드 사제라고 퍼시를 소개했다. 그사이 퍼시는 눈을 밝히고 앞을 보았다.

교황의 얼굴은 수많은 사진과 영상으로 익히 봐서 잘 알고 있었다. 그의 몸짓조차도 익숙했다. 동의를 표할 때는 고개를 살짝 끄덕이고 말을 하면서는 작게 손짓을 했다. 하지만 실제로 마주한 교황의 모습은 사진과는 많이 달랐다.

앞에 앉은 교황은 키와 몸집은 평범하고, 곧은 자세가 인상적인 노인이었다. 의자 팔걸이의 장식을 쥔 모습이 아주 차분하고 위엄 있었다. 교황의 푸른 눈이 그를 향할 때마다 몇 번 눈을 내리간 것을 빼고 퍼시는 그의 얼굴을 집중해서 봤다. 평범하지 않은 그 눈을 보고 있으니 역사가들이 비오 10세*에 관해 한 말들이 떠올랐다. 눈은 일자로 길게 찢어져 매와 같은 인상을 주었다. 하지만 눈을 제외한 나머지는 정반대였다. 날카로움이라고는 보이지 않았다. 얼굴은 홀쭉하지도 뚱뚱하지도 않고 계란형으로 아름다웠다. 윤곽이 뚜렷한 입술의 곡선에는 열정이 담겨 있었다. 코는 매부리처럼 휘어지고, 중간에 골이 있는 턱은 단단해 보였다. 머리를 가눈 자세만 보면 신기하게도 젊어 보였다. 너그럽고 다정한 인상이지만 한편으로는 반항적이면서 동시에 겸손한 느낌도 있었다. 하지만 눈썹 밑은 전형적인 성직자의 얼굴이었다. 이마는 관자놀이 부근에서 움푹 꺼져 있었다. 흰 모자 아래 하얗게 센 머리가 보였다. 9년 전, 극장에서 사람들이 그 얼굴을 보고 조롱한 적이 있다. 그들은 유명한 사제들의 얼굴을 합친 사진과 신임 교황의 사진을 나란히 놓고 구분을 할 수 없다며 비웃었다.

그의 모습을 한마디로 요약해 보려 했지만 '성직자' 말고는 아무것도 떠오르지 않았다. 딱 그랬다. 정말 '보아라, 우리의 대사제'라는 성가가 절로 떠오르는 인물이었다. 올해로 여든여덟이 된 노인이 이토록 젊어 보이다니 놀라웠다. 자세는 쉰 살밖에 먹지 않은 것처럼 꼿꼿했다. 어깨를 쫙 펴고 운동선수처럼 고개를 가누었다. 어슴푸레한 빛 때문인지 주름살은 거의 보이지 않았다.

'천사 같은 아버지시여!'

---

* 재위 1903~1914, 《세상의 주인》 집필 당시의 교황.

퍼시는 속으로 외쳤다.

추기경이 소개를 마치고 작게 손짓을 했다. 퍼시는 예상되는 질문에 답하기 위해 바짝 긴장하고 집중했다.

"잘 오셨소."

교황은 부드럽고 낭랑한 목소리로 말했다.

퍼시는 황급히 허리 숙여 절을 했다.

교황은 다시 아래쪽으로 시선을 두고 왼손으로 서진을 만지작거리더니 마침내 입을 열었다.

"자, 이야기를 해 주겠나. 세 가지가 듣고 싶네만. 무슨 일이 일어났는지, 무슨 일이 일어나고 있는지, 앞으로 어떻게 될 것인지에 관한 자네의 생각 말일세."

퍼시는 심호흡을 하고 자세를 바로 세웠다. 양손을 깍지 끼고 맞은편에 보이는 십자가 수를 놓은 붉은 신발에 시선을 고정한 채 이야기를 시작했다[수백 번도 더 연습하지 않았는가!].

◆ ◆ ◆

퍼시는 먼저 전체적인 그림을 설명했다. 문명 세계의 모든 권력이 세계와 하느님, 두 진영으로 나뉘어 있다. 현재까지 세계의 권력은 앞뒤가 맞지 않고 돌발적으로 움직여 다양한 문제가 발생했다. 혁명과 전쟁은 폭도들의 움직임처럼 규율이 없고 서투르며 통제할 수 없었다. 이에 맞서는 교회의 권력도 가톨릭교 교리에 따라 한군데 집중하기보다는 사방으로 흩어졌다. 그러니 게릴라병과 게릴라병이 맞서 싸우는 꼴이었다. 그런데 지난 100년 사이 전쟁의 방식이 바뀌기 시작했다. 유럽은 날이 갈수록 내분을 우려했다. 그래서 노동자 계급의 통합을 시작으로 자본가 계급이 통합하고 나중에는 노동자 계급과 자본가 계급이 통합했다. 이것은 경제적인 측면에서 일어난 변화였다. 정치적인 측면으로는 유럽 각국이 아프리카를 사이좋게 나눠 가졌고, 영적인 측면으로는 인본주의 종교가 확산되었다.

퍼시는 여기에 맞서 교회도 힘을 집중해야 한다고 말했다. 다행히 전능하신 하느님의 인도하심과 교황들의 지혜로 교회의 힘이 나날이 응축되어 왔다. 퍼시는 지역적 특수성을 더 이상 허용하지 않기로 한 결정을 예로 들었다. 동방 교회의 오랜 관습을 폐기하도록 한 것도 그런 맥락이었다. 또 로마에 보호 추기경을 두는 제도를 확립했고, 난립한 여러 수도회의 수사들을 하나의 수도회로 통폐합했다. 기존 소속 수도회의 이름을 유지하는 것은 허용했지만 한 사람의 수도회 총장 관할 아래 두게 했다. 그리고 카르투시오회, 카르멜회, 트라피스트회*를 제외한 모든 수사는 별도의 수도회를 만들어 통합했다. 앞서 제외한 세 수도회는 세 번째 수도회로 합쳤다. 수녀들도 같은 방식으로 분류했다. 퍼시는 최근의 교령에 관해서도 언급했다. 무류성**과 새로운 교회법을 비롯해, 교황청과 교계 제도, 전례 규정, 선교 활동 등 복잡한 내

---

* 세 수도회는 바깥세상과 단절되어 고독과 침묵 속에서 엄격한 규율에 따라 수행을 한다. 이런 성격의 수도회를 관상 수도회라고 한다.

** 하느님의 말씀에 대한 가톨릭교회의 가르침에는 오류가 없다는 의미.

세상의 주인

용들을 단순화했다. 이런 최근의 교령에 의해 바티칸의 방향성이 더욱 확고해졌다는 것이다.

입이 풀린 퍼시는 자신이 누구를 상대로 얘기하는지 잊은 듯했다. 눈치 보는 기색 없이 목소리를 높이고 손짓까지 섞어 가며 지난달 일어난 사건이 얼마나 중요한지에 관해 열변을 토했다.

퍼시는 이전에 있던 모든 일은 최근 벌어진 사건들의 전조였다고 말했다. 지금 세계는 신성한 진리가 아닌 다른 원칙으로 통합되었다. 주님과 성직자들의 목적은 모든 인간이 예수 그리스도 안에서 하나로 만나는 것이었다. 하지만 교회의 대전제가 거부당했다. 신앙인들이 예언한 혼돈은 일어나지 않았다. 그 대신 지금까지 역사에 없던 통합 세계가 탄생했다. 더 치명적인 것은 그 안에 명백하게 '선'한 요소가 수없이 존재한다는 사실이었다. 이제 전쟁은 사라졌다. 하지만 그 일을 해낸 것은 그리스도교가 아니었다. 사람들은 분열보다 통합이 낫다는 교훈을 교회가 아닌 다른 곳에서 배웠다. 갑자기 자연의 덕을 떠받들고 초자연적 덕은 멸시하기 시작했다. 우애가 자비를 몰아냈고, 만족이 희망을 몰아냈으며, 지식이 믿음을 몰아냈다.

퍼시가 주제넘은 소리를 했다는 걸 깨닫고 입을 다물었다.

"그렇군. 계속하게."

인자한 목소리가 말했다.

계속하라고? 퍼시는 이야기를 이어 나갔다. 이런 생각들이 사람들을 사로잡았고, 이 운동의 중심에는 줄리언 펠센버그가 있었다. 그는 하느님이 아니면 할 수 없을 것 같던 기적을 이뤄 냈다. 동방과 서방의 영원한 장벽을 무너뜨리고, 그런 권력을 가진 유일한 세력이던 아메리카 대륙에서 자신의 힘만으로 우뚝 섰다. 종교적 광신과 정당 정치라는 삶의 두 가지 폭군을 인격의 힘만으로 무릎 꿇렸다. 모든 것에 시큰둥하던 잉글랜드에 그렇게 큰 영향을 미친 것도 기적이었다. 프랑스, 독일, 스페인도 흥분 속으로 몰아넣었다.

퍼시는 그가 직접 본 장면들을 묘사하며 마치 하느님의 환영 같았다고 말했다. 냉철하고 진지한 논조의 신문들이 펠센버그를 뭐라고 부르는지도 숨기지 않고 밝혔다. 저들은 그를 '사람의 아들'이라고 불렀다. 순수한 세계인이기 때문이다. '세계의 구원자'라고도 했다. 전쟁을 사라지게 했기 때문이다. 심지어, 심지어……. 퍼시의 목소리가 떨렸다. '신의 화신'이라고까지 하는 부류도 있다. 신성한 인간을 완벽하게 대표하기 때문이다.

맞은편에서 그를 바라보는 교황은 얼굴을 찌푸리지도, 움직이지도 않았다. 퍼시는 계속했다.

그는 조만간 박해가 시작될 것이라고 했다. 이미 한두 차례 폭동이 있었다. 하지만 박해를 두려워해서는 안 된다. 언제나 그랬듯이 배교자가 나올 것이다. 배교는 안타까운 일이지만 막을 방법은 없다. 다만 충직한 신자들의 믿음은 오히려 더 굳건해지고, 믿음이 어중간한 이들은 떨어져 나갈 것이다. 초창기에 사탄은 채찍과 불, 짐승을 이용해 신체를 공격했다. 16세기에는 지성을 공격했다. 20세기에는 도덕적인 삶과 영적인 삶의 근원에 공격을 가했다. 그런데 지금은 세 가지를 한꺼번에 공격하는 듯하다.

가장 두려워해야 할 것은 인본주의의 긍정적인 영향력이었다. 그것은 마치 신의 왕국처럼 권력을 갖고 다가오고 있다. 상상과 낭만을 짓밟고 있으며 자신들만이 진리임을 당연하게 여긴다. 총칼이나 논쟁으로 상처를 입히고 자극하는 대신 자연스럽게 따르게 만든다. 그들의 힘은 의심의 여지 없이 내면의 세계를 침범하고 있다. 아무것도 모르던 이들이 그들의 사상을 설파하고 다닌다. 심지어 사제들도 그들의 사상을 받아들이고 있다. 퍼시는 최근 배교한 이들의 이름을 언급하며 주장에 힘을 보탰다. 아이들은 그들의 사상이 하느님의 가르침인 줄 알고 믿는다. 태어날 때부터 그리스도교인이던 이들의 영혼이 열렬한 무신론자의 영혼이 되어 가고 있다.

퍼시는 박해를 구원처럼 환영하고 기도하고 붙잡아야 한다고 소리 높여 주장했다. 그러나 정부의 상황 판단이 너무 빠르다는 점을 걱정했다. 해독제와 독약을 구분할 수 있어야 한다. 순교자들이 있을지도 모른다. 아니, 분명히 있고 그 수도 많을 것이다. 하지만 세속 정부는 순교의 책임에 대한 부담을 교묘히 피할 것이다. 세속 정부 때문에 순교한 것이 아니라 정부의 보호에도 불구하고 순교한 것처럼 꾸밀 것이다.

마지막으로 퍼시는 인본주의가 전례와 희생의 가면을 쓸 것으로 예상했다. 그렇게 되면 주님께서 개입하시지 않는 한 교회는 종말을 맞는다고 말했다.

퍼시가 몸을 떨며 뒤로 물러나 앉았다.

"그렇군. 그럼 앞으로 어떻게 하면 되겠나?"

퍼시가 양팔을 앞으로 내밀며 말했다.

"미사, 기도, 묵주…… 그것뿐입니다. 세상은 그 힘을 부정하지만 우리 그리스도교인들은 그 힘에 모든 것을 걸어야 합니다. 모든 것을 예수 그리스도께 맡겨야 합니다. 오직 예수 그리스도입니다. 다른 건 도움이 되지 않을 겁니다. 전부 주님께서 하실 일이고, 우리가 할 수 있는 일은 없습니다."

백발노인은 고개를 숙였다가 잠시 후 자리에서 일어났다.

"알겠네……. 하지만 예수 그리스도께서 뜻하신 바가 있어야만 우리도 부르심을 받을 걸세. 주님께서 예언자이자 왕이자 사제이시니, 우리도 예언자이자 왕이자 사제가 되어야 하겠지. 예언과 왕권에 관해서는 어떻게 생각하나?"

그 말을 듣자 퍼시는 전율을 느꼈다.

"예, 성하……. 예언에 관해 말하자면, 애덕(하느님과 이웃을 사랑하는 마음)을 설파해야 합니다. 왕권이라면, 십자가로 다스려야 합니다. 우리는 사랑하고 고통을 짊어져야 합니다."

퍼시가 숨을 들이마셨다.

"성하께서는 언제나 애덕을 설파하셨지요. 애덕으로 선행을 하게 하는 겁니다. 그것을 가장 중요하게 여겨야 합니다. 솔직하게 거래하고, 순수하게 가족생활에 임하며, 정직하게 정부를 대해야 합니다. 고통에 관해서는…… 아아, 성하!"

오래 품고 있던 계획이 다시 고개를 들고 계속해서 퍼시를 설득하고 압박했다.

"뭡니까? 기탄없이 말해 보세요."

"성하…… 오래된 이야기입니다. 로마만큼이나 역사가 깊죠. 어리석은 자라면 누구나 한 번쯤 꿈꿔 봤을 겁니다. 바로 새 수도회입니다, 성하. 새 수도회가 필요합니다."

퍼시가 말을 더듬었다.

교황이 서진을 떨어뜨렸다. 그는 몸을 앞으로 기울이며 퍼시를 뚫어져라 쳐다보았다.

"뭐라고 했소?"

퍼시는 의자에서 내려와 무릎을 꿇었다.

"새로운 수도회 말입니다, 성하. 복장도, 휘장도 없이 오로지 성하의 지배만 받는 수도회입니다. 예수회보다 자유롭고, 프란치스코회보다 가난하고, 카르투시오회보다 금욕해야 합니다. 남자와 여자를 가리지 않고 순교를 각오하며 3대 서원을 하고 통합 성전을 세우는 겁니다. 주교가 신자들의 생계를 책임지고 각 나라에 연락 사제를 둡니다. 성하, 이건 어리석은 자의 생각일 뿐이지만…… 수도회의 수호성인은 십자가에 못 박힌 그리스도이십니다."

교황이 벌떡 일어났다. 어찌나 갑작스러웠는지 추기경도 놀라고 겁이 나서 따라 일어났다. 이 젊은이가 선을 넘은 듯 보였다.

교황은 다시 자리에 앉아 손을 내밀었다.

"주님의 은총이 가득하기를. 이만 가 보시오……. 추기경께서는 잠시 나를 좀 보겠소?"

3장

I

그날 저녁 다시 만난 추기경은 별로 말이 없었다. 교황 앞에서 보인 태도를 칭찬할 뿐이었다. 지나치게 솔직했지만 틀린 선택은 아닌 모양이었다. 그러고는 퍼시가 앞으로 해야 할 일들을 알려 주었다.

퍼시는 몇 개의 방을 자유롭게 사용할 수 있었다. 규칙에 따라 추기경의 기도원에서 미사를 올리고 9시에 교육에 참석한다. 정오에 추기경과 식사를 하고 성모송* 전까지 자유 시간을 보낸다. 이후에는 저녁 시간 전까지 추기경이 시키는 일을 한다. 주로 잉글랜드에서 온 보고서를 모두 읽고 요약해 보고하는 것이었다.

이곳 생활은 쾌적하고 편안했다. 날이 갈수록 내 집 같다는 느낌이 깊어졌다. 혼자만의 시간도 충분해 푹 쉴 수 있었다. 8시부터 9시까지는 보통 산책을 했다. 조용히 거리를 돌아다니며 교회와 사람들을 구

---

* 성모 마리아에게 바치는 기도. 성직자들이 날마다 하느님께 바쳐야 하는 성무일도 절차 중 하나이다.

세상의 주인

경했다. 과거에나 볼 법한 삶은 낯설지만 자연스러운 맛이 있었다. 과거로 돌아간 꿈을 꾸는 기분이었다. 때로는 여기 외에 다른 세상이 존재한다는 걸 잊기도 했다. 고요하지만 긴장으로 가득한 현대 문명사회는 환상에 불과하고, 어린아이 영혼처럼 단순하고 자연스러운 이곳 세계만이 현실로 느껴졌다. 잉글랜드에서 온 보고서를 읽어도 그리 불안하지 않았다. 퍼시의 정신은 편안하고 고즈넉한 이곳에서 맑아져 갔다. 차분한 마음으로 보고서를 읽고, 분류하고, 분석하고, 평가했다.

새로운 소식이 많지는 않았다. 폭풍이 지나간 후에 찾아온 고요함 같았다. 아직 은거 중인 펠센버그는 프랑스와 이탈리아, 잉글랜드의 제안을 거절했다. 공식적인 입장 표명은 없었다. 물밑 접촉으로만 의견을 내는 것처럼 보였다. 한편 유럽 의회는 법안 개정을 위한 준비 단계에 돌입했다. 가을 회기까지 큰 변화가 있을 것 같지는 않았다.

로마의 생활은 아주 독특했다. 이 도시는 이제 믿음의 수도이자 세계의 축소판이었다. 도시를 크게 네 구역으로 나누어 구역마다 앵글로색슨인, 라틴인, 게르만인, 동방인을 거주하게 했다. 교황청과 연구소, 학교가 밀집한 트라스테베레 지구(로마 중심부 테베레강 서쪽 변에 위치)는 거주 지역에서 제외했다. 집들이 빼곡히 들어선 남서부의 앵글로색슨 구역은 아벤티노 언덕, 첼리오 언덕, 테스타치오산을 포함하는 지역에 자리하고 있었다. 북서쪽의 라틴 구역은 코르소 거리와 테베레강 사이의 구도심에 위치했고, 게르만 구역은 산로렌초 거리를 남쪽 경계로 하는 북동부를, 동방 구역은 라테라노궁을 중심으로 하는 남동쪽을 차지했다. 로마 토박이들이 살던 곳을 빼앗겼다는 느낌은 받지 않았다. 원래부터 있던 교회를 다니고, 여기저기 시장도 그대로 있으며, 좁고 어두운 골목에서 흥청망청 노는 것도 그대로였기 때문이다.

퍼시는 라틴 구역을 오갈 때마다 과거에 대한 향수를 느꼈다. 다른 구역은 다소 이질적이었다. 앵글로색슨 구역과 게르만 구역에서는 북유럽 출신 사제가 관할하는 고딕 성당이 자연스럽게 생겨났다. 회색 도로는 폭이 넓고, 인도는 깨끗하며, 주택은 소박했다. 북부 사람들이 아직 남부의 삶에 필요한 요소가 무엇인지 모르고 있다는 증거였다. 반면 동방 민족은 라틴족과 비슷했다. 그들의 거리는 좁고 어두우며 고약한 냄새가 났다. 성당은 낡고 지저분했지만 화려하게 장식되어 있었다.

성 밖의 혼돈은 말로 표현하기 어려울 정도였다. 로마가 세계를 축소시킨 조각상이라면, 교외 지역은 그것과 똑같은 모형을 수천 조각으로 부숴 자루에 넣고 흔들었다가 땅에 휙 뿌려 놓은 꼴이었다. 바티칸의 꼭대기에 서서 사방을 보면 평평한 지붕이 끝없이 펼쳐져 있고 사이사이 첨탑, 누대, 돔 천장, 굴뚝이 보였다. 그곳에는 지구상에 존재하는 모든 인종이 살았다. 거대한 공장, 신식 대형 건물, 역, 학교, 사무실이 있었다. 전부 세속적인 영역에 속한 것들이지만 하느님에 대한 믿음과 사랑을 간직한 600만 명의 영혼이 그곳을 채우고 있었다. 현대 생활에 환멸을 느낀 이들은 더 이상 변화에 발을 맞추고 노력할 힘이 없었다. 새로운 체제를 떠나 주님의 품으로 도망쳤지만 로마에서 살 권리를 얻지는 못했다. 그 바람에 신축 주택들이 로마 주변으로 사방팔방 뻗어 나가고 있었다. 로마를 중심으로 반경 8킬로미터 이내 지역은 건물이 빼곡히 들어서 있고, 그 너머로도 주택 단지가 끝도 없이 이어졌다.

퍼시가 이 풍경의 진정한 의미를 깨달은 때는 8월 말 교황의 영명 축일*이었다.

아직 시간이 일러 공기가 쌀쌀했다. 퍼시는 지도 신부와 바티칸의 대로를 지나 교황과 추기경단이 모여 있는 대기실로 향했다. 창문으로 광장을 내다보았다. 넓은 타원형 광장이 사람의 머리로 빽빽했다. 1시간 전보다 곱절은 많은 인파였다. 광장 사이의 넓은 도로는 마차 이동 경로를 확보하기 위해 교황청 군대가 지키고 서 있었다. 동쪽 도로에서 마차 행렬이 다가오고 있었다. 형형색색 장식한 거대한 크림색 마차들이 햇빛을 받아 금빛으로 반짝였다. 마차가 지나갈 때마다 사람들의 박수 소리가 크게 들리다가 잦아들었다. 돌길을 빠르게 지나는 바퀴 소리는 자갈 덮인 해변에서 파도가 내는 소리처럼 들렸다.

대기실은 주홍색, 흰색, 보라색 옷을 입은 추기경과 주교들이 앞뒤로 꽉 들어차 몸을 움직이기가 어려울 정도였다. 퍼시는 다시 밖을 내다보았다. 그의 눈앞에는 과거 세계를 지배하던 왕족들이 모여 있었다. 지금껏 말로만 듣던 광경을 직접 눈으로 확인한 것이었다.

대성전 계단 주위로 말 여덟 마리가 끄는 대형 마차 여러 대가 도열해 있었다. 프랑스와 스페인 마차는 흰색 말들이, 독일과 이탈리아, 러시아 마차는 검은색 말들이, 잉글랜드 마차는 크림색 말들이 끌었다. 마차들은 거의 반원을 그리고 서 있었다. 뒤편으로 그리스, 노르웨이,

---

* 가톨릭교도가 자신의 세례명으로 택한 수호성인의 축일.

스웨덴, 루마니아, 발칸 제국의 마차가 보였다. 퍼시는 터키 마차가 없다는 것을 알아챘다. 마차 지붕 위에서 독수리, 사자, 표범 등 왕가의 문장이 나부꼈다. 마차 발판부터 계단에 이르는 길에는 주홍색 카펫이 깔려 있고, 병사들이 그 옆으로 줄을 맞추어 섰다.

퍼시는 덧문에 기대어 생각했다. 남아 있는 왕족들이 모두 여기 모여 있구나. 로마 곳곳을 다니며 그들의 관저를 본 적이 있다. 앞에 문장이 나부끼고 주홍색 제복을 입은 남자들이 계단을 서성였다. 왕실 마차가 앞을 지날 때마다 열 번도 넘게 모자를 벗었다. 프랑스의 백합과 잉글랜드의 표범이 함께 핀초 언덕에서 엄숙하게 행진하는 모습도 보았다. 지난 5년 동안 많은 왕족이 교황의 승인을 받아 로마로 줄줄이 몰려들었다는 기사를 읽은 적이 있다. 어제저녁 추기경에게 듣기로는 잉글랜드의 윌리엄 왕 내외가 아침에 오스티아(로마 서남쪽에 있는 도시)에 도착해 군주 전원이 모이게 되었다고 한다.

퍼시는 전 세계의 모든 왕이 베드로의 성좌 아래 결집했다는 사실이 실감 나지 않았다. 그리고 민주주의 세계가 이들의 결집을 어떤 위협으로 여길지도 가늠하기 어려웠다. 그가 아는 한 세상은 몰락한 왕족들이 아직도 정신을 못 차리고 특별한 존재인 척한다며 비웃었다. 하지만 그들에 대한 경외감이 전부 사라진 것은 아니었다. 만약 그런 경외감이 분노로 바뀌기라도 한다면…….

대기실 사람들도 움직이기 시작했다. 퍼시는 정신을 차리고 천천히 행렬을 따라 걸었다. 30분 후 교황의 행렬은 어둑한 성체 조배 경당을 나와 거대한 성전의 신자석으로 향했다. 퍼시는 경당에 들어서기 전

100미터 앞에서부터 교황이 탄 가마를 알아보고 사람들이 환호하며 나팔 부는 소리를 들었다. 5분 후 4명이 한 조가 되어 걸으며 경당을 나와 눈앞의 풍경을 보자 심장이 두근거렸다. 석 달 전 여름, 런던에서 본 풍경이 떠올랐기 때문이다.

저 멀리 교황이 탄 가마가 낡은 뱃머리처럼 사람들의 머리 사이를 가르며 나아갔다. 가마에는 이 세상의 주인이 앉아 있었다. 그와 퍼시 사이에서는 사도좌 서기관, 수도회 총장의 행렬이 배가 지나간 흔적처럼 우아하게 출렁였다. 그들은 흰색, 금색, 주홍색, 은색 등의 거품을 일으키며 양쪽에 늘어선 인간 제방 사이를 가로질렀다. 저 앞에서 하느님의 제단이 항구처럼 그들을 기다렸다. 제단 앞에는 거대한 기둥이 괴물처럼 솟아 있고, 그 위에 화려한 지붕이 매달려 있었다. 지붕 아래에서 노란 별 7개가 항구의 등대처럼 신성한 빛을 뿜으며 불타고 있었다. 놀라운 광경이었다. 너무 장엄하고 혼란스러워 압도당할 수밖에 없었다. 지켜보는 이들로 하여금 자신이 얼마나 보잘것없는 존재인지를 느끼게 해 주었다. 무겁게 깔린 공기, 거인처럼 우뚝 선 조각상들, 멀리 희미하게 보이는 지붕들, 수만 군중의 수군거림과 발 구르는 소리가 말로 표현할 수 없는 분위기를 자아냈다. 성가를 연주하는 오르간 소리가 곤충의 울음소리처럼 귓가에 울렸다. 향초와 사람 냄새, 상한 월계수와 도금양나무 향이 뒤섞여 은은하게 코를 찔렀다.

세계의 희망이자 그리스도의 대리자가, 하느님과 인간 사이에 서기 위해 지나가는 동안 인간의 감정은 초자연적 열망으로 증폭되어 요동치고 있었다. 퍼시는 약을 먹은 듯 멍멍함과 또렷함을 동시에 느꼈다.

그 약은 눈을 멀게 하는 동시에 시야를 트이게 해 주었다. 귀를 먹게 하는 동시에 귀를 뚫어 주었다. 높이 띄우는 것 같다가도 의식의 심연으로 빠트렸다.

그때 그가 풀어야 할 중요한 문제가 떠올랐다. 2개의 전혀 다른 나라 중 무엇을 선택할 것인가. 두 나라는 아우구스티누스가 《신국론》에서 말한 지상의 나라와 신의 나라다. 한쪽 세계는 스스로 발생해 체계를 세우고 자급자족했다. 마르크스, 에르베 같은 사회학자, 유물론자, 쾌락주의자가 득세했고, 결국에는 펠센버그에 의해 통합되었다. 또 다른 세계는 지금 그의 앞에 있었다. 조물주와 창조물에 관해, 하느님의 목적에 관해, 구원에 관해 이야기하는 세계였다. 초월적이고 영원한 이 세계에서 모든 사람이 태어났고, 모두 그곳을 향해 움직이고 있다. 교황은 하느님의 대리인이고, 줄리언은 하느님의 흉내쟁이였다. 무엇을 선택해야 할지가 분명해졌다. 생각이 여기에 미치자 퍼시의 가슴이 다시 쿵쾅거리기 시작했다.

그러나 아직 절정에 도달하지 못했다.

퍼시는 돔 천장 아래의 신자석을 나와 교황의 성좌 뒤편의 추기경석으로 향했다. 그곳에서는 대성전 내부가 다르게 보였다.

제단과 고해소 주변부터 대성전 측면 통로 입구까지 넓은 공간이 비어 있었다. 중앙 통로 좌우에는 신자석을 따라 난간이 설치되어 있고, 그 너머에 사람들이 미동도 없이 앉아 있었다. 측면 통로 위쪽에는 천개들이 빽빽하게 걸려 있었다. 추기경의 천개처럼 주홍색이지만 표면에 짐승과 왕관 그림이 그려진 문장이 있었다. 각각의 천개 아래에는

1~2명이 거리를 두고 앉아 있었다. 의자 사이로 좌석에 앉은 사람들의 얼굴이 희미하게 보였다.

그 모습을 보자 박동이 빨라졌다. 오른쪽 날개부 풍경 역시 왼쪽을 거울로 비춘 듯 똑같았다. 그곳은 바로 그들의 자리였다. 50년 전까지만 해도 주님의 은총을 입어 백성들을 다스렸지만 쓸쓸한 생존자로 전락한 무리들. 이제는 그들에게 왕권을 허락한 그분 외에는 아무도 그들을 인정하지 않았다. 허물어진 건물 사이로 위태롭게 서 있는 첨탑들 같았다. 그들은 마침내 권력이 위에서 온다는 사실을 배웠다. 통치자로서의 지위는 국민이 아니라 천상의 통치자에게서 나온다는 사실을 깨달았다. 그들은 양 떼를 잃은 양치기이고, 병사가 없는 장군이었다. 애처로웠다. 끔찍이도 애처로웠지만 교훈적이기도 했다. 믿음에서 비롯한 행위가 이처럼 숭고할 수 있다는 것을 느끼게 해 주었기 때문이다.

그 사실을 깨닫자 퍼시의 심장이 빨리 뛰기 시작했다. 여기 있는 이들도 하느님에게 호소하는 인간의 모습을 부끄럽게 여기지 않을 것이다. 세상은 장난감이라며 손가락질하는 십자가의 힘을 믿을 것이다. 먼 옛날에도 같은 일이 있지 않았는가. 지체 높은 사람들의 비웃음과 아이들의 환호 사이에서 어린 나귀를 타고 나타난 이의 모습이 떠올랐다.*

---

* 나자렛을 떠난 예수 그리스도가 어린 나귀를 타고 예루살렘으로 입성하는 장면을 가리킨다. 마태오 복음서 제21장 참조.

· · ·

미사가 계속되는 동안 분위기가 점점 고조되었다. 남성 군주들이 의식에 참여하기 위해 제단으로 내려와 성좌 사이로 이동했다. 그들은 모자를 쓰지 않고 말없이 서 있었다. 일명 '신앙의 옹호자'인 잉글랜드 국왕이 늙은 스페인 국왕을 대신해 교황의 옷자락을 받들었다. 스페인 국왕은 오스트리아 황제와 더불어 모든 유럽 군주 중 한 번도 믿음을 저버리지 않고 지킨 사람이었다. 그 노인은 의자에 기대앉아 중얼거리며 흐느껴 울었다. 간혹 자신의 구원을 본 시므온처럼 사랑과 신심으로 울부짖기도 했다. 오스트리아 황제는 세수식을 두 번 거행했다. 4년 전 가톨릭교로 개종한 결과 왕좌를 비롯해 모든 것을 잃고 간신히 목숨만 부지한 독일 국왕은 교황이 모두의 주인 앞에 무릎을 꿇을 때 무릎 밑에 쿠션을 받쳤다가 거두어들이는 일을 맡았다.

그들의 움직임이 이어질 때마다 아름다운 드라마가 펼쳐졌다. 하얀 손이 자그마한 흰색 원반을 들어 올리자 수군거리던 사람들이 입을 다물고 소리 없는 기도를 시작했다. 희미한 선율이 천장까지 청아하게 울려 퍼졌다. 수천 명의 유일한 희망이 한 사람에게로 쏠렸다. 한없는 권능을 지니고 말구유에서 태어난 이가 보여 준 기적을 바랐다. 그들을 위해 싸워 주는 것은 결국 하느님뿐이었다. 하지만 수많은 사람의 피와 눈물에도 불구하고 세상의 심판자이자 관찰자이신 그분은 여전히 침묵을 지켰다. 그러나 이제는 응답을 받아야만 한다. 골고타에서 죽어 가던 외아들의 처절한 외침에 하늘이 어두워지고 땅이 갈라진 것처럼, 조롱과 혐오의 바다에 외로이 떠 있는 여기 믿음의 섬에서 애원하는 사람들의 절규에 응답을 보내시리라. 이를 어찌 외면할 수가 있겠는가.

◆　◆　◆

긴 예식에 지친 퍼시가 숙소로 돌아와 막 의자에 앉았을 때였다. 문이 벌컥 열리더니 예복도 갈아입지 않은 추기경이 황급히 들어왔다.

"프랭클린 신부."

그는 이상하게도 숨을 제대로 쉬지 못했다.

"최악의 소식이오. 펠센버그가 유럽 대통령이 되었소."

II

퍼시는 밤늦게야 격무에 지쳐 녹초가 된 몸을 끌고 방으로 돌아왔다. 몇 시간 동안이나 추기경과 함께 일을 처리했다. 유럽 전역에서 전신기로 쏟아져 들어오는 급보를 하나씩 집무실로 갖다 날랐다. 추기경은 오후에 세 번이나 부름을 받았다. 한 번은 교황, 두 번은 퀴리날레궁이었다.

소식이 사실이라는 데는 의심의 여지가 없었다. 펠센버그는 애초부터 그 자리를 바란 것 같았다. 다른 제안은 모두 거절했기 때문이다. 펠센버그를 붙잡고 싶던 각국 정상들은 초조한 마음으로 한자리에 모여 회의를 했다. 그들은 개별적인 요청을 거두고 통합 제안을 하기로 결정했다. 새로운 제안에 따라 펠센버그는 지금까지 역사에 없던 자리에 오르게 되었다. 유럽의 각국 수도에 그가 직접 관할하는 행정부를 설치하기로 했다. 어떤 법안이든 거부권을 행사할 수 있고, 이 거부권은 3년간 효력을 지닌다. 한편 그가 3년 연속 발의하는 법안은 조건 없이 법으로 제정된다. 그의 명칭은 '유럽 대통령'이다. 사실 펠센버그 측에서 요구한 것은 아무것도 없었다. 각국 정상들의 만장일치 결정이 아니라면 어떠한 공직도 받을 수 없다고만 했을 뿐이다. 퍼시는 이로써 유럽 연합의 위험이 열 배로 늘었다고 생각했다. 막강한 사회주의의 체제가 뛰어난 개인의 손에 들어간 셈이었다. 정부를 움직이는 가장 강력한 두 가지 요소가 하나로 합쳐진 것이다. 펠센버그는 8시간의 침묵 끝에 마침내 제안을 수락했다.

세계의 다른 두 영역에서 소식을 어떻게 받아들였는지도 주목할 만했다. 동방은 열광하고, 아메리카는 분열되었다. 하지만 아메리카는 이제 중요하지 않았다. 국제 무대에서 아메리카의 영향력이 급격히 약화되고 있었기 때문이다.

퍼시는 침대에 드러누웠다. 눈을 감으니 절망감으로 가슴이 답답해졌다. 이제 정말 세계는 거인처럼 로마의 수평선 위로 솟아올랐다. 로마는 밀물을 기다리는 모래성에 지나지 않았다. 하지만 파멸이 어떤 방식, 어떤 형태, 어느 방향으로 오는지는 알 수 없었다. 안다고 해서 막을 수 있는 것도 아니었다. 그저 그날이 다가오고 있다는 것만 확실했다.

퍼시는 늘 그러던 것처럼 내면으로 시선을 돌려 냉정하게 관찰했다. 죽을병에 걸린 의사가 두려움에 떨리는 마음으로 자신의 증상을 진단하려는 것과도 같았다. 괴물 같은 세계에서 벗어나 작고 무력한 인간의 내면을 들여다보고 있으면 편안한 마음이 들었다. 자신의 종교가 처한 운명이 더는 두렵지 않았다. 사람이 자기 눈 색깔을 의심 없이 아는 것처럼 확고해진 그의 믿음은 흔들리지 않았다. 로마에 머무는 몇 주 동안 그의 정신에는 침전물이 걷히고 다시 맑은 물이 흐르기 시작했다(사람들이 훌륭하게 만들어진 연극 무대를 올려다보는 것처럼). 그가 평생 배우고 추구하던 교리와 의식, 전통, 도덕이 조금씩 형체를 드러내더니 이제는 분명한 모습으로 다가왔다. 마치 작은 불꽃이 거대한 불길로 번지듯, 어느새 스스로를 설명하며 신성한 불길로 타오르고 있었다. 한때는 당황스럽고 혐오감마저 들던 거대한 원칙이 다시 자명해졌다. 인본주의 종교는 고난을 없애려 노력하지만 하느님의 종교는 고난을 감싸 안았다. 짐승의 보이지 않는 고통도 아버지의 뜻과 계획 안에 있었다.

복잡하게 얽힌 삶의 거미줄을 어느 하나의 관점에서만 바라보면 한 가지 요소밖에 보이지 않는다. 그것이 물질적인 것일 수도, 지적인 것일 수도, 예술적인 것일 수도 있다. 하지만 다른 관점에서 보면 삶의 초자연성이 명백히 보인다. 인본주의가 종교라면 인간 본성의 반이 없어야만 비로소 진실이 된다. 열망과 슬픔을 무시하기 때문이다. 하지만 그리스도교는 열망과 슬픔을 경험적 언어로 설명하지 못할지언정 받아들이고 이야기한다. 이렇게 전부 하나가 되어 완벽해진다.

퍼시에게 가톨릭교 신앙은 진리로 살아 숨 쉬고 있었다. 그 자신이 존재한다는 사실보다 더 확실했다. 그는 곧 파멸을 맞을지 모르지만 하느님은 건재했다. 그는 미쳐 버릴지도 모르지만 예수 그리스도는 창조주의 화신으로 죽음과 부활, 대리자 요한으로 자신을 증명했다. 이것들은 우주의 뼈대이자 의심할 수 없는 사실이었다. 이게 사실이 아니라면 모든 것은 꿈에 불과했다.

당연히 어려운 문제다. 퍼시가 아직 이해하지 못하는 문제가 수만 가지는 있었다. 하느님이 왜 세상을 이렇게 만드셨는지도 모르고, 어째서 사랑의 주님이 지옥을 만들었는지도 몰랐다. 어째서 빵이 하느님의 몸으로 변화되는지에 관해서도 명확하게 답할 수 없었다. 하지만 그것이 현실이었다. 과거에는 신성한 진리를 지적인 영역에서 증명할 수 있다고 믿었다. 하지만 지금은 그렇게 생각하지 않는다. 이제는 초자연성은 초자연성으로만 증명할 수 있다는 사실을 안다(그 이유는 모르지만 말이다). 외면의 그리스도가 내면의 그리스도를 부른다. 순수한 인간의 이성은 믿음의 신비를 반박할 수 없지만 제대로 증명하지도 못한다. 신의 계시를 사실로 받아들이는 사람들에게만 보인다. 성령의 음성이 분명하게 가르쳐 주듯이 그것은 지적인 문제가 아니라 도덕적인 문제다.

그가 평생 배우고 가르친 것을 이제야 확실히 알게 되었다. 믿음은 인간과 같이 육체와 정신을 지니고 있으며, 시대에 따라 다른 모습으로 나타나고 내적인 다양성을 지니고 있다. 그래서 시대마다, 사람마다 믿음을 다르게 경험한다. 어떤 사람은 자신이 보았기 때문에 믿고 강생과 교회를 받아들인다. 또 어떤 사람은 처음부터 초자연적 사실들을 진리로 받아들이고 그것을 선포하는 유일한 세력인 교회의 말과 권위에 무릎을 꿇는다. 그들은 역사 속에서 진리의 실체를 확인하고, 세상의 어둠 속에서 진리의 어깨에 기대어 위안을 얻는다. 무엇보다 바람직한 경우는 믿기 때문에 보이는 것이다.

　퍼시는 내면의 다른 영역들도 들여다보았다.

　먼저, 지성은 설명할 수 없는 질문에 관한 답을 요구하고 있었다. 왜, 왜, 왜? 어째서 이 모든 것을 가만히 보고만 계시는가? 하느님은 어찌하여 개입하지 않으시는가? 어째서 인류의 아버지는 그가 사랑하는 피조물들이 자신에게 반기를 드는데도 내버려 두고 계시는가? 하느님의 침묵은 영원히 깨지지 않을 것인가? 믿음이 있는 자들은 그렇다 치더라도 신성을 모독하는 수백만 명은 어떻게 하실 셈인가? 그들도 하느님의 자녀이고 그가 기르는 양 떼가 아닌가? 세계에 믿음을 전파할 수 없다면 가톨릭교회는 왜 존재하는가? 전능하신 하느님께서 왜 가톨릭교회에 힘을 주지 않으신단 말인가? 한쪽은 줄어들 대로 줄어들고 있고, 다른 한쪽은 하느님이 없는 곳에서 평화를 찾고 있는데?

　감정에 대해서도 생각해 봤다. 감정은 위안도, 자극도 주지 않았다. 하지만 아직 냉정한 의지력 덕분에 기도를 할 수는 있었다. 그가 배운 신학에 따르면 하느님은 기도를 받아 주신다. 하느님께서 원하신다면 '아버지의 나라가 오시며, 아버지의 뜻이 하늘에서와 같이 땅에서도 이루어지소서……'라는 주님의 기도를 하루에 오천 번도 할 수 있었다. 하지만 어떤 느낌, 손길도 없었다. 아무리 애를 써도 주님의 음성이 들리지 않았다. 그렇다면 하느님께서는 무엇을 원하시는 걸까? 그저 기도문을 반복적으로 외우고 가만히 앉아 보고서를 열고 전화를 받고 고통을 감내하기를 원하시는 걸까?

나머지 세계는…… 모든 국가가 광기에 휩싸여 있었다. 오늘도 놀라운 소식이 들려왔다. 파리 콩코르드 광장에서 몇몇 사람이 술 취한 사람처럼 옷을 다 벗고 삶이 너무 사랑스러워 견딜 수 없다고 외치면서 자기 손으로 심장을 칼로 찔러 자살하는 일이 벌어졌다. 그곳에 있던 사람들은 그들에게 우레와 같은 박수갈채를 보냈다. 어젯밤 스페인 세비야에 있는 공연장에서는 한 여인이 미친 듯이 노래를 부르며 웃다가 거품을 물고 쓰러졌다. 아침에는 피레네산맥에서 가톨릭교 신자들이 십자가에 못 박혀 죽었고, 독일에서는 주교 3명이 배교를 했다. 그리고…… 소름 끼치는 사건이 수천 가지 벌어지고 있는데도 하느님께서는 아무 말도, 아무 표시도 하지 않았다.

누군가 문을 두드렸다. 추기경이 들어오는 것을 보고 퍼시는 얼른 일어났다.

그는 몹시 지쳐 보였다. 푹 꺼진 눈을 보니 열이 나는 모양이었다. 추기경은 퍼시에게 앉으라고 손짓을 하고는 몸을 가볍게 떨며 의자에 앉았다. 그는 붉은 단추가 달린 수단 아래로 가지런히 발을 모았다. 버클 달린 구두가 눈에 띄었다.

"실례합니다. 주교한테 별일이 생긴 건 아닌지 걱정이 되네요. 지금쯤 도착했어야 하는데 말입니다."

서더크의 주교 얘기였다. 퍼시가 기억하기로 그는 아침 일찍 런던을 떠났다.

"곧바로 온다고 했습니까, 추기경님?"

"맞아요. 23시면 도착했어야 합니다. 지금 자정이 넘었나요?"

그 말을 하는 순간 30분을 알리는 종이 울렸다.

온종일 소리로 가득했지만 지금은 정적이 흘렀다. 사람들은 교외 지역으로 빠져나가고, 성문은 빗장을 걸어 잠갔다.

몇 분 동안 말이 없던 추기경이 기운을 차리고 입을 열었다.

"피곤해 보입니다."

그가 친절하게 말을 건넸다.

퍼시는 미소를 지었다.

"추기경님은요?"

퍼시의 말에 노인도 미소를 지었다.

"말이라고요. 나는 오래 못 버틸 겁니다. 이제 신부님이 고생할 차례이지요."

퍼시는 가슴이 철렁 내려앉았다.

"교황 성하께서 이미 준비해 두셨어요. 프랭클린 신부님이 내 자리를 물려받게 될 겁니다. 정해진 일이니 비밀로 할 필요는 없겠지요."

퍼시는 떨리는 숨을 길게 들이마셨다.

"추기경님."

퍼시의 목소리가 애처로웠다.

노인이 가느다란 손을 들어 올렸다.

"다 이해합니다. 차라리 죽기를 바라고 있지 않습니까? 그래서 평온을 찾고 싶을 테지요. 많은 사람이 그러기를 소망하고 있어요. 하지만 그 전에 우리는 고난을 겪어야 합니다. '삶과 죽음을 기억하라'라는 말도 있지 않습니까. 프랭클린 신부님, 흔들리지 마세요."

그가 나직하게 말했다.

긴 침묵이 흘렀다.

너무 놀라운 소식이라 아무 느낌도 없었다. 상상도 못 해 본 일이었다. 마흔도 안 된 그가 지혜롭고 참을성 강한 추기경의 뒤를 이을 재목으로 꼽히다니. 영예이기는 하지만…… 사실 지금 상황에서 큰 의미는 없었다. 그의 앞에는 길고 험난한 길이 놓여 있었다. 그 길은 견딜 수 없이 무거운 짐을 어깨에 두르고 걸어야 할 가파른 오르막길이었다.

하지만 피할 수는 없었다. 이미 정해진 일에 이의를 제기할 수도 없고, 마땅히 거부할 이유도 없었다. 발밑에 깊은 구렁이 하나 더 뚫린 것이나 다름없었다. 퍼시는 아무 말도 못 하고 공포에 질려 멍하니 허공을 바라볼 뿐이었다.

침묵을 깨뜨린 것은 추기경이었다.

"신부님, 내가 오늘 펠센버그 사진을 봤습니다. 보자마자 누구를 떠올렸는지 아십니까?"

퍼시가 힘없이 웃었다.

"맞아요. 프랭클린 신부님이라고 생각했어요. 그것에 관해 어떻게 생각하십니까?"

"무슨 말씀이신지 잘 모르겠습니다, 추기경님."

"그러니까……."

추기경은 말을 멈추더니 갑자기 화제를 돌렸다.

"오늘 성에서 살인 사건이 터졌습니다. 가톨릭 신자가 주님을 모독하는 자를 칼로 찔렀어요."

퍼시가 그를 쳐다보았다.

"아! 맞아, 범인은 달아나지 않았어요. 지금은 교도소에 있습니다."

"그러면……."

"처형될 겁니다. 내일 재판이 열릴 테고…… 슬픈 일이지요. 살인 사건은 8개월 만에 처음입니다."

퍼시는 참으로 모순적인 상황이라고 생각하며 바깥의 깊은 침묵에 귀를 기울였다. 밤하늘을 별들이 수놓고 있었다. 여기 이 가여운 도시는 아무 문제가 없는 척하며 사법권을 행사했다. 바깥세상은 이를 조롱하며 모든 것을 끝장낼 힘을 모으고 있었다. 퍼시의 의욕은 죽은 것처럼 보였다. 그냥 어쩌다 일어난 작은 사건일 뿐이라고 생각해 봤지만 힘이 나지 않았다. 그것은 절망에서 비롯한 광기도, 술김에 저지른 무모한 행위도 아니었다. 엔진 기통 안에서 서성대는 파리를 보는 느낌이었다. 커다란 쇳날이 작은 생명을 무자비하게 죽음으로 몰아넣고 있었다. 한순간이면 다 끝날 것이다. 하지만 그것을 보고도 막을 수 없었다. 여기 놓인 초자연성은 완벽하게 살아 있지만 너무나도 작았다. 거대한 힘이 꿈틀거리고 세계가 들썩이지만 퍼시는 그저 지켜보면서 얼굴을 찌푸리는 수밖에 없었다. 그의 믿음은 분명했다. 그는 파리가 엔진보다 더 위대하다고 믿는다. 생명을 지닌 피조물이기 때문이다.

엔진이 한 마리의 파리를 찢어 놓는다. 그렇다고 생명 자체가 끝나는 것은 아니다. 퍼시는 여기까지 확신했다. 하지만 왜 그래야만 하는지는 알지 못했다.

두 사람이 가만히 앉아 있는데 복도에서 누군가 문을 두드렸다.

직원이 문틈으로 고개를 내밀며 말했다.

"교황 성하께서 오고 계십니다, 추기경님."

추기경이 테이블을 짚으며 힘겹게 일어났다. 그러다 무언가 기억났는지 멈춰 서서 주머니를 뒤졌다.

"이걸 한번 보시오."

그가 자그마한 둥근 은색 물건을 퍼시에게 내밀었다.

"지금은 말고. 내가 나가면 봐요."

퍼시는 문을 닫고 자리로 돌아와 그 물건을 살펴봤다.

갓 주조된 동전이었다. 익숙한 꽃무늬로 가장자리를 장식한 한쪽 면의 중앙에 '5펜스'라 적혀 있고, 아래에는 같은 말이 에스페란토로 적혀 있었다. 동전을 뒤집으니 뒷면에는 한 남자의 옆모습이 있었다. 퍼시는 그림과 함께 적힌 문구를 읽었다.

"유럽 대통령 줄리언 펠센버그."

Ⅲ

다음 날 아침 10시, 추기경들이 교황의 연설을 듣기 위해 대성전으로 모여들었다.

퍼시는 로마 교황청 고위 관리들 사이에 앉아 추기경들이 들어오는 모습을 지켜보았다. 국적도, 성향도, 나이도 모두 달랐다. 이탈리아인들은 현란한 손짓과 함께 치아를 드러내며 대화를 나누었다. 앵글로색슨인들은 표정이 없어 진지해 보였다. 나이 든 프랑스 추기경은 지팡이를 짚고 잉글랜드 베네딕토회 수사와 함께 걸었다. 교황청이 거의 그렇듯이 이곳 역시 넓고 장엄하며, 경당처럼 길게 좌석을 놓았다. 중앙을 가로지르는 통로 아래쪽 끝에 교황청 관리들의 자리가 있었다. 반대편 끝에는 교황 성좌가 놓인 연단이 있었다. 교황청 관리들의 뒤에 보이는 3~4개의 책상과 긴 의자는 전날 도착한 이들의 몫이었다. 놀라운 소식에 전 유럽에서 사제와 평신도들이 로마로 쏟아져 들어왔다.

퍼시는 무슨 말이 나올지 짐작할 수 없었다. 평범한 발언이 아니라는 것은 분명했다. 하지만 상황이 이렇게 불확실한데 무슨 말을 할 수 있겠는가. 작은 은화가 보여 준 것처럼 펠센버그는 유럽 대통령이 되었다. 이미 곳곳에서 가톨릭 신자들에 대한 공격이 시작되고 지역 당국이 이를 가까스로 제지하고 있었다. 펠센버그는 오늘부터 유럽 각국 수도에 대한 순방을 시작하고 주말쯤에 이탈리아 수도 토리노를 방문할 예정이었다. 오늘 아침까지 알려진 사실은 그뿐이었다. 전 세계 가톨릭 사회에서 교황청을 향해 제발 지침을 달라고 호소했다. 배교가 해일처럼 밀려드는 중이고 사방에서 박해의 위협에 시달리고 있다고 했다. 심지어 주교들도 굴복하고 있었다.

교황의 생각은 전혀 알 수 없었다. 그나마 아는 사람들은 입을 다물었다. 교황이 베드로의 무덤에서 밤새 기도를 했다는 소문만 나돌았다.

사람들이 중얼거리던 소리가 작아지다가 곧 조용해졌다. 천개 옆에 있는 문이 열리자 사람들의 고개가 일제히 그쪽으로 돌아갔다. 잠시 후 아버지의 아버지 요한 24세가 성좌에 올랐다.

◆ ◆ ◆

처음에는 아무것도 이해하지 못했다. 마치 그림을 감상하듯 쳐다만 보고 있었다. 커튼을 친 창문으로 들어오는 먼지 낀 햇살 속에 주홍색 옷을 입은 추기경들이 좌우로 나란히 앉아 있었다. 그 위로 떠 있는 거대한 천개도 주홍색이었다. 그 끝으로 새하얀 옷을 입은 사람이 눈에 들어왔다.

이곳 사람들은 분명히 권력을 시각적으로 드러내는 법을 잘 알고 있었다. 정교하게 장식된 성체 현시대*에서 성체가 가장 눈에 띄는 것처럼 흰색 옷을 입은 존재가 유독 돋보였다. 높은 천장, 예복의 색상, 사슬과 십자가까지 이곳의 모든 장식이 아름다웠다. 그 화려함의 정점은 새하얀 옷을 입은 그 사람의 몫이었다. 하늘의 위대한 비밀을 말하기에는 자신의 존재가 너무 무력하고 비천하다는 것을 시각적으로 고백하는 것 같았다. 주홍색과 보라색과 금색은 성좌 아래에 서 있는 이

---

* 　성광을 올려놓는 받침대. 성광은 가운데 둥근 부분에 성체를 안치하는 제구로, 성체의 존엄을 표현하기 위해 아름답게 장식하며 꼭대기에 작은 십자가가 달려 있다.

들만으로도 충분했다. 그들에게는 화려한 색이 필요했다. 하지만 성좌에 앉아 있는 그분에게 색 따위는 필요하지 않았다. 하느님의 대리인 앞에서는 색도 소리도 힘을 잃었다. 그럼에도 위엄 있게 고개를 세운 아름다운 타원형 얼굴은 스스로 빛을 내고 있었다. 눈은 초롱초롱 빛나고 매끈한 입술에서 새어 나오는 목소리에서는 무게가 느껴졌다.

대성전 안에서는 아무 소리도 들리지 않았다. 옷이 스치는 소리도, 숨을 쉬는 소리도 없었다. 유죄 판결을 앞둔 초자연성이 최후 변론만큼은 방해받지 않고 할 수 있도록 세계가 아량을 베푼 것 같았다.

· · ·

퍼시는 생각을 멈추고 두 손을 모은 채 교황의 말에 귀를 기울였다.

"……이렇게 되었으니 예수 그리스도의 이름으로 우리가 대답할 때가 왔습니다. 이방인 박사가 우리에게 가르쳤듯이 우리는 혈과 육을 상대로 싸우는 것이 아닙니다. 통치자들과 권세들, 이 어둠의 세계를 주관하는 자들, 하늘에 있는 악령들을 상대하는 것입니다. 그러므로 하느님의 갑옷을 입고 진리의 허리띠를 매고 정의의 흉갑을 입읍시다. 평화의 신발을 신고 믿음의 방패를 듭시다. 구원의 투구를 쓰고 성령의 검을 들어야 합니다. 그러므로 하느님의 말씀은 우리에게 전쟁을 명령하십니다. 그러나 이 세상의 무기를 사용해서는 안 됩니다. 이 세계에 존재하는 하느님의 나라를 위한 전쟁도 아닙니다. 오늘 여러분을 이 자리에 모신 건 이 전쟁의 원칙을 알리기 위해서입니다."

말을 멈추자 청중 사이에서 작은 한숨 소리가 들렸다. 교황은 목소리를 조금 더 높였다.

"그것은 전임자들의 지혜이자 의무였습니다. 특정한 시기에는 침묵을 지키고, 어떤 때에는 주님의 모든 권고를 자유롭게 말하기도 했습니다. 이 의무에 따라 우리는 약점과 무지에도 불구하고 단념해서는 안 된다는 것을 말씀드립니다. 우리를 이 자리에 앉힌 주님께서 우리의 입을 통해 말씀하시고 우리의 말을 통해 당신의 영광을 드러내심을 믿어야 합니다. 우선, 최근 세계의 통치자가 펼치고 있는 새로운 운동에 대해 말씀드리겠습니다."

청중은 교황의 목소리에 바짝 귀를 기울였다.

"우리는 세계 평화와 화합에 무관심하지 않습니다. 하지만 지금의 결실이 우리가 그토록 우려하던 방향으로 흐르고 있다는 사실 또한 알고 있습니다. 이렇게 나타난 평화는 많은 이를 기만했습니다. 평화의 왕자가 한 약속을 의심하게 했습니다. 우리가 아버지께 다가가려면 오직 평화의 왕자를 통해야 합니다. 진정한 평화는 인간과 인간 사이의 관계는 물론 인간과 창조주 사이의 관계도 생각해야 하는 것입니다. 세계는 이토록 중요한 사안에 대해서 아무 노력도 기울이지 않고 있습니다. 하느님을 부정하고 있으니 이는 이상한 일이 아닐 겁니다. 인류는 선동가들의 유혹으로 갈 길을 잃고 국가 간 통합이 가장 위대한 업적이라고 생각하며 구세주의 말씀을 잊었습니다. 그분께서는 세상에 평화가 아니라 칼을 주러 오셨다고 했습니다. 그렇듯이 우리는 수많은 고난을 겪으며 주님의 왕국으로 들어가게 됩니다. 인간과 주님 사이에서 평화를 찾으면 인간과 인간의 통합은 자연히 따라올 것입니다. 예수 그리스도께서는 말씀하셨습니다. '너희는 먼저 하느님의 나라와 그분의 의로움을 찾아라. 그러면 이 모든 것도 곁들여 받게 될 것이다.'* 첫째, 주님의 가르침과 반대되는 내용을 가르치고 조장하는 이들을 비난하고 저주하겠습니다. 주님에게서 나온 것이 아닌, 다른 것을 바탕으로 한 사회, 조직, 공동체에 대해서 침묵하지 않겠습니다. 우리의 전임자들이 한 것처럼 강력하게 비난하고 바로잡을 것입니다. 전 세계 주님의 자녀들에게 이야기합니다. 그러한 조직에 속한 이들을 받아들이거나 돕거나 찬성해서는 안 됩니다."

퍼시는 자세를 바로잡았다. 조금 초조해지고 있었다. 연설은 훌륭했다. 강물처럼 고요하고 잔잔했다. 하지만 연설 주제는 사소하고 평범했다. 프리메이슨에 대한 반대를 다른 말로 반복할 뿐이었다.

교황은 흔들림 없는 목소리로 연설을 이어 나갔다.

"둘째, 미래에 대한 계획을 알리려 합니다. 지금 우리는 위험한 땅 위를 걷고 있습니다."

다시 부스럭거리는 소리가 났다. 한 추기경이 더 귀담아듣기 위해 몸을 앞으로 기울이고 귓가에 손을 댔다. 중요한 말이 나오려는 듯했다.

"많은 사항이 있습니다."

교황이 목소리를 높였다.

"지금 모든 것을 이야기하지는 않겠습니다. 성격상 비밀을 유지하

---

* 마태오 복음서 제6장 33절.

고 적당한 때에 다뤄야 할 문제들이기 때문입니다. 하지만 여기서 하는 말은 세계에 전하는 말입니다. 적의 공격이 공개적이고 또 은밀히 진행되고 있으니 우리도 같은 식으로 방어해야 합니다. 우리의 생각은 다음과 같습니다."

교황은 무의식적으로 한 손을 가슴에 올려 십자가를 움켜쥐더니 말을 이었다.

"그리스도의 군대는 하나지만 사단은 여럿이고 사단마다 적절한 기능과 목표가 있습니다. 과거에 주님은 종으로 하여금 이 일, 저 일을 하게 하셨습니다. 성 프란치스코에게는 가난을, 성 베르나르도에게는 기도와 노동을 설파하게 하셨습니다. 예수회는 청년의 교육과 이교도에 대한 선교를 맡았습니다. 전 세계에 잘 알려진 다른 수도회들도 마찬가지였습니다. 각 수도회는 필요할 때 창설되고 신성한 사명으로 목표한 바를 위해 매진했습니다. 계획대로 목적을 추구하고 아무리 선한 행동이어도 주님께서 맡기신 일에 방해가 될 행동은 하지 않았다는 점에서 특별한 찬양을 받았습니다. 이 문제에서는 우리의 구세주께서 하신 말씀을 따릅니다. '열매를 맺는 가지는 모두 깨끗이 손질하시어 더 많은 열매를 맺게 하신다.'* 우리는 이런 수도회들을 칭찬하고 축복합니다. 하지만 각자의 규칙으로는 현재 필요한 대업을 완수하는 데 한계가 있습니다. 우리의 상대는 무지한 자들이 아닙니다. 아직 진리를 깨닫지 못한 이교도나 아버지의 말씀을 거부한 이들은

---

* 요한 복음서 제15장 2절.

세상의 주인

우리의 전쟁 상대가 아닙니다. 과거에 우리가 대적하던 세상의 부정직한 부자들, 거짓된 지식을 퍼트리는 자들, 불신의 근거지에 속한 자들도 이제는 우리의 상대가 아닙니다. 위대한 사도가 말한 때가 마침내 오는 듯합니다. '먼저 배교하는 사태가 벌어지고 무법자가 나타나야 합니다. 멸망하게 되어 있는 그자는 신이라고 일컬어지는 모든 것과 예배의 대상이 되는 것들에 맞서 자신을 그보다 더 높이 들어 올립니다.'* 우리가 싸워야 할 상대는 하수인이나 졸개들이 아닙니다. 그보다는 예언이 말한 것처럼 무한한 힘을 지니고 나타나 파멸을 준비하는 자가 바로 우리의 상대입니다."

교황이 다시 말을 멈추었다. 퍼시는 떨리는 손을 진정시키려 앞의 난간을 붙잡았다. 자그마한 소리도 들리지 않았다. 침묵이 흔들리고 꿈틀거릴 뿐이었다. 교황은 길게 숨을 들이마시고 좌우를 천천히 둘러본 후 더 조심스럽게 말했다.

"그리스도의 대리인으로서 이제 하느님의 자녀들을 새로운 전쟁을 위해 불러 모으려고 합니다. 우리의 목표는 최고의 봉사를 위해 자신을 바치는 모든 이를 그리스도십자가회에 입회시키는 것입니다. 이것은 전례 없는 완전히 새로운 조치임을 말씀드립니다. 과거에 세운 대책들은 모두 폐기할 것입니다. 이 문제는 오직 우리에게 믿음을 불어 넣어 주신 주님과 의논하려 합니다. 이 수도회에 입회하는 모든 이가 순종적으로 봉사해야 합니다. 수도회는 인간의 뜻이 아니라 주님의

---

* 테살로니카 신자들에게 보낸 둘째 서간 제2장 3~4절.

뜻에 따라 만들어지는 것이기 때문입니다. 우리는 관용을 부정하는 이들에게 애원하는 것이 아니라 우리에게 관용을 요구하시는 그분께 호소할 것입니다. 다시 한번 정식으로 우리의 몸과 영혼을 하늘의 뜻과 봉사에 바칩니다. 그것을 요구할 권리는 주님에게만 있습니다. 우리는 기꺼이 가난을 받아들일 것입니다."

교황이 이야기를 계속했다.

"수도회의 규칙을 말씀드리겠습니다. 열일곱 살 이상은 누구나 수도회에 가입할 수 있습니다. 둘째, 수도회의 표식이나 복장, 휘장은 없습니다. 복음적 권고(정결, 청빈, 순명)가 모든 규칙의 토대가 됩니다. 거기에 네 번째 권고를 추가하겠습니다. 순교의 왕관을 기꺼이 받아들여야 합니다. 각 교구의 주교는 수도회에 가입할 경우 자신의 관할 구역 안에서 가장 높은 지위가 되고, 주교는 교구를 유지하는 목적에 한해서 청빈의 맹세를 지키지 않아도 좋습니다. 수도회에 대한 사명을 느끼지 못하는 주교는 평소와 같은 조건으로 교구를 유지할 수 있습니다. 그러나 수도회 수도자들에 대해 종교적인 요구를 할 수는 없습니다."

퍼시는 교황의 말에 바짝 귀를 기울였다.

"더 나아가, 여기 모인 우리는 고위 성직자로서 수도회 입회에 대한 입장을 밝히고 며칠 내에 서원을 할 것입니다. 또한 수도회에 입회한 이들만 추기경에 서임될 수 있음을 선언합니다. 성 베드로 대성전과 성 바오로 대성전을 수도회의 중심 교회로 봉헌할 것입니다. 두 성전에는 이른 시일 내에 자신의 사명을 추구하며 목숨을 내놓은 행복한 영혼들을 위한 제단을 세울 계획입니다. 사명에 대해서는 수도원장들이 정한 조건을 지키며 추구하는 것으로 충분할 것입니다. 수련 기간이나 요구 조건에 필요한 지침은 곧 발표하겠습니다. 한 분도 빠지지 않기를 바랍니다. 각 교구의 주교는 수도원장의 권한을 갖게 됩니다. 그는 주님의 은총을 내리고 영혼들의 구원을 돕는 일에 재량껏 수도사들을 동원할 수 있습니다. 서원을 한 사람 모두가 봉사에 참여하도록 하는 것이 우리의 의도입니다."

그는 감정이 없는 듯한 눈으로 청중을 바라보며 말을 이었다.

"이렇게 결정을 했습니다. 다른 문제에 관해서는 즉각 의논할 것입니다. 하지만 이 말이 전 세계에 전달되기를 바랍니다. 주님을 믿는 모든 이에게 그리스도께서 그분의 대리인을 통해 무엇을 요구하셨는지 지체 없이 알려야 합니다. 주님을 사랑하는 이, 주님을 위해 목숨을 내놓는 이에게 주님께서 직접 약속하신 것 외의 보상은 없습니다. 주님께서 말씀하신 것 외의 평화를 약속하지도 않습니다. 순례자의 길을 걷는 자에게 집을 내주지도 않습니다. 세상의 경멸을 견디는 자에게 영광을 돌리지도 않습니다. 그리스도와 하느님 안에 감추어진 영원한 생명 외에 생명을 보장하지도 않습니다."

4장

I

올리버 브랜드는 화이트홀의 작은 사무실에 앉아 방문객을 기다리고 있었다. 벌써 10시가 가까워졌다. 30분 후면 의회에 가 있어야 한다. 그는 프랜시스라는 이가 누구인지는 모르지만 짧게 끝내 주기를 바랐다. 지금 이 순간도 시간에 쫓기고 있었다. 지난 몇 주 동안 밀린 일이 산더미처럼 쌓여 있었다. 1분도 쉴 틈이 없었다.

빅토리아 타워에서 울린 마지막 종소리의 메아리가 사라지기도 전에 문이 열리고 비서가 방문객이 도착했음을 알렸다.

올리버는 낯선 이의 축 처진 눈꺼풀과 입꼬리를 힐끗 쳐다보았다. 자리에 앉는 동안 그가 어떤 사람인지 잠깐 추측해 보고는 곧바로 본론으로 들어갔다.

"25분 후에는 여기서 나가야 합니다. 그때까지……."

그러면서 작게 손짓을 했다. 프랜시스가 그를 안심시켰다.

"감사합니다. 그 정도면 충분합니다. 먼저 이걸 좀……."

그가 상의의 가슴 주머니에서 길쭉한 봉투를 꺼냈다.

"이걸 드리러 왔습니다. 저희가 원하는 사항을 적고 서명한 서류입니다. 글이 좀 깁니다. 제 용건은 이겁니다, 의원님."

프랜시스가 말했다.

그는 의자에 기대앉아 다리를 꼬고 의욕적인 목소리로 말을 이었다.

"아시다시피 저는 대리인입니다. 저희 쪽에서 의원님께 여쭤볼 것과 제안할 것이 있어서 대표로 왔습니다. 제가 낸 의견이라 대표로 뽑힌 거죠. 우선, 질문 하나 해도 되겠습니까?"

올리버가 고개를 끄덕였다.

"주제넘은 질문은 안 하겠습니다. 그런데 사실입니까? 정말 전국에 신성 의례가 부활하는 건가요?"

올리버가 미소를 지으며 대답했다.

"그럴 겁니다. 법안이 3차 심사를 통과했고 오늘 저녁 대통령께서 발표하실 예정입니다."

"거부권을 행사하지는 않으실까요?"

"아니요. 독일에서는 그 법안에 찬성하셨습니다."

"그렇군요. 여기서도 찬성하시면 곧바로 법적 효력이 생기겠지요?"

올리버는 테이블 너머로 몸을 기울여 법안이 적힌 종이를 꺼냈다.

"물론 갖고 계시겠지만……. 네, 곧바로 법이 됩니다. 첫 번째 축일은 10월 1일로 예정되어 있습니다. '아버지의 날'이죠? 맞네요, 아버지의 날."

"그렇다면 서둘러야겠군요. 일주일밖에 안 남았으니 말입니다."

프랜시스가 눈을 밝혔다.

"이건 제 담당이 아닙니다만, 독일에서 이미 사용하는 의례를 도입한다고 알고 있습니다. 우리만 따로 만들 이유도 없고요."

올리버가 법안을 내려놓고 말했다.

"사원을 사용합니까?"

"그럼요."

"저, 의원님. 물론 정부 위원회 분들이 면밀히 조사하고 자체적으로 계획도 세우셨을 겁니다. 하지만 가능한 한 최상의 의례로 만들고 싶으실 것 같은데요."

"당연하죠."

"브랜드 의원님, 제가 대표하는 단체는 한때 가톨릭 사제이던 사람들로 이루어진 곳입니다. 런던에만 회원이 200명 정도 됩니다. 여기 저희의 목표와 조직을 소개한 자료입니다. 저희의 경험이 정부에 도움이 될 겁니다. 아시겠지만 가톨릭 의식은 아주 정교합니다. 저희 중에는 그에 대해 심도 있게 연구한 사람도 있고요. 의례를 집전하는 능력은 만들어지는 게 아니라 타고난다는 옛말이 있는데, 저희 중에 그런 인물이 몇 있습니다. 물론 사제라면 누구나 의례를 집전하는 능력을 갖추고 있다고들 합니다."

프랜시스가 말을 멈췄다.

"그래서요, 프랜시스 씨?"

"정부 입장에서는 모든 과정이 순조롭게 진행되어야 할 겁니다. 국가적 의례가 초라해 보이거나 무질서하게 보인다면 그 목적에 큰 흠집이 남겠죠. 그래서 제가 대표로 의원님을 찾아온 겁니다. 저희 쪽에

이 방면에 특별한 경험이 있는 자가 최소 25명 있습니다. 정부 일에 몸 바칠 준비가 된 사람들입니다."

올리버가 웃음을 참지 못하고 입가를 씰룩거렸다. 불쾌한 모순을 느꼈지만 그의 말에는 일리가 있었다.

"잘 알겠습니다, 프랜시스 씨. 아주 합리적인 제안 같군요. 하지만 제 권한 밖의 일입니다. 저보다는 스노퍼드 씨가……."

"예, 압니다. 하지만 저희는 의원님께서 저번에 하신 연설에 감명을 받았습니다. 의원님께서는 저희의 마음을 정확히 짚어 내셨습니다. 세계는 의례 없이 돌아갈 수 없고, 드디어 신을 찾았으니……."

올리버가 손사래를 쳤다. 그는 약간의 아첨도 싫어하는 사람이었다.

"말씀은 감사합니다, 프랜시스 씨. 스노퍼드 씨께 꼭 전해 드리죠. 그러니까…… 쉽게 말해 진행자 역할을 하겠다는?"

"네, 의원님. 제구 관리도요. 저는 독일의 현재 예법을 철저하게 연구했습니다. 생각보다 더 정교하더군요. 숙련된 사람이 많이 필요할 겁니다. 대사원에서 진행하려면 진행자만 최소한 12명은 있어야 합니다. 거기에다 제의실에 12명을 대기시켜 놔도 넘치지 않을 겁니다."

올리버는 고개를 끄덕이며 맞은편에 앉아서 열변을 토하는 남자의 애처로운 얼굴을 보았다. 하지만 그런 사람들 특유의 성직자 느낌도 남아 있었다. 분명 열성 신자의 얼굴이었다.

"다들 프리메이슨 회원이겠죠?"

올리버가 물었다.

"그럼요, 의원님."

"좋습니다. 오늘 기회가 되면 스노퍼드 씨께 말씀드리겠습니다."

올리버가 시계를 보았다. 아직 3~4분 여유가 있었다.

"로마에서 새 인물이 임명된 걸 아시는지요?"

올리버는 고개를 저었다. 지금은 로마에 별 관심이 없었다.

"마틴 추기경이 죽었습니다. 화요일에 세상을 떠났는데 벌써 후임자를 선임했다고 합니다."

"그래요?"

"네. 신임 추기경은 한때 제 친구였습니다. 프랭클린이라고요. 퍼시 프랭클린."

"네?"

"왜 그러세요, 의원님? 혹시 그를 아십니까?"

올리버는 조금 창백해진 얼굴로 그를 보았다.

"네, 압니다. 아마 그럴 겁니다."

올리버가 조용히 말했다.

"한두 달 전까지 웨스트민스터에 있었습니다."

"네, 맞아요. 프랜시스 씨도 그를 안다고요?"

"알죠, 네."

"아! 그래요. 언제 시간 되면 그 사람 얘기를 좀 해 봅시다."

그렇게 마무리하려 했지만 아직 시간이 조금 남아 있었다.

"다 끝나셨나요?"

올리버가 물었다.

"용건은 다 말씀드렸습니다. 하지만 마지막으로 이 말씀을 꼭 드리고 싶습니다. 저희 모두 의원님께서 하신 일에 깊이 감사하고 있습니다. 저희 말고는 의례를 제대로 다룰 수 있는 사람이 없다는 게 어떤 의미인지 아무도 모를 겁니다. 처음에는 기분이 아주 이상하고…….”

프랜시스는 목소리가 떨려 말을 잇지 못했다. 올리버는 호기심이 생겨 일어나다 말고 멈춰 섰다.

“프랜시스 씨?”

우울한 갈색 눈이 그를 정면으로 바라보았다.

“물론 환상이었다는 거 압니다. 그래도 저희의 열망과 참회와 찬양이 헛되지만은 않았다고 감히 바랍니다. 저희는 신을 잘못 알았습니다. 그럼에도 저희의 노력이 그분께 닿았습니다. 세계의 정신으로 길을 찾아간 거죠. 개인은 아무것도 아니고 그분이 전부임을 배웠습니다. 이제는…….”

“말씀하세요.”

올리버가 부드럽게 말했다. 그는 진심으로 감동을 받았다.

프랜시스가 애수에 찬 갈색 눈을 번쩍 떴다.

“이제 펠센버그 님께서 오셨죠.”

그가 침을 삼켰다.

“줄리언 펠센버그!”

점잖던 목소리가 갑자기 격정적으로 변하자 올리버의 가슴도 그에 반응했다.

“압니다. 무슨 뜻인지 알겠어요.”

“아아! 드디어 구세주가 오시다니! 눈으로 볼 수 있고 만질 수 있고 직접 뵙고 찬양할 수 있는 구세주 말입니다! 꿈만 같습니다!"

프랜시스가 외쳤다.

올리버는 시계를 보고 급히 일어나며 손을 내밀었다.

"저는 이만 가 봐야겠어요. 선생님 말씀에 아주 깊이 감동받았습니다. 스노프드 씨께 말씀 전해 드리죠. 여기 주소가 적혀 있죠?"

그가 문서를 가리켰다.

"네, 브랜드 의원님. 질문이 하나 더 있습니다."

"시간이 없습니다."

올리버가 고개를 저었다.

"잠깐이면 됩니다. 이 의례가 의무가 된다는 말이 사실인가요?"

올리버는 고개를 끄덕이고 서류를 모아 집어 들었다.

II

그날 저녁, 메이블은 대통령 자리 뒤의 관람석에 앉아 있었다. 지난 1시간 사이 최소 다섯 번은 시계를 확인하며 21시가 되기를 애타게 기다렸다. 유럽 대통령은 약속 시간보다 빨리 오지도, 늦게 오지도 않는다는 사실을 이제 잘 알았다. 그의 철두철미한 시간관념은 유럽 대륙에서 유명했다. 그는 21시에 온다고 하면 정확하게 21시에 도착했다.

아래에서 날카로운 종소리가 울리며 지루한 연설이 끊겼다. 메이블은 다시 손목시계를 보았다. 아직 정각 5분 전이었다. 구석 자리에서 몸을 앞으로 숙이고 회의장을 내려다보았다.

방금 울린 종소리 때문에 회의장 풍경이 바뀌었다. 길게 늘어선 갈색 의자에 앉은 의원들이 예의를 갖춰 꼬았던 다리를 풀거나 모자를 가죽 덮개 아래에 넣으며 자세와 몸가짐을 바로 했다. 하원 의장은 앉아 있던 자리에서 계단 3개를 허겁지겁 내려왔다. 잠시 후 다른 이가 그 자리를 쓰기로 되어 있기 때문이었다.

회의장은 사람으로 가득했다. 지각한 의원 하나가 남쪽 입구로 급히 들어왔다. 환한 조명 아래에서 주위를 두리번거리다 빈자리를 겨우 발견하고는 서둘러 앉았다. 아래쪽 끝에 있는 관람석도 만원이었다. 메이블도 그곳에 앉으려 했지만 자리가 없었다. 이렇게 붐비는데도 숨죽여 속삭이는 소리 말고는 다른 소리가 들리지 않았다. 로비가 통제되고, 뒤편 복도에서 다시 짧은 종소리가 울렸다. 의회 바깥 광장에서 지난 20분 동안 들리지 않던 군중의 웅성거림이 다시 들렸다. 그 소리가 끊기면 그가 도착했다는 의미일 것이다.

이 자리에 있다는 것만으로도 정말 신기하고 대단했다. 다른 날도 아니고 대통령이 연설하는 날이다! 그는 한 달 전 독일에서 비슷한 법안에 찬성하고 토리노에서도 같은 주제로 연설을 했다. 그의 볼러가 코모호(이탈리아 북부에 있는 호수)를 지나갔다는 소문이 돌았지만 사실이 아닌 것으로 판명됐다. 오늘 연설이 무엇에 대한 것인지 아는 사람도 없었다. 짧게 끝날 수도 있고, 길게 이어질 수도 있다. 이번 법안에는 그가 이의를 제기하거나 거부할 만한 조항이 몇 개 있었다. 특히 일곱 살 이상 모든 국민의 의례 참석을 의무화하는 내용이 주목을 받았다. 그럴 경우 원점으로 돌아가 법안 발의부터 다시 시작해야 했다. 의회가 대통령의 수정안을 만장일치로 받아들인다면 모를까.

메이블은 이 조항에 찬성했다. 다가오는 10월 1일에 잉글랜드의 모든 사원에서 의례가 열리기로 예정되어 있지만 새해까지는 의무 사항이 아니었다. 반면 한 달 먼저 법안이 통과된 독일에서는 유예 기간 없이 즉각 발효되었다. 그래서 이를 위반한 가톨릭교 신자는 독일에서 추방을 당하거나 처벌을 받았다. 처벌은 그리 가혹하지 않았다. 처음 위반했을 때는 일주일간의 구금 조치로 끝난다. 두 번째는 1개월, 세 번째는 1년의 징역형을 받는다. 네 번째 위반 때는 위반자가 그 종교를 포기할 때까지 무기 징역형이 선고된다. 기간도 그 정도면 관대했다. 중세 시대처럼 소름 끼치는 공포 행위는 없었다. 정부가 정한 노역 작업에 참여하는 것을 제외하면 구금 강도는 강하지 않았다. 의례가 많은 것을 요구하는 것도 아니었다. 매 분기 첫째 날로 정한 어머니의 날, 생명의 날, 풍요의 날, 아버지의 날에 사원이나 성전에 가서 참석 확인을 받으면 그만이었다. 일요 의례는 순전히 자유였다.

경의의 표시일 뿐인데 왜 거부하는지 이해할 수 없었다. 축일이 기념하는 네 가지는 세계의 정신을 상징하는 가장 중요한 가치였다. 세계의 정신을 신이라고 한다면 이 네 가지는 신의 기능으로 여겨야 했다. 뭐가 어렵다는 말인가? 평소처럼 규정만 지키면 가톨릭 미사를 하지 못하는 것도 아니었다. 가톨릭 신자들은 여전히 미사를 볼 수 있었다. 하지만 독일에서는 경악스러운 일들이 벌어지고 있었다. 1만 2000명이 이미 독일을 떠나 로마로 이주했고, 앞으로 4만 명이 의무적 의례를 거부할 것이라는 소문이 돌았다. 어이가 없고 화가 났다.

메이블은 새로운 의례가 인간의 승리를 알리는 상징이라고 생각했다. 이런 행위를 마음속으로 간절히 바라 왔다. 모두의 믿음이 마침내 이루어졌음을 다 함께 모여서 선언하고 싶었다. 결과는 누리면서 그 근원에 대해서는 예를 표하지 않는 뻔뻔한 이들에게 분노를 느꼈다. 그녀의 이런 감정은 분명히 진실한 것이었다. 경건한 곳에서 뜻을 함께하는 사람들과 같이, 사제들을 통해서가 아니라 오로지 인간의 의지로 위대한 인간성을 찬양하고 싶었다. 그녀에게 영감을 주는 사람들의 활기찬 노랫소리와 경건한 오르간 연주 소리를 듣고 싶었다. 수천 명과 함께 만인의 정신 앞에 서서 희생을 두려워하는 자신의 나약함을 책망하고 싶었다. 삶의 영광을 칭송하는 노래를 큰 소리로 부르고, 그녀를 존재하게 하고 언젠가 다시 돌아가게 될 그 정신을 향해 향과 성찬을 바치며 경의를 표하고 싶었다. 아아! 그리스도교 신자들은 이러한 인간의 본능을 이해했다. 그것을 타락시키고 빛을 어둡게 만들고 생각을 독으로 물들이기는 했지만 인간에게 이런 종류의 의식이 필요하다는 사실을 이해했다. 의식이 없으면 쉽게 약해지는 것이 인간이다.

메이블은 집 근처 작고 오래된 사원에 일주일에 한 번은 갈 생각이었다. 햇볕이 잘 드는 제단에 무릎을 꿇고 앉아 아름다운 삶의 수수께끼들에 관해 생각할 것이다. 간절히 사랑하고픈 그 정신 앞에 서서 새로운 삶과 힘을 흡수하고 싶었다.

아아! 하지만 그 전에 법안이 통과되어야 한다. 메이블은 난간을 꼭 쥐고 줄지어 앉은 사람들, 뻥 뚫린 통로, 의장석에 놓인 커다란 의사봉을 바라보았다. 밖에서 사람들이 수군거리는 소리, 안에서 속삭이는 소리가 들렸다. 그녀의 심장이 점점 빠르게 뛰기 시작했다. 보이지는 않지만 그의 존재를 느낄 수 있었다. 그만이 이용 가능한 아래쪽 문으로 들어와 곧바로 차양 아래 자리로 향할 것이다. 그가 보이지 않는 자리지만 목소리는 들을 수 있겠지. 그것만으로도 기쁨이었다.

밖이 조용해지고 수군거림이 잦아들었다. 그분이 오셨구나. 눈물이 앞을 가리는 와중에 아래에 길게 줄지어 앉은 사람들이 일어나는 모습이 보였다. 심장 박동으로 귀가 먹먹했지만 사람들이 발을 끄는 소리가 들렸다. 모두 한쪽을 바라보았다. 그의 존재는 거울에 반사되는 빛과도 같았다. 어디선가 누군가 숨죽여 흐느꼈다. 아니면 내가 내는 소리인가? 문이 달칵 하는 소리가 들리더니 이어 묵직한 종이 세 번 울리며 부드럽게 메아리쳤다. 그 순간 모든 사람이 정면을 응시했다. 열정의 바람이 영혼 깊은 곳을 흔든 것처럼 여기저기서 사람들이 몸을 떨었다. 멀리서 무미건조한 목소리가 에스페란토로 짧게 말했다.

"잉글랜드 국민 여러분, 저는 의례법에 찬성합니다."

III

부부는 다음 날 점심 식사 때가 되어서야 다시 만났다. 시내에서 밤을 보낸 올리버는 11시쯤 전화를 걸어 손님과 함께 집에 가겠다고 알렸다. 정오가 되기 직전, 현관에서 사람 목소리가 들렸다.

프랜시스가 메이블에게 밝게 인사했다. 메이블은 썩 관심이 가지는

세상의 주인

않지만 나쁜 사람처럼 보이지는 않는다고 생각했다. 이번 법안을 열렬히 지지하는 모양이었다. 메이블이 그의 정체를 알게 된 것은 식사가 끝날 무렵이었다.

"가지 마, 메이블."

메이블이 자리에서 일어나려 하자 올리버가 말했다.

"당신도 얘기 듣고 싶을 거야. 이 사람도 저만큼 다 알고 있습니다."

올리버가 손님에게 고개를 돌리며 덧붙였다.

프랜시스가 미소를 지으며 꾸벅 인사를 했다.

"아내에게 선생님에 관해 말해도 될까요?"

올리버가 다시 말을 꺼냈다.

"아, 물론이죠."

올리버는 프랜시스가 몇 달 전까지 가톨릭 사제였고 지금은 스노퍼드 장관 밑에서 의례 업무를 총괄하는 일을 하고 있다고 알려 주었다. 그 말을 듣자 메이블은 갑자기 흥미가 생겼다.

"오! 말씀해 주세요. 너무 궁금해요."

프랜시스는 오늘 아침 국가의례성 장관을 만나 10월 1일에 열릴 의례 책임자로 위임을 받았다고 했다. 그의 동료 25명도 일단 임시직이지만 집례자로 참여하게 되었다고 했다. 그 후에는 전국을 돌아다니며 새로운 의례에 관한 강연을 할 예정이었다. 프랜시스는 처음에는 조금 엉성하겠지만 새해 즈음에는 최소한 대사원과 대도시에서는 제대로 자리 잡을 수 있도록 힘을 쏟겠다고 말했다.

"최대한 신속하게 해야 합니다. 좋은 인상을 남기는 게 중요해요.

의례에 대한 본능은 느끼지만 어떻게 해소해야 할지 모르는 사람이 아주 많습니다."

"맞는 말씀입니다. 저도 오래전부터 느끼고 있었습니다. 인간의 가장 깊은 본능이 아닐까 싶어요."

올리버가 고개를 끄덕이며 대꾸했다.

프랜시스는 잠시 주위를 두리번거리더니 가슴 주머니에 손을 넣어 붉은색 표지의 얇은 책을 꺼냈다.

"아버지의 날 의례 순서입니다. 책으로 엮고 메모를 조금 했어요."

프랜시스가 페이지를 휘리릭 넘겼다. 메이블은 들떠서 의자를 더 바짝 끌어당겼다.

"그렇군요. 저희에게 조금 설명해 주시죠."

올리버가 말했다.

손가락으로 책장을 고정한 프랜시스가 접시를 한쪽으로 밀어 놓고 설명을 시작했다.

"우선 이 의례는 프리메이슨 의식에서 거의 다 따왔습니다. 전체 의례의 최소 4분의 3이 그렇게 진행될 겁니다. 그래서 진행자는 제의실에 휘장이 준비되어 있는지, 참가자들이 휘장을 제대로 착용했는지 확인하는 것 이상으로는 개입하지 않을 겁니다. 나머지는 공무원들이 진행하고……. 그 이야기는 건너뛰어도 될 것 같고. 문제는 마지막 4분의 1에 있습니다."

프랜시스가 말을 멈추고 사과하는 눈빛을 보내며 식탁보 위에 포크와 유리컵을 늘어놓았다.

세상의 주인

"여기를 좀 보세요. 사원에 오래된 제단이 있습니다. 그 뒤의 장식 병풍과 영성체 식탁 대신 거대한 제대를 세울 겁니다. 여기서 의례를 드리는 거죠. 바닥에서 그 제대로 올라가는 계단도 만듭니다. 옛 고해소가 있던 자리까지 확장해서 제대 뒤에는 받침대를 놓고 그 위에 상징물을 올려놓을 겁니다. 아직 따로 지시는 없지만 각 상징물은 다음 분기 축제 전날 밤까지 그 자리에 계속 놓일 것입니다."

"어떤 상징물인가요?"

메이블이 물었다.

프랜시스는 올리버의 눈치를 보고 말했다.

"마르켄하임 씨가 조언을 구하고 있다고 합니다. 그분이 디자인과 제작을 맡을 거예요. 각 축제를 대표하는 별도의 장식물을 만들게 될 겁니다. 이번 아버지의 날은⋯⋯."

그가 다시 말을 하다 말았다.

"뭐죠, 프랜시스 씨?"

"제가 알기로는 사람의 나신이 될 겁니다."

"아폴로상이나 주피터상처럼 말이야."

올리버가 거들었다.

그래, 그거 괜찮네. 메이블은 생각했다.

프랜시스가 서둘러 화제를 옮겼다.

"여기서 행진이 시작됩니다. 담화 후에요. 특별히 안내가 필요한 부분이 바로 여기입니다. 리허설은 불가능하겠지요?"

"안 될 겁니다."

올리버가 웃으며 말했다.

프랜시스가 한숨을 쉬었다.

"그럴 줄 알았습니다. 그렇다면 안내문을 아주 자세하게 만들어야 합니다. 진행을 맡은 사람들은 찬가를 부를 때 성 피데스의 옛 경당으로 빠져야 할 겁니다. 이게 제가 생각하는 최선입니다."

그가 경당을 가리켰다.

"행진이 시작되면 모든 사람이 여기 양편에 자리를 잡습니다. 여기랑 여기 말이죠. 이때 주례자가 집례자들과 함께……."

"네?"

프랜시스가 살짝 얼굴을 붉히며 인상을 썼다.

"유럽 대통령께서……. 아! 그게 중요합니다. 대통령께서도 참가하시는지요? 의례 순서만 봐서는 잘 모르겠더군요."

"아마도요. 저희가 연락을 드릴 겁니다."

올리버가 말했다.

"만약 불참하시면 국가의례성 장관이 주례를 맡아야 합니다. 보좌진들과 곧장 제대의 아래로 갑니다. 이때 상징물은 아직 베일에 가려져 있습니다. 행렬이 다가가는 동안 초에 불을 밝히고요. 의례 안내문에 인쇄된 열망 기도를 하고 답창을 합니다. 이건 성가대가 부를 텐데 아주 인상적일 겁니다. 그런 다음 주례자가 홀로 제대에 올라가서 연설문을 낭독합니다. 그게 끝나면…… 그러니까, 여기 별 표시가 된 부분에서 총 4명의 의례 보조원이 향을 들고 경당을 나옵니다. 셋이 계단 아래에서 향로를 흔드는 동안 한 사람은 제대에 올라 주례자에게 향로를 넘기고 내려옵니다. 종소리에 맞춰 커튼을 젖히면 주례자는 말없이 장막을 젖혀 조각상을 공개하고, 그가 동작을 멈추면 성가대가 지정된 찬가를 부릅니다."

프랜시스가 가볍게 손짓을 하며 덧붙였다.

"나머지는 쉬워요. 굳이 설명할 필요도 없습니다."

메이블은 앞의 의례도 쉬워 보인다고 생각했지만 잠자코 있었다.

"브랜드 부인, 부인께서는 이렇게 단순한 문제도 얼마나 어려운지 짐작 못 하실 겁니다. 사람들이 얼마나 어리석은데요. 저희 모두 굉장히 많이 노력해야 할 겁니다. 의원님, 담화는 누가 합니까?"

프랜시스의 말에, 올리버가 고개를 저으며 대답했다.

"모르겠습니다. 아마 스노퍼드 씨가 선택하시겠죠."

프랜시스는 의심스러운 눈으로 그를 보더니 물었다.

"의원님은 이 일 자체를 어떻게 생각하십니까?"

올리버가 잠시 뜸을 들인 후 말했다.

"필요하다고 생각합니다. 필요하지 않다면 의례를 요구하는 목소리가 그렇게 크지도 않았겠지요. 저도 동감합니다. 전체적으로 봐서 의례도 인상적이고요. 이보다 훌륭할 수는 없지만……."

"그런데요?"

메이블이 의아하다는 듯 물었다.

"아무것도 아니야. 다만…… 사람들이 이해하기를 바랄 뿐이지."

올리버가 대답하자, 프랜시스가 얼른 끼어들었다.

"의원님, 의례에는 약간의 신비감이 필요합니다. 신비감을 기억하셔야 합니다. 그게 없었기 때문에 지난 세기에 대영 제국 국경일이 실패한 겁니다. 저는 아주 좋다고 생각해요. 물론 겉으로 보이는 방식에 대부분이 달려 있겠죠. 커튼 색 등 결정해야 할 세부 사항이 아직 많이 남아 있습니다. 하지만 전체적인 계획은 훌륭합니다. 단순하면서도 인상적이죠. 게다가 핵심적인 교훈이 명백하고……."

"교훈이라면?"

"삶에 바치는 경의 아니겠습니까. 삶의 네 가지 측면 말입니다. 모성은 성탄절과 그리스도교의 우화에 해당합니다. 가정, 사랑, 충절의 축제지요. 봄에 다가오는 생명은 어리고 비옥하고 열정적입니다. 한여름의 풍요는 충만, 안락, 부, 여분을 상징합니다. 어떤 면에서 가톨릭의 성체 축일과 일치하지요. 겨울의 부성은 보호, 생산, 장대한 사상을 의미합니다. 독일에서 제안한 것으로 알고 있습니다."

올리버가 고개를 끄덕이며 말했다.

"그래요. 이 모든 걸 설명하는 것이 연설가의 일이겠군요."

"그렇습니다. 후보 안이던 시민권의 날, 노동의 날 등등보다 훨씬 더 의미가 있다고 봅니다. 결국 이것들은 삶에 종속되는 것이니까요."

열정을 꾹꾹 억누르며 말을 하는 프랜시스의 표정은 여느 때보다 더 성직자 같았다. 진심으로 의례를 중요하게 생각하는 것처럼 보였다.

메이블이 갑자기 양손을 모으고 나긋하게 말했다.

"저는 아름답다고 생각해요. 또 아주 현실적이고요."

프랜시스가 갈색 눈을 빛내며 메이블을 보았다.

"아! 맞습니다, 사모님. 그거예요. 저희가 전에 말하던 신앙은 없습니다. 누구도 의심할 수 없는 것은 눈에 보이는 사실이지요. 향을 피우는 것은 삶의 유일한 신성과 삶의 신비를 나타내기 위해서입니다."

"상징물은요?"

올리버가 물었다.

"당장은 석상으로 만드는 것은 불가능합니다. 현재로서는 석고로 만족해야 해요. 마르켄하임 씨가 즉각 작업에 착수할 겁니다. 그게 승인이 나면 그때 대리석으로 제작할 겁니다."

메이블이 다시 부드러운 목소리로 말했다.

"이건 우리에게 꼭 필요한 거예요. 원칙을 항상 명확하게 유지하기란 어렵잖아요. 원칙의 실체가 있어야 해요. 어떻게 표현할……."

메이블이 말을 멈췄다.

"무슨 뜻이야, 메이블?"

"실체가 없어도 되는 사람은 별로 없어요. 대다수는 실체가 필요하죠. 상상력이 부족한 사람에게는 구체적인 이미지가 필요해요. 그들의 열망을 흐르게 해 줄 통로가 필요하단 말이에요. 아아! 제대로 표현하기가 힘드네요!"

올리버가 천천히 고개를 끄덕였다. 그도 생각에 잠긴 듯 보였다.

"맞아. 사람들의 생각에 영향을 미칠 거야. 미신의 위험에 빠지지 않게 도와주겠지."

프랜시스가 퍼뜩 그를 돌아보았다.

"교황의 새 수도회에 관해서는 어떻게 생각하십니까?"

올리버의 얼굴에 험악한 표정이 스쳐 지나갔다.

"최악의 조치라고 생각합니다. 교회 쪽에 말이죠. 진심이라면 엄청난 분노를 불러일으킬 겁니다. 만약 허풍이라면 신용이 깎일 테고요. 왜 그런 질문을 하시죠?"

"혹시 사원에서 소란이 일어나지 않을까 싶어서요."

"소란스러운 일을 벌이면 후회하게 될 겁니다."

버튼이 주르르 붙어 있는 전화기에서 날카로운 벨소리가 울렸다. 올리버가 일어나 그쪽으로 갔다. 그는 버튼 하나를 누르고 이름을 밝힌 후 수화기에 귀를 댔다.

"스노퍼드 씨의 비서예요."

궁금해하는 두 사람에게 올리버가 말했다. 그러고는 다시 수화기에 귀를 댔다.

"스노퍼드 씨가…… 아!"

왠지 중요한 듯한 말이 몇 마디 들렸다.

"아! 확실합니까? 아쉽네요…… 네…… 아! 그래도 없는 것보다는 낫죠…… 네, 여기 있습니다. 그럼요. 알겠습니다, 당장 찾아뵙죠."

올리버는 전화를 끊고 자리로 돌아왔다.

"안타까운 소식입니다. 대통령께서 의례를 직접 집례하지는 않으신답니다. 하지만 의례에 아예 안 오시겠다는 건지는 아직 모릅니다. 프랜시스 씨, 스노퍼드 씨께서 우리 둘을 부르셨습니다. 마르켄하임도 같이 있다는군요."

메이블은 실망할 수밖에 없었다. 하지만 남편은 실망하기보다는 심각한 표정이었다.

5장

I

잉글랜드의 신임 보호 추기경 퍼시 프랭클린은 교황 관저에서 나와 복도를 천천히 걸었다. 그 옆에서 독일 보호 추기경 한스 슈타인만이 숨을 몰아쉬고 있었다. 둘은 말없이 승강기에 올랐다. 두 사람 모두 화려하고 선명한 옷을 입었다. 퍼시는 건장한 체격에 자세가 꼿꼿한 반면, 슈타인만은 구부정하고 뚱뚱했다. 그는 안경부터 버클 구두를 신은 평평한 발까지 전형적인 독일인의 모습이었다.

퍼시는 방문 앞에서 고개를 살짝 숙여 인사하고 안으로 들어갔다.

최근 잉글랜드에서 온 비서 브렌트가 자리에서 일어났다.

"추기경님, 잉글랜드 신문이 도착했습니다."

퍼시는 신문을 받아 들고 내실로 들어갔다.

신문 편집이 아주 가관이었다. 거대한 헤드라인으로 시선을 사로잡으면서 네 단으로 나뉜 기사 영역에서는 군데군데 대문자로 자극적인 제목을 강조하고 있었다. 100년 전 아메리카에서 고안한 보도 양식을 따른 것이었다. 무지한 이들에게 잘못된 정보를 주입하기에 이보다 효과적인 방법은 없었다.

퍼시는 신문 윗부분을 확인했다. 〈에라〉의 영어판이었다. '전국적인 의례 열풍', '종교와도 같은 열광', '사원에 나타난 신', '가톨릭 광신도의 기습', '공무원이 된 전직 사제들' 등 굵직한 기사 제목들이 눈에 들어왔다.

퍼시는 기사를 훑으며 눈에 띄는 구절들을 참고하여 인상파 화가처럼 전국적인 행사의 전체적인 모습을 머릿속에 그려 보았다. 이미 전보로 내용을 전해 듣고 방금도 교황과 그에 관해 의논하고 오는 길이었다.

새로 추가된 소식은 없었다. 퍼시는 신문을 내려놓으려다 한 사람의 이름을 발견했다.

'수석 의례관 프랜시스는 곧 북부 도시를 방문해 의례에 관한 강연을 할 예정이다. 그의 경건한 열정과 행정적 수완은 높은 평가를 받고 있다. 불과 몇 달 전만 해도 가톨릭교회 제단에서 미사를 집전했다는 이력이 알려지며 화제를 모았다. 같은 배경을 가진 동료 25명이 그의 일을 돕고 있다.'

"맙소사!"

퍼시가 탄식하며 신문을 내려놓았다.

그러나 배교자에 관한 생각은 곧 뒤로 밀려났다. 퍼시는 이번 문제가 얼마나 중요한지 다시 한번 속으로 곱씹었다. 방금 위층에서 교황께 올린 조언은 꼭 해야 할 말이었다.

독일에 이어 잉글랜드에서도 정식으로 실시된 범신교 의례는 엄청난 성공을 거두었다. 프랑스는 지역마다 독립적으로 의례를 진행하고 있어 상대적으로 규모가 작았다. 잉글랜드의 의례는 가장 완성도가 높다는 명성을 얻었다. 예상과 달리 진부하지도 않고, 우스워 보이지도 않았다. 잉글랜드는 너무 딱딱하다느니, 너무 유치하다느니 하는 선입견이 완전히 틀린 말은 아니었지만 어제의 광경만큼은 놀라웠다. 아름다운 커튼을 젖히자 사원 전체가 커다란 탄성으로 가득 찼다. 위풍당당하고 정교하게 색칠된 남성상이 촛불 위로 떠올라 기존의 감실을 가린 차단막을 배경으로 우뚝 섰다. 마르켄하임은 임무를 완벽하게 수행했다. 조각상이 공개되기 전 브랜드는 열정적인 연설로 사람들의 기대를 한껏 끌어 올렸다. 그는 유대인 예언자들의 문장을 인용하며 그들의 눈앞에 벽을 세운 평화의 도시에 관해 이야기했다.

"일어나 비추십시오. 여러분의 빛이 왔습니다. 신의 영광이 위에 떠올랐습니다……. 보십시오, 이제 새 하늘과 새 땅을 창조합니다. 예전의 것들은 이제 기억에서 사라져 마음에 떠오르지도 않을 것입니다. 다시는 이 땅에서 폭력이라는 말이, 이 영토 안에서 파멸과 파괴라는 말이 들리지 않을 겁니다. 광풍에 시달려도 위로받지 못할 가련한 이들이여, 보십시오. 석류석으로 주춧돌을 놓고 청옥으로 기초를 세우겠습니다. 창문을 홍옥으로, 대문을 수정으로, 성벽을 모두 보석으로 만들겠습니다. 일어나 비추십시오. 여러분의 빛이 왔습니다."

향로가 쩽그랑거리는 소리로 고요를 깨뜨리며 등장했다. 수많은 사람이 일제히 무릎을 꿇었다. 의례 보조원의 손에 들린 향로에서 연기가 피어올랐다. 오르간 연주가 시작되고 날개부에서 합창단이 찬가를 부르기 시작했다. 미친 가톨릭 신자 하나가 일어나 큰 소리로 울부짖었지만 곧 무자비하게 제지당했다.

믿기 힘들었다. 정말로 믿을 수 없었다. 하지만 믿지 못할 일이 벌어지고 말았다. 잉글랜드는 다시 의례를 되찾았다. 누구의 간섭도 받지 않는 그들만의 개성이 마침내 완성된 것이다. 지방에서도 비슷한 소식들이 들려왔다. 어느 사원을 가도 같은 광경이 펼쳐졌다. 법안이 통과되고 나흘 만에 완성된 마르켄하임의 걸작은 기계로 4000개가 제작되어 전국 각지의 주요 사원으로 보내졌다. 런던의 신문사로 전보가 쏟아졌다. 인간의 본성을 표출할 적절한 방법을 찾았다며 전국에서 새로운 운동에 대한 환호가 이어졌다.

'신이 없다면 만들어 내야겠지.'

퍼시는 속으로 생각했다. 새로운 종교가 만들어지는 방식은 놀라울 만큼 교묘했다. 논란을 일으킬 만한 부분이 보이지 않았다. 다른 정치 성향을 건드릴 가능성은 없었다. 개인주의적이고 게으른 이들의 시민권이나 노동권에 과한 의무를 부과하지도 않았다. 오랜 가톨릭 전례의 화려한 옷을 빌려 왔지만 모든 것의 원천과 중심은 인간성이었다. 독일인의 이름이 언급되기는 했지만 이 운동을 주도한 이는 당연히 펠센버그였다. 일종의 실증주의에 입각해 그리스도교 정신이 빠진 가톨릭교를 만들었다. 인간의 무능함을 애써 외면한 채 인간에 대한 숭배를 강요했다. 이들이 숭배하는 것은 인간성 자체가 아니었다. 초자연적 진리를 망각한 인간의 관념이었다. 그들은 제물도 바쳤다. 죄를 씻기 위해 바치는 제물이 아니라 그저 봉헌의 본능을 충족하기 위한 제물이었다. 정말로 악마처럼 교활하고 카인처럼 사악했다.

조금 전 퍼시는 교황에게 절망에서 우러난 조언을 했다. 아니, 어쩌면 희망이었는지도 모른다. 어느 쪽인지 정말 모르겠다. 퍼시는 가톨릭교 신자들의 폭력 행위를 금지하는 교령을 발표해야 한다고 촉구했다. 독실한 신자는 인내심을 갖고 의례에서 관심을 끊어야 한다. 누가 먼저 묻지 않는 이상 이에 관한 언급을 삼가고, 필요하다면 구속도 기꺼이 감내해야 한다. 마음이 흔들리는 이들을 격려하기 위해 독일 추기경과 함께 연말까지 본국으로 돌아가는 게 좋겠다고 말했지만 교황은 뜻밖의 사태가 벌어지지 않는 한 로마에 남으라고 명령했다.

펠센버그에 관한 소식은 별다른 게 없었다. 동방에 있다는 확인되지 않은 소문만 전해졌을 뿐이다. 퍼시는 펠센버그가 예상과 달리 의례에 참석하지 않은 이유를 생각해 보았다. 첫째, 의례 체계를 신속하게 확립한 독일과 잉글랜드 두 나라 중 한 나라만을 방문하는 게 적절하지 않다고 생각했을 것이다. 둘째, 의례가 자칫 실패로 돌아갈 경우 명성에 흠을 입을 수도 있으므로 그 가능성을 차단하고 싶었을 것이다. 셋째, 동방에 중요한 문제가 생겼을 수도 있다.

동방 문제에 대해서는 전혀 아는 바가 없었다. 작년 문제가 아직 완벽하게 마무리되지 않았을 거라고만 추측할 뿐이었다. 다만 유럽이 아닌 다른 곳에 문제가 있지 않은 다음에야 신임 대통령이 유럽을 계속해서 비우는 상황을 설명할 수 없었다. 그러나 동방 제국이 극도로 신중하게 보안을 유지하는 바람에 자세한 사항을 알아내기는 불가능했다. 종교와 관련한 문제일 가능성도 있었다. 여하튼 온갖 소문, 징후, 예언, 열광이 난무하고 있었다.

．．．

　퍼시의 마음가짐은 미묘하게 달라졌고 본인도 그 사실을 알고 있었다. 자신감에 들뜨지도 않고, 절망에 빠져 있지도 않았다. 미사를 올리고 어마어마한 양의 편지를 읽고 진지하게 명상을 했다. 아무것도 느끼지 못했지만 모든 것을 알고 있었다. 그의 믿음에는 단 한 점의 의혹도 없었다. 하지만 그 안에 감정도 없었다. 땅속 깊이 있으면서도 어디선가 새가 지저귀고 태양이 빛을 발하고 물이 흐른다는 사실을 알고 있는 사람 같았다. 그는 자신의 상태를 잘 알았다. 믿음의 실체를 느끼고 있었다. 이런 느낌은 처음이었다. 상상에서 비롯한 기쁨이나 불안함이 아닌, 순수한 믿음이고 영적인 체험이었다.

　퍼시는 자신의 영적인 성장을 돌아보며 하느님이 영혼을 이끄는 과정이 세 단계로 이루어진다고 생각했다. 첫 번째 단계에서는 외적으로 신념을 표출한다. 익숙한 권위자가 제시하는 모든 것에 동의하고 신심을 실천하는 과정이다. 깊이 생각하지도 않고, 의심하지도 않는다. 두 번째 단계에서는 영혼의 감정과 지각이 꿈틀거린다. 여기에는 위안, 욕망, 위험, 신비한 환상이 관련된다. 결심을 하고 사명을 찾고 실패를 경험하는 과정이기도 하다. 세 번째 단계는 너무 신비로워서 말로는 표현이 안 된다. 앞서 경험한 것을 순전히 영적인 영역에서 재연하는 단계다(예행연습 이후에 연극 무대에 오른 것과 같다). 하느님을 체험하지 않고 이해한다. 은총을 무의식적으로, 심지어는 달갑지 않게 흡수한다. 내면의 영혼이 감정과 지식의 영역 깊은 곳에서 조금씩 그리스도의 모습과 정신에 동화된다.

퍼시는 주홍색 옷을 입고 푹신한 의자에 앉아 안개 너머로 신성한 로마를 내다보며 생각에 잠겼다. 평화는 얼마나 지속될 것인가? 그의 눈에는 어두운 하늘이 파멸을 암시하는 것처럼 보였다.

퍼시가 종을 울렸다.

"블랙모어 신부의 마지막 보고서를 가져다주게."

그가 방에 들어온 비서에게 말했다.

II

퍼시는 뛰어난 직감을 타고난 사람이었다. 그 직감은 오랜 수양을 통해 더욱 예리해졌다. 1년 전 블랙모어 신부가 한 의미심장한 발언을 잊지 않고 있었다. 그래서 보호 추기경이 되자마자 블랙모어 신부를 잉글랜드 통신원으로 임명했다. 지금까지 받은 보고서 10여 개는 하나같이 중요한 정보로 가득했다. 특히 하나의 경고 메시지가 모든 보고서를 관통하고 있었다. 머지않아 잉글랜드 가톨릭교 신자들이 행동에 나설 것이라는 이야기였다. 퍼시는 이 경고를 기억하고 오늘 아침 교황에게 간곡히 탄원하기로 했다. 3세기까지 로마와 아프리카에서 일어난 박해가 증명하듯이 지금 가톨릭교회에 가장 위험한 것은 정부의 부당한 조치가 아니라 독실하지만 경솔한 신자들의 열정이었다. 지금 세계는 가톨릭교회를 공격할 명분을 기다리고 있었다. 화살은 이미 시위를 떠난 상황이었다.

젊은 비서가 글씨가 빽빽이 적힌 보고서 넉 장을 가져왔다. 퍼시는 어제저녁 웨스트민스터 소인이 찍힌 보고서의 마지막 단락을 살펴봤다.

추기경님께서 말씀하신, 브랜드 의원의 전 보좌관 필립스가 두세 번 저를 찾아왔습니다. 그는 현재 묘한 상태입니다. 믿음은 없지만 가톨릭교회가 아닌 곳에서는 희망을 찾지 못하고 있다고 합니다. 그리스도십자가회에 들어가게 해 달라고 요청했지만 믿음이 없으니 불가능하다고 답변했습니다. 하지만 진심임에는 틀림없습니다. 진심이 아니라면 가톨릭교를 믿는다고 말했을 겁니다. 다른 신자들을 소개해 주었는데 그에게 도움이 되기를 바랍니다. 추기경님께서 한번 만나 보심이 어떨는지요.

필립스는 잉글랜드를 떠나기 전 브랜드 노부인을 주님과 화해시킨 기묘한 인연으로 알게 된 자였다. 퍼시는 블랙모어 신부에게 필립스를 만나 보라고 했다. 그 이유는 알 수 없었다. 필립스가 특별히 인상 깊은 것도 아니었다. 소심하고 우유부단한 사람이라고 생각했다. 하지만 일자리를 잃을지도 모르는 위험을 감수하면서도 이타적인 행동을 했다는 데 큰 감동을 받았다. 그가 선한 사람임에는 의심의 여지가 없었다.

문득 그를 이곳으로 부르고 싶었다. 로마의 영적 분위기를 느끼면 믿음이 생길지도 모를 일이었다. 어찌 됐든 브랜드 의원의 전 보좌관이 개종을 한다면 가톨릭교회에 도움이 될 것이다.

퍼시가 다시 종을 울렸다.

"브렌트, 블랙모어 신부에게 내가 필립스 씨를 만나고 싶어 한다고 답변을 보내 주게나."

"알겠습니다, 추기경님."

"서두를 필요는 없고 편할 때 오라고 하게."

"예."

"올해를 넘기고 오는 편이 좋겠어. 급한 일이 생기지 않는다면 충분한 시간이겠지."

"예, 추기경님."

◆　◆　◆

그리스도십자가회는 기적처럼 순조롭게 발전해 나갔다. 마침 이런 새로운 조직이 필요한 시점이었기에 교황이 그리스도인들에게 전한 호소가 들불처럼 빠르게 퍼졌다. 얼마나 반응이 좋은지 낙관적으로 예상하던 이들마저도 놀라움을 금치 못할 정도였다. 로마와 교외 지역에 사는 거의 모든 사람이 음식을 발견한 굶주린 사람처럼 성 베드로 대성전에 마련한 등록소로 달려갔다. 그 수가 거의 300만 명에 달했다.

교황은 몇 날 며칠 동안 베드로 사도의 성좌가 모셔진 제단 아래 앉아 있었다. 눈부시게 빛나던 얼굴이 저녁이 되면 피곤에 지쳐 수척해졌다. 막 단식과 성찬식을 끝낸 신자들은 교황 앞에 무릎을 꿇고 어부의 반지*에 입을 맞추기를 바라며 통행 저지선 뒤를 바글바글 메웠다. 교황은 일일이 말없이 손짓으로 축복을 나누어 주었다.

가입 조건은 무척 까다로웠다. 지원자는 특별 권한을 받은 사제에게 고해를 해야 하고 사제는 의도와 진정성을 엄정하게 심사했다. 그 덕분에 가입이 허락된 사람은 지원자의 3분의 1뿐이었다. 교회 당국은 불평하는 신자들에게 극도로 엄격한 조건에 비하면 승인 비율이 결코 낮지 않다고 해명했다. 로마에 사는 300만 명 중 최소한 200만 명은 신념을 위해 망명한 사람들이었다. 이들은 이교도들이 득세한 나라에서 눈총을 받으며 외롭게 사느니 가난하더라도 하느님의 품에서 살기를 선택했다.

수련자를 받기 시작한 지 닷새째 저녁, 놀라운 사건이 터졌다. 죽을 날이 머지않은 스페인 국왕〔빅토리아 여왕의 차남〕이 몸을 일으켜 그의 통치자 앞으로 비틀거리며 다가왔다. 그가 넘어지려는 순간, 교황이 벌떡 일어나 팔을 붙잡아 일으켜 세우고 입을 맞추었다. 교황은 계속 선 채로 양팔을 활짝 벌리고 대성전 역사에 없던 강론을 펼쳤다.

"찬미하올 주님! 찬송하리로다, 주 이스라엘의 하느님이여. 그 백성을 사랑하시어 그들의 죄를 용서하셨으니. 그리스도의 대리인이며 하인들의 하인, 죄인 중의 죄인인 나 요한이 주님의 이름으로 큰 용기를 허락한다. 십자가에 매달리신 그분의 명령으로 인내하는 모든 이에게 영원한 삶을 약속하노라. 주님께서는 말씀하셨다. '승리하는 사람은

---

* 어부이던 초대 교황 베드로 사도를 상징하는 교황의 반지이자 공식 인장.

내 어좌에 나와 함께 앉게 해 주겠다.'*"

교황이 고개를 들고 눈을 반짝였다.

"하느님의 자녀들이여, 우리를 죽이려는 자들을 두려워하지 마라. 그들은 그 이상을 할 수는 없다. 주님과 성모께서 우리와 함께하시니……."

50미터 떨어진 곳에 잠들어 있는 사도 베드로 앞에서, 고통 속에서 경외의 눈으로 교회만을 바라보는 전 세계 신자들을 향해 교황은 용기와 영감을 주는 말들을 쏟아 냈다. 신자들은 주님의 뜻이라면 목숨을 던지겠노라고, 죽음을 뜻하지 않으셨다면 원하시는 무엇이든 바치겠다고 맹세했다. 신자들은 이제 순종의 의미를 깨달았다. 그들의 의지는 더 이상 자신의 것이 아니라 주님의 것이었다. 몸을 바쳐야 하므로 순결해야 하고, 재산은 하늘 왕국에 있으므로 가난해야 했다.

교황은 로마와 세계에 대한 침묵의 축복으로 끝을 맺었다. 그때 몇몇 충실한 신자는 새처럼 생긴 하얀 물체가 하늘에 떠 있는 모습을 봤다고 생각했다. 안개처럼 하얗고 물처럼 투명한 무엇이었다.

이후 로마와 교외 지역에서 상상도 못 한 일들이 벌어졌다. 수만 명이 가족들과의 연을 끊고 수련자의 길로 들어섰다. 남편들은 퀴리날레 언덕으로, 아내들은 아벤티노 언덕으로 향했다. 거기에는 수련자들을 위해 마련한 커다란 집이 있었다. 아이들 역시 부모 못지않은 당당한 발걸음으로 성 빈센트 수녀원으로 몰려갔다. 그들은 교황의 명

---

*   요한 묵시록 제3장 21절.

령에 따라 아이들에게 거처를 제공해 주었다. 가난하게 살겠다는 서원으로 쓸모가 없어진 재산을 소각하느라 광장 위로 연기가 솟았다. 매일같이 기나긴 열차 행렬이 기쁨에 찬 사람들을 유럽 각지로 실어 날랐다. 그들은 세상의 소금이 되라는 교황의 명령을 받고 넓디넓은 이교도들의 세계로 몸을 내던졌다. 이교도 세계는 씁쓸히 웃으며 그들을 맞이했다.

나머지 그리스도교 세계에서도 성공담이 쏟아졌다. 각 지역은 신자들에게 정확하고 엄격한 지시를 전달했다. 교황의 새로운 정책들은 로마에서와 똑같이 실행에 옮겨졌다. 그리고 매일 교구장 주교가 작성한 새로운 신자들의 기나긴 명단이 날아들었다.

지난 며칠 사이에는 더욱 영광스러운 이름을 담은 명단이 속속 도착했다. 여러 지역에서 수도회가 활동을 시작하고, 끊어진 통신이 복구되었을 뿐만 아니라, 헌신적인 신자들이 스스로 조직을 꾸려 선교에 나섰다는 소식도 날아들었다. 절망으로 가득하던 신자들의 마음에 희망이 다시 싹트고 있었다. 무엇보다도 영광스러운 소식은 따로 있었다. 파리에서 신생 수도회 소속 신자 40명이 라틴 지구에서 산 채로 불타 죽었다는 소식이었다. 정부가 개입할 새도 없었다. 스페인, 네덜란드, 러시아에서도 순교자들의 이름이 전해져 왔다. 독일 뒤셀도르프에서는 성인 남성과 소년 18명이 성 로렌스 성당에서 아침 기도를 하다가 이교도들의 기습으로 한 사람씩 하수로에 던져졌다. 그들은 수로 밑으로 사라지며 성가를 불렀다.

"살아 계신 하느님의 아들 그리스도여, 우리를 불쌍히 여기소서."

어둠 속에서 힘없는 목소리로 부르는 노래가 계속 들려왔다. 결국 그 위에 돌을 쌓은 후에야 노래는 끊어졌다. 독일 교도소는 첫 번째 의례를 거부한 사람으로 가득 찼다. 세상 사람들은 다수의 폭력을 비난하면서도 저들이 스스로 자초한 일이라고 하며 대수롭지 않게 넘겼다. 그러면서 미신을 믿는 자들이 음모를 꾸미지 못하도록 경계를 늦추지 말고 폭력 사태에 단호히 대처하라고 당국에 촉구했다. 성 베드로 대성전에서는 새롭게 지은 긴 제단 앞을 인부들이 바쁘게 오가고 있었다. 그들은 서약을 지키고 왕관을 얻은 이들의 이름을 황동으로 새긴 후 돌로 만든 제단화에 붙였다.

그것이 세계의 도전에 관한 하느님의 첫 번째 답변이었다.

◆ ◆ ◆

성탄 대축일(크리스마스)이 다가오면서 교황청은 12월 31일에 성 베드로 대성전에서 수도회를 위한 교황 집전 미사가 예정되어 있다고 발표했다. 교황청은 그날을 위한 준비 작업에 착수했다.

이는 새로운 계획을 공개한다는 의미와도 같았다. 놀랍게도 전 세계 모든 추기경은 병으로 누워 있지 않은 이상 미사에 참석하라는 특별 명령이 내려졌다. 교황은 전쟁이 선포되었음을 세상에 알려야 한다고 결심한 듯했다. 로마에 온다 해도 5일 안에 각자의 교구로 돌아가겠지만 여러 가지로 불편한 상황이 야기될 것이다. 하지만 일단 발표가 났으니 그에 따라야 했다.

이상한 성탄 대축일이었다.

퍼시는 명령에 따라 두 번째 미사를 교황과 함께 집전하고, 자정에는 개인 기도실에서 직접 세 번째 미사를 집전했다. 말로만 듣던 광경을 난생처음 목격하게 되었다. 구시대의 교황 행렬을 보자 감탄이 절로 나왔다. 횃불을 밝히고 라테라노궁에서 성 아나스타시아 성당까지 행진을 했다. 교황이 거의 150년간 끊긴 고대 전통을 지난 몇 년 사이 부활시킨 것이다. 성당 주변 공간은 성직자와 왕족들에게 배정되었고, 행렬이 이동하는 거리에는 사람들이 빽빽이 서서 소리 없이 횃불을 밝혀 주었다. 성당에 도착한 교황은 위엄 있는 모습으로 제대 앞에 섰다. 퍼시는 그리스도의 탄생과 수난, 부활의 모든 과정이 교황의 손끝을 통해 펼쳐지는 장면을 지켜보았다. 지금 이 소박한 제단 주변을 지배하는 것은 골고타의 초자연적 어둠이 아니라, 베들레헴의 공기, 하늘의 불빛이었다. 교황의 늙은 손 아래 누워 있는 존재는 고통에 시달리는 슬픈 인간이 아니라 기적으로 가득한 어린아이였다.

성가대가 연단에서 '어서 가 경배하세'를 불렀다.

모든 형제들아, 울지 말고 경배하자.
아이처럼 기뻐하고 만족하자.
주님이 우리를 위해 아이가 되셨으니
우리도 주님을 위해 아이가 되자.

아기의 옷을 입고 평화의 신발을 신자.

주님은 임금이시며 존엄을 차려입으셨다.

주님께서 차려입으시고 권능으로 띠 두르시니

정녕 누리가 굳게 세워져 흔들리지 않는다.

당신의 어좌는 예로부터 굳게 세워져 있고

당신께서는 영원으로부터 계셨나이다.

딸 시온아, 한껏 기뻐하여라.

딸 예루살렘아, 환성을 올려라.

보라, 너의 임금님, 하느님의 외아들, 세상의 구세주가 오신다.

그분은 의로우시며 승리하시는 분이시다

이 세상의 우두머리가 하늘의 우두머리와 대적할 때

곧 고난의 시간이 다가오리라.

퍼시는 화려함과 거리를 두고 자신을 더 작고 단순하게 만들려고 노력했다. 전능하신 하느님께 불가능한 것은 없다! 이 새로운 물결이 예전 같지 않을 수도 있다. 예전에는 자신을 하느님 위에 놓는 모든 오만한 존재의 힘을 빼앗아 무릎을 꿇리셨다. 왕들을 사막 한가운데에 버리시거나, 목자들에게서 양 떼를 빼앗아 가기도 하셨다. 한때 왕이던 자들이 지금 가난하고 어리석은 이들과 함께 무릎을 꿇고 있다. 그들은 왕관을 내려놓고 충심이라는 황금과 믿음의 유향과 순교의 몰약을 바치고 있다. 저들의 나라도 교만을 내려놓고, 폭도를 길들이며, 이기심을 버리고, 무지를 고백할 수 있을까?

그러다 펠센버그가 떠올랐다. 가슴이 찔리듯이 아팠다.

III

엿새가 지났다. 퍼시는 평소와 같은 시간에 일어나 미사를 올리고 아침을 먹은 후 성무일도를 바쳤다. 교황의 미사에 참석할 시간이 되면 비서가 부르러 올 예정이었다.

배교, 죽음, 실종 같은 나쁜 소식이 계속 이어지리라 각오했는데 뜻밖에 잠잠한 한 주를 보내고 나니 기운이 돌았다. 성 아나스타시아 성당에서 한 묵상이 생각보다 진실한 듯싶었다. 아무리 세계가 본질을 부정한다 해도 역사 깊은 축일의 즐거움은 힘을 잃지 않은 듯했다. 중요한 사건은 딱히 없었다. 순교자 몇 명이 더 나왔지만 특수한 경우였다. 펠센버그에 관한 소식은 들리지 않았다. 유럽은 대통령이 무슨 일을 하는지 전혀 모르고 있었다.

내일은 잉글랜드와 독일에 매우 특별한 날이다. 잉글랜드에서는 전 국민이 의무적으로 참석해야 하는 의례가 처음으로 열리는 날이고, 독일은 두 번째 열리는 날이다. 이제 모든 사람이 자신의 신념을 공표해야 한다.

내일 사원에서 숭배할 조각상의 사진을 어제저녁 보게 되었다. 퍼시는 혐오감에 사진을 갈기갈기 찢어 버렸다. 거대하고 위풍당당한 여인의 나신상은 넋을 잃을 만큼 아름다웠다. 하늘의 신비를 보고 있는 것처럼 고개와 어깨를 뒤로 젖히고 팔은 늘어뜨린 채 손가락을 활짝 펼치고 있었다. 발과 무릎을 모은 전체적인 자세는 기대와 희망, 경이로움을 암시했다. 성모상을 조롱하듯 모방한 긴 머리카락 위에는 12개의 별이 박힌 왕관이 씌워 있었다. 이것은 남성상의 배우자이자, 아이를 기다리고 있는 이상적인 모성을 형상화한 것이었다.

하얀 종잇조각이 사악한 눈송이처럼 발밑에 떨어졌다. 퍼시는 기도대로 달려가 괴로움으로 무너졌다.

"오! 성모 마리아시여!"

그는 천국의 여왕에게 외쳤다. 진정한 아들을 오래전에 품에 안은 그녀가 위에서 내려다보고 있었다. 하지만 그뿐이었다.

◆ ◆ ◆

그러나 오늘 아침에는 그럭저럭 평온을 되찾고 12월 31일이 축일인 성 실베스테르 1세 교황을 기리는 미사에 참석했다. 어젯밤 본 성모상이 마음을 가라앉혀 주었다. 마음이 왜 진정되었는지는 이해할 수 없지만 효과는 탁월했다. 잘 모르는 추기경들이 주홍색 차림으로 품위를 지키며 사방에서 이곳으로 모여들었다. 기대감으로 전율이 느껴졌다. 수많은 사람이 광장에서 밤을 지새우며 대성전 문이 열리는 7시를 기다렸다. 이제 교회는 사람들로 발 디딜 틈이 없고 광장도 다시 메워졌다. 지금 퍼시가 내다보는 창문에서 강으로 가는 길은 사람들로 가득했다. 사람들이 돌기둥 위는 물론 지붕 위에까지 올라가 있었다. 하늘은 맑지만 날씨는 매섭게 추웠다. 이런 날씨에도 이들이 이렇게까지 몰려온 것은 미사가 끝나고 수도회 회원들이 교황의 성좌 앞을 행진한 후, 교황이 로마와 세계에 축도를 내린다는 발표가 있었기 때문이다.

삼시경*을 마친 퍼시가 책을 덮고 의자에 기대앉았다. 곧 비서가 이동할 시간임을 알리러 들어올 것이다.

머릿속으로 곧 벌어질 일에 관해 생각해 봤다. 병환으로 불참하는 예루살렘 보호 추기경을 제외한 추기경단 64명 전원이 참석할 것이다. 어디서도 볼 수 없는 광경일 터였다. 로마가 자유를 얻은 8년 전에도 비슷한 모임이 있었다. 하지만 당시 추기경단은 53명이고, 그나마 4명이 자리를 비웠다.

그때 객실에서 누군가 기척을 내며 다가오는 소리가 들렸다. 비서가 영어로 누군가를 소리 높여 타이르고 있었다. 퍼시는 고개를 갸웃하며 몸을 일으켰다.

"추기경님께서는 미사에 참석하셔야 합니다. 이러셔도 소용없어요."

이어 몸싸움하는 소리가 작게 들렸다. 상대가 손잡이를 낚아챘다.

'이렇게 무례할 수가.'

퍼시가 자리에서 일어나 문을 열어젖혔다.

얼굴이 하얗게 질린 남자가 후줄근한 차림으로 서 있었다. 처음에는 누구인지 알아보지 못했다.

"대체 무슨……."

---

* 오전 9시에 바치는 성무일도.

세상의 주인

말을 하던 퍼시가 멈칫했다.

"필립스 씨!"

필립스가 양손을 들어 올렸다.

"접니다, 선생님…… 아니, 추기경님. 때가 왔습니다. 생사가 달린 일이에요."

"누가 보내서 왔습니까?"

"블랙모어 신부님요."

"좋은 소식인가요?"

필립스는 씩씩대는 비서를 향해 눈짓을 했다. 퍼시는 무슨 뜻인지 알아챘다. 그는 필립스의 팔을 붙잡고 문 안으로 끌어당기며 비서에게 일렀다.

"2분 후에 오게."

퍼시는 윤이 나는 바닥을 지나 평소 즐겨 앉는 창가 자리로 가서 덧문에 몸을 기댔다.

"짧게 말씀해 주세요."

그가 숨을 몰아쉬는 남자에게 말했다.

"가톨릭 신자들이 음모를 꾸미고 있습니다. 내일 사원을 폭파한다고 합니다. 교황께서……."

퍼시가 손짓으로 다급하게 말을 잘랐다.

6장

I

오늘 오후 볼러역은 유난히 한산했다. 승강기에서 내린 일행 6명은 그저 평범한 여행객으로 보였다. 독일과 잉글랜드의 보호 추기경은 무늬 없는 털외투를 걸치고 성직자임을 드러내는 어떠한 표지도 하지 않았다. 그들을 수행하는 사제 2명이 가까이 붙어 서고, 남자 직원 2명은 조용한 객실을 차지하기 위해 짐을 들고 부리나케 걸음을 옮겼다.

네 사람은 플랫폼에서 바쁘게 움직이는 직원들과 발아래 철망 위에서 광을 내뿜고 있는 매끈한 괴물을 무심히 바라보았다. 지금 접혀 있는 날개는 곧 하늘을 시속 240킬로미터로 가르게 되리라.

퍼시가 갑자기 돌아서서 열려 있는 역 창문으로 다가갔다. 그는 창틀에 팔꿈치를 대고 로마 시내를 하염없이 바라보았다.

◆ ◆ ◆

이상한 광경이었다.

해 질 녘 하늘은 점점 어두워지고 있었다. 연한 노란색과 초록색이 섞인 하늘이 수평선에 가까워지면서 맑은 황갈색으로 변했다. 수평선 가장자리를 따라 붉은 선이 나타나고, 그 아래로 저녁을 맞은 짙은 자줏빛 도시가 보였다. 여기저기 검은 사이프러스 나무가 보이고, 잎이 다 떨어진 앙상한 포플러 나무 숲이 펼쳐져 있었다. 맞은편의 거대한 돔은 말로 표현할 수 없는 오묘한 빛깔로 시선을 끌었다. 각도에 따라 회색으로도 보이고 보라색으로도 보였다. 단단하게 솟은 벽은 남쪽 하늘의 빛을 반사하며 마치 거품처럼 옅은 주황색으로 물들었다. 여기가 바로 가장 훌륭하고 위대한 곳이었다. 들쭉날쭉한 굴뚝과 첨탑, 그 아래 밀집한 지붕들, 저 멀리 보이는 그림 같은 언덕 등은 모두 이 웅장한 감실의 부속물에 지나지 않았다. 지난 30세기 동안 그런 것처럼 벌써 불빛이 반짝이기 시작했다. 어둑해진 하늘에 연기가 가느다란 직선으로 피어올랐다.

모든 도시의 어머니인 이곳이 침묵에 잠겼다. 추운 날씨 탓에 집 밖으로 나와 있는 사람이 많지 않았다. 한 해를 마감하는 저녁은 평온했다. 좁은 거리에서 몇몇 사람이 서둘러 이동하는 모습이 개미처럼 작게 보였다. 채찍질 소리, 여자의 비명 소리, 아이의 울음소리가 다른 세계에서 빠져나온 것처럼 퍼시가 있는 높은 곳까지 올라왔다. 그들도 곧 조용해지고, 평화가 찾아들 것이다.

멀리서 묵직한 종소리가 희미하게 들리고, 졸음에 빠진 도시가 성모 마리아께 저녁 인사를 드렸다. 1000개의 탑에서 흘러나오는 음악이 천 가지 음으로 갈라지며 광활한 하늘에 퍼져 나갔다. 성 베드로 대성전에서는 엄숙한 저음이, 라테라노궁에서는 부드러운 고음이 들렸다. 낡은 빈민가 교회는 거칠게 울부짖고, 수도원과 경당은 날카롭게 쨍그랑거렸다. 모든 소리가 엄숙한 저녁 하늘 아래에서 합쳐져 은은하고 신비로운 분위기를 자아냈다. 소리와 빛의 조화가 아름다웠다. 구름 없는 주황색 하늘이 은은하고 달콤한 환희의 종소리와 하나가 되었다.

"구세주의 존귀하신 어머니……. 구세주의 존귀하신 어머니, 영원으로 트인 하늘의 문, 바다의 별이여. 죄인을 보살펴 주소서. 주님의 천사가 성모 마리아께 아뢰니, 성령으로 잉태하셨나이다. 하느님, 천사의 아룀으로 성자께서 사람이 되심을 알았으니, 성자의 수난과 십자가로 부활의 영광에 이르는 은총을 저희에게 내려 주소서."

퍼시가 눈물을 글썽이며 속삭였다.

가까이에서 또 다른 종이 날카롭게 울리며 퍼시를 고난과 슬픔과 과오가 존재하는 현실로 불러들였다. 고개를 돌리니 정차 중인 볼러가 내부에서 환한 빛을 내뿜고, 두 사제는 독일 추기경을 따라 탑승 통로를 지나고 있었다.

일행은 뒤쪽 객실을 택했다. 퍼시는 나이 많은 독일 추기경이 편히 자리를 잡고 앉은 모습을 확인한 뒤 로마를 마지막으로 보기 위해 말 없이 중앙 통로로 나왔다.

출구가 닫혔다. 맞은편 창문에 서서 곧 아래로 가라앉을 높은 벽을 내다보는 동안, 창틀이 엔진의 진동으로 흔들렸다. 어디선가 사람들이 중얼거리는 소리가 들렸다. 힘찬 발걸음이 바닥을 뒤흔들고, 종이 두 번 더 울리더니 듣기 좋은 바람의 화음이 이어졌다. 바람 소리가 휙 하고 크게 들리더니 기체의 진동이 멎었다. 황갈색 하늘에 닿은 높은 벽의 가장자리가 갑자기 아래로 뚝 떨어졌다. 순간 퍼시는 제자리에서 살짝 휘청거렸다. 잠시 후 돔이 다시 올라오다가 가라앉았다. 주변에 탑을 두르고 짙은 색 지붕으로 뒤덮인 채 반짝거리는 도시가 소용돌이처럼 빙그르르 돌았다. 이쪽저쪽에서 보석 같은 별들이 튀어나왔다. 이 이상한 기계는 한 번 더 길게 울부짖으며 자세를 바로잡고는 날개를 퍼덕이며 나아갔다. 스치는 바람 소리가 쩌렁쩌렁 울리더니 이내 고요한 진동으로 잦아들었다. 그렇게 북쪽을 향한 긴 여정이 시작되었다.

도시는 뒤편으로 멀어져 이제는 검은 바탕에 놓인 회색 조각으로밖에 보이지 않았다. 지상이 어둠 속으로 빨려 들어가자 하늘이 점점 커지며 모든 것을 감싸 안았다. 하늘은 아름다운 유리로 만든 거대한 돔처럼 반짝였다. 기체의 끝으로 시선을 돌리자 로마가 하나의 선과 거품으로 변해 있었다. 그러다 곧 한 점 티끌로 변하더니 눈앞에서 완전히 사라졌다.

퍼시는 심호흡을 하고 객실로 돌아갔다.

II

"다시 말해 보세요. 그 남자는 누굽니까?"

퍼시가 맞은편 자리에 앉자 늙은 추기경이 말을 꺼냈다. 수행하는 사제들은 자리를 옮겨 이 객실에는 둘뿐이었다.

"잉글랜드 정치인인 올리버 브랜드의 보좌관이었습니다. 임종을 앞둔 브랜드의 모친에게 저를 데리고 갔다가 일자리를 잃었습니다. 지금은 기자로 일한다고 합니다. 믿을 만한 사람입니다. 아직 가톨릭 신자는 아닙니다. 가톨릭 신자가 되기를 바라고 있지만요. 믿을 만하기 때문에 그들도 솔직하게 털어놓은 것 같습니다."

"그들은 누구죠?"

"저도 모릅니다. 극단적인 사람들이라는 말만 들었습니다. 행동에 나설 만큼 신앙심은 깊지만 인내심은 부족한 그런 신자들 말입니다. 필립스 씨가 자기들 계획에 공감할 거라고 생각한 것 같습니다. 그런데 필립스 씨는 양심이 있는 사람이었습니다. 이런 일이 터지면 신앙의 자유를 보장받지 못한다는 것도 알고요. 추기경님, 우리를 향한 반감이 얼마나 심한지 느끼십니까?"

노인은 슬퍼하며 고개를 저었다.

"그걸 어찌 모르겠습니까. 우리 독일인들도 가담했다고요? 확실합니까?"

"대대적인 계획이라고 합니다. 매주 회의를 하면서 몇 개월을 준비했다고 합니다. 지금껏 비밀을 유지한 게 기적일 정도지요. 독일인들이 완벽하게 피해를 주자면서 계획을 늦췄다고 합니다. 이제 내일이 되면……."

퍼시가 체념한 듯한 손짓으로 말을 흐렸다.

"교황 성하께서도 아십니까?"

"미사가 끝나자마자 찾아뵙고 말씀드렸습니다. 성하께서 반대 의견을 다 물리치고 추기경님을 부르신 겁니다. 이게 마지막 기회입니다."

"우리가 막을 수 있을까요?"

"모르겠습니다. 하지만 다른 방법이 없습니다. 곧바로 대주교님께 가서 전부 알려야 합니다. 저는 잉글랜드에 3시에 도착할 테고, 추기경님은 독일 시간으로 7시쯤엔 베를린에 도착하시겠지요. 그들의 습격은 11시로 예정되어 있다고 합니다. 11시까지는 무슨 수를 써서라도 막아야 합니다. 로마는 이번 일에 관련이 없다는 사실을 정부에 알려야 합니다. 과격분자들에게도 로마가 그들을 지지하지 않는다는 걸 알려야 하지요. 아마 정부는 보호 추기경과 대주교, 보좌 주교가 사원 안에 있다고 발표하며 과격분자들을 압박하겠죠. 경비 병력을 두 배로 늘리고 불러를 띄워 상공에서도 감시할 겁니다. 그다음에는……. 나머지는 주님의 손에 달렸습니다."

"과격분자들이 정말 일을 저지를까요?"

"잘 모르겠습니다."

퍼시가 짧게 답했다.

"2차 계획까지 준비했다면서요."

"그렇다고 합니다. 원래 계획은 상공에서 폭탄을 투하하는 거라고 합니다. 만약 실패하면 폭탄을 들고 사원으로 들어가 자폭하는 게 2차 계획이고요. 이미 3명이 그 일에 자원했답니다. 추기경님께서는 어떻게 하는 게 좋겠다고 생각하십니까?"

노인의 눈빛은 흔들리지 않았다.

"프랭클린 추기경님 계획에 따르지요. 어느 쪽이든 파장은 있지 않겠습니까? 아무 일 없이 넘어가더라도……."

"아무 일도 일어나지 않는다면 사기꾼이라고 비난을 받겠지요. 가톨릭을 홍보하려고 거짓으로 일을 꾸몄다고요. 만약 일이 터진다면…… 우리 모두 주님 앞에서 만나게 될 겁니다. 더 험한 꼴을 당할 수도 있고요."

퍼시가 격하게 덧붙였다.

"가더라도 곱게 가지는 못할 겁니다."

노인이 말했다.

"죄송합니다, 추기경님. 제가 괜한 말을……."

두 사람 사이에 침묵이 흘렀다. 소리는 들리지 않았지만 프로펠러의 미세한 진동이 계속 느껴졌다. 옆 객실에서 남자가 갑자기 기침을 했다. 퍼시는 힘없이 손에 머리를 묻고 창밖을 내다보았다.

땅은 이제 완전히 캄캄해져 거대한 암흑 구덩이 같았다. 그것을 완전히 에워싼 넓은 하늘은 여전히 희미하게 빛을 뿜었다. 흔들거리는 볼러가 바람을 헤치고 날아가는 동안 차갑고 희뿌연 하늘에서는 이따금 별들이 반짝였다.

"알프스산맥을 지날 때는 추울 겁니다. 사실 증거는 없습니다. 한 남자의 말뿐이에요."

퍼시가 중얼거리다 말을 돌렸다.

"그런데도 확신합니까?"

"확신합니다."

세상의 주인

"프랭클린 추기경님, 놀라울 만큼 닮으셨습니다."

독일인이 갑자기 그를 똑바로 보았다.

퍼시는 내키지 않았지만 웃어넘겼다. 그런 말도 이제 지겨웠다.

"그에 관해 어떻게 생각하십니까?"

독일 추기경이 물었다.

"전에도 비슷한 말을 들은 적이 있는데, 저는 사실 아무 생각도 없습니다."

"제가 보기에는 주님께서 어떤 뜻이 있는 것 같습니다."

독일인은 여전히 퍼시를 응시하며 천천히 말했다.

"주님의 뜻이라고요?"

"글쎄, 대칭 구조 같은 게 아닐까요? 동전의 앞뒷면 같은 것 말입니다. 잘 모르겠습니다."

다시 침묵이 흘렀다. 수수한 차림의 독일인 수행 사제가 유리문으로 객실을 잠깐 둘러보고는 다시 물러났다.

"프랭클린 추기경님, 좀 더 구체적인 대책을 세워야 하지 않겠습니까?"

퍼시는 고개를 저었다.

"계획은 무의미합니다. 우리는 알려진 사실밖에 모릅니다. 그들의 이름도 모르는걸요. 우리는…… 우리 가톨릭은 지금 호랑이 굴에 갇힌 어린아이들이나 다를 바 없습니다. 그런데 한 아이가 호랑이 얼굴에 손을 대려 하고 있어요."

"그러면 서로 연락이라도 자주 합시다."

"살아 있다면요."

흥미롭게도 퍼시가 상황을 주도하고 있었다. 슈타인만 추기경은 12년째 그 자리에 있지만 퍼시는 겨우 3개월 전 추기경에 서임되었다. 그런데도 계획을 세우고 지시하는 쪽은 퍼시였다. 하지만 이상하다는 생각은 없었다.

오늘 아침 충격적인 소식을 듣게 되자 그러잖아도 위태로운 교회가 지뢰를 밟은 느낌이 들었다. 퍼시는 엄청난 비밀을 간직한 채 예정대로 미사에 참석했다. 전례 순서가 이어지는 동안 교황과 성직자들의 차분한 움직임을 지켜보며 속이 타들어 갔다. 이후 교황을 알현해 소식을 전하고 대책을 논의했다. 축복을 주고받고, 말이 아닌 표정으로 작별 인사를 나눈 후 서둘러 자리를 떠났다. 모든 결정이 30분이 채 안 되는 사이에 이루어졌다. 퍼시의 모든 본능은 강한 힘으로 눌린 용수철처럼 꿈틀거렸다. 그 힘에 손가락까지 찌릿찌릿할 정도였다. 모든 받침대가 무너져 내리고 버팀목이 잘려 나갈 절망적인 상황이지만 대수롭지 않았다. 그와 로마, 가톨릭교회, 교회의 초자연성은 오로지 하느님의 손에 달려 있었다. 그마저 실패한다면…… 어차피 모든 것이 끝나 버린다.

굴욕이냐 죽음이냐, 둘 중 하나를 선택하는 문제였다. 혹시나 과격분자들이 조용히 계획을 포기해 준다면 좋겠지만 그럴 일은 없다.

당국은 사제들을 인질 삼아 과격분자들이 목표로 삼은 사원에 가둘 것이다. 만약 과격분자들이 가톨릭 사제들을 함부로 해칠 수는 없다며 공격을 하지 않는다면 가톨릭교회는 엄청난 지탄을 받을 것이다.

존재감을 드러내기 위해 거짓 정보를 흘렸다는 누명을 쓰게 될 것이다. 반면에, 과격분자들이 사제들의 죽음을 어쩔 수 없는 희생으로 여기고 공격을 감행한다면 그때는 죽음의 굿판이 벌어질 것이다. 하지만 퍼시는 모욕이나 죽음 어느 것도 두렵지 않았다. 이미 모욕은 당할 만큼 당해서 익숙하고, 죽음은 오히려 달콤했다. 죽음으로는 적어도 휴식은 얻을 수 있지 않은가. 그는 모든 것을 하느님에게 맡겼다. 어떠한 위험도 감수할 각오가 되어 있었다.

독일 추기경은 손짓으로 양해의 표시를 하며 기도책을 꺼내 읽기 시작했다.

퍼시는 부러운 눈으로 그를 바라보았다. 아아! 나도 저만큼 나이가 들었더라면! 이런 절망의 시절을 1~2년은 더 견딜 수 있을지 몰라도 50년은 불가능했다. 설령 이번 일이 해결된다 해도 그의 앞날에는 투쟁과 인내, 적들의 오해와 위협이 끝없이 놓여 있었다. 교회는 날이 갈수록 추락하고 있었다. 지금은 열정이 다시금 고동치고 있지만, 이게 만약 죽기 직전 타오르는 불꽃에 불과하다면? 앞으로 있을 고난을 어떻게 견디지? 점점 더 거대해지는 무신론 세력들이 으스대는 꼴을 어떻게 본단 말인가? 펠센버그는 무신론에 누구도 예측하지 못한 힘을 주었다. 지금까지 민주주의 역사에 그보다 강력한 권력을 가진 사람은 없었다. 퍼시는 다시 한번 내일을 기대했다. 아아! 죽음으로 끝날 수만 있다면! '이제부터 주님 안에서 죽는 이들은 행복하다.'*

---

*   요한 묵시록 제14장 13절.

아니, 이런 생각은 옳지 않다. 비겁한 생각이다. 어쨌거나 주님은 주님이었다. 그분께서는 섬들도 먼지처럼 들어 올리신다.

퍼시는 기도책을 꺼내 일시경* 기도문과 성 실베스테르 기도문을 펼쳐 놓고 성호를 그은 후 기도를 시작했다. 잠시 후 수행 사제 2명이 다시 들어와 자리에 앉았다. 프로펠러의 진동과 기이하게 속삭이는 바람 소리를 제외하고는 사방이 고요했다.

III

19시 무렵, 얼굴이 붉은 영국 승무원이 문가에서 고개를 내밀며 기척을 냈다. 그 바람에 퍼시는 잠에서 깼다.

"30분 후 식사가 나옵니다, 신사 여러분. 오늘 밤은 토리노에 정차하지 않습니다."

승무원은 국제 수송 차량 규정에 따라 에스페란토로 말한 후 문을 닫고 나갔다. 복도를 따라 이어진 다른 객실에서도 같은 말을 하고 문을 닫는 소리가 들렸다.

그렇다면 토리노에서 내리는 승객도, 타는 승객도 없다는 소리다. 탑승객이 없다는 소식은 무전으로 받았겠지. 다행이었다. 이렇게 되면 런던에서 준비할 시간이 늘어날 것이다. 슈타인만 추기경도 파리

---

* 오전 6시에 바치는 성무일도. 1962년 제2차 바티칸 공의회가 반포한 교황령에 의해 폐지되었다.

에서 베를린행 볼러를 예정보다 일찍 탈 수 있다. 하지만 그 시간에 볼러가 있을지 모르겠다. 13시 정각에 로마에서 베를린으로 직행하는 볼러를 타지 못한 게 안타까웠다. 퍼시는 무심한 표정으로 바뀐 일정을 생각했다.

그러다 일어나 기지개를 켠 후 손을 씻기 위해 복도로 나갔다.

기체 뒤쪽에 있는 세면대 앞에 서서 바깥 풍경을 홀린 듯 바라보았다. 토리노 위를 지나는 중이었다. 아래에 있는 어두운 심연에서 흐릿하게 번진 빛이 아름답게 빛났다. 빛을 내뿜는 땅은 비행기가 알프스를 향해 속력을 올리자 어두운 남쪽으로 모습을 감추었다. 위에서는 거대한 도시도 한없이 작아 보였다. 하지만 토리노는 강력한 힘을 지닌 도시였다. 벌써 8킬로미터 뒤로 사라진 저 도시가 이탈리아를 지배하고 있었다. 얼핏 스쳐 지나간 작은 건물 어딘가에 있을 소수의 권력자가 사람들의 몸과 영혼을 지배하고, 하느님을 헐뜯고, 그분의 교회를 비웃었다. 하느님께서는 이를 묵묵히 지켜보기만 할 뿐 아무 대응도 하지 않으셨다. 바로 저곳에 2개월 전 펠센버그가 있었다. 자신과 똑같이 생긴 펠센버그가! 또다시 마음의 검이 심장을 찔렀다.

◆ ◆ ◆

몇 분 후 앞쪽 식당으로 자리를 옮긴 성직자 네 사람은 칸막이를 친 작은 객실의 원형 테이블에 둘러앉았다. 저녁 식사는 훌륭했다. 식사는 순서에 따라 다양한 음식이 부드러운 딸깍 소리와 함께 아래층 주방에서 테이블 중앙으로 올라왔다. 한 사람당 적포도주 한 병이 제공되었다. 테이블과 의자가 볼러의 미세한 진동을 따라 흔들렸지만 불편하지는 않았다. 그들은 말없이 밥을 먹었다. 두 추기경의 관심사는 하나였지만 사제들은 아직 상황을 알지 못했기 때문이다.

기온이 점점 쌀쌀해지고 있었다. 발밑에 온풍이 나오는 받침대가 있으나 알프스의 차가운 바람을 이길 수는 없었다. 볼러는 기체를 약간 기울여 알프스산맥으로 다가가고 있었다. 안전하게 몽스니 고개를 넘으려면 일반적인 고도보다 최소 2.7킬로미터 정도 상승해야 했다. 고도를 높일수록 산소가 희박해져 속도를 조금 늦춰야 했다. 기압이 낮아 프로펠러를 빨리 돌려야 하는 문제도 있었다.

"오늘 밤은 하늘이 흐리겠습니다."

복도에서 맑고 또렷한 목소리가 들렸다. 그때 기체가 흔들리며 문이 살짝 벌어졌다.

퍼시가 일어나 문을 닫았다.

식사를 마칠 즈음 슈타인만 추기경이 초조한 기색을 보이며 말했다.

"이만 돌아가 봐야겠습니다. 가서 담요를 좀 덮어야겠어요."

수행 사제가 식사를 멈추고 추기경을 따라나섰다. 테이블에는 퍼시와 최근 스코틀랜드에서 온 그의 수행 사제 코크런 신부만 남았다.

포도주를 다 마신 퍼시는 무화과로 입가심을 한 뒤 앞에 있는 유리창을 내다보았다.

"보세요, 신부님. 드디어 알프스가 보이네요."

기체의 앞은 세 부분으로 나뉘어 있었다. 중앙 칸에서는 조종사가 둥근 조종대에 손을 올리고 정면을 주시했다. 알루미늄 벽을 사이에 두고 조종실 양쪽에 있는 좁은 객실에는 사람 눈높이에 곡선형 창문이 선체를 따라 길게 나 있었다. 창문을 통해 아름다운 풍경이 보였다. 퍼시는 복도를 지나 그쪽으로 향했다. 반쯤 열린 객실 문틈으로 다른 승객들이 아직 포도주를 마시는 모습이 보였다. 퍼시는 왼쪽 문을 열고 안으로 들어갔다.

지금까지 알프스를 세 번 넘었다. 그 특별한 경험은 잊을 수 없었다. 특히 맑은 어느 날 높은 고도에서 바라보았을 때가 기억에 남는다. 하얀 얼음 바다 사이사이로 저마다 이름이 붙은 거대한 산봉우리들이 솟아 언덕과 계곡을 이루었다. 그 너머에서 지구의 둥근 곡선은 안개 낀 하늘로 빨려 들어가 미지의 공간으로 사라졌다. 하지만 오늘 풍경은 그때보다도 황홀해 보였다. 퍼시는 아파서 집 밖으로 나가지 못하는 아이처럼 눈을 반짝이며 하염없이 창밖을 보았다.

볼러가 고도를 높이며 가파른 산비탈, 골짜기, 낭떠러지를 빠르게 지나갔다. 모두 거대한 성벽의 감시 망루처럼 작게 보였다. 그 뒤로 거대한 요새들이 위용을 뽐내며 나란히 서 있었다. 고개를 돌리니 달도 없는 하늘에 얼어붙은 별들이 박혀 있었다. 희미한 별빛이 풍경을 더욱 인상적으로 만들어 주었다. 하지만 고개를 돌려 반대편을 보자 왠지 다른 느낌이 들었다. 뿌옇게 성에 긴 유리를 통해 보는 것처럼 주위의 넓은 하늘이 흐릿했다. 검은 소나무 숲이 회색 벨벳처럼 흐려지면서 움직일 때마다 물과 얼음이 희미하게 일렁거렸다. 모든 풍경의 윤곽선이 뭉개지더니 흰색 베일로 뒤덮이며 시야에서 사라졌다.

고개를 들어 좌우로 시선을 돌리니 무시무시한 풍경이 펼쳐졌다. 사방에서 기괴한 형태의 물체들이 구름 사이로 움직이고 있었다. 움직이는 물체들은 볼러의 조명이 닿을 때만 잠깐씩 모습을 드러냈다. 기체 하부 탐조등에 불이 들어오자 길쭉한 뿔을 닮은 커다란 물체 2개가 불쑥 튀어나왔다. 거대한 볼러였다. 이미 속도를 절반으로 줄인 퍼시의 볼러가 속도를 더 늦췄다. 거대한 볼러들이 스쳐 지나가자 기체가 좌우로 흔들거렸다. 볼러들은 더듬이 같은 불빛을 비추며 안개를 헤치고 나아갔다. 퍼시가 탄 볼러가 앞머리를 들어 고도를 높였다. 순간 기체가 심하게 흔들렸다. 가뜩이나 울렁거리던 속이 더 뒤틀렸다. 거대한 볼러들은 순식간에 300미터 아래로 사라졌다. 짐승의 울부짖음 같은 소리가 거칠게 퍼지더니 곧 조용해졌다. 길고 구슬픈 경적이 다시 울렸다. 떠도는 영혼의 울음처럼 쓸쓸한 메아리를 울리며 퍼져 나갔다.

퍼시는 넋이 나간 채 유리창의 습기를 닦고 밖을 보았다. 바닥이 조금씩 흔들리고 있었다. 움직이지 않는 새하얀 세계에 발을 딛고 선 기분이었다. 지상에서도, 천국에서도 멀리 떨어진, 끝도 보이지 않는 절망의 공간에 떠 있는 느낌이었다. 아무것도 보이지 않았다. 황량하고 새하얀 지옥에서 길을 잃은 채 외로이 얼어붙은 것만 같았다.

눈앞에서 커다란 흰색 물체가 구름을 뚫고 다가왔다. 기체가 방향을 바꾸어 아래로 움직이자 기름처럼 미끈한 산비탈이 드러났다. 한데 뭉쳐 있는 검은 바위들이 무언가를 움켜쥐려는 남자의 손처럼 하늘을 향해 뻗어 있었다.

근처에서 볼러의 경적이 다시 울렸다. 길 잃은 양처럼 큰 소리로 울자 응답하는 신호가 들렸다. 10미터도 떨어져 있지 않은 듯했다. 절망에 찬 첫 번째 비명이 들리자마자 비슷한 소리가 여기저기에서 계속 들려왔다. 그 소리는 곧 요란한 종소리로 바뀌었다. 잠시 후 날개를 퍼덕이는 소리가 밤하늘을 가득 메웠다.

IV

종소리와 그에 응답하는 외침이 사방에서 들렸다. 순간 퍼시가 탄 볼러가 중심을 잃고 흔들렸다. 조종사가 바짝 경계를 한 것 같았다. 기체가 돌덩이처럼 출렁 내려앉자 허공으로 추락하는 느낌이 들었다. 퍼시는 재빨리 난간을 붙잡았다. 뒤에서 묵직한 물체들이 서로 부딪히며 도자기 깨지는 소리가 났다. 볼러가 날개에 이상이 없는지 확인하는 동안 당황한 사람들이 뛰어다니며 소리를 질렀다. 바깥에서는 경적이 계속 울렸다. 온통 그 소리밖에 들리지 않았다.

퍼시는 경적을 울리는 볼러가 한두 대가 아님을 알아차렸다. 열 대, 스무 대도 아니고 최소 백 대는 넘는 것 같았다. 거대한 볼러들이 떼를 지어 날며 머리 위에서 경적을 울리고 날개를 퍼덕이고 있었던 것이다. 보이지 않는 골짜기와 절벽이 울음소리를 빨아들였다. 긴 울음소리가 잦아들면 날카로운 종소리가 뒤를 이어 들려왔다. 소리는 앞뒤, 위아래, 좌우를 가리지 않고 사방에서 울렸다. 다시 기체가 움직이더니 길게 곡선을 그리며 산 쪽으로 하강했다. 그러다 잠깐 멈추고는 거대한 날개를 퍼덕였다. 퍼시는 몸을 돌려 창밖을 내다보았다. 불과 10미터 아래에 거대한 봉우리가 안개를 뚫고 올라와 있었다.

볼러가 요동을 치는 바람에 내부는 난장판이 되었다. 식당 객실 문들이 활짝 열려 있고, 유리잔, 접시, 포도주, 과일이 나뒹굴었다. 바닥에 힘없이 주저앉은 남자가 겁에 질린 눈으로 퍼시를 바라보았다. 퍼시가 객실 문을 힐끗 보니 코크런 신부가 비틀거리며 일어나 다가왔다. 미국인들이 식사를 하던 반대편 객실 문에서도 사람들이 바삐 움직였다. 퍼시는 코크런 신부에게 고갯짓으로 객실로 돌아가자는 뜻을 전했다. 좁은 통로는 사람들로 꽉 막혀 움직이기가 어려웠다. 울고 떠들어 대는 사람들로 아수라장이었다. 퍼시와 코크런 신부는 알루미늄 벽에 붙어 일행들이 있는 곳으로 한 발짝씩 나아갔다.

사람들 사이를 뚫고 힘겹게 복도를 반쯤 지나는데 통로 끝에서 승무원 목소리가 들렸다. 시끄럽게 떠들던 사람들이 입을 다물었다. 그러자 멀리서 볼러들이 내는 소리가 다시 들렸다.

"착석해 주세요, 여러분. 자리에 앉으세요. 곧 출발합니다."

붉은 얼굴의 승무원이 단호하게 이야기하자 승객들이 흩어지기 시작했다. 그제야 후미로 가는 길이 뚫렸다.

슈타인만 추기경은 무사한 듯했다. 잠들어 있었다고 했다. 바닥으로 굴러떨어지지 않은 게 다행이었다. 노인이 인상을 쓰며 물었다.

"무슨 일입니까? 그게 왜 갑자기 나타난 겁니까?"

슈타인만 추기경과 함께 있던 베흘린 신부가 창밖으로 5미터 거리에 있는 볼러 부대를 봤다고 설명했다. 사람이 가득 탄 볼러가 갑자기 높이 올라가 안개 속으로 사라졌다고 했다.

퍼시는 고개를 절레절레 저었다. 무슨 말로도 설명할 수가 없었다.

"지금 상황을 알아보는 것 같습니다. 승무원이 무전기 앞에 서 있었어요."

베홀린 신부가 말했다.

아직 충격에서 벗어나지 못한 퍼시는 창밖을 내다봤다. 아무것도 보이지 않았다. 뾰족한 돌산과 눈 덮인 능선이 물에 잠긴 듯 아래에서 출렁거렸다. 이제 밖은 조용했다. 볼러 부대가 지나가는지 위쪽 어디에선가 울부짖는 소리가 잠깐씩 들릴 뿐이었다. 새 한 마리가 허공에서 길을 잃고 우는 것만 같았다.

"저건 정찰 볼러인데."

퍼시가 혼잣말로 중얼거렸다.

도무지 이해가 안 되는 상황이었다. 그저 불길한 느낌만 들었다. 볼러 백 대와 마주쳤다는 얘기는 들어 본 적이 없다. 왜 남쪽으로 가는 것일까? 또다시 펠센버그가 떠올랐다. 그 사악한 자가 지금 계략을 꾸미고 있다면?

"프랭클린 추기경님."

슈타인만 추기경이 다시 말을 걸었으나 볼러가 곧 출발하는 바람에 모두 입을 다물었다.

종이 울리고 발밑이 부르르 떨리더니 기체가 눈송이처럼 부드럽게 상승하기 시작했다. 어찌나 부드럽게 움직이는지 눈앞의 돌산이 갑자기 아래로 꺼지지 않았다면 움직이는지도 몰랐을 것이다. 눈밭이 서서히 아래로 멀어져 가고, 검은 계곡이 잠깐 시야에 들어왔다가 아래로 사라졌다. 하늘을 향해 떠오르는 동안 하얀 공간에 멈춰 있는 듯했다.

또다시 경적이 공기를 갈랐다. 이번에 들려오는 응답은 다른 세계에서 울리는 듯 희미하고 멀게 느껴졌다. 다시 한번 경적이 울렸다. 경적은 아래의 황량한 돌벽에 부딪히며 메아리쳤다. 보이지 않는 누군가에게 자신의 존재를 알리려 경적이 끊임없이 울렸다. 창문으로 다시 나타난 하얀 산비탈이 차례로 다가왔다가 멀어져 갔다. 듬성듬성 솟은 돌산이 안개 너머로 한순간 드러났다가 아래로 사라졌다. 날카로운 종소리와 마지막 경고음이 들리면서 프로펠러의 진동이 다시 잠잠해졌다. 마침내 산봉우리에서 벗어난 기체가 안정적으로 날개를 펼치며 유유히 비행하기 시작했다. 무엇인지는 모르지만 조금 전 그것들은 뒤편의 짙은 밤하늘로 사라졌다.

안에서 사람들의 말소리가 들렸다. 누군가가 숨을 몰아쉬며 속사포처럼 질문을 퍼부었다. 승무원이 위엄 있는 목소리로 짧게 대답했다. 문밖에서 인기척이 느껴졌다. 퍼시가 벌떡 일어나 문을 열려고 하는데, 먼저 문이 열리면서 놀랍게도 영국인 승무원이 들어왔다. 그는 문을 닫고는 묘한 시선으로 4명의 성직자를 바라보았다. 왠지 걱정스러운 기색이었다.

"무슨 일입니까?"

퍼시가 물었다.

"저, 손님들께서는 파리에서 내리셔야 할 것 같습니다. 여러분이 누구인지 압니다. 저는 가톨릭 신자는 아니지만……."

그가 말을 흐렸다.

"아, 곤란한데……."

퍼시가 난감해하며 말했다.

"방금 전에 보신 것은 로마로 가는 볼러들이었습니다. 자그마치 이백 대였습니다. 런던에서 가톨릭 신자들의 음모가 발각돼서……."

"그래서요?"

"그들이 사원을 폭파하려 했답니다. 그래서 볼러들이……."

"네?"

"로마를 폭파할 거랍니다."

그 말을 남기고 승무원은 객실 밖으로 나갔다.

7장

I

같은 날인 12월 31일, 메이블은 16시를 조금 앞두고 집 아래 거리에 있는 사원에 들어갔다.

어둠이 소리 없이 내려앉고 있었다. 서쪽으로 보이는 지붕들 너머로 겨울 석양이 붉게 타들어 갔다. 사원 내부를 비추던 빛이 점점 희미해졌다. 오후에 낮잠을 잔 덕분에 마음과 정신이 맑아진 기분이었다. 나중에 메이블은 이때를 떠올리며 어떻게 그 시간에 마음 편히 낮잠을 잘 수 있었는지 의아해했다. 도시나 시골을 가리지 않고 공포와 두려움의 먹구름이 들이치고 있다는 사실을 왜 알아채지 못했을까 하는 생각에 스스로가 부끄러웠다. 돌이켜 보면 창밖을 내다보았을 때 철로가 평소답지 않게 바쁘고 경적이 유난히 많이 울리긴 했다. 하지만 별생각 없이 1시간 후에 명상을 하러 사원에 왔다.

메이블은 고요한 이곳을 사랑하게 되었다. 오늘처럼 종종 들러 생각을 가다듬고 삶의 표면 아래에 있는 중요한 의미에 생각을 집중시켰다. 모든 인간은 그렇게 거대한 원칙 위에서 삶을 살았다. 그것은 의심의 여지 없는 진정한 현실이었다. 실제로 일부 계층 사이에서 이런 내용을 정리한 기도가 유행하고 있었다. 그에 관한 연설도 생기고, 내면의 삶을 안내하는 책들도 출판되었다. 그 책들은 묵상 기도에 관한 예전의 가톨릭 서적과 희한할 정도로 닮아 있었다.

메이블은 평소와 같은 자리에 앉아 손을 모은 뒤 돌로 된 낡은 제단과 하얀 조각상, 점점 어두워지는 창문을 잠시 바라보았다. 이어 눈을 감고 정해진 순서에 따라 명상을 시작했다.

처음에는 자신에게 주의를 집중했다. 그저 표면적이고 일시적인 것들은 뒤로하고 내면에 있는 은밀한 불꽃을 발견할 때까지 안으로, 안으로 침잠했다. 모든 약점과 행동 아래에 존재하는 불꽃은 그녀를 인류라는 신성한 종족의 어엿한 일원으로 만들어 주었다.

여기까지가 첫 번째 단계였다.

두 번째 단계에서는 지력과 상상력을 발휘했다. 메이블은 모든 인간이 그 불꽃을 갖고 있다고 생각했다. 그다음 힘을 내보냈다. 마음의 눈으로 소용돌이치는 세상을 훑으며 빛과 어둠이라는 두 가지 영역에 숨은 것을 보았다. 수많은 인간이 있었다. 아이들은 세상에 태어나고, 노인들은 세상을 떠났다. 성인은 세상과 자신의 힘을 만끽했다. 시간을 거슬러 올라가 범죄와 무지로 얼룩진 시대를 돌아보았다. 인간은 야만성과 미신을 딛고 일어나 자신을 이해하게 되었다. 앞으로 몇 세대가 더 지나야 완벽이라는 절정에 이를 것이다. 아직 그 경지에 이르지 못했기에 완전히 다 이해할 수는 없었다. 하지만 그 절정은 이미 싹을 틔웠다. 산통은 끝났다. 시간의 계승자이신 그분께서 강림하지 않으셨는가.

세 번째 단계에서는 모든 것의 통일성을 생생하게 깨달았다. 중심의 화염이 내뿜은 각각의 불꽃은 열기로밖에 보이지 않았다. 그 초연한 신성 존재는 수 세기에 걸쳐 자신을 실현했다. 사람들이 신이라 부르던, 하나이면서 동시에 여럿인 그는 더 이상 미지의 존재가 아니었다. 이제 신은 모든 사람의 총합을 초월한 존재로 여겨졌다. 새로운 구세주의 강림과 함께 그는 잠에서 깨어 신으로 우뚝 섰다.

메이블은 그곳에 앉아 잡념을 털어 내고 생각에 잠겼다. 진실과 동화되기 위해 이 덕목, 저 덕목을 차례로 사색하며 자신의 결점을 곱씹었다. 모든 열망이 실현되는 큰 그림을, 모든 인간이 바라 온 희망의 절정을 보았다. 그토록 오래 방해받았지만 세상의 열정으로 힘을 얻은 평화의 정신은 개개인의 삶에서 발산된 에너지를 통해 그 실체를 얻게 되었다. 계속해서 맥박이 고동치며 살아 숨 쉬게 되었다. 그리고 마침내 고요하고 분명하게 지배하고 승리했다. 메이블은 그 생각에 집중했다. 개인이라는 감각을 버리고 오랫동안 지속된 노력의 의지와 결합했다. 생각을 하며 삶과 사랑의 정신을 깊이 들이마셨다.

그때 어떤 소리가 메이블의 집중을 흩트려 놓았다. 메이블은 눈을 떴다. 석양이 희미하게 물든 조용한 거리, 제단으로 향하는 계단, 그 오른쪽으로 제대가 보였다. 새하얀 어머니상과 낡은 창문의 장식 무늬 위로 조금씩 어둠이 내려앉은 공간은 평화로웠다. 이곳은 예전에 사람들이 예수를 숭배한 곳이었다. 피로 물든 슬픔의 사람은 자기 입으로 평화가 아니라 칼을 주러 왔다고 고백했다. 그럼에도 눈멀고 어리석은 그리스도교인들은 무릎을 꿇었다. 얼마나 애처로운가! 고난의 이유를 알려 준다고 하니 덥석 그를 믿어 버리고, 그 고난을 대신 짊어지겠다는 말에 맹목적으로 숭배하는 꼴이라니!

아까와 같은 소리가 또다시 정적을 깨뜨렸다. 어디서 나는 소리인지는 알 수 없었다. 소리가 점점 가까이에서 들렸다. 메이블은 놀라서 어슴푸레한 신자석을 돌아보았다. 바깥에서 들리는 소리였다. 이상한 중얼거림이 귓가를 때리고 곧 사라졌다.

메이블은 일어났다. 가슴이 빠르게 뛰기 시작했다. 이런 소리를 전에 딱 한 번 들은 적이 있다. 올리버가 광장에서 연설하던 날 연단 바로 밑에서 벌어진 폭력 사태 때였다. 얼른 자리에서 일어나 통로를 빠져나온 그녀는 서쪽 문을 열고 밖으로 나왔다.

◆ ◆ ◆

메이블은 사원 입구의 울타리 뒤에서 주변을 살폈다. 양옆으로 집들이 늘어선 거리는 평소답지 않게 어두웠다. 하늘은 석양으로 붉게 물들어 있었다. 가로등이 아직 켜지지 않은 거리에는 개미 한 마리도 없었다. 사원의 울타리 철문을 열고 밖으로 나오려고 빗장에 손을 대는 순간, 빠르게 뛰어오는 발소리가 들렸다. 메이블은 동작을 멈췄다. 곧이어 한 아이가 헉헉대며 나타났다. 공포에 질린 아이는 메이블에게 양팔을 내밀며 달려왔다.

"그들이 오고 있어요. 그들이 오고 있다고요."

아이는 자신을 바라보는 메이블을 향해 울부짖었다. 그러더니 울타리 철문을 붙잡고 뒤를 돌아보았다.

메이블은 얼른 빗장을 들어 올렸다. 아이는 쏜살같이 들어와 사원 문을 급하게 두드렸다. 그러다 메이블에게 다가오더니 치맛자락 뒤로 몸을 숨겼다. 메이블이 철문을 닫았다.

"얘야, 누가 오고 있다는 거니?"

아이는 치마를 끌어당겨 얼굴을 가리기만 할 뿐이었다. 다음 순간, 고함 소리와 쿵쿵거리는 발소리가 들렸다.

◆ ◆ ◆

얼마 지나지 않아 심상치 않은 행렬이 모습을 드러냈다. 먼저 한 무리의 아이들이 눈에 띄었다. 웃는 아이, 겁에 질린 아이, 어딘가에 홀린 듯한 아이, 악을 쓰는 아이 등이 고개를 두리번거리며 달려 나갔다. 그들 사이에서 컹컹 짖는 강아지도 한두 마리 보였다. 여자 몇 명은 인도를 따라 걸었다.

메이블이 놀라서 맞은편 위를 보자, 얼굴이 하얗게 질린 남자가 창문 밖으로 고개를 내밀고 있었다. 몸이 불편한 환자가 밖을 보려고 힘겹게 몸을 움직인 듯했다. 울타리 반대편에서 달려온 한 무리의 사람들이 메이블 바로 앞에 멈춰 섰다. 회색 옷을 말쑥하게 입은 남자 하나, 아기를 안은 여자 몇 명, 엄숙해 보이는 소년 하나가 제각기 뭐라고 외쳐 댔다. 서로의 이야기는 듣지 않았다. 그러다가 고함과 발소리가 점점 커지는 왼쪽 도로로 고개를 돌렸다.

메이블은 이유를 묻지 못했다. 입술을 달싹였지만 아무 소리도 나지 않았다. 그녀는 왠지 모를 불안감에 사로잡혀 시선을 뗄 수 없었다. 아침 식사를 하던 올리버, 은은한 벽지가 둘러진 그녀의 침실, 조금 전 보고 나온 어두운 제단과 하얀 조각상 같은 사소한 장면들이 눈앞을 스쳐 지나갔다.

사람 수가 점점 늘어났다. 한 무리의 청년들이 휘청거리며 나타났다. 저마다 중얼거리거나 큰 소리로 울부짖었다. 그들 역시 서로의 말을 듣지 않았다. 그들이 길을 건너자 그 뒤로 파도가 들이치듯 수많은 사람이 몰려들었다. 거리가 어둡고 사람이 너무 많아 남자와 여자를 구분할 수 없었다. 소음이 갑자기 터져 나오는 바람에 아무 소리도 들리지 않는 듯했다. 그녀의 감각은 오직 시각에만 집중되어 있었다. 뻥 뚫린 공간 너머로 보이는 영적 세계에서 유령들이 떼 지어 나와 어둠 속으로 사라지는 것만 같았다. 비어 있던 거리가 어느새 사람으로 가득 찼다. 청년들은 왼쪽 모퉁이를 돌아 사라졌고[뛰어갔는지 걸어갔는지 알 수 없었다], 사람들은 사방에서 홍수처럼 밀려들었다. 그들은 무서운 기세로 전진했다. 울타리 근처에서 철문을 붙잡고 있던 무리가 잡초처럼 뽑혀 옆으로 떠밀려 사라졌다. 그러는 내내 아이는 메이블의 치마를 찢어질 듯 붙잡아 당겼다.

사람들의 머리 위로 무언가가 보였다. 흐릿한 불빛 때문에 잘 보이지는 않지만 장대와 기이한 형상, 현수막 같은 천 조각이 솟아오르더니 살아 있는 생명체처럼 두리번거리며 움직였다.

행렬이 지나가는 동안 광기로 일그러진 얼굴들이 메이블을 향해 무슨 말들을 쏟아 냈지만 그녀는 제대로 듣지 못했다. 그 와중에 그들이 들고 있는 이상한 상징이 눈에 띄었다. 찢어지고 부서진 그 형상이 무엇인지 확인하려 했지만 어두워 잘 보이지 않았다. 대략 짐작 가는 것이 있었으나 두려움에 생각을 멈췄다.

그때 처마 아래에 숨어 있던 가로등에 갑자기 불이 들어왔다. 지하의 거대한 발전소에서 만들어 낸, 환하고 은은하고 익숙한 불빛이 피어올랐다. 그 비극적인 날의 광기에 휩싸여 모든 사람이 잊고 있던 불빛이었다. 그 순간 모든 것이 바뀌었다. 유령의 무리와 알 수 없는 형상이 삶과 죽음의 잔혹한 현실이 되어 드러났다.

메이블 앞으로 한쪽 손에 못이 박힌 채 커다란 십자가에 매달린 사람의 몸이 흔들거리며 지나갔다. 그 뒤에서 자수가 놓인 천이 격렬하게 나부꼈다. 이어 벌거벗은 아이의 하얗고 불그스름한 몸이 무엇인가에 꿰뚫린 채 나타났다. 고개를 축 늘어뜨린 아이의 팔이 덜렁덜렁 매달려 있었다. 곧이어 목매달려 죽은 남자가 나타났다. 검은 모자를 쓰고 검은 가운을 입은 그 남자는 밧줄이 칭칭 감긴 목을 옆으로 길게 늘어뜨리고 있었다.

II

그날 밤 올리버 브랜드는 자정 1시간 전쯤 집으로 돌아왔다.

그는 보고 들은 것들이 너무 생생하고 위급하여 냉정한 판단을 할 수 없었다. 화이트홀 사무실 창문에서 내려다본 의회 광장은 폭도로 가득 찼다. 그리스도교가 몰락한 이후 잉글랜드에서 한 번도 본 적 없는 광경이었다. 그들은 상식으로는 설명할 수 없는 분노를 표출하고 있었다. 가톨릭교의 음모가 알려지고 폭동이 시작된 후 올리버는 총리에게 세 번이나 연락해 소요를 가라앉힐 대책을 세워야 한다고 말했다. 그때마다 할 수 있는 조치는 다 취하고 있으나 물리력은 행사할 수 없다는 불확실한 대답만이 돌아왔다. 어쨌든 경찰은 최선을 다하고 있다고 했다.

로마로 출발한 볼러에 관해서는 올리버도 나머지 의원들처럼 침묵으로 동의를 표했다. 스노퍼드의 말처럼 그것은 정당한 응징이었다. 유감스럽지만 어쩔 수 없었다. 이런 정도의 사태라면 전쟁을 선포하지 않고서는 평화를 지킬 수 없었다. 아니, 전쟁은 이제 사라졌으니 정의 구현이라는 표현이 더 적당했다. 가톨릭 신자들이 스스로 사회의 적이 되겠다고 공언한 것이니 사회는 스스로를 보호해야 하지 않겠는가. 인간은 아직 사람이었다. 그래서 올리버는 침묵으로 동의를 표시했다.

정부 볼러를 타고 퇴근하는 길에 런던을 지나며 지상에서 벌어지는 일들을 엿보았다. 불빛 덕분에 거리는 대낮처럼 밝게 빛났다. 열차들은 꿈틀거리는 뱀처럼 철로를 달렸다. 아래에서 포효하는 목소리가 희미하게 들렸다. 간간이 울부짖는 소리도 터져 나왔다. 여기저기 화염에 휩싸인 건물들에서 연기가 피어올랐다. 배터시 남쪽 광장에서는 사람들이 개미 떼처럼 움직이는 모습이 보였다. 무슨 상황인지 대략 짐작이 갔다. 인간이 아직 완벽하게 문명화되지 않았으니 어쩔 수 없는 일이었다.

집에 가면 닥칠 일을 생각하니 괴로웠다. 5시간 전쯤 메이블의 전화를 받았을 때 그는 다 팽개치고 달려가고 싶었다. 하지만 로마 폭격이란 엄청난 일이 터져 그럴 수 없었다.

거실에 들어서자 아래쪽 거리에서 사람들이 웅성거리는 소리가 작게 들려올 뿐 다른 소리는 들리지 않았다. 집 안은 이상하리만치 춥고 어두웠다. 커튼이 젖힌 창문으로 들어오는 빛이 전부였다. 반짝이는 하늘을 배경으로 꼿꼿이 서 있는 여자의 그림자가 보였다. 그녀는 밖을 내다보며 들려오는 소리에 귀를 기울이고 있었다.

올리버가 전등을 켜자 메이블이 천천히 돌아보았다. 그녀는 외출복 차림으로 어깨에 망토를 두르고 있었다. 처음 보는 표정이었다. 얼굴은 창백하고 입술은 굳게 다물고 있었다. 그녀의 눈은 올리버가 해석할 수 없는 감정으로 그득했다. 분노일까? 아니면 공포? 절망?

메이블은 쏟아지는 달빛 속에서 가만히 그를 바라보았다.

올리버는 잠시 할 말을 잃었다. 창가로 다가가 창문과 커튼을 닫고 딱딱하게 굳어 있는 메이블의 팔을 부드럽게 잡았다.

"메이블, 메이블."

그녀는 순순히 소파로 끌려왔지만 그의 손길에 딱히 반응을 하지는 않았다. 올리버는 소파에 앉아 근심 어린 표정으로 아내를 올려다보며 말했다.

"여보, 나 피곤해."

메이블은 말없이 그를 보고만 있었다. 연기가 서툰 배우처럼 뻣뻣했다. 하지만 연기가 아니었다. 전에도 겁에 질리면 이런 모습을 보였다. 구두에 튄 핏방울을 봤을 때도 그랬다.

"메이블, 일단 앉아 봐."

메이블은 기계처럼 그의 말에 따랐다. 소파에 앉아 다시 말없이 그를 바라봤다. 이따금 창밖의 혼란스러운 세계에서 희미한 외침이 들렸다. 집 안에는 적막감이 감돌았다. 올리버는 메이블의 마음속에서 두 가지 생각이 싸우고 있다는 것을 알았다. 신념에 대한 충성심과 정의의 이름으로 자행되는 범죄에 대한 증오심이 그녀의 마음속에서 사투를 벌이고 있었다. 지금 우세한 쪽은 증오심이었다. 메이블의 마음은 전쟁터나 마찬가지였다. 그때 바깥에 있는 사람들의 목소리가 긴늑대 울음소리처럼 밀려들었다. 긴장이 풀린 메이블이 올리버에게 몸을 던졌다. 그는 메이블의 손을 붙잡았다. 메이블은 남편 무릎에 얼굴을 묻었다. 온몸이 감정을 주체하지 못하고 부들부들 떨렸다.

둘은 한동안 아무 말도 하지 않았다. 올리버는 메이블의 심정을 충분히 이해했지만 해 줄 말이 없었다. 메이블을 더 가까이 끌어당겨 머리에 입을 맞추고는 품에 안았다. 그러면서 무슨 말을 하면 좋을지 속으로 떠올려 봤다.

메이블은 붉어진 얼굴을 들고 이글이글 타오르는 눈으로 그를 보았다. 하지만 이내 고개를 다시 묻고는 흐느끼며 울었다. 뭐라고 말을 했지만 제대로 잇지 못했다.

몇 마디 알아듣지 못했어도 무슨 의미인지는 알 수 있었다.

메이블은 희망이 다 짓밟혔고 신념을 잃었다고 외쳤다. 죽게 해 달라고, 죽어서 다 잊게 해 달라고 울부짖었다. 그녀는 자신과 같은 신념을 가진 사람들이 광기 어린 살육에 가담한 것을 목격하고 큰 충격에 빠진 것이다.

메이블이 보기에는 그들도 그리스도교인과 다르지 않았다. 그들에게 복수의 칼날을 들이민 사람들만큼 사나웠고, 구세주 줄리언이 오지 않은 시대 사람들처럼 사악했다. 마침내 삶의 진리를 깨달은 사람들이 한순간에 돌변했다. 완전히 사라진 줄 알았던 전쟁과 열광과 살인이 부활한 것이다. 오늘 메이블은 불타는 교회, 사냥을 당한 가톨릭 신자들, 광란이 지배하는 거리를 보았다. 그들은 아이와 사제의 몸을 장대에 매달아 들고 다니고, 성당과 수녀원에 불을 질렀다.

메이블은 이런 말들을 흐느끼듯 쏟아 냈다. 얼마나 두려운지 모른다며 한탄하고 비난했다. 올리버는 그녀의 몸짓과 손짓을 보고 겨우 무슨 말인지 짐작할 수 있었다. 그녀는 이성을 완전히 잃은 상태였다.

올리버는 메이블을 일으켜 세웠다. 그 자신도 쉽지 않은 하루를 보낸 탓에 쓰러질 듯 피곤했지만 그녀를 진정시켜야 했다. 지금껏 겪은 적 없는 심각한 위기였다. 하지만 올리버는 메이블의 회복력을 믿었다.

"앉아 봐, 메이블. 내 말 좀 들어 봐."

◆ ◆ ◆

올리버는 아주 훌륭하게 설명했다. 그도 사실 이 사태에 관해 온종일 생각해 왔기 때문이다. 그는 인간이 아직 완벽하지 않다고 말했다. 그들의 혈관에는 20세기 동안 그리스도교인으로 살던 피가 흐르고 있다고 했다. 절망할 필요는 없다. 신념의 핵심은 인간에 대한 믿음이었다. 현재의 모습에 실망할 것이 아니라, 인간이 앞으로 이르게 될 최상의 상태를 믿어야 했다. 우리의 새로운 종교는 이제 시작하는 단계다. 아직 성숙하려면 시간이 필요하다. 덜 익은 과일은 떫은 법이다. 그쪽에서 먼저 도발했다는 것을 생각해야 한다. 가톨릭 신자들이 얼마나 끔찍한 범죄를 모의했는지 잊지 말아야 한다. 그들은 새로운 신앙의 중심부를 타격하려 했다.

"메이블, 인간은 순식간에 바뀌지 않아. 놈들이 성공했다고 생각해 봐! 나도 오늘 일에 당신처럼 화가 나. 신문에서 봤어. 그리스도교인들보다 더 사악한 짓을 했더라. 기사에 그런 범죄를 자랑스럽게 적어 놓았어. 우리 운동이 10년은 퇴보할 거야. 이런 폭력을 혐오하는 게 당신뿐이겠어? 수천 명은 더 있어. 결국 자비심이 승리할 거야. 그걸 믿지 않으면 신념은 의미가 없어. 믿음, 인내, 희망…… 이게 우리의 무기야."

올리버는 확신에 차서 말했다. 메이블에게 그 확신을 심어 주려 애썼다. 그에게도 일말의 의심은 남아 있었다. 그도 메이블처럼 혐오를 느꼈다. 하지만 올리버는 메이블보다는 냉철했다. 그는 침착하자고 스스로를 다독였다.

공포로 초점을 잃었던 메이블의 눈빛이 서서히 돌아왔다. 올리버의 말을 들으니 극심한 절망감이 조금은 사라지는 것 같았다. 하지만 아직 끝이 아니었다.

"하지만 볼러는요! 그건 의도된 일이었어요. 이성을 잃은 폭도가 한 짓이 아니라고요!"

메이블이 외쳤다.

"메이블, 절대 나쁜 의도가 아니야. 우리는 다 미성숙한 인간이잖아. 그래, 위원회에서 승인한 건 맞아. 독일 정부도 어쩔 수 없이 승인했지. 우리는 본성을 천천히 길들여야지 깨뜨려서는 안 돼."

올리버는 몇 분간 다시 이야기를 했다. 아까의 주장을 반복하면서 메이블을 달래고, 안심시키고, 위로해 주었다. 조금씩 그의 말에 수긍하는 것 같았다. 하지만 메이블은 말 한마디를 걸고넘어졌다.

"승인했다고요? 당신도 승인했겠네요."

"여보, 나는 가만히 있었어. 찬성도, 반대도 안 했단 말이야. 그걸 거부했다면 더 많은 사람이 죽었을 거야. 국민은 훌륭한 통치자를 잃었을 거라고. 나는 묵인한 거야. 다른 방법이 없었으니까."

"차라리 죽는 게 더 나아요. 올리버! 그냥 죽고 싶어요. 더는 못 참겠어요!"

올리버는 메이블의 손을 붙잡아 그녀를 끌어당겼다.

"메이블, 나를 조금만 믿어 줄 수 없어? 오늘 내부에서 무슨 일이 있었는지 알면 당신도 나를 이해할 거야. 내가 냉혈한은 아니잖아. 믿어 줘. 줄리언 펠센버그도 마찬가지고."

메이블의 눈빛이 잠시 흔들렸다. 펠센버그에 대한 충성심과 오늘 일에 대한 증오가 팽팽히 맞서고 있었다. 충성심이 다시 한번 승리를 거

세상의 주인

됐다. 펠센버그의 이름이 주는 무게감 덕분이었다. 메이블은 울먹이며 말했다.

"올리버, 당연히 당신을 믿어요. 하지만 상황이 너무 끔찍해요. 그분이 다 바로잡아 주시겠죠? 내일 의례에 오실까요?"

◆ ◆ ◆

저 멀리 시계탑이 자정을 알릴 때까지 두 사람의 대화는 계속됐다. 메이블의 몸은 아직까지 괴로움으로 떨렸다. 하지만 남편의 손을 잡고 웃음을 지어 보였다. 올리버는 드디어 아내가 회복했음을 느꼈다.

"새해예요, 여보. 새해 복 많이 받아요. 지금 상황은 좀 그렇지만."

메이블은 그렇게 말하며 일어나 올리버를 끌어당겼다.

올리버에게 입을 맞춘 그녀는 손을 놓지 않고 뒤로 물러나 눈물이 그렁그렁한 눈으로 말했다.

"올리버, 당신이 오기 전에 내가 어떤 생각을 했는지 알아요?"

올리버는 따뜻한 시선으로 그녀를 보며 고개를 저었다. 이렇게 사랑스러운 여자가 또 있을까! 그는 메이블의 손을 꼭 쥐었다.

"더는 못 참겠다고 생각했어요. 다 끝내려고 했어요. 무슨 뜻인지 알죠?"

가슴이 철렁 내려앉은 올리버는 아내를 끌어안았다.

"다 지나간 일이에요! 이제는 그런 마음 없어요. 아! 그렇게 보지 마요! 아니라면 이렇게 말했겠어요?"

둘의 입술이 닿은 순간, 옆방에서 전화벨 소리가 울렸다. 벨소리의 의미를 알기에 올리버의 가슴이 쿵쾅거렸다. 그는 억지로 미소를 머금은 채 메이블의 손을 놓았다.

"전화 왔어요!"

메이블이 불안한 기색을 보이며 말했다.

"이제 좀 괜찮아졌지?"

메이블의 표정에서 자신감이 보였다.

"괜찮아요."

전화벨이 다시 울렸다.

"전화 받아요. 여기 있을게요."

잠시 후 올리버는 묘한 표정으로 돌아왔다. 입을 꾹 다문 그는 메이블에게 곧장 다가와 손을 잡고 눈을 마주쳤다. 두 사람은 마음속에서 아직 완전히 사라지지 않은 불길한 감정을 결의와 신념으로 억누르고 있었다. 올리버가 심호흡을 했다.

"맞아. 다 끝났어."

메이블의 입술이 달싹였다. 뺨에서 핏기가 완전히 사라졌다. 올리버는 잡은 손에 힘을 주었다.

"메이블, 현실을 받아들이자. 이제 끝이야. 로마는 없어. 이제 우리가 그 위에 더 좋은 것을 지어야 해."

메이블이 눈물을 흘리며 올리버에게 안겼다.

8장

I

새해 첫날의 태양이 떠오르기도 전에 사원으로 가는 길이 차단되었
다. 빅토리아 스트리트, 그레이트 조지 스트리트, 화이트홀은 물론 밀
뱅크 스트리트까지 인파로 막혀 꼼짝도 할 수 없었다. 경찰은 낮은 분
리벽을 가운데 둔 브로드생크추어리를 몇몇 구역으로 나누어 사람들
을 가둬 두고 주요 인물들의 경로를 확보했다. 국회 의사당 안뜰은 외
따로 떨어진 구조물 외에는 출입을 전면 통제했다. 구조물에는 발 디
딜 틈 없이 사람들로 들어찼다. 사원이 보이는 건물의 지붕과 난간에
도 사람들이 운집했다. 그 위로 하얀 인공조명이 달처럼 환히 빛났다.

소요가 언제 완전히 가라앉았는지 정확한 시간은 알려지지 않았다.
전날 저녁 임시로 세운 회전식 출입구를 관리하던 관리들이라면 모를
까. 일주일 전, 당국은 사원에서 열릴 의례에 참석하고 싶어 하는 사람
이 너무 많은 관계로 지정된 관청에 의례 참석 확인증을 제출하면 시
민의 의무를 이행한 것으로 간주한다고 발표했다. 아울러 의례가 시
작될 때와 조각상에 향로를 피울 때 사원의 종을 울릴 계획이라는 것

도 밝혔다. 종소리가 들리는 동안에는 최대한 소리를 내지 말아 달라고 당부했다.

오후에 가톨릭교회의 음모가 알려지면서 런던은 광란에 빠졌다. 스노퍼드에게 모의 첩보가 전해지고 1시간이 지난 14시경부터 사람들 사이에 소문이 돌기 시작했다. 그 즉시 대부분의 상업 활동이 멈췄다. 15시 30분이 되자 모든 상점이 영업을 중단하고 증권 거래소, 시청, 웨스트엔드(런던의 핵심 상업 지구)까지 문을 닫았다. 14시 무렵부터 남자들은 폭력을 쓰고, 여자들은 고래고래 소리를 지르고, 아이들은 넋이 나간 채 거리를 행진했다. 경찰 병력이 강화되어 사태를 수습한 것은 자정이 다 된 시각이었다. 정확한 사망자 수는 발표되지 않았다. 하지만 학살의 흔적이 남지 않은 거리는 거의 없었다. 웨스트민스터 대성당은 쑥대밭이 되었다. 제단이란 제단은 다 뒤집어지고, 차마 입에 담지 못할 모욕 행위가 벌어졌다. 이름 모를 사제는 영성체 도중에 붙잡혀 목 졸려 죽었다. 대주교와 사제 11명, 주교 2명은 교회 북쪽 끝에서 목이 매달려 죽었고, 수녀원 서른다섯 곳이 파괴되었다. 성 조지 대성당은 불에 타 사라졌다.

그날 석간신문은 잉글랜드에 그리스도교가 들어온 이후 처음으로 웨스트민스터 대성당 반경 30킬로미터 내에 가톨릭 성당이 하나도 남지 않았다고 보도했다. 〈뉴피플〉의 헤드라인은 '런던, 오래된 미신과의 전쟁에서 승리'였다.

15시 30분경 최소 일흔 대의 볼러가 로마로 출발했고, 30분 후 베를린에서 예순 대 이상의 볼러가 추가로 합류했다. 경찰 병력이 투입

돼 질서를 어느 정도 회복한 자정 무렵, 로마 함락 소식이 전광판에 떠올랐다. 새벽에 발행된 조간신문은 몇 가지 사실을 추가했다. 로마가 한 해의 마지막 날 소멸했다는 사실을 강조하는 것도 잊지 않았다. 보도에 따르면 전 세계의 고위층들이 1차 목표물인 바티칸에 모여 있었다고 한다. 이들은 무선 전화로 폭격 소식을 들었지만 바티칸을 떠나지 않았다. 로마에는 건물 한 채 남지 않았다. 레오 성벽, 트라스테베레, 교외 지역까지 모두 사라졌다. 볼러들이 도시를 정밀하게 분할해 폭탄을 투하했기 때문이다. 첫 굉음과 함께 연기가 피어오르고 파편이 날아다니기 시작한 지 5분 만에 상황은 종료되었다. 이후 사방으로 흩어진 볼러들은 침공 소식을 듣고 탈출하려는 사람들을 태운 자동차와 열차를 노렸다. 이렇게 미리 목표물을 예상한 덕분에 뒤늦게 피난을 떠난 이들을 30초 만에 몰살시켰다.

〈스튜디오〉는 막대한 가치를 지닌 보물들이 파괴되었지만 가톨릭이라는 해악을 완전히 제거하려면 그 정도 대가는 치러야 한다고 주장했다. '집에 들끓는 해충을 박멸하려면 집을 전부 태워야만 한다'라면서 이번 폭격으로 교황과 추기경단, 유럽의 왕족, 그곳에 터전을 잡은 광신도들이 사라졌으므로 미신의 부활을 두려워할 필요는 없다고 했다. 아울러 앞으로 가톨릭교 신자는 문명국가에 발도 못 들이게 만들어야 한다며 그들이 언제든 다시 세력을 키울 수도 있으므로 경계를 늦추어서는 안 된다고 경고했다. 지금까지 입장을 낸 모든 국가가 이번 조치에 환영의 뜻을 표했다.

유감을 표명하는 신문도 소수 있었다. 그들은 이번 일에 담긴 정신을 비판했다. 인본주의자는 폭력을 사용하지 말아야 한다는 것이다. 하지만 모든 매체가 결과에 대해서는 긍정적으로 평가했다. 아일랜드를 바로잡는 일도 더는 지체하지 말아야 한다고 촉구했다.

◆ ◆ ◆

서서히 여명이 밝아 오고 있었다. 희미한 겨울 연무가 낀 강 너머 하늘은 진홍색 빛으로 불타기 시작했다. 사람이 많았지만 사방은 놀라울 만큼 적막했다. 다들 밤새 깨어 있느라 피곤한 데다 매서운 추위에 몸이 얼어붙은 탓이었다. 눈앞의 광경에 몰입해 말할 힘도 남아 있지 않았다. 광장과 거리, 차도에는 낮게 웅얼거리는 소리가 배경음처럼 깔려 있었다. 가끔 브로드생크추어리를 동쪽으로 돌아 도심으로 사라지는 자동차의 바퀴 소리와 경적이 고요를 깨뜨렸다. 강 너머로 붉은 해가 떠오르며 날이 밝자 인공조명이 빛을 잃었다. 안개가 조금씩 걷히며 하늘이 드러났다. 하지만 밤새 추위에 시달린 이들의 바람과는 달리 푸른빛은 보이지 않았다. 구름이 낀 높은 하늘은 회색과 어렴풋한 장밋빛으로 물들어 있었다.

◆ ◆ ◆

9시가 되자 분위기가 한층 달아올랐다. 화이트홀과 사원 사이의 도로에 늘어선 경찰은 철제 울타리를 쳐 놓고 높은 단상에 올라가 주변

306

을 감시했다. 얼마 지나지 않아 경찰차가 나타나 광장을 한 바퀴 돌더니 사원 탑 뒤로 사라졌다. 사람들이 수군거리며 기대감에 몸을 들썩였다. 잠시 후 정부 휘장이 달린 자동차 넉 대가 지나가자 환호성이 터져 나왔다. 의례가 열릴 딘스야드로 가는 정부 관료들이 탄 차였다.

9시 45분경, 빅토리아 스트리트 서쪽 끝에 서 있던 사람들이 큰 소리로 노래를 부르기 시작했다. 노래가 끝나고 사원 탑에서 종이 울리기 시작할 무렵 펠센버그가 의례에 참석한다는 소문이 돌기 시작했다. 소문의 근거는 밝혀지지 않았다. 〈이브닝스타〉는 이번 일을 수많은 인간이 한곳에 모여 있을 때 나타나는 자연스러운 현상이라고 분석했다. 정부가 소문을 사실로 인식한 시점은 최소 1시간 후였다. 한목소리로 줄리언 펠센버그를 외치는 소리가 10시 30분에 터져 나와 요란한 종소리를 압도하고 화이트홀과 웨스트민스터 브리지의 혼잡한 인도까지 닿았다. 지난 2주 동안 유럽 대통령의 소식은 동방 어딘가에 있다는 근거 없는 보도뿐이었다.

그러는 동안 자동차들이 사방에서 나타나 속속 딘스야드로 사라졌다. 그 안에 탄 인물들은 의례 입장권을 가진 행운아들이었다. 군중은 위대한 인물들이 지나갈 때마다 환호를 보냈다. 펨버턴 경, 올리버 브랜드 내외, 콜더컷, 맥스웰, 스노퍼드, 유럽 대표단이 차례대로 지나갔다. 우울한 표정의 프랜시스도 정부 소속 수석 의례관으로서 환영을 받았다. 그러다 10시 45분, 종소리가 그치고 차량 행렬이 끊겼다. 차량 통행을 금지하고 앞에 놓인 울타리를 치우자 그동안 좁은 공간에서 움츠린 채 외치던 군중이 안도의 한숨을 내쉬며 도로로 쏟아져 나왔다. 곧이어 줄리언 펠센버그를 부르는 외침이 다시 시작되었다.

빅토리아 타워 위에 높이 뜬 검붉은 태양 아래 새하얀 사원, 진회색 의회, 형형색색의 굴뚝, 사람들의 머리, 알록달록한 색 테이프, 플래카드가 모습을 드러냈다.

종이 한 번 울리며 정각 5분 전을 알렸다. 서쪽 대문 가까이 서 있는 사람들의 귀에 대형 오르간의 첫 음이 들렸다. 그리고 죽음의 고요와도 같은 깊고 갑작스러운 침묵이 내려앉았다.

II

정각 5분을 알리는 종이 울리자 메이블은 심호흡을 하며 편안한 자세로 의자에 기댔다. 거대한 천장 아래에서 묵직한 바람 소리가 끊임없이 들려왔다. 지난 30분 동안 그녀는 눈앞에 펼쳐진 놀라운 광경을 설레는 마음으로 보고 있었다. 마침내 본연의 모습을 되찾고 승리감과 아름다움을 한껏 빨아들인 기분이었다. 폭풍우가 지나간 다음 날 아침, 여름 바다를 바라보는 듯했다. 이제 절정이 코앞에 있었다.

수많은 사람이 모자이크처럼 사원을 가득 메웠다. 경사면, 벽, 조각, 굴곡이 살아 움직였다. 맞은편 남쪽 날개부에는 통로부터 장미꽃 무늬 창에 이르기까지 사람들의 정수리밖에 보이지 않았다. 성 피데스 경당으로 이어진 주홍색 통로 양옆의 1층 관람석도 만원이었다. 메이블은 오른쪽으로 고개를 돌렸다. 제단 앞에 비어 있는 공간 너머로 보이는 성가대석에는 흰색 견대를 두르고 흰색 망토를 걸친 사람들이 빼곡히 앉아 있었다. 높은 단상에 설치된 오르간 주변 자리도 사람으로 가득했다. 그 아래 신자석은 서쪽 창문 밑 그림자까지 뻗어 있었다. 메이블이 앉아 있는 성가대석 뒤편에는 기둥 사이사이에 프리메이슨 양식의 강단이 설치되어 있었다. 정교하게 만들어진 지붕, 천장의 부채꼴 모양 장식, 솟아오른 기둥머리는 초현실적인 분위기를 자아냈다. 창문 밖마다 설치된 인공조명이 내뿜는 은은한 빛이 넓은 공간을 채웠다. 낡은 유리를 통해 붉은색, 자주색, 푸른색 빛이 먼지 낀 공기 중에 길게 드리워지며 사람들 틈으로 조각조각 흩어졌다. 1만 명이 속삭이는 소리가 천장까지 울려 퍼지면서 그 위로 고동치는 아름다운 음악과 하나가 되었다. 하지만 무엇보다도 시선을 사로잡는 것은 아래쪽에 있는 융단 깔린 빈 제단, 계단을 올라가면 나오는 웅장한 제대와 화려한 커튼, 그리고 주인 없는 옥좌였다.

◆　◆　◆

메이블은 확신이 필요했다. 올리버가 오기 전까지 어젯밤은 소름 끼치는 악몽과도 같았다. 사원 밖에서 충격적인 장면을 목격한 후 몇 시간 동안 이것이 과연 평화의 정신이 우월함을 주장하는 방식인가 하고 생각했다. 로마 함락 소식을 듣고 남편의 품에 안긴 마지막 순간까지, 그녀를 둘러싼 새로운 세상이 별안간 타락한 것만 같았다. 믿을 수가 없었다. 어젯밤 발톱과 이빨에서 피를 뚝뚝 흘리며 탐욕을 부리던 괴물이 그녀가 신으로 섬기려 한 인간의 모습이라고? 그럴 리 없었다.

잔인한 복수와 학살을 일삼는 것은 그리스도교라는 미신을 믿는 자들의 행태라고 생각했다. 빛의 천사 땅에 묻은 괴물이 아직 살아서 꿈틀거리는 것만 같았다.

저녁 내내 메이블은 불안한 마음으로 집 안을 서성였다. 두려움이 어깨를 무겁게 짓눌렀다. 이따금 창문을 활짝 열고 차가운 바람을 쐬었다. 주먹을 불끈 쥐고 아래쪽 거리에서 미쳐 날뛰는 폭도들의 외침을 들었다. 도시의 광란에 기름을 붓기 위해 사람을 싣고 달려오는 열차의 굉음과 경적을 들었다. 활활 타오르는 불길, 불타는 성당, 수도원에서 피어오르는 자욱한 연기를 보았다.

메이블의 의심은 풀리지 않았다. 확신을 되살리기 위해 명상에 매달렸다. 낡은 것은 쉽게 죽지 않는다고 스스로를 타일렀다. 잠시 사악한 열정에 압도당하기는 했어도 분명 인간의 마음에 존재하는 평화의 정신을 향해 무릎을 꿇고 부르짖었다. 문득 빅토리아 시대의 시 구절이 머리를 스치고 지나갔다.

그런 일을 생각하거나 명령할 수 있는 사람이 과연 있을까?

어떻게 그런 일이 일어날 수 있는가?

누가 그렇게 했는가?

인간은 아니다!

여기서는 아니다!

태양 아래에서는 있을 수 없다.

하느님의 분노가 잔에 넘칠 때까지 횃불은 불타오른다.

세상의 주인

하느님의 분노가 곧 인간의 분노이니라!

　남편에게 말한 것처럼 죽을까 하는 생각도 했다. 세상에 깊은 절망을 느꼈기에 스스로 생명을 끊고 싶었다. 진심이었다. 그녀의 도덕적 가치에 어긋나지 않는 완벽한 탈출이었다. 병들고 쓸모가 없어지고 고통에 시달리는 사람은 동의를 얻어 세상을 떠날 수 있었다. 죽음은 안락사 시설에서 이루어진다. 그녀라고 못 할 것 없지 않은가. 이렇게 견딜 수가 없는데! 그때 도착한 올리버가 메이블의 이성과 자신감을 되찾아 주었고, 환영은 다시 사라졌다.

　어젯밤 올리버는 아주 현명하고 침착했다. 눈부시게 아름다운 사원에 모인 수많은 사람이 소리 없이 전하는 격려를 느끼며 메이블은 속으로 생각했다. 올리버는 논리적으로 설명해 주었다. 인간은 이제 겨우 광명을 찾았고 안 좋은 버릇은 쉽게 사라지지 않는다고 했다. 그녀도 모르는 바는 아니었지만 올리버의 입을 통해 듣자 마음이 놓였다. 이번에도 메이블은 남편의 말에 마음을 열었다. 그리고 펠센버그의 이름이 언급되자 모든 고민이 사라졌다.

　"그분께서 여기 계셨더라면!"

　메이블은 한숨을 쉬었다. 하지만 안다. 그는 아주 멀리 있다는 것을.

◆　◆　◆

　메이블은 10시 45분이 되어서야 바깥에 있는 사람들도 그분의 이름을 부르고 있음을 깨달았다. 한결 마음이 편안해졌다. 그렇다면 저 야생 호랑이들도 어디서 속죄해야 하는지 알고 있다는 얘기였다. 아직 손에 넣지는 못했을지언정 자신이 꿈꾸는 이상이 무엇인지는 아는 것이었다. 아아! 그분께서 여기 계셨더라면 더 이상 의심하지 않을 텐데. 평화를 부르는 그의 목소리가 들리면 음산한 파도가 가라앉고 흐린 구름이 걷히고 천둥은 고요해질 것이다. 하지만 지금 그분은 먼 곳에서 알 수 없는 일을 하고 있다. 그래, 자신이 해야 할 일을 누구보다 잘 알고 있겠지. 간절히 기다리고 있는 자녀들에게 곧 돌아오시리라.

◆　◆　◆

메이블은 운 좋게도 사람들과 부대끼지 않는 자리에 앉아 있었다. 옆자리에는 딸들과 함께 온 백발노인뿐이었다. 왼쪽에는 붉은 덮개를 씌운 가림막이 있고 그 너머로 제단과 커튼이 보였다. 또한 이곳 관람석은 바닥에서 250미터 높이에 있었기에 다른 사람과 대화할 일도 없었다. 다행이었다. 지금은 대화하고 싶은 기분이 아니었다. 조용히 정신을 가다듬고 믿음을 재확인하고 싶었다. 여기 모인 수많은 사람이 위대한 정신에 다시금 경의를 표하는 모습을 보며 용기와 신념을 다지고 싶었다. 의례 집전자가 무슨 말을 할지 궁금했다. 참회의 뜻이 조금이라도 들어 있을까? 연설 주제는 모성이었다. 모성은 보편적인 삶의 온화한 특성이었다. 부드러움과 사랑, 고요함, 포용심, 보호 욕구를 의미했다. 열정적인 영감을 불어넣기보다는 부드럽게 달래 주는 정신이었다. 평화를 위해 부단히 노력하고, 가정에 불을 밝히고 따스하게 맞아 주며 편안한 휴식과 음식을 제공하는…….

종소리가 멈췄다. 음악이 연주되기 전 메이블은 바깥에 있는 군중이 계속해서 그들의 신을 부르는 소리를 똑똑히 들었다. 거대한 오르간이 큰 소리를 내며 연주를 시작하자 그들의 외침은 더 이상 들리지 않았다. 트럼펫 소리가 귀를 찌르고 북소리가 쿵쿵 울려 퍼졌다. 섬세한 전주는 없었다. 서서히 깨어난 삶이 신비한 미로를 지나 절정을 보는 경우와 달랐다. 그보다는 보름달이 뜬 날에 가까웠다. 지식과 권력이 한순간에 하늘 높이 떠오른 느낌이었다. 얼른 그곳에 도달하고 싶어 가슴이 두근거렸다. 웅장한 화음이 터져 나오며 완전한 승리를 이야기하는 동안, 아직 회복 중인 확신이 기지개를 켜고 미소를 보냈다. 어쨌거나 신은 인간이었다. 그 신은 어젯밤 잠시 흔들렸지만 새해 아침이 밝아 오자 다시 굳건히 일어선 것이다. 안개가 걷히고 열정이 불타올랐다. 억누를 수 없는 힘과 무한한 사랑이 느껴졌다. 신은 인간이고, 펠센버그는 그의 화신이었다! 그래, 그 사실을 믿어야 한다. 메이블은 정말 그렇게 믿었다.

어느새 긴 행렬이 나타나더니 곧 장막 아래로 모습을 감추었다. 어떤 기술을 썼는지 빛이 더욱더 아름답게 변했다. 경건한 의례를 진행할 사람들이 오고 있다는 뜻이었다. 그들은 자신의 믿음에 확신을 가진 사람들이었다. 그들은 설령 이 순간에 설렘을 느끼지 않더라도[메이블의 남편도 이런 부류였다] 의례의 원칙을 이해하고 인류를 위해 믿음을 표현할 필요가 있음을 인식하는 자들이었다. 망토를 걸친 의례 보조원들의 안내에 따라 둘씩, 넷씩 짝을 지은 이들이 천천히 계단을 올라 화려한 불빛 아래 나란히 섰다. 모두 프리메이슨을 상징하는 앞자락, 배지, 장신구로 치장을 했다. 이곳에서라면 분명 확신이 생길 것이다.

◆ ◆ ◆

제단에는 한 사람만 서 있었다. 불안한 표정의 프랜시스는 관복 차림으로 계단을 엄숙히 내려와 행렬을 맞았다. 그는 다가오는 행렬을 이쪽저쪽으로 안내하기 위해 통로에 서 있는 보조원들에게 작은 동작으로 무언가 지시를 내렸다. 서쪽 끝 좌석이 하나둘 채워지기 시작했다. 메이블이 갑작스러운 상황 변화를 알아차린 것은 이때였다.

지금껏 바깥에서 사람들이 외치던 소리는 안에서 흐르는 음악에 묻혀 잘 들리지 않았다. 하지만 음악이 끊기자 분위기가 아까와 사뭇 다르다는 것이 느껴졌다. 바깥의 외침이 더 이상 들리지 않는 것이었다.

처음에는 의례의 시작을 알리는 신호 때문에 조용해졌다고 생각했다. 하지만 곧 형언할 수 없는 전율이 느껴졌다. 메이블이 아는 한 요란하게 날뛰던 사람들이 일제히 입을 다물었다면 이유는 하나뿐이었다. 물론 확실하지는 않았다. 착각일 수도 있었다. 그녀만 듣지 못할 뿐 사람들이 아직 소리치고 있는지도 몰랐다. 하지만 건물 내부에서 속삭이던 소리도 사라졌음을 깨닫자 메이블은 극도의 흥분에 휩싸였다. 바람이 밀밭을 스치고 지나가듯, 앞에 보이는 수많은 얼굴 사이로 감정의 파도가 물결쳤다. 메이블은 자리에서 일어나 난간을 붙잡았다. 심장은 과속하는 엔진처럼 모든 혈관으로 피를 힘차게 뿜어 댔다. 커다란 탄성이 터져 나오며 순식간에 모든 사람이 자리에서 일어났다.

질서 정연하던 행렬이 갈피를 못 잡고 우왕좌왕했다. 프랜시스가 얼른 앞으로 달려가 지휘자처럼 손짓을 했다. 잠시 행렬을 이루던 사람들이 앞으로 비틀거리고, 옆으로 빠지고, 뒷걸음질을 쳤다. 앞자락을 펄럭이며 옆 사람을 밀치고 손짓을 했다. 말을 똑바로 하는 이는 아무도 없었다. 쿵쾅거리는 발소리, 의자가 뒤집히는 소리가 들렸다. 그러다 이내 지시에 따라 사람들은 스무 갈래로 흩어져 신속하게 좌석에 앉았다. 신이 조용히 하라며 손을 든 것처럼 음악이 뚝 끊겼다. 큰 한숨 소리가 나는가 싶더니 신자석 정면에 가로로 길게 이어진 통로를 따라 한 사람이 형형색색의 빛살을 맞으며 다가오고 있었다.

III

메이블은 새해 첫날 11시부터 12시 30분 사이에 보고 느낀 것을 또렷하게 기억하지 못했다. 그 시간 동안 자아를 잃고 생각이 멈추었기 때문이다. 내면의 갈등이 아직 완전히 회복하지 못한 때문이었는지도 모른다. 입력된 정보를 저장하고 분류하고 기록하는 과정이 사라졌다. 그녀는 긴 연극을 생각 없이 바라보기만 한 관람객에 지나지 않았다. 생각은 연극의 막간에 잠시 작용했을 뿐이다. 뜨거운 심장을 관통한 것은 오직 시각과 청각이었다.

이 사람이 펠센버그라고 느낀 시점도 기억나지 않았다. 들어오기 전부터 알았는지도 모른다. 그가 침묵 속에서 레드카펫 위를 천천히 걸으며 성가대석 입구에 있는 계단을 올라 그녀의 앞으로 지나가는 모습을 보았다. 주홍색과 검은색이 섞인 잉글랜드 법복 차림이지만 메이블의 눈에는 옷이 들어오지 않았다. 지금 그녀의 세계에는 그 외에는 아무것도 존재하지 않았다. 여기 모인 수많은 사람이 그녀의 시야에서 전부 사라졌다. 그녀의 정신은 인간의 감정이라는 거대한 물줄기와 하나가 되어 공중에서 맴돌았다. 어디를 봐도 줄리언 펠센버그밖에 보이지 않았다. 평화와 빛이 후광처럼 그의 주위를 밝혔다.

연단 뒤로 사라졌다가 곧바로 다시 나타난 그는 계단을 올라 자신의 자리에 도착했다. 살짝 왼쪽으로 튼 옆모습이 내려다보였다. 백발 아래로 보이는 옆선은 칼처럼 날카로웠다. 그가 모피를 두른 한쪽 소매를 들고 손짓을 했다. 그러자 1만 명이 파도에 휩싸이듯 우르르 자리에 앉았다. 또 한 번 손짓하자 사람들이 큰 소리를 내며 다시 일어났다.

또다시 침묵이 흘렀다. 그는 양손으로 난간을 짚고 서서 정면을 응시했다. 모든 이의 시선이 그에게로 몰렸다. 아무 소리도 들리지 않았다. 그는 공간 전체를 완벽하게 지배할 때까지 기다리는 것처럼 보였다. 손 아래에 아직 이루지 못한 하나의 의지, 열망이 남아 있는 것만 같았다. 마침내 그가 입을 열었다.

세상의 주인

·　·　·

　　나중에 안 사실이지만 이번에도 메이블은 그의 말을 정확히 기억하지 못했다. 귀에 들리는 내용을 받아들이고 검증하고 인식하는 의식 과정이 아예 없었다. 그때 느낀 느낌만이 어렴풋하게 남아 있을 뿐이었다. 그가 말할 때 메이블 자신도 말을 하는 기분이었다. 생각, 성향, 슬픔, 실망, 열정, 희망……. 그는 메이블도 거의 알지 못하는 영혼 내부의 모든 작용부터 미세하게 진동하는 극히 사소한 생각까지 밖으로 꺼내어 분명히 확인시켜 주는 것 같았다. 메이블은 난생처음 인간 본성의 의미를 완벽하게 이해하게 되었다. 그녀의 심장이 그의 신비로운 목소리와 하나로 연결되었기 때문이다.

　　폴 하우스에서 그를 처음 봤을 때처럼 이번에도 오래 신음하던 생명체가 마침내 입을 연 것 같았다. 그 생명체가 더욱 성장해 논리적으로 생각하고 그것을 완벽하게 말로 옮겼다. 그때는 펠센버그가 사람들 앞에서 연설을 했다. 하지만 지금은 인간 그 자체가 진리를 전하고 있었다. 그는 더 이상 한 개인이 아니었다. 그는 인간 그 자체였다. 자신의 근원, 운명, 행로를 아는 인간, 광기 어린 하룻밤을 보낸 후 다시 이성을 찾은 인간이었다. 자신의 힘을 이해하고 새로운 법을 공표했다. 현악기처럼 섬세한 목소리로 미리 연락하지 못한 것을 애통해했다. 연설보다는 독백에 가까웠다.

　　그는 로마가 함락되었고 잉글랜드와 이탈리아의 거리가 피로 물들었으며 불길과 연기가 하늘로 피어올랐다고 했다. 인간이 잠시 짐승으로 돌아갔기 때문이다. 하지만 위대한 목소리는 이제 모든 것이 끝났으며 다시는 반복되지 않을 것이라고 외쳤다. 인간은 빛이 밝아 오는 시점에 잠시 어둠으로 시선을 돌렸음을 기억하고, 한없는 부끄러움을 느끼며 앞으로 오랜 세월 속죄해야 한다고 말했다.

끔찍한 폭력에 대해 호소하지 않았다. 무너진 궁전, 달리는 사람들, 매캐한 연기 내음, 흔들리는 땅, 불운한 이들의 죽음을 묘사하지도 않았다. 잉글랜드와 독일의 거리에서 외치던 뜨거운 가슴을 이야기했다. 이탈리아의 겨울 하늘 높은 곳에서 추악한 열정과 벌인 전투를 이야기했다. 볼러가 그들의 본거지를 제거함으로써 복수를 끝냈다. 음모에는 음모로, 폭력에는 폭력으로 갚아 주었다. 거기에는 울부짖는 외침이 있었다. 아직 헛된 꿈을 버리지 못한 인간이 있었다. 인간의 본성과 존재 이유를 모르던 시대에서 벗어나지 못한 인간이 있었다.

그런 일은 반복되지 않을 것이라고 말했다. 그리고 앞으로는 좋은 일들만 있을 거라고 했다. 강하고 날카롭던 말투가 누그러들었다. 메이블은 참회의 눈물을 흘렸다. 인간이 여전히 끔찍한 일들을 저지를 수 있음을 보았으니 더욱더 노력해야 한다고 했다. 로마는 이제 사라졌다. 그건 안타깝고 애석한 일이다. 하지만 로마가 사라진 세상의 공기는 더욱 달콤해졌다. 그 순간 그가 하늘로 솟구치는 새처럼 일어나 움직였다. 불에 탄 시체와 무너진 집처럼 인간의 허물과 관계된 모든 것을 뒤로하고 암흑의 소용돌이를 뛰쳐나와 순수한 공기와 햇살을 향해 날아가자고 했다. 위대한 비행을 하며 이슬 같은 눈물과 땅의 향기를 품어 안자고 외쳤다. 그는 인간의 헐벗은 마음을 꾸짖고 책망하는 말도 아끼지 않았다. 그리고 피를 뚝뚝 흘리며 쪼그라든 마음을 어루만지고 위로하는 말도 아끼지 않았다.

기록에 따르면 연설은 40분 동안 이어졌다. 그는 연설을 마치고 제대 뒤 장막에 덮인 조각상을 돌아보며 외쳤다.

"오! 모성이여! 우리 모두를 낳아 주신 어머니시여⋯⋯."

그 목소리를 들은 사람들은 놀라운 기적을 경험했다. 그는 더 이상 사람이 아니라, 초인의 무대에 서 있는 신이 된 것처럼 보였다. 그의 옆에서 숨을 헐떡이며 서 있던 누군가가 줄을 잡아당기자 장막이 걷혔다. 제대 위에 우뚝 서 있는 하얗고 거대한 어머니상이 모습을 드러냈다. 펠센버그는 어머니상이 사랑의 열정으로 낳은 아이라도 되는 듯 그녀를 향해 외쳤다.

"오! 우리를 낳아 주신 어머니, 저를 낳아 주신 어머니시여!"

그는 삶의 숭고한 근원인 어머니의 얼굴을 보며 찬양을 했다. 어머니는 강하고 티 없이 순수한 모성을 갖고 있다고 선언했다. 열정에 휩싸인 어리석은 자녀가 그녀의 심장에 꽂은 고통의 검 7개를 언명했다. 그는 어머니의 은총을 이야기했다. 세상의 모든 자녀를 받아들이고, 아직 태어나지 않은 아이들마저도 환영하고 사랑해 줄 것이라고 말했다. 그녀에게 지극히 높으신 지혜라는 이름을 붙여 주었다. 어머니는 천국으로 가는 문이고, 상아로 된 집이며, 괴로워하는 이들의 위안자이자, 세상의 여왕이라고 선언했다. 몽롱한 눈으로 어머니상을 바라보던 사람들은 조각상의 엄숙한 얼굴에 떠오르는 미소를 보았다고 생각했다.

그의 뒤에서 사람들이 몸을 떨었다. 그의 말은 폭포수처럼 쏟아져 내렸다. 감정의 파도가 곳곳을 휩쓸었다. 수많은 사람이 울부짖고 흐느끼는 소리, 의자가 뒤집어지는 소리가 그칠 줄을 몰랐다. 그의 옆에 있는 남자는 마침내 비명을 질렀다. 통로가 사람으로 가득 차기 시작했다. 가만히 앉아서 듣는 사람은 보이지 않았다. 그는 사람들의 감정을 최고조로 이끌고 있었다. 밀물이 점점 더 가까워졌다. 이제 사람들은 아들이 아닌 어머니를 보고 있었다. 메이블은 육중한 난간을 붙든 채 무릎을 꿇고 흐느껴 울었다. 그러는 동안에도 그의 목소리는 쉬지 않고 울려 퍼졌다. 그녀는 제단을 향해 창백한 손을 뻗었다.

그는 새로운 이야기를 들려주며 모든 영광을 어머니에게 바쳤다. 다들 아는 것처럼 그는 동방에서 승리를 안고 돌아왔다. 왕으로 추앙받고 신으로 숭배를 받았다. 위대한 어머니의 아들인 그는 칼이 아니라 평화를 가져왔고, 십자가가 아니라 왕관을 전해 주었다. 그가 그렇게 말하는 것 같았다. 하지만 그곳에 있는 사람들은 그가 실제 그런 말을 했는지, 아니면 착각이었는지 확실히 구분하지 못했다. 제단 계단에 오른 그는 양손을 뻗은 채 여러 말을 쏟아 냈다. 1만여 군중이 그에게 몰려들어 탄성을 쏟아 냈다. 그가 제대 위로 올라갔다. 계단 아래에서 사람들이 몸을 부딪히는 동안 그는 마지막으로 여왕이자 어머니를 소리 높여 불렀다.

피할 수 없는 끝은 순식간에 찾아왔다. 눈물을 흘리며 주저앉기 전 메이블은 찬란한 빛을 받으며 말없이 손을 내밀고 있는 거대한 조각상의 무릎 근처에 서 있는 그를 보았다. 어머니가 마침내 아들을 찾은

세상의 주인

것처럼 보였다.

　그 순간 메이블은 기둥이 솟아오르고 바닥이 미끄러지며 사방이 화려한 빛으로 물드는 장면을 보았다. 사람들이 고개를 흔들며 손을 내밀었다. 눈앞에 바다가 출렁이고 있었다. 머리 위로 장미꽃 무늬 창이 빙빙 돌았다. 살아 숨 쉬는 영혼들이 공간을 가득 채웠다. 하늘은 밝게 빛나고 땅은 환희로 뒤흔들렸다. 거룩한 빛 속에서 북소리가 울렸다. 여자들은 비명을 지르고 발을 굴렀다. 그를 신이라고 부르짖는 1만여 명의 함성이 천둥처럼 울려 퍼졌다.

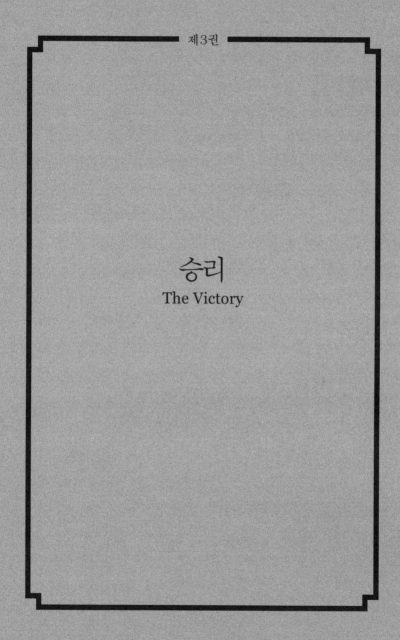

제3권

승리
The Victory

제3권

1장

I

　신임 교황이 독서를 하고 있는 작은 방은 소박하기 그지없었다. 벽에는 흰색 도료를 칠하고, 바닥은 진흙을 발라 놓았다. 지붕 서까래는 윤을 내지 않아 투박했다. 중앙에는 사각 테이블과 의자가 놓여 있고, 벽난로 안에는 식은 화로를 두었다. 벽 쪽 책장에는 책이 열 권 남짓 꽂혀 있었다. 방에 난 문은 3개였다. 첫 번째 문은 은밀한 기도실과, 두 번째 문은 객실과 연결되었다. 세 번째 문은 널돌이 깔린 작은 안뜰로 통했다. 남쪽 창문은 덧문을 닫아 놓아 중동의 뜨거운 낮 공기를 차단했다. 뒤틀린 경첩 사이로 칼날처럼 날카로운 빛이 새어 들어왔다.

　지금은 정오 휴식 시간이었다. 집 뒤편 언덕에서 쉴 새 없이 울어 대는 매미 소리를 빼면 집 안은 적막했다.

◆　◆　◆

　교황은 1시간 전 식사를 마치고 책을 집어 들었다. 자세도 바꾸지 않을 만큼 독서에 빠져들었다. 그는 한동안 지난 석 달의 기억을 잊으려고 애를 썼다. 지독한 불안감과 무거운 책임감을 떨쳐 내고 싶었다. 지금 그는 한 달 전에 나온 줄리언 펠센버그 전기의 복제본을 구해 읽고 있었다. 마지막 장이 얼마 남지 않았다.

문장이 간결하고 내용도 풍부한, 잘 쓰인 책이었다. 저자의 정체는 알려지지 않았다. 펠센버그 본인이 정체를 숨기고 직접 쓴 게 아니냐는 의혹이 있었다. 측근 중 한 사람이 펠센버그의 승인을 받아 집필한 것이라는 의견이 많았다. 현재 유럽과 동방의 현안 역시 측근 집단이 처리하고 있었다. 글에서 드러난 몇몇 단서 때문에 저자가 유럽 출신이라는 말도 있었다.

펠센버그의 일대기를 다룬 책이지만 그가 세상에 알려진 이후 2~3년이 내용 대부분을 차지했다. 미국 정치계에 혜성처럼 등장한 펠센버그는 동방 회담을 중재하며 세계적인 주목을 받았다. 5개월 전 다마스쿠스(현재 시리아의 수도)에서 메시아로 떠오르고, 런던에서도 신으로 추앙받았다. 남북 아메리카 대륙에서는 절대다수의 지지를 받으며 지도자로 추대되었다.

객관적인 사실들은 잘 알고 있어서 그 주제를 다룬 부분은 빠르게 훑고 넘어갔다. 지금은 그의 특징에 관해 서술한 부분을 꼼꼼하게 읽는 중이었다. 저자는 그의 성격을 세계에 대한 '자기 현현'이라는 어려운 말로 표현해 놓았다. 펠센버그의 가장 큰 장점은 말을 이해하는 능력과 사실을 이해하는 능력 두 가지였다. 저자는 그것에 관해 다음과 같이 표현해 놓았다.

지상의 딸인 말은 천상의 아들인 사실과 이 남자 안에서 결혼하여 초인이라는 자손을 낳았다.

사소한 특징도 언급했다. 문학을 좋아하고 기억력과 언어 능력이 특출하다. 시야는 망원경과 현미경을 동시에 장착한 것처럼 전 세계적인 흐름을 간파하는 한편 세세한 부분까지도 놓치지 않는다. 이를 증명하는 일화와 함께 '인간은 용서하지 않는다, 이해할 뿐이다', '초월신을 버리기 위해서는 극한의 신념이 필요하다', '자신을 믿는 인간은 이웃도 믿을 수 있다' 등의 짧은 명언들을 소개했다. 극단적인 인간 중심주의를 드러내는 문장도 있었다. '잘못을 용서하는 것은 범죄를 용서하는 것이다', '강한 자에게는 아무나 다가갈 수 없지만 강한 자는 누구에게든 다가갈 수 있다' 등등. 교황의 관점에서는 그리스도교 정신과 정면으로 배치되는 말들이었다.

이런 문장들에서 오만함이 드러나지만 그 오만함은 말을 한 사람이 아니라 책을 쓴 사람의 것이었다. 펠센버그의 연설을 직접 본 사람이라면 그런 말들이 어떤 상황에서 나왔는지 알 터였다. 그는 결코 오만하거나 근엄하지 않았다. 그 말들은 열변을 토하는 중에 쏟아져 나왔다. 런던에 처음 나타났을 때처럼 그의 말은 단순하고 감동적이었다. 펠센버그를 싫어하거나 두려워할 수는 있었다. 하지만 그를 비웃을 수는 없었다.

저자는 그의 영웅 펠센버그를 자연에 비유하면서 가장 큰 희열을 느끼는 듯했다. 영웅과 자연은 모순적인 측면을 가지고 있다는 공통점이 있다. 한없이 온화하면서 동시에 끔찍하게 잔인했다.

자연의 힘은 상처를 치유하기도 하지만 상처를 입히기도 한다. 똥무더기에서 초목과 열매가 자라나게도 하지만, 불을 지르고 지진을 일으키기도 한다. 자고새로 하여금 새끼를 위해 목숨을 던지게도 하지만 때까치를 산 채로 잡아먹게도 한다.

펠센버그 역시 그랬다. 로마의 몰락을 말하며 눈물을 흘린 그는 한 달후 인류의 발전을 위해 몰살형이라는 사법적 도구가 필요하다고 말했다. 단, 감정이 아니라 신중한 판단에 따라야 한다는 것을 전제로 했다.

이 발언은 엄청난 파장을 일으켰다. 평화와 관용을 설파한 사람의 말이라고 보기에는 너무 역설적이었기 때문이다. 전 세계에서 활발한 논쟁이 이어졌다. 하지만 아일랜드 가톨릭교회를 해산시키고 몇몇 개인주의자를 처형했을 뿐 아직까지 몰살형을 실행에 옮기지는 않았다. 그럼에도 세계는 몰살형 도입은 시간문제라고 여기는 분위기였다.

저자는 세계가 자연에 둘러싸여 있으므로 자연의 법칙을 수호하는 자를 따라야 한다고 주장했다. 펠센버그는 적자생존과 용서의 부도덕성 같은 자연의 법칙을 처음으로 인간사에 조심스럽게, 그러나 확실하게 적용한 사람이었다. 자연에 수수께끼가 있다면 인간에게도 수수께끼가 있고, 인간이 발전하려면 두 가지를 모두 받아들여야 한다고 했다.

펠센버그가 수수께끼 같은 인물인 이유는 그의 인품 때문이었다. 그를 보면 그에 대한 믿음이 생겼다. 아니, 그 자체를 자연, 혹은 당연한 진실로 여기게 된다.

우리는 후회라는 감정으로 자연을 설명하지도 않거니와, 후회라
는 감정 때문에 자연을 벗어나지도 않는다. 곰은 아이처럼 울부짖
고, 상처 입은 수사슴은 닭똥 같은 눈물을 흘리며, 울새는 자기 부
모를 죽인다. 삶은 죽음이라는 조건이 있어야만 존재한다. 무엇 하
나 설명하지 못하는 이론들로 끼워 맞춰도 피할 수 없다. 삶은 그
조건으로 받아들여야 한다. 자연을 따른다면 잘못될 수 없다. 자연
을 받아들이면 평화가 찾아온다. 우리의 위대하신 어머니는 어머
니의 모습을 그대로 받아들이는 이들에게만 비밀을 알려 주신다.

펠센버그도 마찬가지였다.

우리는 판단할 자격이 없다. 그의 인격을 인정하고 말고 할 필요가
없다. 그를 믿고 그를 위해 고통을 견딜 이들에게 그는 완벽하고
충분한 존재이다. 그를 믿지 않는 이들에게는 적대적이고 증오에
찬 수수께끼 같은 존재일 뿐이다. 우리는 이 신조가 가져올 논리적
인 결과에 대해 마음의 준비를 해야 한다. 감정이 이성을 지배해서
는 안 된다.

마지막으로 저자는 지금까지 인간이 상상의 신들에게 바친 모든 영
광스러운 이름들을 펠센버그 역시 받을 자격이 있음을 증명했다. 지

금껏 그런 이름들이 만들어져 삶에 영향을 미친 것은 펠센버그를 맞이할 준비 과정이었다.

그는 창조주였다. 온 세상이 간절히 염원했으나 결국 가지지 못한 삶의 완벽한 통합이 그에 의해서 이뤄졌기 때문이다. 그는 자신의 심상과 모습대로 인간을 만들어 냈다.

또한 그는 구세주였다. 창조주를 닮은 인간의 모습은 실수와 갈등의 혼란 속에 잠재해 있었다. 마침내 그가 나타나 인간을 어둠과 죽음의 그림자에서 끌어내 평화의 길로 인도했다. 그렇기에 그는 구원자였다. 그 자체로 완벽한 인간이기에 인간의 아들이고, 이상들의 핵심이기에 절대자이다. 자연의 잠재력을 가지고 자연의 질서를 보호하기에 영원하고, 모든 유한한 존재의 총합보다 뛰어나기에 무한했다.

알파이자 오메가이고, 시작이자 끝, 처음이자 마지막이었다. 로마황제 도미티아누스*가 그런 것처럼 주인이자 신이었다. 삶 그 자체처럼 단순하면서도 복잡했다. 즉 본질은 단순하지만 현상은 복잡했다.

마지막으로 그의 사명은 그의 메시지에 담긴 영원한 진리로 증명할 수 있었다. 그가 세상을 밝힌 빛에는 더 보탤 것이 없었다. 사방으로 갈라진 가지가 마침내 그에게서 시작과 끝을 찾았다. 그가 과연 불멸의 존재인가를 증명하는 것은 의미가 없다. 그를 통해 우리에게 꼭 필요한 원칙들이 마지막 비밀까지 다 드러낸다면 그것으로 충분하다.

---

* 로마 제국 열한 번째 황제. 재위 81~96. 자신을 신격화하여 주님이자 하느님으로 부르게 하여 그리스도교인들의 반발을 샀다. 철권통치를 펼치다가 측근에게 암살당했다.

이미 그의 정신은 세상에 내려왔다. 이제 개인은 이웃과 분리되지 않는다. 죽음은 무한한 바다에 밀려왔다 밀려가는 물결에 지나지 않았다. 인류가 전부이고 개인은 아무것도 아니라는 사실을 인간이 마침내 깨달았기 때문이다. 세포는 통합된 몸을 발견했다. 위대한 사상가들은 인류 공동체가 드디어 인격을 가지게 되었다고 선언했다. 인격은 원래 개인의 의식으로만 존재하던 것이었다. 갈피를 못 잡고 헤매던 개인은 인간성이라는 통합적 실체가 누리는 평화에 스며들었다. 그러지 않고서는 정당 갈등과 국가 간의 경쟁이 사라진 이유를 설명할 수 없다. 무엇보다 중요한 점은 이 모든 것을 펠센버그가 해냈다는 사실이다.

저자는 다음 인용문으로 열렬한 찬사를 마무리했다.

내가 세상 끝 날까지 언제나 너희와 함께 있겠다. 보호자께서 너희에게 올 것이다. 내가 문이요, 길이요, 진리요, 생명이다. 나는 생명의 빵이고 생명의 물이다. 내 이름은 신비한 것이다. 영원한 아버지, 평화의 군왕이라 불리리이다. 나는 모든 나라의 보배이고 사람의 자녀 중 가장 공정하다. 내 나라는 영원무궁하리라.*

교황은 책을 내려놓고 뒤로 기대앉아 눈을 감았다.

---

* 마태오 복음서 제28장, 요한 복음서 제6장, 제10장, 제14장에 나오는 예수의 가르침과 이사야서 제9장, 시편 제45장의 구절을 짜깁기한 문장이다.

II

하느님은 과연 그 자신에 관해 뭐라고 말할 수 있을까? 자신을 감춘 초월 신, 기다려도 오지 않는 구세주, 더 이상 바람으로도, 불로도 나타나지 않는 성령이라고밖에는 할 말이 없었다.

옆방 작은 나무 제대 위에 철제 상자가 하나 있었다. 그 속에 은잔이 들어 있고, 은잔 안에는…… 무엇인가가 들어 있었다. 집에서 100미터 거리에 둥근 회반죽 지붕을 얹은 집들이 모여 있는 나자렛이라는 작은 마을이 있었다. 오른쪽으로 2~3킬로미터 떨어진 곳에 카르멜산이, 왼쪽으로는 타보르산이, 앞에는 에스드라엘론 평야가 있었다. 뒤에는 카나와 갈릴래아 호수, 헤르몬산이 있고, 저 멀리 남쪽에는 예루살렘이…….

이 작고 신성한 땅에 교황이 왔다. 2000년 전 신앙이 싹튼 곳이지만 이제는 인류의 발전을 위해 제거될 운명에 처한 땅이다. 하느님이 하늘에서 불의 성령을 보내 주지 않는 이상 희망은 없었다. 이스라엘을 구원하러 온 분이 이 땅을 밟았다. 이 마을에서 물을 길어 나르고 상자와 의자를 만들었다. 저기 있는 넓은 호수 위를 걷고, 높은 산에서 영광으로 타올랐다. 낮고 완만한 산에서 사람들을 향해 온유한 사람들은 복을 받을 것이고 땅을 차지할 것이라고 말했다. 평화를 이루는 사람들은 하느님의 자녀라 불릴 것이라 했고, 의로움에 주리고 목마른 사람들은 배부르게 될 것이라 가르쳤다.

그런데 이렇게 되고 말았다. 유럽의 그리스도교는 어둑한 산봉우리에 걸린 석양처럼 저물었다. 영원한 로마는 폐허가 되었다. 어떤 남자가 동방과 서방에서 신의 왕좌에 올라 찬양을 받았다. 세계는 크게 진보했다. 사회 과학은 절정에 이르고 인간은 무모순성을 배웠다. 그리스도교에서 배우던 사회적 교훈을 다른 곳에서 배운다. 교회는 거들떠보지도 않는다. 전 세계에 예수 그리스도를 신으로 섬기는 사람은 300만 명 정도가 남아 있다. 어쩌면 500만 명, 많으면 1000만 명이다. 정확한 숫자는 알 수 없다. 그리스도의 대리인은 나자렛의 새하얀 회반죽 방에 앉아 그가 섬기는 예수가 입었을 법한 수수한 옷을 입고 마지막 날을 기다리고 있었다.

◆ ◆ ◆

지금까지 그는 할 수 있는 일을 해 왔다. 5개월 전에는 할 수 있는 게 아무것도 없는 암담한 상황이었다. 살아남은 추기경은 그와 슈타인만, 예루살렘 총대주교 셋뿐이었다. 나머지는 폐허가 된 로마에서 먼지가 되었다. 있을 수 없는 일이 벌어진 것이다. 퍼시와 슈타인만은 아직 세속의 손길이 닿지 않은 동방의 어느 고요한 마을로 숨어들었다. 그리스에서 그리스도교가 사라지면서 전 세계 그리스도교 나라들의 내부 전쟁도 막을 내렸다.* 세계의 암묵적인 동의로 그리스도교 신자들은 팔레스타인에서 어느 정도 자유롭게 활동할 수 있었다. 현재 동방의

---

* 그리스는 동유럽, 러시아 등과 함께 동방 정교회 소속이다. 로마 가톨릭교회와 동방 정교회는 1054년 교리 분쟁으로 분열했다.

속국으로 전락한 러시아에서는 그리스도교인들을 그냥 내버려 두자는 정서가 널리 퍼졌다. 성지는 훼손되어 고고학자들이나 관심을 두는 장소로 전락했다. 제단은 흔적만 남긴 채 사라졌다. 거기서 미사를 올릴 수는 없지만 개인적으로 바치는 기도까지 금지하지는 않았다.

재앙에서 살아남은 추기경 2명은 총대주교가 있는 예루살렘으로 갔다. 그들은 성직자임을 나타내는 어떤 종류의 표지도 착용하지 않았다. 세상은 아직 그들의 생존 사실을 모르고 있었다. 도착한 지 사흘도 지나지 않아 늙은 총대주교가 세상을 떠났다. 그리스도교 초창기이던 1세기 이후 처음 보는 기이한 상황이었다. 총대주교가 사경을 헤맬 때 그들은 서둘러 교황을 선출하기로 했다. 노인에게 남은 시간이 얼마 없었기에 몇 분 만에 콘클라베(교황 선출 선거)를 마쳐야 했다. 두 노인의 뜻은 완강했다. 슈타인만은 퍼시와 줄리언 펠센버그가 신기하게 닮았다는 얘기를 다시 꺼냈다. 선과 악의 대칭, 하느님의 손길 등을 운운하며 퍼시가 전에도 흘려듣던 말들을 중얼거렸다. 퍼시는 미신 같은 생각이 못 미더웠지만 그의 뜻을 굽힐 수는 없었다. 절차가 진행되고 퍼시 프랭클린이 교황으로 선출되었다. 한 해의 마지막 성인인 실베스테르의 이름을 즉위명으로 선택해 퍼시는 실베스테르 3세가 되었다. 퍼시 프랭클린 추기경은 실베스테르 3세 교황이 되어 나자렛으로 왔다. 독일로 돌아간 슈타인만은 2주도 지나지 않아 폭도들에게 붙잡혀 교수형을 당했다.

실베스테르 3세는 새로운 추기경단 구성에 착수했다. 극도의 보안 속에서 20명에게 약식 교서를 전달했지만 9명이 거절했다. 추가로 3

명과 접촉해 1명을 포섭했다. 그래서 12명의 추기경단을 꾸릴 수 있었다. 자신의 보좌 사제이던 코크런 신부를 포함한 잉글랜드인 2명, 아메리카인 2명, 그리고 프랑스와 독일, 이탈리아, 스페인, 폴란드, 중국, 그리스, 러시아에서 각각 1명씩을 뽑았다. 이들은 오로지 교황을 따르며 저마다 광범위한 교구를 관할하는 권한을 부여받았다.

교황이 할 일은 딱히 없었다. 외부 상황을 보면 대교황 레오 1세*와 비슷했다. 교황으로서 세계에 아무런 영향력이 없다는 뜻이었다. 이론적으로 그리스도교는 그의 통치를 받는다. 하지만 현실적으로 그리스도교 문제는 지역 당국이 관리했다. 교황이 각국 추기경들과 소통하는 데도 제약이 많았다. 그들은 정교한 암호를 고안하고 옥상에 개인 전신기를 설치했다. 코크런 추기경은 다마스쿠스에 머물며 숙소에 설치된 전신기를 통해 교황과 연락을 주고받고, 때로는 다른 추기경들에게 메시지를 전달했다. 하지만 보통은 할 일이 없었다. 그나마 전 세계 교회 조직 재건이라는 불가능해 보이던 작업이 어느 정도 진전을 보인 것은 다행이었다. 주교 서품에 제약을 없애 전 세계에 주교가 2000명이 넘었다. 사제의 수는 집계되지 않았다. 그리스도십자가회도 훌륭히 임무를 수행해 지난 두 달 사이 나자렛에 전달된 순교 건수가 사백 건이 넘었다. 대부분 폭도의 손에 죽임을 당했다.

수도회는 주요 목적[즉 하느님을 사랑하는 모든 이가 더 완벽한 방식으로

---

* 재위 440~461. 제45대 교황으로 훈족과 반달족의 침략에서 로마와 가톨릭교회를 지켜 냈다. 그 공로로 대교황 칭호를 받았다.

하느님께 자신을 바칠 기회를 갖는 것)을 충실히 지킬 뿐 아니라 다른 방면의 일도 잘 해내고 있었다. 수도회 수도자들은 평신도 간에 연락을 주고받거나 이방인들을 선교하거나 하는 등의 위험한 임무를 목숨 걸고 수행했다. 교황은 주교들에게 불필요하게 신분을 노출하지 말라는 엄중한 지시를 내렸다. 주교는 각 교구의 핵심이었다. 그리스도교의 명예를 지켜야 하는 경우가 아니라면 교구를 보호하는 일이 우선이었다. 주교들은 충성스러운 수도회 수도자들과 함께 위험한 임무를 수행해 나갔다. 새 수도회가 없었다면 이처럼 판도가 바뀐 상황에서 교회는 마비 상태에 빠졌을 것이다.

모든 방면에서 파격적인 조치가 잇따라 실행되었다. 수도회에 속한 모든 사제는 해당 교구 주교의 승인을 받으면 교구를 초월한 보편적 사목권을 갖게 되었다. 오상*이나 부활, 성모 마리아를 기리는 해에는 어느 날이든 미사를 올릴 수 있었다. 나무로 만든 휴대용 제단 사용이 가능해졌고, 전례 규정도 간소화되었다. 미사를 올릴 때 사용하는 제구는 유리와 도자기로 대체되었다. 영성체에 사용하는 제병도 어느 빵이나 사용할 수 있게 되었다. 영대를 제외한 사제의 제의 착용 의무도 폐지되었다. 영대 역시 가는 실타래로 대체되었다. 촛불을 밝힐 필요도 없고, 성직자 의복 규정도 폐지되었다. 묵주 기도로 성무일도를 대체할 수 있으며, 묵주를 사용하지 않는 묵주 기도도 허용되었다.

---

* 예수 그리스도가 십자가 위에서 입은 다섯 군데 상처. 쇠못이 박힌 양손과 양발, 그리고 병사가 죽음을 확인하려고 찌른 옆구리 상처를 의미한다.

이렇게 사제들은 위험에 노출될 가능성을 최소한으로 줄이며 성사를 하고 희생을 바쳤다. 완화된 조건은 유럽 교도소에서 빛을 발했다. 수천 명의 그리스도교 신자가 국가 의례를 거부한 죄로 징역을 살고 있었기 때문이다.

◆ ◆ ◆

교황의 사생활도 방만큼이나 단순했다. 수행인으로 시리아 사제 1명, 일꾼으로 시리아인 2명을 두었다. 매일 아침 제의 위에 흰 수도복을 갖춰 입고 미사를 바쳤다. 그 후에 아랍식 평상복으로 갈아입고 커피를 한 잔 마신 다음 오전 일과를 보았다. 정오에 식사를 하고 낮잠을 잔 뒤 말을 타고 외출을 했다. 이 나라는 특유의 입지 조건 탓에 100년 전처럼 단순한 생활을 하고 있었다. 해 질 녘 돌아와 소박한 저녁을 먹고 밤늦게까지 일했다.

그게 전부였다. 수행인은 중요한 메시지를 다마스쿠스에 보내는 일을 맡았다. 일꾼들은 그가 교황인지도 모르는 채 속세를 사는 데 필요한 일들을 처리했다. 몇몇 이웃은 언덕 위 죽은 총대주교 집에 괴짜 유럽인이 와서 전신국을 차렸다는 정도로만 알고 있었다. 일꾼들은 독실한 가톨릭 신자들이었는데 그들에게는 교황이 어딘가에 살아 있다고만 알렸다. 그들은 실베스테르 3세를 주교로 알고 성사에 임했다.

요약하자면, 가톨릭 세계는 교황이 실베스테르 3세라는 이름으로 어딘가에 살아 있다는 것을 알았다. 하지만 그가 누구인지, 베드로의 성좌가 어디에 있는지는 전 세계에서 13명만 아는 사실이었다.

100여 년 전 프랑스인 누군가가 말했듯이 가톨릭은 죽지 못해 살아 있는 상황이었다.

III

내면의 삶에 관해 무슨 말을 할 수 있으랴. 교황은 나무 의자에 앉아 눈을 감고 생각에 잠겼다.

그 자신도 내면에 관해 일관성 있는 묘사가 불가능했다. 그만큼 정신이 혼란스러웠다. 그래서 생각에 빠지기보다는 행동하는 편을 택했다. 교황이라는 자리의 핵심은 단순한 믿음이었다. 그가 아는 한 가톨릭교는 우주의 원리를 자세히 설명하지 않는다. 가톨릭교가 우주의 모든 비밀을 풀어 준 것은 아니지만 인간이 가진 그 어떤 열쇠보다도 많은 문을 열어 준 것은 사실이다. 가톨릭교는 인간을 전체적으로 조망하고 설명하는 유일한 사고 체계였다. 그리스도교가 모든 인간을 하나로 통합하는 데 실패한 것은 약해서가 아니라 너무 강해서였다. 가톨릭은 역사 속에서 증명되는 사실이 아니라 영원 속에서 증명되는 진리를 가르친다. 교황은 그렇게 믿었다.

이런 믿음은 통제할 수 없이 널뛰는 다른 감정들을 불러일으킨다. 이런 감정들은 천국에서 불어오는 바람처럼 불어와 내면을 희망과 은총으로 채운다. 그와 동료들은 베드로와 사도들의 길을 그대로 따라 걸었다. 사원, 빈민가, 시장, 가정에서 믿음으로 세계를 뒤흔들고 변화를 일으키겠다고 선포했다. 그들은 생명의 주를 만지고, 빈 무덤을 보았다. 그들의 형제이자 하느님인 그분의 구멍 뚫린 손을 잡았다. 인간이 믿지 않아도 그 진실은 찬란히 빛났다. 불신이라는 거대한 압력이 짓눌러도 하늘에 뜬 태양처럼 분명한 사실을 가릴 수는 없었다. 조직의 필사적인 분위기도 자극을 주었다. 사람의 힘에 기댈 마음은 없었다. 그들을 위해 싸워 주는 이는 오로지 하느님뿐이었다. 벌거벗은 몸이 갑옷이고, 느린 혀가 무기였다. 그들의 약점은 하느님의 힘으로만 극복 할 수 있고, 마침내 그 힘을 찾았다.

하지만 그들과 베드로에게는 결정적인 차이가 있었다. 베드로의 경우는 그가 목격한 외부의 사건들이 정신세계를 분석하고 이해하는 데 바탕이 되어 주었다. 그는 부활한 그리스도를 직접 만났다. 외적 경험이 내면세계를 확고하게 보장해 주었다. 그러나 실베스테르는 달랐다. 그는 영적인 진실을 초자연적 영역에서 이해해야 했다. 영적인 고뇌를 통해 강생이라는 외부 사건을 스스로 증명해야만 했다. 물론 역사적으로 말하자면 그리스도교는 진실이었다. 기록으로도 증명되었다. 하지만 그것은 믿어야만 비로소 진실이 된다. 그는 부활의 힘을 믿었다. 그러므로 그리스도께서는 부활하셨다.

그러나 이런 믿음이 흔들릴 때도 있었다. 때로는 그런 상태가 며칠이나 계속됐다. 깨어 있을 때는 먹구름이 그를 덮었고, 잠을 잘 때는 숨이 막혔다. 성체에서는 아무런 맛도 느껴지지 않고, 성혈은 어떤 떨림도 주지 않았다. 가장 확실하던 믿음마저도 견딜 수 없는 어둠 속으로 숨어 버렸다. 예수님이나 심지어 신의 존재에 대해서도 의심이 들었고, 자신의 존재 이유에 대해서도 확신이 없었다. 교황이라는 권위는 이제 한낱 자신이 가장 멍청한 존재라는 것을 나타내는 표지처럼 느껴졌다. 자신과 12명의 추기경만 옳고 나머지 세상 전부가 틀렸다고 생각하는 게 가능한 이야기인가? 사람들이 가톨릭을 제대로 몰라서 그러는 것도 아니었다. 그들은 2000년 동안 가톨릭의 가르침을 들었다. 그런데 이제 그것이 틀렸다고 선언했다. 가톨릭이 지금껏 보여준 것이 없으니 영적으로도 더 이상 바랄 게 없다고 말한다. 가톨릭은 실패했다. 하지만 그는 애처롭게 미련을 못 버리고 있다. 그는 더 이상 영광스러운 사도의 후계자가 아니다. 다 타 버린 초의 심지이고, 불가능한 전제로 시작한 삼단논법의 마지막 결론이었다. 그와 생존자들은 세상으로부터 정신 나간 사람 취급을 받았다. 녹슨 왕관을 쓰고 세상의 비웃음을 받는 바보들로 전락했다. 온전한 정신은 이제 유물론이라는 굳건한 반석 위에 서 있다.

  이런 무거운 현실을 생각할 때마다 그의 믿음은 약해졌다. 정신이 너무 혼란스러워 마음의 속삭임은 들리지 않았다. 편하게 살고 싶다는 현실적인 욕망이 강해질수록 초자연적인 것에 대한 열망은 침묵을 지켰다. 마음속 어둠이 너무 짙어져 버렸다. 절망 속에서 희망을 지켜야 했고, 지식에 반하는 믿음을 가져야 했으며, 진실하지 않은 것을 사랑해야 했다. 누군가가 '저의 하느님, 저의 하느님, 어찌하여 저를 버리셨습니까?'*라고 외친 것처럼 그도 부르짖고 싶었다. 하지만 그럴

---

* 　예수 그리스도가 숨을 거두기 전에 마지막으로 외쳤던 말. 혹은, 다윗이 쓴 시의 한 구절.

힘도 남아 있지 않았다.

그의 의식에 버틸 힘을 주는 유일한 존재는 묵상이었다. 뼈를 깎는 노력으로 그는 신비한 삶에 깊숙이 들어갈 수 있게 되었다. 이제는 영적인 세계로 천천히 가라앉지 않았다. 그 대신 양손을 머리 위로 뻗고 무한한 공간으로 뛰어들었다. 의식은 그를 물에 던져진 코르크 마개처럼 표면 위로 다시 끌어 올렸다. 그는 최대의 에너지로 중단될 때까지 그 행동을 반복했다. 어스름한 초월 영역 어딘가에 떠 있었다. 하느님께서는 그곳에서 때로는 고통의 검으로, 때로는 바다의 생생한 숨결로 그를 어루만져 주신다. 그런 순간은 때로는 영성체 후에, 때로는 잠들기 직전에, 때로는 바쁘게 일할 때 문득 찾아왔다. 하지만 그런 경험은 오래가지 않았다. 5분이 지나면 합리적이기 그지없는 정신의 환영과 다시 싸워야 했다.

교황은 의자에 앉아 그가 읽던 신성 모독들을 떠올렸다. 검게 그을린 관자놀이에서 백발이 점점 듬성듬성해졌다. 손은 유령과도 같았다. 청년 같은 얼굴은 슬픔으로 주름지고 얼룩덜룩했다. 후줄근한 겉옷 아래로 맨발이 삐져나왔다. 그 옆 바닥에는 낡은 갈색 외투가 떨어져 있었다.

그는 꼬박 1시간이나 움직이지 않고 있었다. 밖의 안뜰에서 말발굽 소리가 들렸다. 태양의 열기가 이미 절반은 날아간 후였다. 교황은 일어나 신발을 신었다. 바닥에서 외투를 들어 올리는데 문이 열리고 검은 피부의 호리호리한 사제가 들어왔다.

"말을 준비했습니다, 성하."

．　．　．

　해 질 무렵, 타보르산과 나자렛 사이에 뻗은 길을 걸어가는 동안 교황은 한마디도 하지 않았다. 평소처럼 카나를 돌아 긴 거울 같은 갈릴래아 호수가 보이는 언덕을 올랐다. 언제나처럼 오른쪽으로 방향을 틀었다.

　타보르산의 그림자 안에 지름이 30킬로미터에 달하는 거대한 에스드라엘론 평야가 둥근 회녹색 융단처럼 펼쳐졌다. 드문드문 흰색 지붕과 오두막이 옹기종기 모여 있었다. 반대편에는 네인 마을이 보이고, 그 오른쪽으로 카르멜산이 길게 뻗어 나갔다. 그들이 멈춰 선 고원에서 2~3킬로미터 떨어진 곳에 나자렛이 있었다.

　더없이 평화로운 광경이었다. 수 세기 전 그림책에서 튀어나온 그림 같았다. 빽빽한 지붕도, 공장도 보이지 않았다. 뜨거운 인류애를 강요하지도 않았다. 문명화를 이루려는 헛된 노력도 보이지 않았다. 사람이 나이가 들어 고향에 돌아오듯 삶에 지친 유대인들은 여기 조용한 작은 땅으로 돌아오곤 했다. 젊음을 연장하거나 이상을 다시 찾고 싶어서가 아니었다. 논리적인 이유를 압도하는 감상 때문이었다. 여기저기에 지어 놓은 막사 같은 건물들이 마을 조망을 가린 것을 빼면 전체적으로는 100년 전과 똑같은 모습이었다.

　카르멜산의 그림자와 연한 금빛 햇살이 평야를 절반으로 갈랐다. 맑은 동방의 하늘이 아브라함과 야곱과 다윗의 자손들에게 그런 것처럼 장밋빛으로 뺨을 물들였다. 하늘에는 구름 한 점 보이지 않았지만 그의 손에는 가능성과 두려움이 무겁게 들려 있었다. 지상에서도, 하늘에서도 전차 바퀴 소리는 들리지 않았다. 3000년 전 한 청년이 이 하늘에서 본 천상의 말들도 보이지 않았다.* 이곳의 오래된 땅과 하늘은 변하지 않았고 변할 수도 없었다. 끈기 있게 다시 찾아온 봄이 베들레헴 땅을 꽃으로 장식했다. 백합의 아름다움은 솔로몬의 주홍색 옷과도 비교할 수 없을 것이다. 언젠가 여인 중의 여인이 바로 이 하늘에서 천사 가브리엘**로부터 들은 축복의 속삭임은 들리지 않았다. 하느님께서 창조하신 삶의 장막이 움직일 때마다 보내 주시는 약속이나 희망의 숨결도 없었다.

　두 사람은 멈춰 섰다. 말들은 환한 빛과 맑은 하늘을 호기심 어린 눈으로 빤히 쳐다보았다. 어디선가 우는 소리가 들렸다. 100미터 아래 언덕을 따라 양치기가 긴 그림자를 드리우며 지나가고 있었다. 양과 염소 무리가 딸랑딸랑하는 종소리를 따라 걸었다. 염소 몇 마리가 중간중간 무리에서 벗어나 풀을 뜯어 먹다가 다시 무리에 합류했다. 남자는 동물들을 거칠게 몰지 않았다. 작고 구슬픈 목소리로 한 마리씩 이름을 부르며 우리를 향해 무리를 이끌었다. 종소리가 점점 작아졌다. 양치기가 언덕을 오르면서 두 사람의 발밑에 드리워진 그림자는 언덕을 내려가는 양치기와 함께 사라졌다. 양 떼를 부르는 소리가 점점 작아지더니 이윽고 사라졌다.

---

* 　　열왕기 하권 제6장 17절. 아람 군대와 전쟁을 앞두고 예언자 엘리사가 그의 시종에게 보여 준 기적.
** 　　마리아가 예수를 잉태하였음을 알려 준 천사.

♦ ♦ ♦

교황은 잠시 손으로 얼굴을 쓸었다.

땅거미가 지고 자줏빛 실안개 사이로 하얀 돌벽이 반짝였다. 교황이 턱으로 그쪽을 가리키며 물었다.

"신부님, 저곳은 어디입니까?"

그쪽을 바라본 시리아 사제는 교황을 향해 고개를 돌리더니 다시 그곳을 바라보았다.

"야자나무 사이에 있는 곳 말입니까, 성하?"

"그래요."

"저곳은 므기또*입니다. 어떤 이들은 하르마게돈**이라고 부르기도 합니다."

---

*   '므깃도' 혹은 '메기도'로 표기하기도 한다.

**   요한 묵시록 제16장 16절. 세상 마지막 날 선과 악이 싸우는 최후의 전쟁터. 하르마게돈은 히브리어로 '므기또의 언덕'이라는 뜻이다. 개신교는 '아마겟돈'으로 표기한다.

2장

I

그날 밤 23시, 시리아 사제는 티베리아스에서 전령이 도착하는지 보기 위해 밖으로 나갔다. 2시간 전쯤 러시아 볼러가 다마스쿠스에서 티베리아스로, 티베리아스에서 예루살렘으로 날아가는 굉음이 들렸다. 전령은 조금 늦어지고 있었다.

아주 원시적인 소통 방법이지만 세상과 단절된 팔레스타인에서는 가장 확실한 방법이었다. 그래서 전령이 매일 밤 코크런 추기경이 교황에게 보낸 문서를 들고 티베리아스에서 나자렛으로 왔다가 답장을 들고 돌아갔다. 이 위험한 임무는 코크런 추기경 휘하의 수도회 회원들이 번갈아 가며 맡았다. 이렇게 하면 교황의 재가를 받아야 할 문제들을 여유 있게 처리할 수 있었다. 답장은 24시간 내에 돌아왔다.

달빛이 아름다운 밤이었다. 황금빛 보름달이 타보르산 위에 높이 떠올라 기나긴 비탈길과 넓은 황야를 밝혔다. 빛이 닿지 않은 곳은 짙고 검은 그림자가 깔렸다. 그림자는 하얗고 반지르르한 암벽 표면보다 더 굳세고 단단하게 보였다. 달빛과 달리 덧문을 내린 창문에서 새어 나오는 노란 불빛은 텁텁하고 칙칙했다. 문틀에 몸을 기댄 사제의 검은 얼굴에서는 반짝이는 눈밖에 보이지 않았다.

그는 믿음에서나 일상에서나 매우 단순한 사람이었다. 그가 모시는 교황과는 달리 영적 희열도 세상으로부터의 고립감도 갖지 않았다. 예수가 사람의 몸을 입고 온 땅에서 그의 대리자의 시중을 드는 일이 그저 영광스러울 뿐이었다. 배에 올라 출렁이는 파도를 내려다보는 선원처럼 세상의 변화를 바라봤다. 물론 세상이 요동치고 있다는 것은 어렴풋이 알았다. 로마 현자의 말처럼 모든 마음은 하느님 안에서 안식을 찾기 전에는 불안한 법이기 때문이다.*

왜 사람들은 주님과 그리스도에게 등을 돌렸는가? 종말에 대해서라면…… 그는 크게 걱정하지 않았다. 파도가 배를 집어삼킬 수도 있지만 파멸의 순간에는 모든 세상도 끝을 맞을 것이다. 지옥의 세력은 결코 승리할 수 없다. 로마가 무너지면 세계가 무너진다. 그리고 세계가 무너지는 때가 오면 그리스도께서 권능을 드러내 보일 것이다. 그는 왠지 종말이 머지않았다는 상상을 했다. 오늘 오후 므기또라는 이름이 자신의 입에서 나왔을 때 그런 생각을 했다. 모든 것이 끝나는 순간, 그리스도께서 내려오셨던 이 땅 나자렛에 그분의 대리인이 머물고 있다니. 절묘한 상황이었다. 여기만큼 요한의 하르마게돈에 어울리는 곳은 없다. 그리스도께서 왕으로 오셨고, 다시 왕으로 오실 바로 그 땅이다. 마지막 전투가 언제 터질지는 알 수 없으나 므기또에서 벌

---

* 아우구스티누스가 《고백록》에서 한 말.

세상의 주인

어질 첫 번째 전투는 아닐 것이다. 이스라엘과 아말렉*도 여기에서 만났다. 이스라엘과 아시리아**도 여기에서 만났다. 세소스트리스(이집트의 파라오)와 세나케리브(아시리아의 왕)도 이곳을 짓밟았다. 그리스도교도와 튀르크족은 이곳에서 예루살렘을 두고 대결했다.***

종말이 정확히 어떤 방식으로 일어날지는 알 수 없다. 큰 전쟁이 벌어질지도 모르겠다. 에스드라엘론 평야는 폭이 32킬로미터 달하는 거대하고 평평한 땅으로, 지구상 모든 군대를 품기에 충분했다. 이보다 완벽한 전쟁터를 어디서 찾을 수 있겠는가.

세상 물정에 둔감한 시리아 사제는 세상이 그리스도교와 이교도로 양분되어 있다고 생각했다. 상대 세력의 크기는 어마어마할 것이다. 정말 무슨 일이 벌어질지도 모른다. 군대가 하이파(북부 이스라엘 최대 도시)에 상륙하고 티베리아스, 다마스쿠스에서 남쪽으로 밀고 내려갈 것이다. 예루살렘, 이집트, 아프리카에서는 북쪽으로, 유럽에서는 동쪽으로 행군한다. 다른 아시아와 저 멀리 아메리카에서는 서쪽으로 이동할 것이다. 얼마 남지 않았다. 여기에 그리스도의 대리인이 있기 때문이다. 그가 성령 강림 대축일**** 미사에서 한 설교가 떠올랐다.

'주검이 있는 곳에는 독수리들이 모일지니라.'

---

*   구약성경에 나오는 고대 민족. 이스라엘인들이 이집트를 탈출한 시기부터 수백 년간 여러 차례 전쟁을 벌였다.

**   기원전 700년경 이스라엘 왕국을 멸망시켰다.

***   11세기 말부터 200여 년간 이어진 십자군 전쟁을 가리킨다.

****   예수 부활 후 50일째 되는 날 성령이 사도들에게 강림한 것을 기념하는 날.

예언에 관한 더 자세한 해석은 아는 바가 없었다. 그에게 말이란 생각을 분류하는 꼬리표가 아니라, 객관적인 사실이었다. 예수 그리스도와 성 바오로와 성 요한이 말한 것들이 그랬다. 리츨 학파*의 관념이 전 세계에 손을 뻗어 모든 것을 바꿔 놓았지만, 세계와 단절된 그는 이런 사상을 접할 기회가 없었다. 지난 세기 동안 수많은 지성적인 교리가 버려졌다. 세상 사람들은 혼란에 빠졌다. 말이 객관적인 사실이 아니라는 것, 객관적 사실은 말과 따로 떨어져 존재한다는 주장에 충격을 받았다.

그러나 지금 달빛에 앉아 있는 이 남자, 전령이 언덕을 넘어오기를 기다리며 말발굽 소리에 귀를 기울이는 이 남자의 믿음은 과학처럼 분명한 것이었다. 여기는 가브리엘이 별 너머에 있는 하느님의 보좌에서 커다란 날개를 펼치며 내려온 곳이었다. 성령은 말로 표현할 수 없는 빛에 감싸여 숨을 들이마셨고, 마리아께서 팔을 모으고 주님의 명령에 고개를 숙이자 말씀이 육신을 입었다. 그리고 한 가지가 더 있었다. 추측에 불과하지만, 그는 전차 바퀴가 굴러오는 소리가 벌써부터 들린다고 생각했다. 성자들의 마을 주변으로 주님의 군대가 모여드는 소리 같았다. 어둠의 빗장을 넘어 가브리엘이 죽음의 나팔을 불자 하늘이 흔들리기 시작하는 듯했다. 과거에 다른 이들의 추측도 어긋난 것처럼 그의 추측도 틀렸을지 모른다. 하지만 영원히 틀리기만

---

* 19세기 자유주의 신학자 알브레히트 리츨의 사상을 중심으로 형성된 학파. 초월성을 강조한 그리스도교의 전통적 교리를 현대적 지식으로 재구성해야 한다고 주장하면서 종교적 지식은 실재적 지식이 아니라 가치 판단으로 구성되어 있다고 주장했다.

할 수는 없다. 언젠가 하느님의 인내가 끝나는 날이 올 것이다. 아무리 영원의 본성에서 비롯한 인내심일지라도.

그는 자리에서 일어났다. 누군가가 허리띠에 가죽 가방을 매단 채 말을 타고 저만치에서 오고 있었기 때문이다.

II

교황의 방에 딸린 작은 객실에 잠들어 있던 시리아 사제가 깬 시각은 새벽 3시쯤이었다. 계단에서 발소리가 들렸다. 어제저녁 그는 교황이 코크런 추기경에게서 온 편지를 뜯는 것을 보고 방에서 나와 곧장 잠자리에 들었다. 비몽사몽간에 발소리를 듣다가 벌떡 일어났다. 누군가 천천히 문을 두드렸기 때문이다. 문 두드리는 소리가 연이어 들렸다. 사제는 긴 잠옷 차림으로 침대를 뛰쳐나가 황급히 허리띠를 두르고 문을 열었다.

교황이 한 손에 작은 등불을 들고 서 있었다. 아직 동이 트지 않은 시간이었다. 다른 손에는 종이가 들려 있었다.

"깨워서 미안합니다. 코크런 추기경에게 당장 보내야 할 편지가 있습니다."

둘은 교황의 방을 지나 밖으로 나갔다. 사제는 아직 잠이 덜 깨 눈도 제대로 뜨지 못한 채 옥상으로 가는 계단을 올랐다. 바깥 공기는 맑고 시원했다. 교황이 등불을 꺼 난간에 올려놓았다.

"춥습니다, 신부님. 외투를 가져오세요."

"성하는요?"

교황이 손사래를 치며 무선 전신기가 있는 임시 천막으로 향했다.

"망토를 가져오세요. 그동안 무전을 걸고 있을 테니."

교황이 뒤를 돌아보며 말했다.

3분 후 사제는 외투를 입고 교황의 망토까지 챙겨 돌아왔다. 교황은 아직 테이블에 앉아 있었다. 사제가 들어왔지만 고개를 움직이지 않고 전신기의 손잡이를 한 번 더 눌렀다. 전신기는 옥상 탑까지 솟은 3.5미터 장대를 통해 나자렛에서 130킬로미터 떨어진 다마스쿠스까지 전파를 보냈다. 문명과는 거리가 먼 사제는 좀처럼 전신기에 익숙해지지 않았다. 100년 전 발명된 이 놀라운 장치는 세월이 지나며 지금처럼 정밀하고 정확한 장치로 완성되었다. 현재는 인간 생활의 필수품까지는 아니어도 일을 할 때 없어서는 안 될 장치로 자리 잡았다. 손잡이와 전선, 톱니바퀴가 든 상자만 있으면 메시지를 전파에 실어 전 세계에 전달할 수 있었다.

어제도 무척 더웠듯이 날이 밝으면 더워질 테지만 지금의 바람은 놀랍도록 차가웠다. 사제는 몸을 떨며 옥상에 서서, 미동도 없이 앉아 있는 교황의 뒷모습을 보고만 있었다. 머리 위의 넓은 하늘이 희미한 노란색으로 물들어 갔다. 저 멀리 타보르산과 모압(사해의 동쪽 변에 위치한 지역) 너머에서 여명이 짙어지고 있었다. 근처 마을에서 수탉이 날카롭게 울었다. 어디선가 개가 한 번 짖더니 다시 고요해졌다. 그때 지붕에 달린 종이 한 번 울렸다. 사제는 얼른 정신을 차렸다. 일을 시작해야 한다는 소리였다.

종소리를 들은 교황은 손잡이를 두 번 더 누르고 잠시 기다렸다 한 번 더 눌렀다. 잠시 후 답이 오자 의자에서 일어나 사제에게 대신 앉으라는 신호를 보냈다.

시리아 사제는 망토를 교황에게 건네고 그가 테이블 측면의 의자에 앉을 때까지 기다렸다. 그러고는 자판 위에 갈색 손가락을 얹고, 말할 준비를 하는 주인의 얼굴을 보며 기다렸다. 머리 덮개 아래로 보이는 얼굴은 차가운 새벽바람을 맞아 평소보다 창백했다. 검은 눈썹은 더 도드라져 보이고 굳은 입술에는 핏기가 전혀 없었다. 교황은 손에 든 종이에 시선을 고정했다.

"추기경이 맞는지 확인하세요."

교황이 불쑥 말했다.

사제가 질문을 보내자 앞에 있는 흰색 종이에 마법처럼 메시지가 떠올랐다.

"맞습니다, 성하. 전신기 앞에 혼자 있답니다."

사제가 나직이 말했다.

"좋아요. 자, 그럼 시작합시다."

"추기경의 편지를 받고 소식을 들었는데…… 왜 전신으로 보내지 않았습니까?"

질문이 끝나자 빠르게 메시지를 입력하던 사제가 큰 소리로 답장을 읽었다.

"긴급한 일이라고 생각하지 않았습니다. 그저 평소와 같은 공격인 줄 알았습니다. 더 자세한 소식을 듣는 대로 연락드리려 했습니다."

"당연히 긴급한 일이지요. 이런 소식은 긴급하게 다뤄야 합니다."

교황은 전달할 메시지를 사제에게 들려줄 때는 일정한 억양으로 천천히 말했다.

"명심하겠습니다. 제 불찰입니다."

사제가 메시지를 읽었다.

교황은 여전히 종이를 내려다보며 말을 이었다.

"정부의 이번 긴급 조치에 대한 내용은 잘 받았습니다. 보고서에는 3명을 언급하셨는데, 그 후 연락이 된 사람이 있으면 알려 주세요."

잠시 정적이 흘렀다. 사제는 이름을 읽기 시작했다.

"제가 말씀드린 추기경 3명 외에 티베트, 카이로, 캘커타, 시드니의 대주교가 긴급 조치가 사실인지를 확인해 달라고 요청했습니다. 사실이라면 어떻게 대응해야 할지도 물었습니다. 다른 이들도 알고 싶으시다면 잠시 확인해 봐야 합니다."

"그렇게 하세요."

교황이 말했다.

또 침묵이 흘렀다. 곧이어 이름들이 나오기 시작했다.

"부쿠레슈티, 마키저스 제도(남태평양에 있는 섬), 뉴펀들랜드(캐나다 최동단 주)의 주교들, 일본의 프란치스코회 수사, 모로코의 십자가회 수사, 매니토바(캐나다 중동부에 위치한 주)와 포틀랜드(미국 오리건주 최대 도시) 대주교, 베이징의 추기경입니다. 확인 차 그리스도십자가회 회원 2명을 잉글랜드에 보냈습니다."

"소식이 언제, 어떻게 전해졌습니까?"

세상의 주인

"어제저녁 20시경 전신기가 울렸습니다. 시드니 대주교가 뭄바이 전신국을 통해 그 소식이 사실이냐고 물었습니다. 저는 들은 바가 없다고 대답했습니다. 10분도 되지 않아 4명이 같은 질문을 했고, 3분 후에는 토리노에서 루스폴리 추기경이 소식을 확인해 주었습니다. 모스크바의 페트롭스키 신부도 비슷한 메시지를 보내왔습니다. 그러고 나서……."

"잠깐만요. 왜 돌고룹스키 추기경은 연락이 없었습니까?"

"3시간 후 전보를 보내오긴 했습니다."

"왜 당장 보내지 않았답니까?"

"그때는 소식을 못 들었다고 합니다."

"그 소식이 모스크바에 언제 도착했는지 알아보세요. 당장 할 필요는 없고 오늘 안으로만 해 주세요."

"알겠습니다."

"계속하시죠."

"루스폴리 추기경의 연락을 받고 나서 5분 후에 말파스 추기경의 메시지가 도착했고, 나머지도 자정 전에 질문을 보내왔습니다. 중국에서는 23시에 보고가 들어왔습니다."

"긴급 조치가 일반에 공개된 건 언제랍니까?"

"먼저 우리 시각으로 어제 16시 런던 비밀회의에서 결정이 됐습니다. 국무 위원들이 그 시간에 서명한 것으로 보입니다. 그 직후에 전 세계에 공표되었고, 여기에는 0시 30분에 알려졌습니다."

"그럼 펠센버그가 런던에 있다는 말인가요?"

"아직 확실하지 않습니다. 말파스 추기경 말로는 펠센버그가 전날 잠정적으로 동의를 했다고 합니다."

"좋아요. 그것 말고 다른 정보는 없습니까?"

"1시간 전 루스폴리 추기경이 다시 연락했습니다. 피렌체에서 폭동이 우려된다고 합니다. 거기서 터지면 연쇄적으로 소요 사태가 일어날 것 같다고 합니다."

"무슨 요청이 있었나요?"

"지시만 내려 달라고 했습니다."

"우리가 축복을 보낸다고 전해 주세요. 2시간 안에 지시 사항을 전달하겠습니다. 그동안 수도회에서 즉각 움직일 수 있는 회원 12명을 뽑아 놓으세요."

"예."

"얘기가 끝나는 대로 추기경단에 메시지를 전달하고, 모든 대주교와 주교들에게도 재량권을 주겠다고 전하세요. 사제들과 신자들이 우리가 그들을 챙기고 있다는 사실을 알아주면 좋겠습니다."

"알겠습니다, 성하."

"마지막으로, 오래전부터 예견한 일이라고 말하세요. 그들을 영원한 아버지의 보살핌에 맡긴다고요. 그분의 섭리 없이는 어떤 참새도 땅에 떨어지지 않습니다. 차분하고 자신감 있게 임하라고 하십시오. 심문을 받으면 믿음을 주장하는 것 외에는 아무 행동도 하지 말아야 합니다. 곧 주임 사제들에게 추가 지시 사항을 내리겠습니다."

"예, 성하."

· · ·

　다시 침묵이 흘렀다.

　교황은 평소처럼 침착하게 이야기했다. 시선은 줄곧 종이를 떠나지 않았다. 몸 전체가 그림처럼 미동도 하지 않았다. 사제는 그의 말을 라틴어로 옮겨 메시지를 보내고 답장이 오면 큰 소리로 읽었다. 무슨 영문인지 갈피를 잡을 수 없었지만 엄청난 사건이 벌어질 시간이 임박한 것만은 틀림없었다. 공기 중에 묘한 긴장감이 흘렀다. 전 가톨릭 세계가 정신없이 다마스쿠스에 연락을 취하고 있었다. 사제는 어제저녁 전령을 기다리며 하던 생각이 떠올랐다. 세계가 압박 강도를 더 높이려는 것 같았다. 하지만 그것은 세상 권력의 본성이기에 크게 걱정하지 않았다.

　교황이 평소 목소리로 다시 말했다.

　"신부님, 지금 내가 하는 말은 일종의 고해로 받아들이셔야 합니다. 무슨 말인지 아시겠지요? 좋아요. 시작합시다."

　그러고는 다시 일정한 억양으로 말을 했다.

　"추기경님, 지금부터 1시간 후 성령님께 바치는 미사를 올릴 겁니다. 미사가 끝나면 모든 추기경단에 연락해 지시를 기다리라고 전하세요. 이번 조치는 예전과는 차원이 다릅니다. 지금쯤은 다들 이해하시겠지요. 마음에 두세 가지 계획이 있지만 아직 주님의 뜻을 확실히 모르겠습니다. 미사 후에 주님께서 알려 주신 계획을 전하겠습니다. 여러분도 당장 미사를 올려 우리의 계획을 알려 드리세요. 뭐가 됐든 신속하게 움직여야 합니다. 돌고롭스키 추기경 문제는 나중으로 미뤄 두세요. 하지만 조사 결과는 정오 전까지 보내야 합니다. 특히 런던이 중요해요. 전능하신 하느님께서 여러분에게 강복하소서. 성부와 성자와 성령의 이름으로."

"아멘!"

사제가 종이에 뜬 메시지를 작은 소리로 읽었다.

III

아래층의 작은 경당은 다른 방과 다를 바 없이 단출했다. 특별히 품격이 있거나 하지는 않았다. 장식은 전례와 신심 행위에 필요한 것만 최소한으로 했다. 회반죽벽에는 십자가의 길 열네 곳을 돋을새김하고, 구석에는 돌로 만든 작은 성모 마리아상을 놓았다. 그리고 그 앞에 쇠 촛대를 세웠다. 투박한 돌 제단 위에 바위를 그대로 가져다 쓴 제대가 놓여 있었다. 제대 위에는 쇠 촛대 6개와 쇠 십자고상이 있었다. 십자고상 아래에 위치한 감실은, 이 역시 쇠로 만들어졌는데, 리넨 커튼으로 가려 놓았다. 벽에서 툭 튀어나온 작은 석판은 주수상* 역할을 했다. 창문은 하나밖에 없고, 안뜰로 통하는 문이라 낯선 이가 안을 들여다볼 수 있는 구조였다.

시리아 사제는 제단 한쪽으로 열려 있는 작은 성구실에 제의를 펼쳐

---

* 제대 옆에 놓는 탁자로, 미사에 사용하는 제구를 올려놓는다.

놓고, 주수병*을 꺼내 준비하고, 제대포**의 덮개를 벗겼다. 늘 하는 사소한 일인데도 오늘따라 유독 피곤했다. 공기가 무겁게 짓누르는 것 같았다. 잠을 충분히 못 잔 탓일까? 조만간 열풍***이 다시 불어닥칠 것 같았다. 여명을 물들이던 노란빛은 태양이 떠올랐는데도 사라지지 않았다. 그는 맨발로 제단과 기도대 사이를 소리 없이 걸었다. 교황은 흰색 제의를 입고 조각상처럼 앉아 있었다. 안뜰을 덮은 지붕 위를 바라보자 모래로 희뿌옇게 물든 하늘이 슬쩍슬쩍 보였다. 곧 먹구름이 내려앉고 천둥이 칠 것 같았다. 초에 불을 밝히는 것으로 할 일을 끝낸 사제는 무릎을 꿇고 고개를 숙인 채 교황이 일어나기를 기다렸다. 안뜰에서 미사에 참석하러 오는 일꾼의 발소리가 들렸다. 그와 동시에 교황이 일어나 성구실로 향했다. 불로 오신 하느님의 붉은색 제의****가 희생을 각오하며 기다리고 있었다.

◆ ◆ ◆

미사 중 실베스테르의 태도는 특이할 정도로 수수했다. 젊은 사제처럼 기민하게 움직이고, 줄곧 나직하면서도 묵직한 저음으로 말했다. 말의 속도는 느리지만 거만한 느낌은 들지 않았다. 그는 전통대로 30

---

*   미사에 사용하는 물과 포도주를 담는 병.

**   제대 위에 까는 하얀 천.

***   봄에 아프리카에서 시작되는 뜨거운 바람.

**** 붉은색 제의는 성령과 순교를 상징한다.

분 동안 개두포*를 입으면서 기도를 했다. 이렇게 작고 텅 빈 경당에서도 시선을 내내 아래로 두었다. 시리아인은 미사를 올릴 때마다 두려움에 가까운 전율을 느꼈다. 여기 있는 수수한 미사 집전자가 높은 분이라서가 아니었다. 말로 표현할 수는 없지만 제의를 입은 교황 주위에서 뭔지 모를 기운이 느껴졌다. 몸이 저절로 반응했다. 자의식이 완전히 사라지고, 다른 존재의 의식이 그 자리를 차지했다. 교황의 미사 집전은 아주 사소한 부분까지도 흠잡을 데 없이 완벽했다. 모든 것을 완벽하게 기억해야 가능한 일이었다. 예전에 로마에서도 프랭클린 신부가 미사를 집전하는 모습은 꼭 봐야 한다는 얘기가 있었다. 신학대학교 학생들은 사제 서품 전에 그의 완벽한 태도와 방식을 배우려고 견학을 하기도 했다.

오늘도 평소와 같았다. 그런데 성체성사 중 제병을 입으로 가져가던 시리아 사제가 문득 고개를 들었다. 어디서 소리가 나는 것 같았다. 무언가가 움직인 것 같기도 했다. 앞을 보자 심장이 쿵쾅거렸다. 하지만 달라진 모습은 없었다. 몸을 곧게 세운 교황이 고개를 숙인 채 그곳에 서 있었다. 긴 손가락 끝에 턱이 닿았다. 발에 무게가 전혀 실리지 않은 듯 서 있는 자세가 이상할 정도로 가벼워 보였다.

정체는 알 수 없지만 내면의 감각은 분명히 무언가를 느꼈다. 빛이나 소리의 느낌이었다. 방금 전 고개를 들었을 때 무언가를 보거나 들

---

* 사제가 미사 때 착용하는 흰색 보자기 모양의 천. 목과 어깨에 걸쳐 입으며 긴 끈으로 허리에 고정시킨다.

은 것 같았다. 섬세하지만 강렬한 힘이 느껴지는 눈부신 빛의 형태였다. 그 빛이 교황의 흰머리 아래에 보이는 깨끗한 갈색 피부와 몸을 감싼 거칠고 얼룩진 천을 밝힌 것 같았다. 길게 울려 퍼지는 현악기 혹은 바람의 선율도 들렸다. 하느님께 바쳐진 영혼이 예수 그리스도의 인성과 신성을 만날 때 나는 신비한 소리였다. 어린 양의 보좌 아래 흐르는 삶의 강물이 쉬지 않고 내는 소리였다. 진하고 달콤한 향기도 느껴졌다. 천국에 핀 장미꽃의 향기가 성체를 담은 커다란 성합에서 새어 나오는 것 같았다.

순수하고 평화로운 순간이었다. 멀리서 손수레가 지나가는 소리와 잔디를 깎는 소리가 들렸다가 사라졌다. 뒷자리에서 누군가가 밀려드는 감정을 주체하지 못하고 숨을 몰아쉬었다. 교황은 한자리에 우뚝 서 있었다. 장백의 자락과 흰 신발은 흔들리지도, 움직이지도 않았다. 마침내 그가 움직여 성혈을 드러내고 손을 뻗어 성작*을 들어 올렸을 때는 마치 조각상이 살아 움직이는 것 같았다. 그 모습에 사제는 충격에 가까운 감정을 느꼈다. 성작이 비었을 때 첫 번째 느낌이 다시 돌아왔다. 인간과 외부 세계가 신성하고 보이지 않는 신의 품에 감싸였다. 다시 한번 침묵이 살아서 빛을 내뿜었다. 영적 에너지가 근원으로 다시 가라앉을 무렵, 실베스테르가 성작을 내밀었다.

사제는 기대감에 무릎이 후들거렸다. 그는 일어나 절을 하고 주수상으로 다가갔다.

---

*   성찬 전례에서 포도주를 담는 잔.

◆ ◆ ◆

교황의 미사 후 사제가 희생 제사를 봉헌하는 것이 관습이었다. 하지만 오늘 실베스테르는 낡은 상자에 제의를 하나씩 내려놓자마자 사제를 돌아보며 조용히 말했다.

"당장 옥상에 가서 추기경에게 준비하라는 메시지를 전하세요. 나도 5분 안에 가겠습니다."

옥상에 오르니 정말 열풍이 불고 있었다. 평상시 맑고 푸르던 아침 하늘이 흐린 노란색이었다. 지평선 부분에서는 색이 점점 짙어져 아예 갈색이 되었다. 평원 너머에 위풍당당하게 솟은 타보르산도 미세한 모래바람 사이로 멀리 보였다. 뒤돌아보니 길게 뻗은 하얀 네인 마을 너머로는 아무것도 보이지 않았다. 하늘과 맞닿은 언덕 꼭대기만 희미한 윤곽선으로 보일 뿐이었다. 아침인데도 공기가 뜨겁고 답답했다. 그나마 천천히 불어오는 남서풍마저 숨이 막혔다. 바람은 이집트에서부터 수 킬로미터를 날아오며 거대하고 메마른 대륙[단단한 땅에 비를 내려 줄 바다가 거의 없는 탓이다]의 열기를 모아 이곳의 척박한 땅에 쏟아붓고 있었다. 카르멜산 기슭도 안개로 덮여 반은 건조하고 반은 축축했다. 긴 황소 같은 카르멜산의 머리는 서쪽 하늘을 향해 도전적으로 달려 나가고 있었다. 테이블에 손을 올리자 건조하고 뜨거웠다. 한낮이 되면 손을 대지도 못할 것이다.

손잡이를 누르고 기다렸다. 응답이 없어 다시 손잡이를 누르고 기다렸다. 이윽고 답을 알리는 종이 울렸다. 사제는 130킬로미터를 가로질러 추기경을 부르는 메시지를 보냈다. 1~2분 지나고 또 종이 울리더니 새 종이에 한 줄이 떠올랐다.

"대기하고 있습니다. 성하이십니까?"

누군가 어깨에 손을 올렸다. 돌아보자 흰옷에 달린 덮개를 뒤집어쓴 실베스테르가 의자 뒤에 서 있었다.

"그렇다고 하고, 새로운 소식이 있는지 물어보세요."

교황이 의자에 앉았다. 잠시 후 사제가 답장을 읽었다. 목소리가 흥분으로 점점 커졌다.

"질문이 쏟아지고 있습니다. 많은 이가 성하의 지시를 기다리고 있습니다. 제 비서들은 4시부터 쉴 틈이 없었습니다. 다들 불안해하고 있습니다. 성하께서 살아 계신다는 사실을 부인하는 이들도 있습니다. 당장 조치를 취해야 합니다."

"그게 다입니까?"

교황이 물었다.

사제가 다시 답변을 읽었다.

"그리고 그 소식은 사실입니다. 즉각 효력이 발효된다고 합니다. 당장 조치를 취하지 않으면 배교자가 속출할 것입니다."

교황이 공적인 목소리로 중얼거렸다.

"알겠습니다. 잘 들으세요, 추기경님."

그는 턱 밑에 손을 모으고 잠시 말을 멈추었다가 다시 입을 열었다.

"우리는 이제 모든 것을 주님에게 맡기려고 합니다. 더 이상 나약한 인간의 성품에 기대지 않겠습니다. 앞으로 말씀드릴 내용을 지정한 사람들에게만 전하세요. 비밀이 새어 나가서는 안 됩니다. 그리스도 십자가회에서 메시지마다 2명의 전령을 뽑아 전하십시오. 메시지는 절대 글로 남겨서는 안 됩니다. 추기경단 12명, 전 세계 대주교와 총 대주교 22명, 예수회, 수도자회, 활동 수도회, 관상 수도회 총장 4명 등 총 38명과 공증인 역할을 할 코크런 추기경의 수행인, 그를 보좌할 내 수행인, 그리고 나까지 총 41명이 성령 강림 대축일 전날 밤에 나 자렛에 있는 이곳에 모입니다. 새 법령에 맞서 어떤 조치를 취할지는 그때 결정하겠습니다. 대책을 세우려면 먼저 조언을 듣고 자유롭게 의견을 교환해야 합니다. 앞서 말한 모든 이에게 이 말을 전하십시오. 대책 회의가 나흘을 넘지는 않을 것이라는 내용도 추가해 주세요."

교황이 말을 이었다.

"우리는 회의를 준비해야 하니 추기경께서 오늘 수행인을 이리로 보내세요. 그러면 내 수행인이 즉각 준비에 착수할 겁니다. 추기경께 서는 자리를 비울 때 마라부 신부에게 대리를 맡겨 주십시오. 부재 기 간이 나흘을 넘으면 안 됩니다. 마지막으로, 이번 새 법령에 대한 구체 적인 지시를 요청하는 이들에게는 이렇게 전하세요. '여러분의 그 확 신을 버리지 마십시오. 그것은 큰 상을 가져다줍니다. 여러분이 하느 님의 뜻을 이루어 약속된 것을 얻으려면 인내가 필요합니다. 조금만 더 있으면 올 이가 오리라. 지체하지 않으리라.'* 주님의 하인들의 하 인 실베스테르 주교."

---

* 히브리인들에게 보낸 서간 제10장 35~37절.

3장

I

금요일 저녁, 올리버 브랜드는 회의가 끝나고 국무 위원들이 일어서자마자 웨스트민스터에 있는 의사당에서 나왔다. 소식이 세상에 알려지기 전에 메이블에게 먼저 전해야 한다고 생각했다.

올리버는 지난 다섯 달 동안의 변화를 돌이켜 보았다. 5개월 전, 세계 대통령은 정책을 새로운 단계로 발전시키겠다고 선언했다. 올리버가 처음부터 완전히 동의한 것은 아니었다. 대중을 상대로 정책의 필요성을 옹호하는 과정에서 그도 점차 납득하게 되었다. 메이블은 전과 다르게 고집을 꺾으려 하지 않았다.

올리버는 메이블의 정신이 이상해졌다고 생각했다. 펠센버그는 웨스트민스터에서 만장일치로 동의를 얻어 1~2주 후 새로운 정책을 공표했다. 소식을 들은 메이블은 믿으려 하지 않았다.

하지만 필요하다면 초자연주의자들을 제거할 수도 있다는 펠센버그의 말이 사실로 판명되자 부부는 심하게 다퉜다. 메이블은 속았다고 말했다. 펠센버그는 세상의 희망이 아니라 세상을 파괴하는 괴물이고, 세계 평화는 그 어느 때보다 멀어졌다고 했다. 펠센버그가 믿음을 배신하고 약속을 어겼다고도 했다. 한바탕 소동이 크게 일었다. 올리버는 그때를 다시 떠올리고 싶지 않았다. 시간이 한참 흐르고 메이블이 잠잠해진 틈을 타 침착하게 타일러 봤지만 효과가 없었다. 메이블은 입을 꾹 다물고 대답도 하지 않았다. 대통령 이야기가 나왔을 때 잠깐 반응을 보였을 뿐이다. 메이블은 한번 틀어지면 뒤돌아보지 않는 성격이라 어지간한 논리로는 설득이 안 됐다. 올리버는 실망이 컸다. 하지만 시간이 약이 될 것이라 믿었다.

잉글랜드 정부는 메이블처럼 새로운 정책에 거부감을 갖는 이들을 달래기 위해 신속한 조치를 취했다. 연설가들을 전국 각지로 보내 정책의 필요성을 설파했다. 언론도 정책 홍보에 열을 올리며 불만 여론을 잠재웠다. 잉글랜드인 중에서 정부의 정책 설명을 듣지 못한 이는 단 한 사람도 없을 정도였다.

짧게 말해, 그들의 주장은 다음과 같았다. 이런 주장은 상대적으로 감정적인 사람의 반감을 잠재우는 효과가 있었다.

우선, 역사상 처음으로 평화가 보편적인 사실이 되었다는 점을 강조했다. 첫 단계는 이미 50년 전 달성했다. 모든 국가가 3개의 세력권 중 하나에 속하게 되었다. 자신이 속한 세력권에서 모든 국가는 땅덩어리와 상관없이 공평하게 공동의 이익을 도모한다. 하지만 3개의 세력권이 하나의 수장 아래 재통합되는 두 번째 단계는 훨씬 대단한 성과였다. 세력권의 상충되는 이해관계가 국가 간 이해관계에 비할 바 없이 컸기 때문이다. 그걸 해낼 인물이 필요하다고 생각하던 바로 그 순간 완벽한 인물이 나타나 불가능해 보이던 과업을 달성한 것이다. 이 업적을 통해 혜택을 본 사람이라면 이 업적을 가능하게 한 그의 의지와 판단을 믿고 따라와 달라는 말이 큰 무리는 아닐 것이다. 이런 논지로 대중들의 믿음에 호소했다.

두 번째 핵심 논리는 이성에 초점을 맞춘 것이었다. 모든 지식인이 동의하는 것처럼 박해는 생각이 다른 소수에게 야만적인 다수의 의견을 강요하는 수단이다. 과거의 박해의 가장 큰 폐해는 물리력 사용이 아니라 박해 남용이었다. 한 나라가 다른 나라에 종교적 견해를 강요하는 것은 참을 수 없는 폭정이다. 어떤 나라도 보편적 법칙을 다른 나라에 강제할 권리는 없다. 이런 사상은 국가의 개인주의라는 이름으로 포장되었다. 하지만 국가의 개인주의는 개인의 개인주의보다 세계 통합에 더 치명적이었다. 그러다 전 세계적으로 이해관계가 일치하기 시작하면서 상황이 완전히 바뀌었다. 국가 간 차이보다 개인 간 차이가 더 중요한 문제로 떠오른 것이다. 그러자 아이가 성인으로 성장하듯 새로운 권리들이 태어났다. 이제 인류는 막대한 책임을 짊어진 하나의 독립체가 되었다. 기존에 있던 개인의 권리는 전부 사라졌다. 인류라는 신비한 독립체는 그것을 구성하는 세포에 대한 지배권을 갖게 되었다. 그 몸에 손상을 입히는 세포는 모든 권리를 박탈당했다.

보편관할권*을 주장하는 종교는 가톨릭교뿐이었다. 동방의 종파들

---

* 모든 지역, 문화권, 언어권에서 법칙, 교리, 관습, 사상 등을 통제하고 지배하는 권리. 가톨릭이라는 말은 '보편적'이라는 뜻의 그리스어 '카톨리코스'에서 유래했다.

은 저마다 고유한 특성을 갖고 있었지만 새로운 인간상을 궁극적인 진리의 화신으로 받아들이고 충성을 바쳤다. 하지만 가톨릭교의 본질은 새로운 인간상과 모순된다. 그리스도교인들은, 본인들 주장으로는, 세상을 초월해 존재하는 초자연적인 신을 찬양했다. 자기모순으로 가득한 강생*이라는 말도 안 되는 그들의 이론은 논외로 하더라도, 그리스도교인들은 고의적으로 새로운 인류의 구성원이 되기를 거부했다. 자신이 속한 몸에서 떨어져 나가 외부의 힘에 지배를 받는 괴상한 팔다리와도 같았다. 그들의 어리석은 행동 때문에 몸 전체가 위험에 빠졌다. 아직 죄명이 정해지지는 않았지만 이 어리석은 행동은 범죄였다. 살인, 절도, 강간, 심지어 무정부주의도 이 사악한 죄에 비하면 경미하다. 다른 범죄들은 인류라는 몸에 상처를 입힐지언정 마음을 갈기갈기 찢지는 않기 때문이다. 개인에게 해를 가하는 범죄는 당연히 통제해야 한다. 하지만 그것이 인류 전체의 존망을 위협하지는 않는다. 그러나 그리스도교에는 치명적인 독이 있었다. 그 독에 감염된 세포는 삶의 근원을 구성하는 모든 것을 위험에 빠트린다. 이것만으로도 인류에 대한 대역죄였다. 올바로 치료하려면 그런 독소를 세상에서 완전히 제거하는 수밖에 없었다.

이런 내용으로 펠센버그의 견해를 지지하는 데 주저하는 일부 사람들을 설득했다. 결과는 아주 성공적이었다. 물론 그럴듯한 말로 포장하고 열정을 다해 표현하면서 다양한 방식으로 접근했다. 일이 순조

---

* 하느님이 인간의 육신을 취한 것.

롭게 진행되었다. 여름이 다가오자 펠센버그는 자신의 생각을 실행에 옮길 법안을 제출할 계획이라고 은밀히 알렸다.

방금 이 법안이 통과된 것이다.

II

올리버는 집으로 오자마자 메이블의 방으로 갔다. 다른 데서 이 소식을 들으면 안 될 것 같았다. 메이블은 방에 없었다. 물어보니 1시간 전에 외출했다고 했다.

당황스러웠다. 법안은 30분 전에 통과되었다. 펨버턴 경은 지체할 이유가 없으므로 언론에 결정 사실을 통보해도 좋다고 했다. 올리버는 언론 보도가 나오기 전에 메이블에게 알리기 위해 서둘러 자리를 떴다. 하지만 한발 늦었다. 메이블이 당장에라도 전광판으로 소식을 접할지 모를 노릇이었다.

극도로 불안했지만 1시간쯤 기다려 보기로 했다. 여기저기 전화를 돌려 봤으나 메이블의 행방을 아는 사람은 없었다. 평소 이 시간에 사원에 가곤 했으니 그곳에 있을지도 몰랐다. 올리버는 가정부에게 확인하고 오라고 시킨 뒤 메이블의 방 창가 자리에서 절망 어린 시선으로 창밖을 내다보았다. 황금빛 석양 아래 드넓게 펼쳐진 지붕들의 풍경은 오늘따라 묘하게 아름다웠다. 지난주와 달리 오늘 하늘은 순수한 황금색이 아니었다. 서쪽부터 동쪽 끝까지 장밋빛이 약간 묻어 났다. 흡연 금지 조치가 저녁 하늘 색깔에 영향을 미쳤다는 책을 얼마 전에 읽은 적이 있다. 최근 들어 아메리카에서 심각한 지진도 몇 번 있었다. 다 연관이 있는 걸까? 그러다 다시 메이블 생각을 했다.

10분쯤 지난 뒤 메이블이 계단을 올라오는 소리가 들렸다. 올리버는 벌떡 일어났다.

표정을 살피니 이미 모든 것을 알고 있는 눈치였다. 창백하게 굳은 표정을 본 올리버는 가슴이 철렁 내려앉았다. 분노는 없었다. 하얗게 질린 얼굴에서는 지독한 절망과 굳은 결심만이 느껴졌다. 하얀 여름 모자를 쓴 메이블은 입을 꾹 다문 채 실눈을 뜨고 있었다. 기계처럼 문을 닫고 선 그녀는 올리버 쪽으로 한 발짝도 다가오지 않았다.

"사실이에요?"

메이블이 물었다.

올리버는 깊이 숨을 들이마시고 다시 앉았다.

"뭐가?"

"사실이냐고요. 모든 사람이 심문을 받고, 하느님을 믿는다고 하면 죽인다는 얘기 말이에요."

올리버가 마른 입술을 핥았다.

"표현이 너무 심하네. 중요한 건 이 세계가……."

메이블이 고개를 홱 돌렸다.

"사실이군요. 당신도 서명했어요?"

"메이블, 일을 크게 만들지 말자. 나 피곤해. 내 말 들어 주기 전까지는 대답하지 않겠어."

"해 봐요, 그럼."

"일단 앉아."

메이블이 고개를 저었다.

"그래, 알았어…… 중요한 건 이거야. 지금 세계는 한 나라가 되었어. 개인주의는 죽었단 말이야. 펠센버그가 세계 대통령이 되는 순간 죽었어. 당신도 알겠지만 이제 상황이 완전히 바뀌었어. 지금까지 이런 적은 없어. 나만큼이나 당신도 알 거 아냐."

메이블은 다시 못 참겠다는 듯 고갯짓을 했다.

"상황이 바뀌어서 도덕 체계도 새로워진 거야. 아이가 자라서 철이 들었다고 생각하면 딱 맞아. 우리에게는 이런 일을 계속할 의무가 있는 거야. 되돌아갈 수는 없어. 바꾸지도 않을 거야. 모든 구성원이 건강하게 살아야 할 거 아니야. 예수가 이렇게 말했다며. '네 오른손이 너를 죄짓게 하거든 그것을 잘라 던져 버려라.'* 우리 말이 바로 그거야. 누구든 하느님을 믿는다고 말하면…… 진심으로 믿거나 의미를 이해하는 사람이 있을까 싶지만, 아무튼 그런 말만 해도 최악의 범죄야. 대역죄라고. 하지만 폭력적이지는 않아. 아주 조용하고 자비롭게 진행할 거야. 당신도 안락사에 항상 찬성했잖아. 그 방법으로……."

올리버가 힘없이 말했다.

메이블이 짧게 손짓을 했다. 나머지 몸은 움직이지 않았다.

"그게 무슨 상관이죠?"

메이블이 물었다.

---

* 마태오 복음서 제5장 30절.

올리버가 자리에서 일어났다. 아내의 싸늘한 목소리를 더는 견딜 수
없었다.

"메이블, 여보……."

메이블은 얼음같이 차가운 눈으로 올리버를 바라보았다.

"그런 말은 필요 없어요. 소용없다고요. 당신도 서명했나요?"

올리버는 절망을 느끼며 메이블을 마주 보았다. 차라리 울면서 방을
뛰쳐나가는 편이 나을 것 같았다.

"메이블……."

그가 다시 애원했다.

"서명했어요?"

"했어."

올리버가 마침내 답했다.

메이블이 돌아서서 문으로 향했다. 올리버가 얼른 뒤를 쫓았다.

"메이블, 어디 가?"

메이블은 처음으로 남편에게 거짓말을 했다.

"조금 쉴래요. 저녁때 봐요."

올리버는 미심쩍지만 하는 수 없이 뒤로 물러났다.

"알았어……. 메이블, 내 입장을 이해해 줘."

◆ ◆ ◆

30분 후 올리버는 저녁을 먹으러 내려왔다. 논리로 무장하고 감정

세상의 주인

도 다잡았다. 누가 봐도 그의 논리는 흠잡을 데 없이 완벽하다고 했을 것이다. 그와 메이블이 모두 받아들이고 삶의 원칙으로 삼던 전제를 인정한다면 당연한 결론이었다.

올리버는 잠시 기다리다 가정부가 머무는 별채에 전화를 걸었다.

"메이블 어디 갔나요?"

순간 조용하더니 곧 대답이 들렸다.

"30분 전에 외출하셨는데요, 의원님. 알고 계시는 줄 알았습니다."

III

같은 날 저녁, 프랜시스는 7월 1일에 열릴 풍요의 날과 관련한 세부 사항을 점검하느라 사무실에서 바쁜 시간을 보냈다. 첫 번째 풍요의 날이니만큼 앞선 두 축제처럼 성공시켜야 한다는 생각에 초조했다. 다른 축제와 몇 가지 특이한 사항이 있어 챙겨야 할 일이 많았다.

프랜시스는 사원 내부를 그대로 재현한 모형과 이리저리 움직일 수 있는 사람 모형들을 앞에 두고 의례 절차서에 간단히 메모를 하며 생각을 정리하고 있었다.

21시가 조금 넘은 시각, 문지기가 그를 찾아온 여인이 있다고 전했다. 프랜시스는 그럴 리가 없다며 퉁명스럽게 대꾸했다. 하지만 벨이 다시 울렸다. 그가 참지 못하고 화를 냈다. 그런데 여성의 목소리가 들렸다. 자신은 브랜드 부인이며 10분 정도 대화를 했으면 한다고 말했다. 그렇다면 얘기가 달라진다. 올리버 브랜드는 중요한 인물이니 그의 부인도 당연히 중요한 인물이다. 프랜시스는 정중히 사과하고 응접실로 올라오는 길을 알려 주었다.

잠시 후, 프랜시스는 악수를 하며 오늘따라 메이블이 유달리 조용해 보인다고 생각했다. 베일을 늘어뜨려 얼굴은 잘 보이지 않지만 평소처럼 활발한 목소리가 아니었다.

"방해해서 죄송해요, 프랜시스 씨. 여쭤볼 게 있어서 찾아왔어요."

프랜시스는 괜찮다며 미소를 보였다.

"브랜드 부인, 혹시……."

"아니요. 남편이 보내서 온 게 아니에요. 순전히 개인적인 용건입니다. 곧 알게 되실 거예요. 단도직입적으로 말씀드릴게요. 시간 빼앗으면 안 된다는 거 압니다."

상황이 이상했지만 프랜시스는 곧 알게 될 거라 생각했다.

"우선, 프랭클린 신부님과 아는 사이였다고 들었어요. 그분, 추기경이 되셨죠?"

프랜시스가 웃으며 고개를 끄덕였다.

"지금 살아 있을까요?"

메이블이 물었다.

"아니요, 죽었습니다. 폭격 당시에 로마에 있었으니까요."

프랜시스가 말했다.

"아! 정말요?"

"확신합니다. 탈출한 추기경은 슈타인만뿐이에요. 그는 베를린에서 교수형을 당했지요. 예루살렘 총대주교는 1~2주 후에 죽었고요."

"그렇군요. 저기, 이상한 질문이라고 생각하실 수도 있는데…….
이유는 설명할 수 없지만 곧 이해하실 겁니다. 뭐냐면…… 가톨릭교
신자들은 왜 하느님을 믿나요?"

프랜시스는 너무 놀란 나머지 한동안 그녀를 빤히 보기만 했다.

"네, 이상한 질문이죠. 하지만……."

그녀가 말을 흐렸다.

"아니, 말씀드릴게요. 사실 친구가 있어요. 그 친구가 이번 새 법령
으로 위험하게 됐어요. 친구를 설득하고 싶은데 그러려면 친구 생각
을 알아야 해서요. 선생님은 프랭클린 신부를 제외하고 제가 아는 유
일한 사제시고…… 아니, 사제셨잖아요. 그래서 대답을 들을 수 있다
고 생각했어요."

아주 자연스러웠다. 목소리를 떨지도, 말을 더듬지도 않았다. 프랜
시스는 친절하게 웃으며 손바닥을 가볍게 비볐다.

"쉽게 대답할 질문은 아니네요. 혹시 내일 다시……."

"짧아도 돼요. 꼭 지금 알아야 해요. 아시겠지만 새 법령이 발효되
면……."

프랜시스가 고개를 끄덕였다.

"그럼…… 간단히 말씀드리죠. 가톨릭에서는 신을 이성으로 인식
할 수 있다고 합니다. 세상이 움직이는 방식을 보면 조정자의 존재를
추론할 수 있다고도 하고요. 정신이라는 거죠. 신에 대한 다른 것들도
추론할 수 있다고 합니다. 예를 들어, 신은 사랑이라고요. 왜냐하면 행
복이……."

"고통은요?"

메이블이 말을 잘랐다.

프랜시스가 다시 웃었다.

"네, 그게 중요합니다. 그게 약점이죠."

"고통에 관해서는 뭐라고 하나요?"

"음, 간단히 말해 고통은 죄를 지은 결과……."

"죄는요? 제가 이렇게 아무것도 모른답니다."

"죄는 신에 맞서는 인간의 저항입니다."

"그게 무슨 뜻이죠?"

"신은 자신의 피조물에게 사랑받기를 원해서 그들을 자유롭게 만들었다고 합니다. 그렇지 않으면 진정으로 사랑할 수 없다면서요. 하지만 자유가 있다면 신을 사랑하거나 신에게 복종하는 것을 거부할 수 있겠죠. 그게 죄입니다. 얼마나 말도 안 되는 소리인지……."

메이블은 고개를 살짝 끄덕였다.

"그렇군요. 그들의 생각을 정말 알고 싶어요. 그게 다인가요?"

"아니죠. 그 정도는 그들이 자연 종교*라 부르는 것에 불과합니다. 가톨릭 신자들은 그 이상을 믿지요."

"어떻게요?"

"부인, 몇 마디로 설명하기는 불가능합니다. 하지만 간단히 말해서 그들은 신이 인간이 되었다고 믿습니다. 예수는 신이었고 그들을 죄

---

*   인간 이성으로 발견할 수 있는 신에 대한 의무.

로부터 구원하기 위해 죽음으로써……."

"고통을 참았다고요?"

"네, 죽음으로요. '강생'이라는 것이 진정한 핵심입니다. 전부 거기서 출발하죠. 일단 그걸 믿게 되면 솔직히 나머지는 저절로 따라옵니다. 스캐풀러*부터 성수**까지 전부 다요."

"지금 하신 말씀을 하나도 이해하지 못하겠어요."

프랜시스가 허허 웃었다.

"당연하지요. 전부 말도 안 되는 헛소리니까요. 하지만 아시다시피 저는 한때 이런 걸 다 믿었답니다."

"그렇게 터무니없는데도요?"

메이블이 말했다.

"그렇죠. 정말 터무니없습니다. 하지만 다르게 생각하면……."

메이블이 몸을 앞으로 기울였다. 하얀 베일 아래로 반짝이는 눈이 보였다.

"그게 제가 듣고 싶은 얘기예요. 그들이 어떻게 정당화하는지 알려 주세요."

그녀가 숨도 못 쉬며 말했다.

프랜시스는 잠시 생각에 잠겼다. 그러다 천천히 말을 꺼냈다.

"제 기억으로는, 그들은 인간이 이성 외에 다른 능력을 가지고 있다

---

* 수도자들이 입는 옷. 어깨에 걸칠 수 있도록 두 장의 천을 기워 만든다.

** 축복 예식에 사용하는 물.

고 합니다. 때로는 마음이 이성이 찾지 못하는 것까지 찾는다고 하죠. 직감 같은 겁니다. 자기희생과 기사도 정신, 심지어 예술 같은 것도 다 마음에서 왔다고 하지요. 이성은 거기에 따라오는 거고요. 기술의 법칙이 그 예입니다. 하지만 증명할 수는 없다고 해요. 그건 안 된답니다."

"알 것 같아요."

"그게 자기네 종교랍니다. 한마디로 그냥 감정놀음인거죠."

프랜시스는 너무 한쪽으로 치우치지 않으려 잠시 말을 멈췄다.

"뭐, 그렇게 말하지는 않겠지만 사실입니다. 요약하면⋯⋯."

"뭐죠?"

"신앙이라는 게 있다고 합니다. 다른 무엇과 다른 깊은 확신이 있다고요. 물론 초자연적인 것이죠. 하느님은 그걸 원하는 이들에게 준다고 해요. 기도를 하거나 선하게 사는 사람 등⋯⋯."

"신앙은 뭐죠?"

"신앙은 증표라 부르는 것에 따라 행동하는 겁니다. 신앙은 하느님이 존재한다거나 그가 인간의 몸으로 태어났다거나 하는 이야기, 교회 같은 것을 절대적으로 확신하게 만들어 줍니다. 자기네 종교가 세상에 미치는 영향력으로도 증명할 수 있다고 합니다. 그 방법으로 인간의 본성을 설명할 수 있다고 말이죠. 들으시면 알겠지만 그냥 자기 암시입니다."

프랜시스가 메이블의 한숨 소리를 듣고 말을 멈췄다.

"이 정도면 이해가 되시나요, 부인?"

"정말 감사합니다. 아까보다 이해가 됐어요. 그리스도교인들이 신앙을 위해 죽음을 불사한다는 게 사실인가요?"

"그렇습니다. 수백만 명이 그렇게 했습니다. 이슬람교인들이 자기 신앙을 위해 죽는 것과 같죠."

"이슬람교도 하느님을 믿죠?"

"뭐, 그랬죠. 지금도 일부는 그럴 겁니다. 하지만 소수예요. 나머지 는 그들 말처럼 밀교 신자가 되었습니다."

"그리고…… 어느 쪽이 더 진화했다고 생각하시나요? 동방과 서방 중에요?"

"아! 당연히 서방이죠. 동방은 생각을 많이 하지만 행동은 하지 않 습니다. 그래서 늘 혼란이 벌어지고 생각마저 정체되죠."

"100년 전까지만 해도 그리스도교는 분명 서방의 종교였죠?"

"아! 그럼요."

메이블은 조용해졌다. 그 틈에 프랜시스는 지금 상황이 얼마나 기묘 한지 생각했다. 그리스도교인이라는 친구와 얼마나 가까운 사이이기 에 이렇게까지 열의를 보일까?

메이블이 일어나자 프랜시스도 따라 일어났다.

"정말 감사합니다, 선생님. 요약하면 그렇다는 거죠?"

"네, 그게 몇 문장으로 최대한 줄인 겁니다."

"고맙습니다. 이만 가 볼게요."

두 사람은 문 쪽으로 함께 걸었다. 문 앞에 다다랐을 때 메이블이 멈 춰 섰다.

"선생님도 이런 것들을 믿으며 자라셨죠. 믿음이 다시 돌아오지는 않을까요?"

프랜시스는 미소를 지었다.

"절대요. 꿈에서라면 모를까요."

"그럼 어떻게 거기서 빠져나오신 거예요? 자기 암시라 해도 30년을 그렇게 살아오셨잖아요."

프랜시스는 어떻게 대답해야 할지 몰라 잠시 망설였다.

"전에 선생님과 함께한 가톨릭교 신자들은 뭐라고 하나요?"

그녀가 재차 물었다.

"제가 빛을 박탈당했다고 하겠죠. 신앙을 거두어 갔다고요."

"선생님은요?"

"저는 다른 방법으로 더 강한 자기 암시를 했다고 할 겁니다."

"그렇군요. 안녕히 계세요, 프랜시스 씨."

◆ ◆ ◆

메이블이 승강기를 혼자 타겠다고 해서 프랜시스는 매끄러운 상자가 소리 없이 아래로 내려가는 모습을 지켜봤다. 그리고 곧 사원과 사람 모형들 앞으로 돌아왔다. 다시 일을 시작하기 전, 그는 입을 다물고 한참을 멍하니 앉아 있었다.

4장

I

일주일 후, 메이블은 새벽에 잠에서 깼다. 순간 자신이 어디에 있는
지 헷갈렸다. 올리버를 큰 소리로 부르며 낯선 방 안을 두리번거렸다.
내가 여기서 뭐 하고 있지? 곧 기억이 떠오르면서 말문이 막혔다.

오늘로 이 시설에서 8일째를 맞았다. 유예 기간이 끝나 여기에 온
목적을 이룰 수 있게 되었다. 지난주 토요일, 메이블은 치안 판사 앞에
서 비공개 조사를 받았다. 비밀을 유지하는 조건 아래 이름, 나이, 주
소와 함께 안락사를 신청한 이유를 밝혔다. 맨체스터를 선택한 이유
는 집에서 멀고 땅덩이가 넓어서 올리버의 추적을 피할 수 있을 것 같
았기 때문이다. 비밀은 철저히 지켜졌다. 올리버는 그녀의 계획을 꿈
에도 짐작할 수 없을 터였다. 경찰에게는 안락사 희망자를 도울 의무
가 있었다. 개인주의 이념은 삶을 포기하려는 이들의 의사를 존중했
다. 왜 이런 공식적인 방법을 선택했는지 메이블 자신도 확실히 몰랐
다. 하지만 다른 방법은 불가능했다. 칼을 쓰려면 솜씨와 결단이 필요
했다. 총은 생각하기도 싫었다. 독약은 규제가 엄격해 구하기 어려웠

다. 생각을 정리할 시간도 필요했다. 과연 삶을 포기하는 길만이 최선인지 확신을 갖고 싶었다.

그리고 그녀의 마음은 어느 때보다도 확고해졌다. 안락사를 처음 생각한 것은 지난해 마지막 날 일어난 폭동으로 절망했을 때다. 하지만 인간이 아직은 완벽하지 않으므로 언제든 퇴보할 수 있다는 말을 듣고 안락사에 관한 생각이 잠시 사라졌다. 그러다 펠센버그의 선언을 듣자 마음속에 유령이 다시 나타나 그녀를 설득했다. 메이블은 그녀 안에 자리 잡은 유령을 억누르려고 했다. 끔찍한 말들에 몸서리치면서도 펠센버그가 설마 그 정책을 실행에 옮기겠는가 하는 일말의 희망도 품었다. 하지만 오래가지 않았다. 마침내 그 정책이 법으로 정해진 날, 메이블은 유령의 유혹에 완전히 굴복하고 말았다. 그게 8일 전이었다. 그 후로는 단 한순간도 흔들리지 않았다.

하지만 더 이상 비난하지는 않았다. 그들이 내세운 논리를 반박할 수 없었다. 견디지 못하겠다는 마음뿐이었다. 새로운 믿음을 잘못 판단했다. 다른 사람은 모르지만 그녀에게는 희망이 없었다. 어차피 아이도 없는 몸이었다.

◆ ◆ ◆

법이 규정한 8일은 평화롭게 지나갔다. 메이블은 돈을 넉넉하게 준비해 개인 시설에 들어갔다. 고상한 삶에 익숙한 이들이 마음의 혼란을 느끼지 않도록 설비가 잘 갖춰진 곳이었다. 간호사들은 친절하고

세상의 주인

다정했다. 불평할 게 하나도 없었다.

물론 어느 정도의 반작용은 있었다. 도착하고 이튿날 밤이 특히 끔찍했다. 공기가 후끈한 어둠 속에 누워 있는 동안 메이블의 모든 지각은 의지가 정한 운명에 저항하고 투쟁했다. 음식, 호흡, 인간관계 등 익숙한 미래에 대한 미련이 남았다. 앞이 보이지 않는 어둠으로 나아가야 한다는 공포로 몸을 떨었다. 고통에 시달리는 메이블에게 깊은 곳에서 들리는 목소리가 죽음은 끝이 아니라고 약속하며 그녀의 마음을 달랬다. 아침이 밝으면 정신이 온전히 돌아왔다. 다시 의지가 운전대를 잡고 계속 살자고 말하는 희망의 입을 막았다.

그러다 더 현실적인 두려움이 몰려와 1~2시간 동안 그녀를 괴롭혔다. 10년 전 충격적인 폭로가 떠올랐다. 대규모 생체 실험 연구소에서 수년간 인체 실험을 한다는 이야기였다. 세상과 작별하기로 마음먹고 개인이 운영하는 안락사 시설에 들어간 이들에게 생명을 일시 정지시키는 가스를 주입했다. 그들을 실험 대상으로 삼은 것이었다. 잉글랜드를 뒤흔든 그 사건 때문에 안락사 시설은 정부의 감독을 받게 되었다. 시스템이 바뀌었기 때문에 이제 그런 일은 불가능했다. 최소한 잉글랜드에서는 그랬다. 그래서 메이블은 마지막 장소로 유럽 대륙을 택하지 않았다. 그곳은 잉글랜드에 비해 정서적으로 무감각하고 논리를 중요시했다. 유물론도 더 확고했다. 인간은 동물에 지나지 않았기에 당연한 결론이었다.

몸이 괴로운 이유는 하나였다. 도저히 낮과 밤의 열기를 참을 수가 없었다. 과학자들은 전혀 예측하지 못한 열파가 생겨난 듯하다고 말했다. 여러 설이 난무했지만 대부분 설득력이 떨어졌다. 지구를 지배하겠다고 공언한 인간이 이토록 무지하다니 부끄러운 일이었다. 이런 기후 변화는 재난으로 이어졌다. 초강력 지진이 일어나 아메리카 도시 스물다섯 곳이 심각하게 파괴되고 섬 하나가 통째로 사라졌다. 지진의 영향으로 활화산인 베수비오산도 심상치 않은 조짐을 보였다. 하지만 아무도 이유를 설명하지 못했다. 지구의 중심에 격변이 일어났다는 어이없는 주장을 하는 이도 있었다. 여기까지가 간호사에게서 들은 이야기였다. 하지만 메이블은 관심이 없었다. 정원 산책을 오래 못 하고 그늘이 들어 그나마 시원한 2층 방에만 앉아 있어야 한다는 사실이 짜증스러울 뿐이었다.

메이블이 간호사에게 궁금한 것은 따로 있었다. 새 법령이 공표되고 나서 무슨 일들이 일어났는지 물어봤다. 그러나 간호사는 아는 게 많지 않았다. 한두 번 폭력 행위가 일어났지만 별일은 없다고만 했다. 아직 법을 엄격하게 적용하는 것 같지는 않았다. 법령이 즉시 발효되기는 했지만 일주일은 짧은 시간이다. 이제 막 당국의 인구 조사가 시작된 단계였다.

◆ ◆ ◆

잠에서 깬 메이블은 옅은 색 천장을 바라보고 누워 있었다. 가끔 작고 조용한 방을 둘러보았다. 열기가 유난히 심하게 느껴졌다. 늦잠을 잤나 생각했지만 시계를 보니 겨우 4시가 조금 넘었다. 어차피 얼마 남지 않았다. 8시쯤에는 끝을 낼 생각이었다. 그 전에 올리버에게 보낼 편지도 마무리해야 하고, 정리할 일도 한두 가지 남아 있었다.

그녀는 자신의 선택이 도덕적으로 문제가 없다고 생각했다. 자신의 행동이 인간의 공통적인 삶의 기준에서 벗어나지 않는다고 생각했다. 모든 인본주의 세계에서는 신체적 고통이 심할 때 삶을 자의로 종결하는 것을 정당하다고 여긴다. 메이블은 정신적 고통으로도 그럴 수 있다고 믿었다. 사람은 누구나 자신이 세상에서 불필요한 존재라고 느끼면 극도의 정신적 고통에 시달린다. 그런 사람들에게 죽음은 어떤 면에서 가장 자비로운 치료약이다. 하지만 과거의 메이블은 자신에게 이런 날이 오리라고는 꿈에도 몰랐다. 그러기에는 삶이 너무도 흥미진진했다. 어쨌든 결국 이렇게 되었고, 미련도 없었다.

◆ ◆ ◆

메이블은 이곳에 온 후 프랜시스와의 대화를 열 번도 넘게 떠올렸다. 그를 찾아간 것은 일종의 본능이었다. 다른 쪽 입장을 듣고 싶었다. 평소 생각처럼 그리스도교가 정말 터무니없는 종교인지 알고 싶었다. 그녀가 보기에 아주 터무니없지는 않았다. 그저 한없이 애처로울 뿐이었다. 사랑스러운 꿈이고, 아름다운 시였다. 믿을 수 있으면 좋겠으나 믿기지 않았다. 아니, 초월적인 신은 생각할 가치가 없었다. 가치를 헤아릴 수 없는 인간만큼 말도 안 되는 소리는 아니었지만 말이다. 강생은 또 뭐란 말인가. 참 나!

다른 길은 없었다. 인본주의만이 유일한 종교였다. 사람은 신이었다. 최소한 신의 가장 고귀한 현신이었다. 하지만 메이블이 더 이상 관여하고 싶지 않은 신이었다. 이것은 일종의 본능이었다. 지성과 감정이 아닌, 다른 무언가를 따르고 싶어 하는 새로운 본능이었다. 그녀는 이것이 순수한 욕망임을 이제 알았다.

하지만 펠센버그 생각은 많이 했다. 그럴 때마다 느껴지는 감정에 메이블 스스로도 놀랐다. 그는 메이블이 본 사람 중 가장 인상적이었다. 그의 주장처럼 정말 이상적인 인간의 화신, 인류가 낳은 가장 완벽한 생산물일 수도 있다. 하지만 그의 논리를 감당할 수 없었다. 논리가 완벽하다는 것은 인정했다. 로마의 몰락 일주일 후 그 문제의 선언을 하는 데 모순은 없었다. 그는 열광으로 인해 사람 대 사람, 왕국 대 왕국, 종파 대 종파가 서로 싸운다고 말했다. 그가 비난하는 것은 형벌이 아니라 열광이었다. 인류 전체를 공멸로 이끄는 자살행위이기 때문이다. 따라서 새 법령도 논리적이었다. 통합 세계의 원칙을 위협하는 일부 세력에게 내리는 형벌이었다. 방식도 아주 자비로웠다. 복수심이나 사사로운 감정은 전혀 없었다. 인간이 썩은 팔다리를 잘라 낼 때의 마음이었다. 올리버는 그렇게 설득해 냈다.

정말 논리적이고 타당했다. 그래서 더 견딜 수 없었다. 펠센버그는 정말 숭고한 사람이었다! 그의 연설과 인품을 다시 떠올리는 것만으로도 메이블에게 기쁨을 줬다. 다시 볼 수 있다면 얼마나 좋을까. 하지만 소용없었다. 최대한 조용히 끝내는 편이 낫다. 세계는 그녀 없이 진보해야 한다. 메이블은 그냥 사실들에 지쳤을 뿐이다.

⬥ ⬥ ⬥

메이블은 다시 졸음에 빠졌다. 겨우 5분쯤 지났을까, 고개를 드니 흰 모자를 쓴 간호사가 다정한 미소를 지으며 굽어보고 있었다.

"6시가 다 됐어요. 말씀하신 시간이에요. 아침 먹어야죠."

메이블은 심호흡을 하고 벌떡 일어나 이불을 젖혔다.

II

벽난로 선반 위의 작은 시계가 6시 15분을 알리는 순간, 메이블은 펜을 내려놓았다. 다 쓴 편지를 들고 푹신한 의자에 앉아 읽기 시작했다.

사랑하는 당신에게.

정말 미안해요. 하지만 마음을 정했어요. 이제는 정말 계속하는 게 어려울 것 같아요. 그래서 전에 말한 것처럼 유일하게 남은 길로 도망치려고 해요. 나는 여기서 아주 조용하고 행복한 시간을 보내고 있어요. 다들 굉장히 친절하고 다정하게 대해 줘요. 이 편지지에 표시된 그림을 보면 무슨 뜻인지 알 거예요.

당신은 늘 소중한 사람이었어요. 지금 이 순간에도요. 내가 왜 이런 선택을 했는지는 나도 잘 모르겠어요. 아마 계속 살아갈 만큼 강하지 않은 것 같아요. 기쁘고 행복할 때는 문제가 없었어요. 특히 그분께서 오셨을 때는요. 하지만 다른 걸 기대했나 봐요. 그분이 왜 그랬는지를 모르는 건 아니에요. 모두 논리적이고 옳아요. 처음에 사람들이 한 일을 보고 충격을 받았을 때는 그럭저럭 견딜 수 있었어요. 그건 충동적인 것이었으니까요. 하지만 이번 일은 계획적인 거예요. 평화에도 법이 필요할 줄은 몰랐어요. 내가 바라던 평화와는 많이 달라요. 이런 세상에 살아야 한다는 게 괴로워요.

그래서 어려운 문제라고 생각해요. 당신은 이번 일을 지지한다는 거 알아요. 나보다 더 강하고 논리적인 사람이니까요. 당신의 아내로서 당신과 한마음, 한뜻이 되면 좋을 텐데 나는 그런 사람이 못 돼요. 당신이 옳다는 걸 머리로는 아는데 마음으로는 그게 안 돼요. 이해하나요?

우리에게 아이가 있었다면 달랐을 거예요. 아이를 위해 계속 살고 싶었을지도 모르죠. 하지만 인류는 어떻게든……. 올리버! 나는 못 하겠어요. 안 될 것 같아요.

내가 틀리고 당신이 옳다는 거 알아요. 하지만 그게 문제예요. 나는 바뀌지 않아요. 그래서 떠나야 해요.

이 말은 하고 싶어요. 나는 전혀 두렵지 않아요. 왜 사람들이 죽음을 두려워하는지 모르겠어요. 물론 그리스도교인이라면 그렇겠죠. 내가 그리스도교를 믿었다면 미치도록 두려웠을 거예요. 우리는 이 삶 이후에 아무것도 없다는 것을 잘 알잖아요. 내가 두려운 건 죽음이 아니라 삶이에요. 죽는 게 고통스럽다면 이것도 무서웠겠죠. 하지만 의사들 말로는 전혀 고통스럽지 않대요. 그냥 잠드는 것뿐이래요. 뇌보다 신경이 먼저 죽을 거래요. 나는 직접 하려고 해

세상의 주인

요. 옆에 다른 사람이 있는 건 싫어요. 조금 있으면 간호사가 도구를 가져다줄 거예요. 간호사 이름은 앤이고, 아주 많이 친해졌어요.

나중 일은 신경 쓰지 않아요. 당신 원하는 대로 해요. 화장은 내일 정오에 한대요. 원한다면 당신도 참석해요. 아니면 당신 주소를 알려 줄게요. 이쪽에서 유골함을 보내 줄 거예요. 어머니 유골함을 정원에 모시고 싶다고 했죠. 내 것도 그렇게 할래요? 당신 마음대로 해요. 내 물건도요. 다 당신에게 남겨요.

올리버, 이 말을 하고 싶어요. 성가시고 어리석은 사람이라 정말 미안해요. 지금까지 당신의 말을 믿는다고 생각했어요. 하지만 믿고 싶지 않아요. 왜 성가시다고 하는지 알겠죠?

사랑하는 올리버, 당신은 내게 너무 잘해 줬어요. 지금 눈물은 나지만 정말 행복해요. 아름다운 결말 같아요. 당신 몰래 떠나는 게 좀 마음에 걸리지만 어쩔 수 없었어요. 알면 말렸을 테니까요. 그건 최악의 상황이에요. 거짓말해서 미안해요. 거짓말은 그때가 처음이었어요.

더 이상은 할 말이 없어요. 올리버, 잘 있어요. 진심으로 당신을 사랑해요.

맨체스터 웨스트 3A번지 안식의 집에서, 메이블.

◆ ◆ ◆

메이블은 미동도 없이 앉아서 다 쓴 편지를 읽어 보았다. 눈물이 앞을 가렸다. 거짓 없는 진실이었다. 설사 돌아갈 수 있다 해도 지금이 훨씬 행복했다. 삶은 공허하기만 했다. 죽음은 당연한 탈출이었다. 몸이 잠을 갈구하듯 영혼은 죽음을 간절히 원했다.

침착하게 손으로 겉봉에 주소를 쓰고 편지를 테이블에 올려놓았다. 다시 의자에 기댄 메이블은 손도 대지 않은 아침 식사를 힐끗 보았다.

문득 프랜시스와 나눈 대화가 떠올랐다. 그리고 어째서인지 브라이턴에서 본 볼러 추락 사고가 떠올랐다. 바삐 움직이던 사제와 가방을 들고 나타난 안락사 대원들…….

몇 분 후 메이블의 방에 들어온 앤 간호사는 눈앞의 광경에 깜짝 놀랐다. 메이블이 창가에 쭈그리고 앉아 공포에 질린 얼굴로 하늘을 내다보고 있었기 때문이다.

앤은 급하게 테이블에 무언가를 내려놓고 메이블의 어깨에 손을 올렸다.

"메이블, 왜 그래요?"

메이블은 길게 흐느끼는 숨을 내쉬고 뒤로 돌았다. 자리에서 일어난 그녀가 떨리는 손으로 간호사를 붙잡고 반대편 손으로 무언가를 가리켰다.

"저기, 저기 봐요!"

"메이블, 뭐가요? 아무것도 안 보여요. 조금 어두울 뿐인데!"

"어둡다고? 저게 어둡다고요? 아니에요! 이건 암흑이에요. 암흑이라고요!"

간호사는 메이블의 몸을 돌려 창문을 등지게 한 후 의자로 조심스럽게 데려왔다. 신경과민으로 겁에 질렸을 뿐 큰 문제는 아니었다. 하지만 메이블은 손을 뿌리치고 다시 뒤돌았다.

"저게 조금 어둡다고요? 선생님, 봐요! 저기요!"

하지만 특별히 보이는 것은 없었다. 잎사귀 무성한 느릅나무가 가지를 뻗고 있었다. 길 건너에서는 덧문을 내린 창문과 지붕이, 그 위로는 아침 하늘이 보였다. 하늘은 폭풍우를 예고하듯 조금 낮고 우중충했다. 하지만 그뿐이었다.

"왜요, 뭔데 그래요? 뭘 봤다는 거예요?"

"아니, 아니…… 봐요! 저기요! 저 소리 들어 봐요."

마차가 굴러가는지 멀리서 작게 덜컹덜컹 소리가 났다. 너무 작아서 잘못 들었나 싶을 정도였다. 하지만 메이블은 귀를 막고 눈을 휘둥그레 뜬 채 무서워 죽겠다는 표정을 지었다.

간호사가 그녀를 감싸 안았다.

"메이블, 정신 차려요. 그냥 열뢰*예요. 가만히 앉아 봐요."

몸을 부들부들 떨면서도 메이블은 의자로 순순히 끌려왔다.

"불! 불 켜 줘요!"

메이블이 소리쳤다.

"그럼 조용히 앉아 있을 거죠?"

메이블은 고개를 끄덕였다. 간호사는 다정한 미소를 지으며 방을 가로질렀다. 여기서는 흔한 모습이었다. 스위치를 켜자 눈부신 빛이 방

---

* 지면이 과열되어 기류가 상승하면서 발생하는 우레.

안을 채웠다. 돌아보니 메이블이 의자 뒤에 숨어 두 손을 모으고 지붕 위의 하늘을 다시 바라보고 있었다. 하지만 방금 전보다는 확실히 조용해졌다. 간호사가 돌아와 메이블의 어깨에 손을 올렸다.

"너무 긴장해서 그래요. 내 말 믿어요. 두려워할 건 하나도 없어요. 그냥 긴장하고 흥분해서 그래요. 블라인드 내려 줄까요?"

메이블이 돌아보았다. 과연 빛이 들어오니 진정된 듯했다. 얼굴에 핏기가 없고 겁먹은 표정은 여전하지만 흔들림 없는 눈빛이 돌아오고 있었다. 그러나 말을 하면서 시선은 몇 번이나 창문 쪽으로 향했다.

"선생님, 다시 한번 봐 주세요. 선생님이 아무것도 없다고 하면 제가 미쳐 간다고 인정할게요. 아니, 블라인드는 건들지 마세요."

메이블이 소리를 낮춰 말했다. 아무것도 없었다. 어두운 그림자가 드리워진 것처럼 조금 어둑할 뿐이었다. 그저 뇌우를 앞두고 구름이 짙게 낀 하늘이었다. 간호사는 분명하게 그렇다고 말했다. 메이블의 얼굴은 아직 풀리지 않았다.

"알았어요. 선생님. 그럼……."

메이블은 간호사가 그 물건을 놓은 침대 옆 탁자로 몸을 돌렸다.

"이제 알려 주세요."

"정말 무섭지 않아요? 뭐라도 갖다줄까요?"

간호사가 망설였다.

"이제 할 말도 없어요. 알려 주세요."

메이블은 단호했다. 간호사는 결심을 하고 테이블로 돌아섰다.

테이블 위에는 섬세한 꽃 그림이 그려진 하얀 에나멜 상자가 있었다. 상자를 열고 긴 마우스피스가 달린 하얀 고무 튜브를 꺼냈다. 마우스피스에는 가죽으로 싼 잠금쇠 2개가 달려 있고, 의자에서 가장 가까운 상자 면으로 작은 도자기 손잡이가 튀어나와 있었다.

"자, 메이블."

간호사가 조용히 말했다. 창가를 보던 메이블이 시선을 돌렸다.

"여기 앉아요. 지금 이대로요. 앞을 똑바로 보고요. 준비되면 이걸 입에 씌우고 머리 뒤로 고리를 채워서…… 자…… 어렵지 않아요. 다 되면 손잡이를 저쪽으로 끝까지 돌려요. 그러면 돼요."

메이블은 고개를 끄덕였다. 이제 다시 침착해졌다. 설명하는 내용도 이해가 되었다. 하지만 다시 한번 창문으로 곁눈질을 했다.

"그러면 된다고요? 그다음은요?"

간호사가 무슨 소리냐는 듯 잠시 쳐다보았다.

"말씀하신 거는 다 이해했어요. 그다음에는 어떻게 되냐고요."

"다음은 없어요. 자연스럽게 숨을 쉬세요. 금세 졸음이 올 거예요. 그러면 눈을 감아요. 그게 끝이에요."

메이블은 테이블에 튜브를 내려놓고 일어섰다. 이제 완전히 제정신으로 돌아왔다.

"키스해 주세요, 선생님."

간호사는 고개를 끄덕였다. 문가에서 다시 미소를 보냈지만 메이블은 다시 창문을 보고 있어 알아차리지 못했다.

"30분 후에 다시 올게요."

간호사가 말했다. 그러다 중앙 테이블에 놓인 하얀 봉투를 발견했다.

"아! 편지!"

"맞아요. 부탁해요."

메이블이 힘없이 말했다. 간호사는 편지를 들어 주소를 확인하고 다시 메이블을 보았다. 그녀는 아직 망설이고 있었다.

"30분 후에 올게요. 서두르지 않아도 돼요. 5분도 채 안 걸리니까……. 잘 가요, 메이블."

간호사가 재차 말했다. 하지만 메이블은 창밖을 바라보며 아무 말도 하지 않았다.

III

문이 찰칵 닫히고 열쇠 빼는 소리가 들릴 때까지 메이블은 꼼짝도 하지 않았다. 다시 창문으로 가 창틀에 손을 기댔다.

안뜰이 내려다보였다. 중앙의 잔디밭에서는 나무 몇 그루가 자라고 있었다. 창문으로 쏟아지는 눈부신 빛 덕분에 모두 뚜렷하게 보였다. 고개를 드니 지붕 위로 먹구름이 낀 검붉은 하늘이 보였다. 지상과 비교되어 으스스했다. 지상은 빛을 내고 있지만 하늘엔 빛이 없었다.

이상하리만치 고요했다. 평소 이 시간에도 조용한 곳이기는 했다. 여기 사는 사람들이 바쁘게 돌아다닐 일은 없으니까. 하지만 평소보다 더 조용했다. 죽음을 암시하는 듯한 정적이 흘렀다. 하늘에서 천둥이 치기 전에 찾아오는 고요 같았다. 시간이 지나도 굉음은 들리지 않았다. 멀리서 커다란 짐마차가 지나가는 것 같은 소리가 낮게 울렸다.

무척이나 인상적이었다. 메이블의 귀에는 수많은 사람의 중얼거림이 뒤섞여 들렸다. 유령들이 울부짖고 박수를 쳤다. 그러다 침묵이 양털처럼 내려앉았다.

메이블은 이제 이해하기 시작했다. 이 어둠과 소리는 자신만이 느끼는 것이었다. 간호사는 특별히 이상한 점이 없다고 했다. 나머지 세상 사람들도 마찬가지다. 그들은 곧 폭풍이 치려나 보다 생각할 뿐이었다.

메이블은 주관과 객관을 구분하려고 하지 않았다. 그 모습과 소리를 그녀의 뇌가 만들어 낸 것인지, 아니면 미지의 무엇인가가 만들어 낸 것인지는 중요하지 않았다. 그녀가 알던 세계와 벌써 분리가 시작된 것 같았다. 기존의 세계는 그녀에게서 멀어지고 있었다. 아니면 언제나처럼 그 자리에 있지만 서서히 녹아 다른 존재로 변화하는 것인지도 몰랐다. 이상하지만 전혀 이상하지 않았다. 테이블 위의 작은 상자보다 이상한 것은 없었다.

메이블은 두서없는 생각을 하면서 소름 끼치는 하늘만 바라봤다. 그러다가 입을 열었다.

"오, 주님! 정말 거기 계신다면……."

목소리가 떨렸다. 메이블은 쓰러지지 않으려고 창틀을 꽉 쥐었다. 왜 그런 말이 입에서 튀어나왔는지 어렴풋하게 의문이 들었다. 지성이나 감정이 작용하지는 않았다. 그럼에도 메이블은 계속 말을 쏟아 냈다.

"오, 주님. 그곳에 없다는 거 알아요. 당연히 아니겠죠. 하지만 거기 계신다면 하고 싶은 말이 있어요. 얼마나 혼란스럽고 피곤한지 말하고 싶어요. 아니, 아니…… 제가 말할 필요는 없죠. 다 아실 테니까요.

하지만 이 말은 하고 싶어요. 이렇게 돼서 정말 죄송해요. 아! 그것도 아시겠죠. 오, 주님! 무슨 말을 해야 할지 모르겠어요. 올리버를 지켜 봐 주세요. 당신의 가여운 그리스도교 신자들도요. 아아! 그 사람들이 얼마나 힘들어질지…… 주님, 주님은 이해하시죠?"

◆ ◆ ◆

또다시 낮게 우르릉거리는 소리와 수많은 사람의 목소리가 들렸다. 그림자가 더 가까워지는 듯했다. 메이블은 천둥소리나 사람들의 외침을 좋아하지 않았다. 그런 소리를 들으면 늘 두통에 시달렸다.

"그래, 그래. 모두 안녕……."

의자에 앉았다. 마우스피스…… 그래, 그거다…….

떨리는 손 때문에 짜증이 났다. 마우스피스 고리가 두 번이나 매끄럽고 구불구불한 머리카락에서 흘러내렸다. 그러다 마침내 고정되었다. 산들바람이 불어오듯 감각이 돌아왔다.

호흡은 어렵지 않았다. 거부감이 전혀 없었다. 다행이다. 질식하지는 않을 것 같았다. 메이블은 왼손을 뻗어 손잡이를 만졌다. 방 안이 갑자기 못 견디게 뜨거워져서인지 차가운 감촉이 잘 느껴지지 않았다. 관자놀이에서 맥박이 고동치고, 어디선가 사람들이 울부짖는 소리가 들렸다. 메이블은 손잡이를 놓고 오늘 아침 입은 헐렁한 흰색 실내복 끈을 헐겁게 풀었다.

그래, 조금 더 편안하다. 숨을 쉬기가 한결 수월해졌다. 다시 손을

세상의 주인

뻗어 손잡이를 만졌다. 하지만 손가락에서 땀이 흘러 손잡이를 돌릴수 없었다. 그러다 손잡이가 갑자기 움직이며…….

◆ ◆ ◆

한순간 달콤하고 끈적끈적한 냄새가 의식을 강타했다. 이게 바로 죽음의 향기구나. 지금까지 그녀를 꿋꿋이 지탱해 준 삶의 의지가 고개를 들었다. 메이블은 양손을 무릎 위에 살포시 올리고 깊고 편안하게숨을 들이마셨다.

손잡이를 돌릴 때 감았던 눈을 다시 떴다. 희미해지는 세계가 어떤모습일지 궁금했다. 이렇게 하자고 결심한 것이 8일 전이다. 다시는없을 최후의 경험을 한순간도 놓치고 싶지 않았다.

처음에는 아무것도 달라지지 않았다. 잎이 무성한 느릅나무 꼭대기, 맞은편의 납 지붕, 위의 섬뜩한 하늘도 그대로였다. 검은색 하늘과 대비되는 흰 비둘기가 보였다. 비둘기는 곧바로 날아올라 휙 하니 시야에서 사라졌다.

그리고 이런 일들이 벌어졌다.

갑자기 홀린 듯 사지가 가벼워졌다. 손을 들어 보려 했지만 불가능했다. 더 이상 그녀의 것이 아니었다. 드넓은 자주색 하늘에서 시선을돌리려고 해 봤지만 불가능했다. 그 순간 메이블은 이해했다. 의지는이미 몸에서 떨어져 나왔다. 무너지는 세계가 그녀와 무한히 멀어졌다. 예상한 대로였다. 하지만 왜 정신은 계속 살아 있을까? 그녀가 알던 세계는 의식을 떠났다. 아직 소리는 똑똑히 들리지만 몸도 의식의 지배를 벗어났다. 하지만 그런 세계가 있었다는 것, 다른 사람들이 존재한다는 것은 기억했다. 사람들은 아무것도 모른 채 각자의 일을 계속하고 있다. 하지만 얼굴, 이름, 장소는 모두 날아갔다. 메이블은 새로운 방법으로 스스로를 의식하고 있었다. 지금까지 흐린 거울을 통해서만 보던 곳으로 침투한 기분이었다. 그녀의 존재 안에 깊숙이 숨어 있던 곳이었다. 정말 이상했지만 한편으로는 익숙했다. 평생 주위만 맴돌다가 중심에 도착한 느낌이었다. 하나의 점이 아니라 벽으로 둘러싸인 공간이 나왔다. 그러는 동시에 청각도 사라지고⋯⋯.

놀라운 일이 벌어졌다. 지금껏 마음으로는 분명히 표현하지 못했지만 언젠가 이렇게 될 것을 알고 있던 것만 같았다.

무언가 깨지는 소리가 나며 벽이 녹아내리고 주위에 무한한 공간이 펼쳐졌다. 끝이 보이지 않았다. 지금까지 본 적 없는 이 공간은 활기차게 움직였다. 살아서 숨을 쉬고 있었다. 몸이 두근거렸다. 따로 설명할 필요가 없는 압도적인 감각이었다. 하나지만 여럿이었다. 실체가 없지만 틀림없이 실제로 존재했다. 한 번도 꿈꾸지 않은 현실이었다.

그러면서도 꿈에서 자주 본 곳과 같이 익숙했다. 그때, 경고도 없이 난생처음 접한 소리인지 빛인지 모를 것이 공간을 가로질렀다.

◆ ◆ ◆

그 모습을 본 메이블은 모든 것을 이해했다.

5장

I

메이블이 사라진 후 올리버는 말로 표현하지 못할 두려움 속에서 하루하루를 보냈다. 할 수 있는 일은 다 했다. 크로이던역에서 빅토리아역까지는 동선이 확인됐지만 거기에서 단서가 끊겼다. 신고를 받은 경찰은 아무 소식이 없다는 답변만 반복했다. 그다음 주 화요일, 우연히 소식을 들은 프랜시스가 지난 금요일 밤 메이블이 찾아왔다고 전화로 알렸다. 하지만 만족할 만한 대답은 얻지 못했다. 그것은 좋은 소식이 아니라 오히려 나쁜 소식이었다. 프랜시스는 브랜드 부인이 그리스도교의 주장을 옹호하려는 낌새는 전혀 없었다고 했지만 대화 내용을 들은 올리버는 경악할 수밖에 없었다.

마음속에서 두 가지 가능성이 떠올랐다. 본인도 알지 못하는 그리스도교인을 보호하러 갔거나, 아니면……. 그 생각을 하자 미친 듯이 불안해졌다. 언젠가 홧김에 말한 것처럼 안락사를 신청했을 수도 있었다. 행방이 묘연한 것은 지금 법의 보호를 받고 있기 때문인지도 모른다. 1998년 '해방법'이 통과된 후로 그런 일은 혼했다. 그 행위를 비난할 수 없다는 사실이 두려웠다.

◆ ◆ ◆

화요일 저녁, 올리버는 침울하게 방에 앉아 지난 몇 달 사이 아내와 나눈 대화를 수백 번째 되새기며 논리적으로 퍼즐을 풀어 보려 했다. 갑자기 전화벨이 울렸다. 화이트홀을 가리키는 붉은 단추가 튀어 올랐다. 메이블 소식일까? 문득 희망으로 두근거렸다. 하지만 첫마디에 가슴이 무너졌다.

"브랜드, 자네인가? 그래, 스노퍼드일세. 지금 당장 와야겠어. 당장 말이야. 20시에 의회에서 중요한 회의가 있어. 대통령께서도 오실 거네. 긴급한 일이야. 꾸물거릴 시간이 없네. 당장 내 사무실로 오게."

◆ ◆ ◆

별로 놀라지는 않았다. 올리버도 다른 사람들만큼이나 대통령의 갑작스러운 방문에 익숙해졌다. 대통령은 예고 없이 나타났다가 불쑥 사라졌고, 어디서 그런 힘이 나는지 쉴 새 없이 이동하며 중요한 일들을 처리했다. 하지만 특유의 침착한 태도는 언제나 그대로였다.

올리버는 얼른 저녁을 먹고 20시 정각 15분 전 스노퍼드의 사무실에 도착했다. 동료 의원 5~6명이 이미 모여 있었다.

장관이 묘하게 흥분한 얼굴로 다가왔다. 그는 올리버의 팔을 잡아

옆으로 끌어당겼다.

"브랜드, 자네가 먼저 발언을 해 주게. 대통령 비서실장이 회의를 시작하자마자 말이야. 지금 파리에서 오고 있어. 완전히 새로운 문제네. 교황의 소재에 대한 정보를 입수한 것 같네. 교황이 정말 있는 모양이야. 금방 알게 될 걸세. 참, 그나저나 말이야, 안 좋은 일이 생겼다니 유감이야. 방금 펨버턴에게 들었네."

장관은 호기심 어린 눈으로 올리버의 굳은 얼굴을 보았다. 올리버가 불쑥 손을 들어 올리고 말했다.

"뭐라고 말할까요?"

"아마 대통령께서 안건을 꺼내실 거야. 자네는 우리 생각을 잘 알고 있잖아. 그냥 가톨릭교에 관한 우리 생각을 설명해 주게."

올리버가 눈을 가늘게 뜨고 고개를 끄덕였다.

카트라이트가 다가왔다. 대법원장이라는 직책에 걸맞게 몸집이 크고, 양피지처럼 자글자글한 피부에 허리가 구부정한 노인이었다.

"참, 브랜드, 필립스라는 남자를 아나? 자네 이름이 나온 것 같아서."

"제 보좌관이었습니다. 무슨 일이죠?"

올리버가 조심스럽게 물었다.

"정신이 나간 것 같아. 치안 판사를 제 발로 찾아와서 심문을 받겠다고 요청했다네. 담당 치안 판사가 지시를 기다리고 있어. 자네도 알겠지만 법안이 이제 막 발효돼서 현장에서 곤란해하는 일들이 좀 있네."

"필립스가 뭐라고 했답니까?"

"그게 문제야. 신을 인정하지는 않지만 부정할 수도 없다고 했다는 군. 자네 보좌관이었다고?"

"네. 그리스도교에 우호적이었습니다. 그래서 해고했습니다."

"뭐, 담당 판사가 일주일 후에 다시 오라고 했다는데, 그사이에 결정을 할 수도 있겠지."

화제는 다시 바뀌었다. 2~3명이 더 도착했다. 다들 올리버의 눈치를 살폈다. 아내가 떠났다는 소문을 들어 올리버의 상태를 살피려는 듯했다.

정각 5분 전을 알리는 종이 울리며 복도 쪽 문이 활짝 열렸다.

"다들 가실까요?"

총리가 말했다.

1층 대회의실은 길고 높은 방이었다. 벽은 바닥에서 천장까지 책으로 가득했다. 발밑에는 무소음 고무 카펫이 깔려 있었다. 창문 없는 방은 인공조명으로 밝게 빛났다. 회의실을 차지한 긴 테이블의 양쪽 면으로 안락의자 8개가 각각 놓여 있었다. 한 단 높인 중앙 상석이 대통령의 자리였다.

다들 말없이 앉아 회의가 시작되기를 기다렸다.

◆ ◆ ◆

창문은 없지만 회의실은 기분 좋게 시원했다. 조금 전 장관 집무실의 뜨거운 저녁 공기와는 대조적으로 쾌적한 기분이 들었다. 모인 사람들은 예전과는 확연히 달라진 날씨에 짜증을 냈다. 바깥과 딴판인

회의실에 들어오자 그들의 얼굴이 한결 환해졌다. 하지만 지금은 날씨에 신경 쓸 때가 아니었다. 대통령이 주재하는 자리에서는 수다스럽던 사람들도 침묵을 지켰다. 게다가 오늘 안건은 평소보다 심각한 것이었다.

정각 1분 전, 종이 네 번 울렸다. 신호를 듣고 모두가 일어서서 대통령석 뒤에 있는 높은 미닫이문을 쳐다봤다. 회의실 안팎이 쥐 죽은 듯 고요했다. 거대한 정부 청사에는 고무판이 겹겹이 들어 있는 최고 사양의 방음 장치가 설치돼 100미터 거리에서 대형차가 지나가도 진동이 없었다. 그러나 이 방음 장치도 천둥소리는 잡지 못했다. 전문가들은 현재 기술로는 불가능하다고 했다.

침묵이 흐르는 가운데 마침내 문이 열리고 한 사람이 잰걸음으로 들어왔다. 그 뒤로 검은색과 주홍색 옷을 입은 이가 모습을 드러냈다.

II

대통령이 자기 자리를 향해 걸어가는 동안 비서 2명이 그 뒤를 따라가며 이쪽저쪽으로 고개 숙여 인사했다. 대통령이 자리에 앉아 가볍게 손짓을 하자 모두 자리에 앉았다. 잔뜩 긴장한 표정으로 다들 허리를 똑바로 편 자세였다. 올리버는 대통령을 볼 때마다 조용하면서도 위엄스러운 모습에 감탄했다. 그는 수 세기 전부터 전해 내려오는 잉글랜드 전통 법복을 입고 있었다. 소매에 흰 털이 달리고 주홍색 허리띠를 두르는 검은색과 주홍색 의복은 최근 잉글랜드 대통령의 공식 복장으로 채택되었다. 하지만 어떤 권위 있는 복장도 그의 인품과 분위기만큼 경이롭지는 않았다. 작가들의 표현을 빌리면, 온 세상에 바다 향기를 전해 주는 존재였다. 기쁨을 주고, 죄를 사해 주며, 가슴을 뜨겁게 하고, 온종일 들뜨게 했다. 봄날의 벚나무 수목원처럼 더없이 매력적이었다. 폭풍처럼 시선을 사로잡고 현악기의 울림처럼 마음을 흔들었다. 작가들은 대통령을 맑은 시냇물, 반짝이는 보석, 여인의 사랑에 비유했다. 비굴해 보일 만큼 극찬의 말을 쏟아 냈다. 그의 인격이 수많은 물의 소리처럼 모든 기분에 적합하다거나 신성한 본성이 드디어 인간으로 다시 태어났다는 등의 말을 몇 번이나 반복했다.

올리버는 잡생각을 떨치고 정신을 차렸다. 눈을 지그시 내리깐 대통령이 고개를 젖히고 오른쪽에 있는 붉은 얼굴의 비서에게 작게 손짓을 했기 때문이다. 비서는 미동도 없이, 감정 없는 배우가 대사를 외우는 것처럼 이야기를 시작했다.

◆ ◆ ◆

"국무 위원 여러분, 각하께서 방금 파리에서 오셨습니다. 오늘 오후에는 베를린, 오전에는 모스크바에 계셨습니다. 어제는 뉴욕에 계셨고, 오늘 밤에는 토리노에 가셔야 합니다. 내일은 스페인, 북아프리카, 그리스와 동남아 국가들을 순방하실 예정입니다."

차분한 목소리가 낭랑하게 울려 퍼졌다. 대통령의 연설은 늘 이런 식이었다. 직접 이야기하는 경우는 드물었다. 하지만 내용은 그의 손을 거쳐 신중하게 다듬어진 것이었다. 오늘처럼 중요한 사안을 전하는 경우에는 더욱 그랬다. 대변인들은 잘 훈련되어 있었다. 지금 연설을 대신하는 비서도 예외는 아니었다. 잠시 뜸을 들인 비서가 말을 이어 갔다.

"본론을 말씀드리겠습니다. 아시다시피 지난 금요일 이 회의실에서 국무 위원들이 심사법*에 서명했고, 그 사실을 즉각 전 세계에 공표했습니다. 그 전날 16시, 각하께서는 돌고롭스키라는 자에게서 제보를 받았습니다. 그는 가톨릭교회 추기경 중 한 사람으로 밝혀졌으며, 제보 내용은 조사 결과 사실이었습니다. 제보 내용은 저희가 이미 예상한 상황과 크게 다르지 않았습니다. 교황이라고 자처하는 인물이 추기경단을 새롭게 구성했다는 것입니다. 로마가 파괴된 직후 예루살렘에서 선거를 치렀다고 합니다. 신임 교황의 지배력은 탄탄한 것으로 보입니다. 주도면밀하여 추기경 12명을 제외하고는 그의 본명과 거주지를 철저히 비밀에 부치고 있습니다. 한 추기경이 교황과 교구 사이에서 소통 창구 역할을 하고 있고, 새 수도회를 통해 가톨릭교회를 상당 부분 재정비했다고 합니다. 지금 그는 세상과 단절된 곳에 안전하게 살아 있습니다. 각하께서는 의심만 하고 아무런 조치를 취하지 않으신 데 대해 자책하십니다. 아시다시피 가톨릭교회는 전체 조직이 교황의 지배를 받습니다. 그래서 교황이 존재한다면 어디서든 정보가

---

*　'심사율' 혹은 '심사령'이라고도 한다. 이 법안은 1673년 영국 국왕 찰스 2세가 가톨릭교 신자들을 탄압하기 위해 제정한 실제 역사를 바탕으로 한 것이다. 당시 법안은 공직을 맡은 사람들에게만 적용되었으며, 1828년 폐지되었다.

입수되리라 여긴 것입니다. 그런 안일한 생각이 잘못이었다고 하십니다. 각하께서는 새 교황의 은신처로 알려진 곳을 조사해야 한다고 생각하십니다. 국무 위원 여러분, 그자의 이름은 퍼시 프랭클린⋯⋯."

올리버는 깜짝 놀랐다. 움직임이 없던 대통령이 고개를 들었다. 올리버는 또렷한 눈빛으로 그를 바라보았다.

"이름은 퍼시 프랭클린입니다. 나자렛에 은신하고 있습니다. 그리스도교의 창시자가 젊은 시절을 보냈다고 알려진 곳이지요. 각하께서는 정보를 입수한 지난주 목요일에 조사를 지시하셨고, 금요일 오전 돌고롭스키에게서 추가 정보를 받았습니다. 신임 교황은 이번 심사법에 대한 대책을 논의하기 위해 추기경단을 비롯한 전 세계 사제들을 나자렛으로 소집했다고 합니다. 기존 방침을 버리고 새로운 상황에 맞는 특단의 대책을 내놓을 것으로 예상됩니다. 특별 지시는 전령들에 의해 전달되었으며, 다음 토요일에 모일 예정이라고 합니다. 회의는 다음 날 아침 그리스도교 의식을 치른 후 시작된다고 합니다. 모든 정보를 넘겨준 돌고롭스키의 의도가 미심쩍을 수도 있습니다. 각하께서는 정보가 거짓이 아님을 확신하십니다. 이 사람은 자신의 종교에 믿음을 잃었습니다. 더 나아가 이 종교가 인류 통합에 가장 큰 걸림돌이라는 것을 깨달았습니다. 이 사실을 각하께 알리는 것이 인류를 위한 본인의 역할이라고 생각한 것입니다. 흥미로운 점은 역사가 반복된다는 사실입니다. 그리스도교의 시작을 알린 사건이, 그리스도교가 종말을 앞둔 지금 똑같이 일어났습니다. 핵심 인물의 거처와 접근 방법을 측근이 알려 주었다는 뜻입니다. 장소 역시 흥미롭습니다. 그리

세상의 주인

스도교가 시작된 곳에서 그리스도교는 소멸할 것입니다."

비서가 말을 이었다.

"국무 위원 여러분, 각하의 계획을 말씀드리겠습니다. 여러분 모두가 동의한 법률을 집행할 것입니다. 토요일 밤, 군대가 팔레스타인 지역으로 출격합니다. 군대는 그들이 모두 모이는 일요일 아침에 최대한 신속하고 자비롭게 임무를 완수할 것입니다. 주요 국가들은 모두 동의했습니다. 지금까지 회의를 마친 정부에서는 모두 만장일치로 찬성했습니다. 나머지 정부들도 마찬가지일 것입니다. 각하께서는 사안이 엄중한 만큼 독단적으로 행동할 수 없다고 판단하십니다. 이것은한 지역의 문제가 아닙니다. 이는 보편적 정의를 실현하는 일입니다. 수많은 선언보다 더 위대한 결과로 이어질 것입니다. 각하께서 그렇게 생각하시는 이유를 설명하지는 않겠습니다. 여러분도 이미 잘 알고 계실 테니까요. 하지만 여러분의 의견을 묻기 전에 각하의 생각을전해 드리려 합니다. 각하께서는 여러분이 승인하신다면 다음 방법을사용하고자 하십니다."

올리버는 계속해서 비서의 말에 귀를 기울였다.

"각 정부 대표부는 작전 당일 현장에 있어야 합니다. 세계 통합을상징하는 작전이기 때문입니다. 그러므로 모든 국가가 한 대의 볼러를 보내야 합니다. 총 122개국이 참여합니다. 볼러가 한곳에 집결해서는 안 됩니다. 그러면 나자렛에서 계획을 즉시 간파할 겁니다. 그리스도십자가회는 고도로 조직화된 첩보 활동 체계를 갖추고 있다고 합니다. 볼러들은 나자렛에 도착해서 집결합니다. 시간은 팔레스타인

시간으로 9시를 넘어서는 안 됩니다. 세부 사항은 전체 계획이 확정되는 대로 전달하겠습니다. 정확히 어떤 방식으로 끝내려 하는지 알려 드리겠습니다. 각하께서는 협상 없이 작전을 즉각 실행하는 것이 더 자비로운 길이라고 생각하십니다. 마을 주민에게는 원한다면 탈출할 기회를 줄 것입니다. 이후 공군이 폭탄을 투하하는 것으로 역사적인 작전이 마무리됩니다."

회의실은 비서 목소리 외에는 숨소리도 들리지 않을 만큼 조용했다.

"각하께서도 직접 현장을 방문하실 예정입니다. 또 각하의 볼러에서도 폭탄을 투하해야 한다고 제안하셨습니다. 세계가 영광스럽게도 각하를 대통령으로 선출했으니 그분의 손으로 직접 작전을 수행하는 것이 적합합니다. 미신은 인간의 진정한 진보를 가로막는 유일한 세력입니다. 이 작전으로 미신과의 영원한 작별을 고하고자 합니다. 각하께서는 여러분께 약속드립니다. 이 계획을 완수하면 더 이상 그리스도교로 고민할 일은 없을 것입니다. 벌써 심사법의 도덕적 효과가 크게 나타나고 있습니다. 며칠 사이 가톨릭 신자 수만 명이 자신의 어리석음을 반성하고 종교를 포기하고 있습니다. 이 가운데에는 새로운 수도회의 열성분자들도 있습니다. 가톨릭교회는 현재 본체의 힘으로 근근이 존속하고 있습니다. 최후의 공격으로 머리와 몸통을 없앤다면 그들의 부활은 불가능할 것입니다. 교황의 대를 끊고 그들의 존속에 필요한 모든 인물을 동시에 소탕한다면 예수의 주장이 불합리하고 불가능하다는 사실에 아무도 의문을 품지 않을 것입니다. 그들의 새로운 운동에 힘을 실어 준 수도회도 더는 존재하지 않을 것입니다. 돌고롭스키는 골칫거리입니다. 한 사람의 추기경으로 교회의 명맥을 이을 수도 있는지 확실히 모르기 때문입니다. 물론 돌고롭스키는 동료들이 모이는 나자렛에 가지 않습니다. 각하께서는 재발의 위험을 막으려면 일이 끝난 후 그를 자비롭게 제거해야 한다고 판단하십니다."

비서의 목소리에는 변함이 없었다.

"지금까지 영광스럽게도 각하의 말씀을 대신 전해 드렸습니다. 각하께서는 이에 관한 여러분의 견해를 최대한 간략히 밝혀 달라고 요청하십니다."

조용하고 사무적이던 목소리가 끊겼다.

비서는 연설 시작부터 끝까지 같은 자세를 유지했다. 눈을 내내 아래로 깔고 차분하고 절제된 목소리를 유지했다. 감탄을 자아내는 태도였다.

순식간에 침묵이 내려앉았다. 모든 사람이 잉글랜드 법복을 입고 미동 없이 앉아 있는 새하얀 얼굴에 시선을 고정했다.

올리버가 일어났다. 얼굴은 창백하지만 눈은 밝게 빛났다.

"각하, 의심의 여지 없이 저희는 모두 한마음입니다. 동료들의 대표자로서 달리 드릴 말씀은 없습니다. 저희는 각하의 제안에 동의를 표하는 바입니다. 모든 사항에 대해 각하의 뜻을 따르겠습니다."

대통령은 고개를 들고 자신을 바라보는 굳은 얼굴들을 훑어보았다.

숨 막힐 듯한 정적이 흐르는 중에 대통령이 처음으로 입을 열었다. 얼어붙은 강물처럼 감정이라고는 하나도 없는 이상한 목소리였다.

"다른 제안은 없습니까?"

사람들이 자리에서 일어나며 찬성의 뜻을 밝혔다.

"감사합니다. 국무 위원 여러분."

비서가 말했다.

III

토요일 아침 7시를 조금 앞둔 시간, 올리버는 윔블던 코먼까지 타고 온 차에서 내려 5년 전 문을 닫은 볼러역 계단을 올라갔다. 작전에 대한 보안을 유지하려면 사람들의 눈길이 닿지 않는 곳에서 출발해야 했다. 그래서 정부가 신형 볼러를 시험 운전할 때만 사용하는 간이역이 잉글랜드 대표단의 출발 장소로 선정되었다. 이곳에는 승강기가 없어 계단 150개를 걸어 올라가야 했다.

올리버는 4명의 대표단 중 한 자리를 마지못해 수락했다. 아직 아내의 소식을 듣지 못했기 때문이다. 메이블의 생사도 모르는데 런던을 떠나고 싶지 않았다. 올리버는 메이블이 안락사를 하지 않았을 거라는 희망을 품고 있었다. 메이블의 친구 몇 명과 이야기를 해 봤는데 다들 그런 낌새가 전혀 없었다고 했기 때문이다. 그런데 만약 안락사를 선택했다면 법정 유예 기간 8일이 지났기에 이미 상황은 종료되었을 것이다. 또 메이블이 잉글랜드에 있다는 보장도 없었다. 안락사를 결심했다면 잉글랜드보다는 규제가 느슨한 외국을 선택했을 가능성이 더 컸다. 따라서 잉글랜드에 남아 있어 봐야 소용이 없었다. 게다가 그가 지금 이런 처지가 된 데에 간접적으로 영향을 미친 동방의 땅을 응징하는 현장에 있고 싶은 마음도 있었다. 그 땅과 함께 이 세상의 주인 되시는 분을 어설프게 닮은 프랭클린도 영원히 사라질 것이다. 언제부터인가 올리버는 펠센버그를 위해서라면 목숨도 바칠 수 있겠다고 생각해 왔다. 동료들의 집요한 설득도 무시할 수 없었다. 그래서 결국 함께 떠나기로 한 것이다. 올리버는 보좌관에게 자신이 없는 동안 아내 소식이 들리면 무슨 수를 써서라도 연락해 달라고 지시했다.

오늘 아침은 지독히 더웠다. 계단을 다 오르자, 흰색 알루미늄 기체를 그물로 감싼 볼러가 대기하고 있었다. 통로와 객실 선풍기가 돌아가고 있었다. 올리버는 객실로 들어가 자리에 가방을 놓고 호위병과 짧게 대화를 했다. 호위병은 목적지를 모르고 있었다. 다른 이들은 아직 도착하지 않았다. 올리버는 몸을 식히러 플랫폼으로 나와 생각에 잠겼다.

오늘 아침 런던은 이상했다. 아래를 내려다보니 지난주 폭염으로 말라 버린 공유지가 1킬로미터 가까이 뻗어 있었다. 그 옆으로 푹 꺼진 땅에는 매끈한 잔디가 깔려 있었다. 단층집 지붕까지 닿은 나무가 그림자를 드리웠다. 그 너머로 나무들이 빽빽하게 늘어서다가 숲으로 이어졌다. 숲은 어렴풋이 반짝이는 강 유역에서 끊겼다. 가장 신경 쓰이는 것은 매캐한 공기였다. 예전에 읽은 책에, 담배가 허용되던 시절에는 공기가 늘 매캐했다고 적혀 있었다. 아침 공기가 전혀 상쾌하지 않았다. 사방이 다 똑같아서 어둠의 근원이 어디인지 알 수 없었다. 머리 위의 하늘도 푸르지 않았다. 진흙투성이 붓으로 칠한 것 같았다. 태양도 어렴풋한 적갈색 빛을 발하고 있었다. 서툰 화가가 그린 그림 같았다. 덮개를 씌운 도시에는 신비감이 없었다. 비현실적이기만 했다. 그림자는 명확하지 않고, 경계선은 하나로 뭉쳐 보였다. 폭풍우가 오려나? 아니면 지구 반대편에서 지진이 또 일어날지도 모르겠다. 올리버는 이번 여정이 기후 변화를 관찰하는 것으로도 가치가 있겠다고 생각했다. 프랑스 남부에 도착할 무렵에는 못 견디게 더울 것이다.

그러다 절망적인 생각이 다시 그를 괴롭혔다.

◆ ◆ ◆

10분 후 차양을 친 주홍색 정부 차량이 풀럼 방향에서 보였다. 맥스웰, 스노퍼드, 카트라이트가 보좌관들을 거느리고 나타난 것은 5분이 더 흐른 뒤였다. 그들도 올리버처럼 머리부터 발끝까지 흰색 옷을 입었다. 다들 이번 일에 관해서는 한마디도 하지 않았다. 공무원들이 주변을 돌아다니고 있었기 때문이다. 말이 새어 나가지 않도록 각별히 주의해 달라는 권고가 있었다. 호위병은 3일 일정의 해외 출장으로 알고 있었다. 그 기간에 맞춰 연료와 보급품을 준비해 두었다고 했다. 사우스다운스(잉글랜드 남부의 낮은 구릉지) 중앙 항로를 통해 최소 하루 반나절 동안 멈추지 않고 비행할 것이다.

어제 아침, 순방을 마친 대통령은 세계 통합 정부 위원회의 동의를 얻어 추가 지시를 전달했다. 네 사람이 나란히 서서 도시를 내려다보는 동안, 스노퍼드가 조용한 목소리로 추가 지시에 관한 의견을 말하고 몇 가지 세부적인 내용을 덧붙였다.

잉글랜드가 관련된 계획을 요약하자면 다음과 같았다. 볼러는 지중해 쪽에서 팔레스타인으로 접근할 예정이다. 크레타섬 동쪽 끝에서 반경 16킬로미터 안으로 진입하면 왼쪽으로는 프랑스, 오른쪽으로는 스페인과 접촉한다. 이때가 동방 시간으로 23시경이다. 흰색 바탕에 주홍색 선으로 된 야간 신호를 보내 서로를 확인한다. 해당 볼러를 발견하지 못하면 발견할 때까지, 혹은 추가 지시가 전달될 때까지 고도 250미터 상공에서 인근 지역을 선회한다. 남쪽에서 마지막으로 합류할 대통령의 볼러는 만일의 사태를 대비하여 초고속 볼러의 호위를 받는다. 그 볼러의 신호는 펠센버그의 신호로 간주된다.

볼러들은 에스드라엘론 평야를 중심으로 반지름 870킬로미터의 원형 대형으로 집결한 후 해발 150미터 이하로 하강한다. 반지름이 약 40킬로미터 간격이 될 때까지 거리를 좁혀 서로를 확인하고 안전거리까지 다가간다. 원형 대형을 유지하며 시속 80킬로미터로 전진하면 일요일 아침 9시쯤 나자렛에 도달한다.

◆ ◆ ◆

말없이 서 있는 네 사람에게 호위병이 다가왔다.

"준비됐습니다."

"날씨는 어떤가?"

스노퍼드가 불쑥 물었다. 호위병은 잠시 머뭇거리다가 대답했다.

"천둥이 조금 칠 것 같습니다."

올리버는 의아해서 그를 보고 물었다.

"그것뿐인가?"

"폭풍우가 휘몰아칠 수도 있습니다."

호위병이 짧게 답했다. 스노퍼드가 탑승용 통로로 몸을 돌렸다.

"이만 출발하지. 더 이상 지체할 시간이 없네."

5분 만에 모든 준비가 끝났다. 뒤쪽에서 요리하는 냄새가 풍겼다. 곧 아침 식사가 나올 예정이었다. 흰 모자를 쓴 요리사가 호위병에게 질문을 하려 고개를 잠깐 내밀었다. 네 사람은 앞쪽에 있는 화려한 객실에 앉았다. 올리버가 침묵을 지키는 동안, 셋은 낮은 목소리로 대화를 했다. 호위병은 볼러 앞쪽에 있는 승무원실로 돌아가면서 승객들이 자리에 앉았는지 확인했다. 곧이어 신호가 울렸다. 잉글랜드에서 가장 빠른 볼러인 만큼 프로펠러 돌아가는 속도가 높아지자 기체 전체가 요동치기 시작했다. 올리버는 판유리 창문을 통해 옆을 내다보았다. 레일이 아래로 사라지고 흐린 하늘 아래에 희미하게 보이던 런던이 갑자기 길게 솟구쳤다. 아래에서 올려다보는 몇몇 사람의 모습도 커다란 소용돌이에 섞여 사라졌다. 탁한 녹색 공유지도 번쩍하며 자취를 감추고, 광활한 지붕들이 물 흐르듯 스쳐 지나갔다. 양쪽으로 길게 늘어선 거리는 거대한 바큇살처럼 돌아갔다. 포장도로가 가늘어지며 녹지가 나오고 드문드문 자갈길이 뻗어 있었다. 그마저 뒤로 사라지며 전국의 탁 트인 풍경이 시야에 들어왔다.

스노퍼드가 약간 비틀거리며 일어났다.

"호위병한테 말해 놔야겠어. 지금부터 방해하지 말라고."

6장

I

옥상 탑 구석에서 잠을 자던 시리아인이 꿈에서 깨 벌떡 일어나 숨을 몰아쉬었다. 수많은 사람이 겁에 질린 표정으로 그를 바라보는 꿈이었다. 죽어서 영적 세계에 온 줄 알았다. 몸서리를 치며 정신을 차리고 자리에서 일어난 그는 푹푹 찌는 밤공기를 깊이 들이마셨다.

하늘은 구덩이처럼 검고 공허했다. 4시간 전 붉은 낮처럼 생긴 달이 타보르산 위로 서서히 떠올랐으나 난간에 서서 평원을 내다보는 지금은 아무것도 보이지 않았다. 반쯤 닫힌 창문 틈으로 가느다란 빛이 새어 나와 몇 미터 앞의 울퉁불퉁한 땅을 비추었다. 북쪽도 컴컴하기는 마찬가지였다. 서쪽의 나자렛 마을 지붕들 위로 나방 날개처럼 옅은 빛이 깜박거렸다. 동쪽도 보이는 것은 없었다. 한 줄기 빛과 회색 미광밖에 없는 우주 꼭대기에 서 있는 기분이었다.

옥상으로 내려오자 주변의 윤곽이 어렴풋이 드러났다. 계단 끝에 있는 지붕창으로 집 안의 불빛이 새어 나온 덕분이었다. 구석에 놓인 하얀 보따리가 보였다. 베네딕토회 총장의 베개인 듯했다. 그것을 베고 누워 있는 모습을 본 적 있다. 4시간 전이었나? 아니면 4세기 전? 하얀 벽 근처에 회색 물체가 길게 누워 있었다. 아마 수사일 것이다. 난간 틈을 뚫고 나온 빛이 여기저기에 울퉁불퉁한 그림자를 만들었다.

그는 사람들이 깨지 않게 조심하면서 벽돌 지붕을 가로질러 반대편 난간 쪽으로 다가갔다. 주위에 사람들이 살아 있다는 사실을 확인하고 싶었다. 그래, 이곳은 아직 지상이었다. 굴러떨어진 돌무더기 사이로 활활 타오르는 것은 진짜 불이었다. 그 옆에 가냘픈 남자의 머리와 어깨가 보였다. 그는 글을 쓰고 있었다. 둥그렇게 퍼진 불빛 속에서 사람들의 모습이 보였다. 다들 푹 꺼진 땅 위에 누워 있었다. 천막을 세우기 위한 장대가 1~2개 꽂혀 있고, 그 옆으로 쌓인 짐 무더기는 모피로 덮여 있었다. 어둠 속에서도 사람들의 형체와 사물의 윤곽이 흐릿하게 보였다.

글을 쓰던 사람이 고개를 움직이자 커다란 그림자가 땅을 스쳤다. 갑자기 가까운 뒤쪽에서 강아지가 앓는 소리를 냈다. 뒤를 돌아보자 신음하던 사람이 흐느끼며 일어나 앉았다. 그쪽으로 걸음을 옮기려다가 그가 벽에 기대어 다시 잠이 드는 것을 보고 제자리로 돌아왔다. 아직도 이 모든 광경이 꿈인지 현실인지 분간하기 어려웠다. 짙은 먹구름 같은 숨 막히는 침묵이 다시 내려앉았다.

◆　◆　◆

두 번째로 잠을 깨운 것은 꿈이 아니라 인기척이었다. 눈을 뜨자 환한 빛이 눈을 찔렀다. 촛불과 흰 소매가 보였다. 누군가가 그를 내려다보고 있었다. 그 순간, 상황을 파악하고 비틀거리며 일어났다. 계획대로 그를 데리러 온 전령이었다.

옥상을 가로질러 가는 동안 다시 주위를 둘러보았다. 어느덧 동이 트기 시작했다. 소름 끼치게 검던 하늘이 밝아졌다. 불투명한 회색 하늘이, 칼로 벤 듯 날카롭게 솟아오른 언덕 양쪽의 흐릿한 수평선으로 사라졌다. 앞쪽으로 카르멜산이 보였다. 카르멜산은 황소 같은 머리와 어깨를 땅속 깊이 처박고 있었다. 그 뒤에서 하늘이 어렴풋이 빛나고 있었다. 구름도 없고 윤곽선도 보이지 않았다. 이곳 옥상이 커다랗고 매끈한 둥근 하늘 하래 둥둥 떠 있는 것 같았다. 계단을 내려가기 전에 난간을 내다보았다. 에스드라엘론 평야가 거친 금속판처럼 넓게 깔려 있었다. 밝은 햇빛을 본 적 없는 사람이 그린 그림처럼 비현실적이었다. 사방은 쥐 죽은 듯 고요했다.

머리에 흰 덮개를 눌러쓴 사람을 따라 그림자로 뒤덮인 나선 계단을 내려갔다. 좁은 통로에는 사람들이 피곤에 지친 개처럼 팔다리를 아무렇게나 늘어뜨린 채 자고 있었다. 하마터면 발에 걸려 넘어질 뻔했다. 그림자 안에서 발 주인의 신음이 터져 나왔다.

시리아 사제는 옆에 서 있는 일꾼을 지나 방 안으로 들어갔다. 방에는 6명이 모여 있었다. 흰옷을 입은 사람들은 말없이 거리를 두고 서있다가 맞은편 문으로 교황이 들어오자 무릎을 꿇었다. 다시 일어난 그들은 창백한 얼굴로 교황의 말을 기다렸다. 사제는 교황의 의자 뒤에 서서 사람들을 훑어보았다. 루스폴리 추기경은 얼굴이 검고, 호주

대주교는 키가 호리호리했다. 코크런 추기경은 교황의 책상 위에 문서를 펼쳐 두고 있었다. 실베스테르가 자리에 앉으며 다른 이들에게도 앉으라는 손짓을 보냈다. 이어서 피곤한 듯 나직한 목소리로 이야기를 시작했다. 시리아 사제에게는 너무도 익숙한 목소리였다.

"추기경 여러분, 다 모인 것 같군요. 시간이 촉박하니 바로 본론으로 들어갑시다. 코크런 추기경이 먼저……."

교황이 살짝 몸을 틀어 뒤에 서 있는 시리아 사제에게 말했다.

"신부님도 앉으시죠. 빨리 끝나지는 않을 겁니다."

시리아 사제가 돌로 된 창가 자리로 가서 앉았다. 교황과 코크런 추기경 사이에 밝혀 둔 촛불 2개가 교황의 얼굴을 비쳤다. 서류를 들여다보던 코크런 추기경이 고개를 들었다.

"성하, 얼마 전 이야기부터 시작하는 것이 좋겠습니다. 여기 모인 분들은 아직 자세한 내용을 모르니까요."

그가 이야기를 이어 나갔다.

"지난 금요일 저는 다마스쿠스에서 세계 각지로부터 쏟아져 들어오는 질문을 받았습니다. 새로운 박해 정책 대응 방안에 관한 질문들이었습니다. 상황 파악이 안 된 상태라 명확한 답변을 드릴 수가 없었습니다. 20시가 넘어서야 토리노의 루스폴리 추기경에게 사실을 처음 들었고, 몇 분 후에는 말파스 추기경이, 23시에는 베이징의 대주교가 사실 확인을 해 주었습니다. 토요일 정오에 런던 전령에게 최종 확인을 받았습니다. 처음에는 돌고롭스키 추기경과 연락이 끊겨 당황했습니다. 가장 먼저 연락을 한 사람은 토리노 루스폴리 추기경이었는데,

모스크바의 그리스도십자가회 사제가 거의 동시에 연락을 했습니다. 하지만 그 메시지는 무시했습니다. 승인을 받지 않은 메시지는 그렇게 처리하는 것이 규정이니까요. 하지만 성하께서 조사를 지시하셨고, 페트롭스키 추기경과 다른 분들로부터 우리 시간으로 22시에 정부가 전광판을 통해 소식을 발표했다는 사실을 들었습니다. 그러니 돌고롭스키 추기경이 못 봤을 리 없지요. 봤다면 즉각 제게 알렸어야 합니다. 그런데 이후 새로운 사실들이 나왔습니다. 그날 저녁 돌고롭스키 추기경이 방문객을 만났다는 정황이 보고되었습니다. 알고 계실지 모르겠지만, 돌고롭스키 추기경을 모시는 사제는 러시아에서 교회를 위해 아주 적극적으로 움직이고 있습니다. 그가 정보를 은밀히 전해 주었습니다. 하지만 돌고롭스키 추기경은 연락하지 않은 이유를 설명하며, 그 시간에 혼자 있었고, 긴급한 일이 아니면 방문객을 받지 않겠다는 지시를 해 둔 상태였다고 해명했습니다. 성하께서 예상한 대로였습니다. 성하께서는 아무 일 없었다는 듯 행동하라 하셨습니다. 그래서 이곳에서 열릴 추기경단 회의에 참석하라고 요청했습니다. 돌고롭스키 추기경은 그러겠노라 했고요. 하지만 어제 오전에 작은 사고가 생겨서 조금 늦을 거라고 연락해 왔고, 그 후로는 소식이 끊겼습니다."

방 안에 정적이 흘렀다.

교황이 시리아 사제를 돌아보며 말했다.

"추기경의 메시지를 받으셨지요? 추가할 얘기가 있습니까?"

"없습니다, 성하."

교황이 다시 앞을 보며 누군가에게 말했다.

"형제님, 우리에게 보고한 내용을 모든 분에게 다시 한번 말씀해 주세요."

체구가 작은 남자가 눈을 반짝이며 그림자 밖으로 나왔다.

"성하, 저는 돌고롭스키 추기경에게 메시지를 전달한 사람입니다. 그는 처음에 저를 만나지 않겠다고 했습니다. 그를 겨우 만나서 성하의 명령을 전했지만 대답이 없었습니다. 그러다 웃으며 명령을 받들겠다고 전하라 했습니다."

교황은 여전히 말이 없었다. 키가 큰 호주인이 일어났다.

"성하, 저는 한때 돌고롭스키 추기경과 가까운 사이였습니다. 그가 가톨릭교회에 들어온 것도 어떻게 보면 저 때문입니다. 14년 전이었지요. 교회가 번영할 것 같던 때 말입니다. 저희는 2년 전부터 소원해졌습니다. 감히 말씀드리자면 제가 아는 그는 분명히……."

감정이 격해져 목소리가 흔들렸다. 그가 말을 잇지 못하자 실베스테르가 손을 들었다.

"비난을 위해 모인 자리가 아닙니다. 지금은 증거도 무의미합니다. 일어날 일이 일어난 것입니다. 이 사건의 본질은 분명합니다. 그리스도께서는 우리 손을 통해 그에게 빵을 건네신 것입니다. '네가 하려는 일을 어서 하여라'*라고 하시면서요. '유다는 빵을 받고 바로 밖으로 나갔다. 때는 밤이었다.'**"

---

* 요한 복음서 제13장 27절.

** 요한 복음서 제13장 30절. 예수 그리스도는 최후의 만찬에서 제자들 중에 배신자가 있다고 밝히며 '내가 빵을 적셔서 주는 자가 바로 그 사람이다'라고 말했다.

세상의 주인

다시 침묵이 흘렀다. 문밖에서 긴 한숨 소리가 나직이 들렸다. 녹초가 되어 통로에 널브러진 사람이 한둘이 아니었기 때문에 잠든 사람이 뒤척일 때마다 숨소리가 들렸다가 사라지기를 반복했다.

실베스테르가 다시 이야기를 시작했다. 그는 말하면서 사람들의 이름이 가득 적힌 기다란 종이를 무심하게 찢었다.

"추기경 여러분, 동이 트고 3시간이 지났습니다. 2시간 후면 다들 모여 미사를 봉헌하고 영성체를 할 것입니다. 2시간 동안 모든 이에게 이 소식을 전해 주십시오. 지금 정한 시간과 장소를 제외하고는 모든 것을 여러분의 재량에 맡깁니다. 오늘 고해와 성찬에 참여한 모든 이에게 전대사*를 내리겠습니다. 신부님……."

교황이 시리아 사제를 돌아보았다.

"지금 가서 경당에 성체를 현시**해 주십시오. 그리고 마을로 내려가 주민들에게 살고 싶다면 당장 떠나라고 하십시오. 당장요."

멍하니 있던 시리아 사제가 정신을 퍼뜩 차렸다.

"성하, 명단은요! 명단!"

그가 말을 더듬으며 손을 뻗었다. 사제는 그 명단이 무엇인지 알고 있었다. 실베스테르는 웃는 얼굴로 종잇조각을 책상에 던지며 일어났다.

"걱정하지 마십시오, 형제님……. 이제는 쓸모가 없습니다."

"마지막으로 한마디 하겠습니다, 여러분. 마음에 의심이나 두려움

---

*   죄에 대한 모든 벌을 사면하는 일.

**   성체를 신자들이 볼 수 있게 제대 위에 모셔 놓는 일.

이 남아 있다면 이 말을 들어 주십시오."

교황은 자신을 바라보는 이들을 천천히 둘러보며 부드럽게 말했다.

"나는 주님의 눈을 가졌습니다. 이제는 믿음에 의지하지 않고 눈으로 보며 걸을 겁니다."

Ⅱ

1시간 후 사제는 마을의 새벽 거리를 다녀왔다. 15명 정도가 말없이 그의 뒤를 따라왔다. 그가 전한 소식을 믿지 못해 무슨 일인지 알아보려는 자들이었다. 그 소식을 듣고 작은 흙집 문가에 망연자실 서 있는 사람이 있는가 하면, 백여 가구는 세간을 잔뜩 짊어진 채 하이파로 향하는 험난한 피난길에 오르기도 했다. 욕을 퍼붓는 사람도 있고, 멱살잡이를 하는 사람도 있었다. 누군가는 멍하니 그를 쳐다보기만 하고, 누군가는 코웃음을 치기도 했다. 어떤 실성한 사람은 그리스도교 신자들 때문에 하느님의 분노가 이 땅에 닿았으며 하늘이 시커멓게 변했다고 소리쳤다. 그리스도교 신자들 때문에 태양이 죽어 간다고, 그들의 죄악이 너무 넘쳐서 살려 두지 않는 거라고 외쳤다.

두꺼운 회색 장막 뒤로 태양이 높이 떠오르면서 하늘이 조금 밝아졌지만 1시간 전과 크게 다르지 않았다. 언덕, 잔디, 사람들의 얼굴 등이 사제의 눈에는 전부 비현실적으로 보였다. 눈꺼풀에 무거운 납을 올린 채 잠들어 꿈을 꾸는 듯했다. 다른 감각들도 비현실적이었다. 꿈을 다시 떠올리자 그나마 다행이라는 생각이 들었다. 적어도 그때 느

세상의 주인

끼던 공포감은 없었다. 하지만 침묵은 소리의 부재가 아닌 것 같았다. 그 자체로 하나의 존재이자 독립된 실체였다. 발소리, 개 짖는 소리, 사람들이 중얼거리는 소리에도 침묵은 가라앉지 않았다. 영원의 정적이 내려와 세상의 움직임을 감싸 안은 것만 같았다.

그는 조금 전 교황의 말이 사실이 되어 가고 있음을 느꼈다. 맨발에 닿은 땅의 푸석푸석함과 자갈의 따뜻함이 의식에서 분리되는 것 같았다. 의식은 원래 정신보다는 감각을 더 친숙하고 현실적인 것으로 받아들인다. 그러나 지금은 그렇지 않았다. 아직 물질은 현실 속 공간을 차지하고 있었다. 하지만 그것은 주관적이었다. 외부의 실체가 아니라 내면의 허상이었다. 그는 지금 영혼으로만 존재하고 있었다. 흐트러짐 없이 무엇인가에 집중한 영혼. 그 영혼은 겨우 실 한 올에 묶여 육신과 세계에 연결되어 있었다.

엄청난 열기가 느껴졌다. 발을 디딜 때마다 눈앞에서 건조한 땅이 쩍 갈라졌다. 그때마다 달궈진 쇠에 물이 닿을 때 나는 소리가 났다. 이마와 손에 열기가 느껴졌다. 열기에 휩싸인 몸에서 땀이 비 오듯 쏟아졌다. 하지만 그것이 남의 일처럼 느껴졌다. 고통을 자기 것이 아닌 외부의 것으로 느끼는 신경염 환자처럼 자기 몸에서 일어나는 일이라는 느낌이 들지 않았다. 시각과 청각도 마찬가지였다. 입과 코에 희미하게 와 닿는 맛과 냄새도 그랬다. 두려움도, 희망도 없었다. 자신과 세상, 심지어 전지전능한 영적 존재도 자기와 아무런 관계가 없는 존재처럼 여겨졌다. 모든 것에 무감각해지고, 아무 감정도 느껴지지 않았다. 앞에 타보르산이 보였다. 아니, 한때 타보르산이었지만 지금은 거대하고 거무스름한 반구에 불과했다. 타보르산이 활기를 잃은 그의 시야에 들어왔지만 지금 그에게는 흩어지는 환영이나 다름없었다.

복도로 들어와 경당 문을 열었다. 바닥에 엎드린 사람이 가득했다. 자연스러운 모습이었다. 적어도 다른 풍경들보다는 자연스러워 보였다. 모든 이가 어젯밤 나눠 받은 흰 망토를 입고, 서품식에서 성인 호칭 기도*를 할 때처럼 팔에 이마를 댔다. 그가 이 세상에서 가장 잘 알고 사랑하는 교황도 같은 자세로 엎드려 있었다. 제대 계단 위로 살짝 솟은 어깨와 백발이 보였다. 그 위의 제대에서는 높은 촛대 6개가 타올랐다. 중앙의 작고 소박한 주교좌에는 금속으로 된 흰색 성광**이 있었다. 그 가운데 하얀 성체가 거룩한 빛을 발하고 있었다.

사제도 무릎을 꿇고 자리에 엎드렸다.

◆　◆　◆

시간이 얼마나 지났는지 모르겠다. 예리한 의식이 빙글빙글 돌아가고 그림들이 천천히 흐르고 오묘한 생각들이 진동했다. 그러다 웅덩이에 던져진 돌이 서서히 가라앉아 다시 고요해지는 것처럼 모든 것이 멈추고 차분함을 되찾았다. 마침내 궁극의 평온이 찾아왔다. 감각이 완전히 깨어 있을 때만 가능한, 일생에 한 번 있을까 말까 한 경험

---

* 성부, 성자, 성령, 성모, 천사와 사도, 순교자 등 모든 성인에게 바치는 기도. 사제 서품식에서 성인 호칭 기도를 할 때는 배를 땅에 대고 엎드려 가장 낮은 자세로 한다.

** 가운데 둥근 부분에 성체를 안치하는 제구.

이었다. 숭고한 믿음을 가진 영혼에게 하느님께서 내려 주시는 선물이었다. 모든 존재가 갖고 있는 내면의 근원이 완전히 평온해지는 순간이다. 언젠가 하느님의 모든 자녀가 영원히 누리게 될 영혼의 보상이었다. 사제는 아무 생각이 없었다. 이 경험을 말로 표현할 수도, 원리를 분석할 수도, 황홀한 선율을 연주할 수도 없었다. 무아지경의 시간이 지나갔다. 벌써 기억이 가물거렸지만 그런 경험을 했다는 것만으로도 충분했다. 그는 영혼이 들여다보이는 내면의 원을 지나쳤다. 그 원의 중심에서 빛나고 있는 영광의 실체를 목격했다.

시간이 지났음을 깨달은 것은 중얼거리는 소리를 들었을 때다. 또렷하게 들렸고, 내용도 이해할 수 있었다. 하지만 졸음 속에서 들리는 것처럼 멀리서 들려왔다. 가장 작은 알갱이들만 통과할 수 있는 장막 뒤편에서 울리는 소리 같았다.

주님의 얼이 온 누리를 채우셨도다, 알렐루야.
만물을 활기에 차게 하시며
우리의 말을 다 듣고 계신다, 알렐루야, 알렐루야, 알렐루야.

하느님께서 일어나시니……
그분의 적들이 흩어지고
원수들이 그 앞에서 도망친다.

영광이 성부와 성자와 성령과 함께.

무거운 머리를 들었다. 붉은색 제의를 입은 교황이 환영처럼 마른 손을 앞으로 뻗은 채 서 있었다. 서 있기보다는 둥둥 떠 있는 것 같았다. 흰머리 위에 쓴 흰 모자가 꺼지지 않는 촛불에 반짝였다. 역시 흰 옷을 입은 다른 이는 계단에 무릎을 꿇었다.

"주여, 우리를 불쌍히 여기소서. …… 하늘 높은 데서는 하느님께 영광."

이런 말들이 미세한 떨림과 반향을 남기며 그림자극처럼 스쳐 지나갔다. 그림자 너머의 불빛이 느껴졌다.

"오 주여, 성령의 빛으로……."

뒤이어 이런 말들이 들려왔다. 그러나 정신이 몽롱하고 온몸에 힘이 없어 아무 반응도 할 수가 없었다. 지금이 무슨 상황인지 갈피를 잡을 수 없었다. 다음 말을 듣기 전까지는.

"오순절*이 되었을 때 그들은 모두 한자리에 모여 있었다. 그런데 갑자기 하늘에서 거센 바람이 부는 듯한 소리가 나더니, 그들이 앉아 있는 온 집 안을 가득 채웠다."**

그제야 기억이 났다. 오순절이구나! 기억과 함께 정신이 돌아왔다. 그렇다면 바람과 불, 지진, 은밀한 목소리는 어디에 있단 말인가? 세계는 고요했다. 늘 보던 현실 세계 그대로였다. 하느님이 기억하신다는 사실을 증명하는 떨림은 없었다. 땅과 바다 위의 지독히도 어두운

---

*　　고대 이스라엘의 추수 감사절. 그리스도교에서는 성령이 사도들에게 강림한 것을 기념하는 축일이다.

**　　사도행전 제2장 1~2절.

세상의 주인

하늘을 깨뜨리는 빛도 보이지 않았다. 그분께서 모든 것을 초월하고 지배한다는 사실을 알려 주는 어떤 목소리도 들리지 않았다.

사제는 비소로 깨달았다. 이 세계는 그가 두려워하던 세계가 아니었다. 꿈에서 본 끔찍한 광경은 환상일 뿐이었다. 이 세계는 끔찍하지 않고 달콤했다. 적대적이지 않고 우호적이었다. 답답하지 않고 상쾌했다. 유배지가 아닌 고향 집이었다. 여기에도 영적 존재들이 있었다. 하지만 어젯밤 그를 노리던 탐욕스러운 얼굴은 보이지 않았다. 사제는 부끄러움과 만족을 동시에 느끼며 다시 손에 이마를 댔다. 그리고 희미하게 빛나는 내면의 평화로 깊이 빠져들었다.

◆ ◆ ◆

자신이 무슨 행동을 했는지, 무슨 생각을 했는지 몰랐다. 5미터 앞에 있는 낮은 계단에서 무슨 일들이 일어났는지 잘 기억나지 않았다. 다만 잔물결이 한 번 유리 바다를 스치고 지나갔고, 하늘에 떠오르는 별이 잠자는 호수에 한 줄기 빛을 던졌으며, 가느다란 진동이 깊고 고요한 밤을 가로지른 것 같았다. 형체 없는 거울 속에서 자신의 진정한 본성이 되살아나 신성한 존재와 하나가 되는 장면을 본 것 같았다. 무겁게 내리깔린 침묵 속에서 실재하는 모든 것의 근원을 느낀 것 같았다. 그는 어느새 가로대 앞에 무릎을 꿇었다. 지상에서 유일하게 참된 존재가 하느님의 열렬한 사랑과 변치 않는 진리를 품에 안고 그를 향해 다가왔다.

미사가 끝나고 그는 주님의 마지막 선물을 받기 위해 환희에 찬 그의 영혼을 바쳤다. 그때 고함 소리가 들리면서 통로가 갑자기 소란스러워졌다. 문가에 한 남자가 서서 아랍어로 다급한 말들을 쏟아 내고 있었다.

III

다급한 소리와 어수선한 장면에도 그의 영혼은 아직 현실로 돌아오지 않았다. 통로 쪽은 그야말로 난리였다. 사람들이 겁에 질린 표정으로 비명을 질러 댔다. 그쪽을 바라보는 성직자들의 얼굴은 딴 세상 사람들 같았다. 그들의 창백한 얼굴은 황홀경에 빠져 있었다. 그들은 실체 없는 인간이 되어 인간의 모습을 한 신과 만나 포옹을 나누었다. 그러자 어떤 정신적 작용들이 계속해서 일어났다. 그들은 모두 각자의 무대 위에서 그들만의 연극을 공연하고 있었다. 물질세계는 이제 신기루처럼 희미해졌다. 눈앞에서 다급한 일들이 벌어지고 있어도 한낱 구경거리에 지나지 않았다. 깨달음을 얻은 그의 영혼은 현상과 본질 사이에서 균형을 찾았다.

다시 제단으로 몸을 틀었다. 환히 빛나는 제단은 그가 짐작한 대로 한없이 평화로웠다. 아지랑이처럼 아른아른하게 보이는 미사 집전자는 육신이 된 말씀의 신비를 중얼거리며 경배를 올렸다. 그가 다시 한번 중앙으로 나아가 무릎을 꿇었다.

사제는 다시금 이해했다. 생각은 마음의 작용이 아니라 영혼의 쳐다

봄이었다. 영혼이 어딘가를 바라보면 그것이 곧 생각이었다. 이제 모든 것을 깨달았다. 그는 충동을 이기지 못하고 큰 소리로 노래를 부르기 시작했다. 꽃이 태양에 비밀을 전하듯이 다음의 말들이 처음으로 입 밖으로 나왔다.

구원의 희생 되시어 천국의 문을 여시는 주…….

모두 노래를 부르고 있었다. 조금 전 들이닥친 이슬람교 예비 신자도 길쭉한 머리를 방으로 들이밀고 양손을 가슴에 얹은 채 사람들과 함께 노래를 불렀다. 작은 경당이 40명의 목소리로 가득 찼다. 그 소리를 들은 광활한 세계가 전율을 느꼈다.

노래가 이어지는 동안 교황의 어깨 위로 그림자가 유령처럼 드리워졌다. 먼 하늘에서 그들이 다가오고 있었던 것이다. 그들은 평원에 짙은 그림자를 드리우며 거리를 좁혀 왔다.

삼위일체이신 하느님…….

교황이 빛기둥 중심에 우뚝 섰다. 어깨 위에 있던 그림자가 흘러내려 그의 손을 감쌌다. 반쯤 숙인 그의 머리를 성체 현시대의 은빛 성광이 비췄다. 성체 현시대 안에는…….

비오니, 주여, 우리에게 영원한 생명 주소서…….

그들이 움직이고 있었다. 삶의 세계도 함께 뒤흔들렸다. 사제가 아는 거라곤 고작 그 정도였다. 복도로 나가자 광란의 도가니에 빠진 사람들이 하얗게 질린 얼굴로 하늘을 올려다보고 있었다. 그들의 아우성은 마침내 성체 찬미가에 묻혀 조용해졌다. 경당에서는 영원의 삶에 매료된 이들이 빛을 내뿜었다. 모퉁이를 돌자 10여 미터 뒤에 6개의 흐릿한 불길이 왕의 옆에 선 선봉대처럼 일렁이는 모습이 보였다. 은빛 광선과 하느님의 하얀 마음 안에는……. 사제는 밖으로 나갔다. 그들이 서서히 전열을 갖추고 있었다.

1시간 전만 해도 어둡던 하늘이 밝게 빛났다. 그리고 밝은 하늘이 다시 어둠으로 뒤덮이고 있었다. 분노의 날이 다가왔다. 하늘이 붉은 빛으로 서서히 물들기 시작했다.

왼쪽의 타보르산부터 오른쪽 끝의 카르멜산까지 광활한 하늘은 달 궈진 쇠처럼 진한 주홍색으로 물들었다. 비가 온 뒤 해 질 녘에 볼 법한 빛깔이었다. 점점 투명해지는 구름 사이로 빛이 새어 나왔다. 성체와도 같이 하얀 태양은 부서지기 쉬운 제병처럼 변화산* 위로 떠 있었다. 인간이 한때 헛되이 바알 신**에게 무릎을 꿇던 서쪽 하늘에는 낫 모양의 하얀 달이 걸려 있었다. 하지만 모든 것이 돌 조각상 앞에 부서져 흩어진 빛의 얼룩에 지나지 않았다.

수많은 사람이 소리 높여 노래를 불렀다.

---

* 타보르산의 다른 이름. 예수가 수난 전에 몇몇 제자에게 영광스러운 모습으로 변화한 모습을 보여 준 산으로 알려져 있다.

** 고대 중동 지역에서 풍요의 신으로 알려져 있던 고대의 신.

세상의 주인

마지막 날 저녁상에*
제자들과 더불어
파스카**를 잡수시니
법을 행함이시라
또한 이때 당신의 몸을
음식으로 주셨네……

꽁무니에서 불을 내뿜는 우윳빛 물고기 모양의 수상한 물체들이 나방처럼 하얀 날개를 펼치고 빛 속의 먼지처럼 떠 있었다. 남쪽 끝에 가장 작게 보이는 것부터 450미터 거리의 괴물처럼 큰 것까지 그 수를 헤아리기 어려웠다. 노래를 부르며 바라보는 동안, 둥근 대형이 점점 거리를 좁히며 다가왔다. 경당 안에 있는 사람들은 아직 무슨 일이 벌어지는지 모르고 있었다.

그 말씀의 전능으로
빵과 술을 가지사……

---

* 성 토마스 아퀴나스(1225~1274)가 쓴 성가 '입을 열어 구세주의 영광을 찬미하세'의 일부. 마지막 두 소절은 '지존하신 성체' 또는 '탄툼 에르고'라고 하며, 성체를 공경하는 신심 행사를 할 때 부른다. 사제에 의해 축성된 빵과 포도주가 성령의 힘으로 그리스도의 몸과 피로 실체 변화한다는 로마 가톨릭교회의 성변화 교리를 바탕으로 한 성가다.

** 이스라엘 민족이 이집트에서 해방된 것을 기념하는 축제. 과월절이라고 한다. 이 성가에서는 축제 때 먹는 음식을 의미한다.

이제 그것들은 더 가까워졌다. 거대한 괴물 같은 새의 그림자가 발밑을 스쳐 지나갔다. 조금 전 멀리 언덕 위에 떠 있던 물체였다. 태양을 가리며 근처까지 다가온 괴물 새는 다시 원래 자리로 돌아가 멈춰 섰다.

오감으로 모르되
진실한 영신으로써
이 도리를 배우세…….

사람들 틈에 섞여 하늘을 바라보고 있던 사제는 문득 뒤를 돌아보았다. 천국의 비파 소리와 북소리가 울려 퍼지는 것 같았다. 경당 안쪽에서는 6개의 촛불이 일렁거렸다. 하늘과 땅 사이에서 완벽하게 균형을 잡고서 잘라 낸 쇠처럼 흔들림이 없었다. 그 사이에서는 은빛의 영광과 인간을 만드신 하느님이 하얗게 빛나고 있었다.

그때 굉음과 함께 다시 천둥이 쳤다. 큰 소리가 무시무시한 괴물들이 만들어 놓은 원형 대형을 지나 울려 퍼졌다. 이 세계에서 그들은 그림자의 주인이었지만 완전한 신의 고리 안에서는 그들도 그림자에 지나지 않았다. 천둥이 치고 땅이 흔들렸다. 파멸을 앞두고 흔들거리는 땅의 가장자리에서 사람들은 아랑곳하지 않고 노래를 불렀다.

지존하신 성체 앞에
꿇어 경배 드리세.
묵은 계약 완성하는

새 계약을 이뤘네.

아아! 그래, 하느님께서 기다리시던 그자다. 저기 하늘 아래 어딘가에 그가 있다. 그가 날쌘 전투 마차를 타고 왔다. 화려한 위용을 뽐내고 있지만 그는 애처로운 그림자 같은 존재였다. 그는 모든 것을 보고 있다고 생각하지만 사실 아무것도 보지 못했다. 그의 주변 세계가 무너지고 있다는 사실도 모르고 있었다. 그의 그림자는 이스라엘이 전투를 벌이고 산헤립*이 위용을 뽐내던 평원 위를 옅은 구름처럼 움직였다. 평원은 이제 더욱 붉게 달아올랐다. 경당 안에서는 정신의 불꽃이 더욱 맹렬하게 불타올랐다. 마침내 예언이 이루어진다는 안도감이 그들을 사로잡았다. 마지막으로 사람들은 노래를 불렀다.

오묘하온 성체 신비
믿음으로 알리라…….

그는 속도를 높여 빠르게 다가왔다. 속세의 후계자이자 영원의 유배자, 반란군의 가련한 마지막 왕자, 하느님과 대적하려는 피조물이 오고 있었다. 태양은 하얗게 빛이 바래고 땅은 흔들렸다. 그는 사람들의 정신 가장 깊숙한 곳까지 뚫고 들어왔다. 그의 뒤를 따라 둥근 비행체가 어지럽게 움직이며 날아왔다. 유령 배가 일으킨 물보라를 따라 날

---

* 기원전 700년경 예루살렘을 침공한 아시리아의 왕.

아오는 유령 새 같았다. 그가 오고 있다. 또다시 순종의 마음을 잃은 이 땅은 갈가리 찢긴 서약의 고통 속에서 움츠러들고 휘청거렸다.

그가 오고 있다. 그림자가 벌써 평야를 휩쓸고 사라졌다. 그물에 감싸인 하얀 날개가 측면으로 날아오르자 커다란 종소리가 울리고 감미로운 화음이 길게 울려 퍼졌다. 하지만 큰 소리로 울려 퍼지는 영원한 찬양에 비하면 속삭임에 불과했다.

영원하신 성부, 성자,
위로자이신 성령께
구원받은 환희로써
영광 찬미 드리세.
무한하신 권능 권세
영원무궁하리다.

한 번 더.

무한하신 권능 권세
영원무궁하리다…….

그렇게 이 세계는 끝을 맞았다. 그 영광과 함께.

-끝-

지금 우리가 걷고 있는 길을 따라간다면
세상은 어떻게 될까?

-《세상의 주인》의 문학적 의미

- 마크 보스코(예수회 신부, 미국 조지타운 대학교 영문학과 교수)

로버트 휴 벤슨(1871~1914)이 1907년에 발표한《세상의 주인》은 오랫동안 디스토피아 소설 독자들에게 추앙받아 왔다. 이 작품은 디스토피아 소설의 대표작으로 손꼽히는 올더스 헉슬리의《멋진 신세계》(1932), 조지 오웰의《1984》(1949)보다 30여 년 먼저 세상에 나와 최초의 현대적 디스토피아 소설로 평가받는다. 문학계에서는《세상의 주인》을 가톨릭 문학 부흥기 연구의 주요 자료로 여기기도 한다. 최근 들어《세상의 주인》에 대한 관심이 뜨거워졌다. 프란치스코 교황이 이 책을 사람들이 꼭 읽어 봤으면 좋겠다며 두 번이나 추천했기 때문이다. 교황은 2013년 일반 신자들을 대상으로 한 강론에서 세계화의 폐해를 경고하며《세상의 주인》을 처음으로 언급했다. 그는 현재의 세계화 현상이 벤슨의 소설이 묘사하듯 사악한 '패권 통합적 세계화'로 이어질 수 있다고 경고했다. 인간의 허영심과 탐욕 때문에 획일화한 세속적 사상이 전 세계를 장악하여 각 나라의 전통과 정체성을 파괴할 수 있다는 뜻이었다.

교황은 2015년 1월 필리핀 방문을 마치고 마닐라에서 로마로 이동하는 비행기 안에서 기자들과 대화하며 이 책을 또다시 언급했다. 그는 인구 억제를 조건으로 내걸면서 개발을 원조하는 국제 가족계획 기관과 중앙 정부의 '사상의 식민지화'에 관해 우려의 뜻을 표했다. 한 기자가 그 말의 정확한 의미가 무엇이냐고 묻자 교황은 비행기를 가득 채운 기자들에게 이렇게 말했다.

죄송하지만 책 홍보를 좀 하겠습니다. 저자는 당시에 이런 사상의 식민지화를 예견하고 책으로 썼습니다. 제목은 '세상의 주인'이고, 저자는 벤슨인데……. 한번 읽어 보세요. 읽어 보면 내가 말한 사상의 식민지화가 어떤 의미인지 이해하게 될 겁니다.

이 책이 우리가 사는 오늘날의 세계를 비판하는 흥미로운 책이라고 교황이 생각한 이유는 무엇일까? 기자, 학자, 가톨릭 신자들은 호기심에 이 종말론 소설을 구해 읽었다. 이후 새로운 판본이 쏟아져 나오면서 더 많은 독자가 쉽게 접할 수 있게 되었다.

19세기 말부터 20세기 초까지 발표된 디스토피아 소설들은 주로 세속적인 서양 문화가 기술에 사로잡히면서 파국으로 치닫는 이야기였다. 이런 경향으로 과학 소설이라는 새로운 장르가 탄생했다. H. G. 웰스와 쥘 베른은 상상의 세계에 정교한 시나리오를 입혀 영원히 발전할 것처럼 보이는 과학 기술의 위험성을 경고하면서 그와 동시에 자신이 꿈꾸는 이상을 전했다.

대다수 디스토피아 소설은 당대의 생활 요소를 미래에 투영하면서 겉보기에는 이상적이지만 실상은 독재자나 체제에 의해 지배당하는 사회를 묘사한다. 여기에 등장하는 미래는 국가(오웰의 《1984》)나 체제 내부의 이기적인 특권층(헉슬리의 《멋진 신세계》)의 통제를 받는 분열되고 억압받는 위험한 세계다. 한쪽 발은 현재에, 다른 쪽 발은 상상에 걸쳐 놓고 미래의 모습을 그린다.

이런 작품들은 결국 다음 질문에 관한 사유의 결과물이다.

'지금 우리가 걷고 있는 길을 계속 따라간다면 세상은 어떻게 될까?'

작가들은 현재가 미래를 결정할 중대한 시점에 도달했다고 믿으며, 현재의 세상이 점점 불길하고 위험한 곳으로 변화하고 있다고 가정한다. 따라서 이런 디스토피아 소설을 읽은 사람들은 현재를 바꿔 암울한 미래를 막아야 한다는 압박을 느낀다. 《세상의 주인》은 그리스도를 반대하는(정확히 말하자면 교황을 반대하는) 《성경》의 종말론을 바탕으로, 종말의 시기에 그리스도교 세력과 반그리스도교 세력의 갈등을 다룬다. 마치 예언을 하듯 20세기와 21세기 종교와 문화의 위기를 예측하고 이를 극적으로 보여 주고 있다. 이 작품을 쓴 벤슨은 누구이며, 또 벤슨과 그의 소설은 영국 가톨릭 문학의 부흥에 어떤 역할을 했을까?

로버트 휴 벤슨은 1871년 에드워드 화이트 벤슨과 메리 시지윅의 막내아들로 런던 외곽에서 태어났다. 열두 살이던 해, 그의 아버지는 영국 성공회의 최고위직인 캔터베리 대주교가 된다. 벤슨은 이튼 칼리지를 거쳐 케임브리지의 트리니티 칼리지에 진학한다. 졸업 후 아버지의 뒤를 따랐고, 1895년 성공회 사제로 임명된다. 임명자는 바로 그의 아버지였다.

그로부터 1년 후 아버지가 심장 마비로 세상을 떠나자 큰 충격을 받은 벤슨은 건강 회복을 위해 유럽 중서부로 여행을 떠난다. 벤슨의 전기를 쓴 C. C. 마틴데일 신부는 이 여행이 벤슨의 인생을 바꾼 계기가 되었다고 평가한다.

성공회에 만족하며 살던 벤슨은 충격을 받는다. 프랑스에서 시작해 이탈리아 북부를 지나 베네치아로 간 그는 방문하는 모든 교회에서 성직자로 인정받지 못하는 현실에 직면한다.

유럽에 체류하며 정신적으로 또 종교적으로 큰 변화를 겪은 벤슨은 성공회의 주장에 의문을 품기 시작한다. 잉글랜드로 돌아온 그는 성공회 수도회인 '부활 공동체'에 가입하기로 하고 1901년 서원을 했다. 그러나 공부를 계속하고 로마 가톨릭교 신자들과 친분을 쌓으면서 점점 로마에 매료된 그는 1903년 가톨릭교로 개종한다. 성공회 사제이자 캔터베리 대주교의 아들인 벤슨이 가톨릭교 사제 서품을 받은 일은 당시 유럽 종교계를 뒤흔든 사건이었다.

로마에서 9개월간 공부한 뒤 가톨릭교 사제 서품을 받은 벤슨은 케

세상의 주인

임브리지에 지도 신부로 부임해 가톨릭 공동체에 봉사하는 한편 작품 활동도 이어 나간다. 이후 런던 북쪽의 작은 마을 헤어 스트리트 하우스에 혼자 살면서부터 글쓰기에 전념한다. 다작으로 유명한 그는 여러 곳을 여행하며 집필과 강연 활동을 이어 나갔다. 1910년부터 1914년까지 세 차례 미국 대부분의 지역을 방문하며 순회 설교를 했는데, 이때 미국 가톨릭교를 높이 사는 글을 쓰기도 했다.

미국인들은 유럽에서 온 우리에게 특별한 삶의 감각을 느끼게 해 준다. 교회는 몽상을 위한 우아한 성역이 아니라 영적인 일을 다루는 사무실처럼 움직인다. 성직자들은 고리타분한 중세 정신을 강조하지 않는다. 그 대신 주님을 열렬히 섬기며 헌신한다. 이들은 간신히 살아남은 중세 시대 사람들이 아니다. 구원을 향해 머리를 조아린 불멸의 영혼들로 이루어진 공동체이다. 가톨릭의 목소리는 확신에 차 있고, 가톨릭의 움직임은 자신감으로 충만하다. 가톨릭의 삶이 힘차게 약동하며 이 땅에서 교회의 밝은 앞날을 약속한다.

벤슨은 20세기 초에 가톨릭교로 개종한 여러 영국 지식인 중 한 사람이다. 이들 중에는 추리 소설 브라운 신부 시리즈로 유명한 G. K. 체스터턴을 비롯해 소설가 에벌린 워, 시인 이디스 시트웰, 시인 시그프리드 서순, 소설가 그레이엄 그린, 시인 뮤리엘 스파크, 옥스퍼드 대학교의 전속 성직자이자 작가로 활동한 로널드 녹스(벤슨처럼 성공회 사제였다가 가톨릭교로 개종) 등이 있었다. 이들은 문단뿐 아니라 사회적으로도 큰 영향력을 발휘하던 당대 최고의 지식인들이었다. 그중에서도 특히 성공회 대주교의 아들인 벤슨은 가톨릭교회가 놓치고 싶지 않은 보물이었다. 그의 영향력은 당대 최고의 작가들 사이에서도 독보적이었다. 가톨릭 신자들에게 지식인으로 살면서 동시에 가톨릭 신앙을 가질 수 있음을 보여 주는 상징적인 사례였기 때문이다. 가톨릭 신자뿐만 아니라 기득권층 역시 그가 문화를 선도하는 인물이라고 여겼다. 벤슨의 영향으로 가톨릭교에 숨어 있는 논리를 생각해 보고 싶다는(혹은 다시 생각해 보고 싶다는) 사람이 많았다.

벤슨의 목표는 더 많은 사람에게 가톨릭교를 제대로 알리는 것이었다. 그가 주로 사용한 설득 도구는 지식이었다. 그는 세속 철학과 과학의 전제를 비판하고 인식론적 약점을 보여 주었다. 사람들이 순진하게 사회 발전을 이상적으로만 생각한다고 이야기했다. 자신도 한때 그 매력에 홀려 속았다는 고백도 곁들였다. 또한 벤슨은 가톨릭 신자의 관점에서 당대의 정치 변화를 설명했다. 믿음을 따르지 않으면 세계가 통제 불능 상태에 빠진다는 것이 그의 주장이었다. 벤슨은 잉글랜드 사회에 퍼지고 있는 세속주의를 깨뜨리기 위해 가톨릭교 사상에 바탕을 둔 변증론적 성격의 작품을 많이 썼다. 유명한 변증론적 작품으로는 《계획하는 사람의 종교The Religion of the Plan Man》(1906), 《가톨릭교의 역설Paradoxes of Catholicism》(1913), 《개종자의 고백Confessions of a Convert》(1913) 등이 있다. 마지막 작품은 19세기 영국 성공회 성직자였다가 가톨릭으로 개종하고 추기경에 서임된 존 헨리 뉴먼의 《나의 생애를 위한 변론Apologia Pro Vita Sua》을 참고했다. 이 책은 미국 잡지

세상의 주인

《아베 마리아Ave Maria》에 연재한 글을 책으로 엮어 출간한 것이다.

벤슨은 여러 문학 장르에 두루 재능을 보였는데, 다른 무엇보다 소설로 자신의 가톨릭 사상을 표현하는 방법을 선호했다. 그가 활동하던 에드워드 시대는 '고급' 문학과 대중 소설을 구분하기 시작한 때였다. 벤슨은 H. G. 웰스나 러디어드 키플링과 비슷한 문체로 대중적인 가톨릭 독자층을 겨냥했고 실제로 그의 수많은 작품이 베스트셀러가 되었다. 꼼꼼한 취재와 방대한 조사가 돋보이는 벤슨의 소설들은 상당한 판매고를 기록했다. 역사 소설도 많이 썼는데, 대개 종교 개혁 직전이나 종교 개혁 시대를 다룬 교훈적인 내용이었다. 당시 영국의 종교 생활에 관한 그의 견해를 투영한 것이었다. 교회와 국가의 갈등을 다룬 소설 《행복한 순교자 : 캔터베리의 성 토머스The Holy Blissful Martyr : Saint Thomas of Canterbury》(1908)는 가톨릭 독자에게 선풍적인 인기를 끌었다. 일반적으로 헨리 2세와 토머스 베켓 사이의 갈등은 로마 가톨릭교회와 세속 권력 사이의 주도권 다툼으로 이해하지만, 벤슨은 이 소설에서 이러한 해석에 문제를 제기한다.* 그는 베켓의 순교를 점점 커지는 국가 권력에 저항하는 진실한 행위라고 평가했다. 20세기를 대표하는 시인이자 극작가 T. S. 엘리엇은 벤슨의 소설을 주요 자료로 삼아 희곡 《대성당의 살인Murder in the Cathedral》(1935년 초연)을 썼

---

* 1161년 헨리 2세에 의해 캔터베리 대주교로 임명된 토머스 베켓은 1164년 성직자를 세속 법정에서 재판할 수 있게 한 클래런던 칙령을 거부하고 헨리 2세의 위협을 피해 프랑스로 피신했다. 교황 알렉산데르 3세의 중재로 1170년 잉글랜드로 돌아왔으나 왕과의 갈등을 거듭하다가 성공회 기사단에게 암살당했다.

는데, 이 작품은 지금도 자주 공연되고 있다.

벤슨의 역사 소설 중 가장 유명한《고문대여 오라! 밧줄이여 오라!Come Rack! Come Rope!》(1912)는 사제나 사제를 숨겨 준 사람을 반역자로 간주하고 사형에 처하던 16세기 엘리자베스 1세 시대의 가톨릭 박해를 탐구한다. 저항 운동을 하는 가톨릭 가문 출신 남녀들의 사랑 이야기인데, 적극적으로 저항 활동에 가담하던 주인공들은 배교가 아닌 투옥과 순교를 선택한다. 이 작품은 역사적으로 오류가 없고 수많은 사료를 바탕으로 한 것이 특징이다. 제목은 엘리자베스 1세의 박해로 극심한 고문 끝에 순교한 예수회 사제 에드먼드 캠피언의 마지막 말에서 따왔다. 캠피언은 숨을 거두기 직전 최후 진술을 통해 불안에 떠는 가톨릭교 신도들에게 비장한 위로와 격려의 말을 전했다.

저는 아무 비밀도 발설하지 않았고, 발설하지 않을 겁니다. 고문대여 오라, 밧줄이여 오라.

벤슨은 공포 소설이라는, 당시 새로 떠오르는 장르의 발전에도 한몫했다.《주술사들The Necromancers》(1909)은 당시 영국 사회의 특정 집단에서 유행하던 유심론*을 비판한다. 결혼을 앞두고 약혼녀를 여읜 한 청년이 이성을 잃고 심령술 집단에 들어가 사망자의 영혼과 교감을

---

* 　세계의 본질과 근원은 정신적인 것에서 비롯하며 세계의 모든 것은 정신적인 것으로 환원 가능하다는 철학적 견해. 유물론과 대척점에 서 있는 사상이다.

시도하는 비밀스러운 의식에 참석하기 시작한다. 자신에게서 영매 능력을 발견한 그는 악마 같은 힘에 휩싸여도 개의치 않고 죽은 연인을 만나는 데 집착한다. 벤슨의 전기 작가는 이 소설을 이렇게 평가한다.

벤슨은 무시무시한 적들을 상대하기 위해 모든 중화기를 꺼낸다. 기괴한 느낌을 극한까지 끌어 올려 소름 끼치게 만든다. 고백건대 이 정도의 공포감을 주는 책은 없다.

하지만 현대 독자라면 《세상의 주인》으로 벤슨을 기억할 것이다. 프란치스코 교황의 말처럼 벤슨이 100여 년 전 그린 미래의 모습은 지금 봐도 비현실적이지 않다. 이 소설은 신속한 대량 수송과 초고속 통신이 가능한 세계를 상상한다. 도시에 인구가 밀집되고 '볼러'(날개 달린 비행선 모양의 항공기로, 지구 전역을 빠른 속도로 누빈다)가 하늘을 날아다닌다. 이 소설의 시간적 배경은 2000년 무렵으로, 당시에는 먼 미래지만 오늘날 우리에게는 과거다. 이런 관점에서 볼 때 벤슨의 미래 예측은 놀라울 정도로 정확하다.

유럽 연합은 동양과 전쟁 중이고 대량 살상 무기가 개발되었다. 제국들은 상호 전멸 전략으로 대치한다. 정신적 고통에 시달리는 이들이나 건강 회복이 불가능한 이들은 누구든지 안락사 시설에서 삶을 마감할 수 있다. 벤슨이 살던 시대는 무신론, 마르크스주의, 우생학이 확산되던 때였다. 영국 전역에서 복음주의가 부활하고 거짓된 믿음으로 신도들에게 최면을 거는 악명 높은 설교자들이 늘어났다. 1905년 러시아 혁명을 이끌어 낸 총파업과 격렬한 시위는 전 세계를 혼돈으로 몰아넣었다. 1906년 영국 역사상 처음으로 사회주의 정부가 들어서면서 벤슨 역시 개인적으로 많은 변화를 겪었다. 벤슨은 이런 사회적 흐름을 관찰하며 미래를 상상했다.

《세상의 주인》은 한 노학자가 세계의 정치, 종교, 이념에 대한 지난 100년의 역사를 들려주는 프롤로그로 시작된다.

지금 세 가지 세력이 존재하고 있습니다. 가톨릭교, 인본주의, 동방의 종교 말이오. …… 가톨릭교회가 초자연적 권위를 인정하는 유일한 곳이고 교리 또한 확고하다 보니, 초자연적인 믿음을 버리지 않은 그리스도교 신자 대부분이 다시 가톨릭교회에 충성하게 된 것도 사실입니다.

노인이 한 말 중 가장 충격적인 것은 다음 내용이었다.

사람들의 예상과 달리 초자연주의에 반대하는 인본주의가 실제로 종교처럼 되고 있다는 겁니다. 프리메이슨은 범신교에 가까운데 …… '신은 인간이다' 같은 교리도 있고요. 그러니 종교를 갈망하는 이들의 입맛에 현실적으로 맞는 겁니다. 이상을 추구하지만 영적 능력을 요구하지는 않거든요.

벤슨은 그리스도교를 유물론적 인본주의 종교로 대체하려는 당시

의 영적 운동을 제대로 포착했다. 스스로를 '영적이기는 하지만 종교
적이지 않은 성향'(SBNR: spiritual but not religious)이라고 밝히는 사
람이 늘고 있는 최근의 흐름을 이미 오래전에 간파한 것이다. 벤슨은
사실상 신이 사라진 투쟁적이고 세속적인 인본주의 세계를 그리고 있
다. 박애와 관용 같은 인본주의의 이상이 종교적인 개종이나 자선이
아니라 억압적인 정부가 만든 법과 제도로 강요당하는 그런 세계다.
인본주의에서 초자연성은 사라지고 그 자리를 합리주의가 차지한 것
이다. 프랑스 혁명 시대의 과잉 낭만주의를 연상케 하는 대목이다.

이때 퍼시 프랭클린 신부가 등장한다. 세계 전역에서 속수무책으로
무너지는 가톨릭교를 지키기 위해 고민하던 그는 로마로 가서 완전히
새로운 수도회가 필요하다고 교황에게 제안한다. 그가 정한 수도회의
이름은 '그리스도십자가회'다. 이 수도회는 독실한 신자들이 박해에
서 살아남을 수 있게 돕는다. 벤슨은 이 부분에서 과거 영국 종교 개혁
때의 반가톨릭 선동 사례를 적절히 끌어와 소설적 장치로 활용한다.
1605년 화약 음모 사건* 때처럼 이 작품에서도 가톨릭 테러리스트들
이 사원을 폭파하려 한다는 혐의를 받는다. 카리스마 넘치는 새로운
지도자 줄리언 펠센버그는 모든 시민이 하느님을 믿는지 심문을 받아
야 하고 하느님을 부정하지 않는 자는 재판 없이 사형에 처해질 것이
라고 선포한다.

---

* 　1605년 성공회에 대한 강요를 거부하고 가톨릭에 대한 박해에 항거하여 영국 가톨릭 신도
　　들이 영국 왕 제임스 1세 암살을 모의했으나 실패한 사건. 이 사건 이후 영국에서 반가톨릭
　　정책이 강화되었다.

소설의 절정에 이르면, 살아남은 독실한 신도들은 예수의 고향 나자렛에 몸을 숨긴다. 하느님이 강생하신 곳이 가톨릭 신도들의 아마겟돈이 된다는 설정은 이 종말론 소설에 잘 어울린다. 내용을 더 공개하는 것은 적절하지 않기에 벤슨의 암울한 디스토피아가 원점으로 다시 돌아온다는 정도만 언급하겠다. 독자들은 이 책에서 오늘날까지도 힘을 잃지 않고 살아 있는 세속적인 생각을 발견할 수 있을 것이다. 다른 디스토피아 소설들과 비교하면 다소 종교적 색채가 강하지만, 현대를 사는 인간의 어리석음에 경종을 울리는 의미 있는 작품이다. 모험 이야기로도 충분히 매력적이다.

더 자세한 정보를 원한다면 총 2권으로 이루어진 C. C. 마틴데일 신부의 《로버트 휴 벤슨의 생애The Life of Monsignor Robert Hugh Benson》(1916)를 참고하기 바란다. 벤슨과 그의 작품을 가장 철저하게 파헤친 이 책은 인터넷에서 무료로 열람할 수 있다. 재닛 그레이슨이 쓴 전기 《로버트 휴 벤슨 : 삶과 작품Robert Hugh Benson: Life and Works》(1998)은 비교적 최근 작품으로, 벤슨이 20세기 가톨릭 문학에 어느 정도의 영향을 미쳤는지 알 수 있다.

벤슨에게 영향을 줬거나 영향을 받은 잉글랜드 가톨릭 소설가들에 대한 추가 참고 자료로는 이안 커의 《영국 문학에서의 가톨릭 부흥, 1845~1961 : 뉴먼, 홉킨스, 벨록, 체스터턴, 그린, 워》(2003), 애덤 슈워츠의 《세 번째 봄 : G.K.체스터턴, 그레이엄 그린, 크리스토퍼 도슨, 데이비드 존스》(2003), 조지프 피어스의 《가톨릭 문학의 거장들 : 가톨릭 문학 안내서》(2014) 등이 있다.

진정한 세상의 주인은 과연 누구인가?

–《세상의 주인》의 신학적 의미

– **마이클 머피**(미국 로욜라 대학교 종교학과 교수)

안개 속에서 걸어오는 자의 형태는 흐릿하다. 그를 아는 이는 둘뿐
이다. 그를 사랑하는 사람과 증오하는 사람. 하느님께서 섬뜩한 지
옥의 시선으로부터 우리를 지켜 주신다.

– 로마노 과르디니의《주님The Lord》

《세상의 주인》에 담긴 신학적 내용의 대부분은 당시 지식계의 화
두이던 '가치 전환'에 관한 문학적 응답이었다. 1907년에 발표된 이
소설 전에는 이 문제를 다룬 문학 작품이 없었다. 그런 의미에서《세
상의 주인》은 디스토피아 소설이라는 장르의 시초이자, 가치 전환이
라는 철학적이고 신학적인 주제를 직접적으로 다룬 최초의 문학 작

품으로 평가받는다. 가치 전환이란 1895년 프리드리히 니체가 발표한 《안티크리스트》에서 그리스도교를 신랄하게 비판하며 사용한 용어로, 모든 전통적인 윤리학적·신학적 명제를 재평가하고, 한 시대의 사고·믿음·문화 체계가 시대에 따라 변화하는 평가 기준을 따르는 역동적인 과정을 말한다.

《세상의 주인》은 프롤로그에서 노학자 템플턴의 입을 빌려 작품의 시대적 배경을 설명한다. 템플턴의 이야기에 따르면, 연이어 발생한 극적인 사건들의 영향으로 현대 세계는 유신론적 문화에서 '반초자연성' 문화로 가치 전환을 겪었다. '신은 인간이다'라는 교리를 핵심으로 하는 '인본주의'가 '범신론'을 대체한 것이다. 벤슨은 이 소설을 통해 니체의 가치 전환은 삶과 의미의 초월적인 근본을 거부함으로써 치명적인 결함을 안게 되었다고 지적한다. 벤슨은 진실과 권위의 의미가 미묘하게 달라진 종말 세계를 그리며 기만적인 정치 환경이 삶에 어떤 영향을 미치는지를 탐구한다.

그 결과는 충격적이다. 종교적 박해에 대한 절제된 묘사와 탁월한 통찰 때문만은 아니다. 무엇보다 신학적 사유의 깊이가 가장 돋보인다. 아일랜드인 최초로 노벨 문학상을 받은 아일랜드 시인 윌리엄 버틀러 예이츠도 벤슨이 이 작품을 발표한 지 12년 후에 그런 세계에 관해 비슷한 생각을 표현하지 않았던가.

어떤 난폭한 짐승이 태어나려고 베들레헴을 향해 휘청휘청 걷고 있는가.

가치 전환은 단순한 개념이다. 하지만 모든 단순한 것이 그렇듯이 가치 전환 역시 강력한 힘을 발휘한다. 갈라티아 신자들에게 보낸 서간(제2장 20절)에서 성 바오로는 단호히 말했다.

이제는 내가 사는 것이 아니라 그리스도께서 내 안에 사시는 것입니다.

바오로는 자신이 경험한 삶의 변화에 관해 이야기하고 있다. 모든 가치가 복음의 진리와 신성한 관계의 은총으로부터 나오는 그런 삶이다. 바오로는 모든 것을 아우르는 하느님과의 만남에 의해 가치 전환을 겪었다. 이후 그의 삶은 송두리째 바뀌었고 지속되었다. 니체는 바오로의 논리를 비판하기보다는 바오로라는 인물 자체에 초점을 둔다. 누군가의 원칙이나 경험, 철학과 윤리 체계를 이해하고 분석하는 것은 자연스러운 일이다. 하지만 니체가 '영원히 지워지지 않을 인류의 단 한 가지 오점'이라고 비판한 그리스도교의 창시자가 분석 대상이라면 전혀 다른 이야기다. 니체에게 그리스도교는 '해악의 승리'였고, '자기모순의 극치'였으며, '스스로를 타락시키는 기술'이었고, '일상적 기만'이었으며, '선하고 정직한 본능에 대한 혐오와 경멸'이었다.

이와 비슷하게 《세상의 주인》에서 권력의 중간층으로 올라간 올리버 브랜드는 그리스도교를 대체하는 것이야말로 인간의 위대함과 삶의 위대함, 진실을 드러내고 어리석음은 몰아내는 이념적 승리라고 여긴다. 만약 니체가 벤슨의 청년 시절인 19세기 후반에 철학적인 '신의 죽음'을 이야기했더라면 벤슨은 이렇게 대답했을 것이다. 상상력을 발휘해 신을 죽일 수 있는 장소를 미학적으로 설정하라고.

가치 전환은 본질적으로 대화적 특성이 있다. 벤슨은 이를 강조하기 위해 창의적인 방법을 고안해 냈다. 이는 훗날 스위스의 사제이자 신학자인 한스 우르스 폰 발타자르가 제시한 '신극'(Theodrama : 하느님이 연출한 드라마)이라는 개념과 밀접한 관련이 있다. 신극은 신의 존재와 계시를 드러내는 데 필수적인 도구로서의 드라마를 의미한다. 벤슨은《세상의 주인》을 통해 다른 작가들 역시 신극적 상상력에 관심을 두기를 바랐고, 실제로 주요 작가들에게 영감을 주었다.《나니아 연대기》를 쓴 C. S. 루이스와《반지의 제왕》을 쓴 J. R. R. 톨킨이 대표적이다. 그리고 생사가 달린 문제를 다루는 작품들이 나올 수 있는 토대를 마련했다. 벤슨의 바람이 어느 정도 이뤄진 데는 이 작품에서 도플갱어(동시에 다른 장소에 나타나는 동일 인물)라는 오래된 문학적 장치를 절묘하게 활용해 극적인 긴장감을 강조했기 때문이다. 이는 이야기의 흥미를 강화할 뿐만 아니라, 철학에서 신학을 교묘하게 지움으로써 그에 수반하는 종교적 양상을 사소한 문제처럼 보이게 만들었다. 두 주인공 퍼시 프랭클린 신부와 줄리언 펠센버그는 동일 인물로 보일 만큼 겉모습이 닮았다. 소설의 중반부에서 올리버 브랜드와 그의 아내 메이블은 놀랍도록 닮은 두 사람에 관해 이렇게 말한다.

"메이블, 그 사제에 관해서 내가 한 말 기억해?"
"그분과 닮았다고요?"

"그래. 당신은 어떻게 생각해?"

메이블은 미소를 지었다.

"생각하고 말 게 있나요. 닮으면 안 되는 이유는 없잖아요?"

벤슨은 도플갱어를 이용해 빛과 그림자, 진실과 거짓 사이의 신극적 갈등을 극대화했고, 이런 대립하는 요소들이 실상은 굉장히 비슷하다는 것을 보여 준다. '새로운 종교'를 믿는 계몽된 국민들에게 펠센버그는 인자(人子)인 반면, 프랭클린은 곧 사라질 운명에 처한 기이하고 낡은 조직을 대표하는 인물이다. 벤슨에게 세상의 진리는 그리스도와 가톨릭교회에 있었으므로 도플갱어는 펠센버그와 새로운 세계 질서에 생명력을 불어넣은 위대한 정신의 실체가 거짓임을 폭로하는 완벽한 문학적 도구가 되었다.

그렇다면 펠센버그가 '세상의 주인'이 되는 것은 '나는 길이요 진리요 생명이다'(요한 복음서 제14장 6절)라고 말한 예수를 엉터리로 따라 하는 셈이다. 고요하게 악행을 저지르는 펠센버그는 윌리엄 골딩의 《파리대왕》의 거칠고 사악한 잭과는 다르다. 벤슨은 이념이 어떻게 현실적이고 기계적인 방식으로 그리스도교의 진리를 공격하는지 보여 주는 데 집중한다. 그는 인간의 복잡성을 보여 주는 방법으로 '신은 죽었다'를 외치는 철학에 대한 비판론을 펼친다. 자연성과 초자연성 사이의 복잡한 역동성 속에서 산다는 것은 피로한 일이다. 특히 기술이 발전한 사회에서는 더욱 그렇다. '인간의 모습을 한 신과 실체 없는 인간' 사이의 신비한 갈등을 인식하려면 주의 깊은 노력이 필요하다.

《세상의 주인》속 인류는 도덕적인 삶이 불완전함에도 수 세기 동안 그리스도교 신학의 안정성에 이끌리고 있었다는 사실을 미처 알아채지 못했다. 가톨릭교회 추기경이자 20세기 가장 위대한 신학자 중 한 사람인 앙리 드 뤼박은 《무신론적 인본주의의 연극The Drama of Atheist Humanism》에서 니체가 하느님을 암살한 주범이지만 그와 동시에 인류의 위기를 예고한 선구자이기도 했다고 지적했다.

우리는 니체의 악랄한 표현과 문맥 전체에 숨겨진 모독을 다 알고 있다. 하지만 니체가 그런 불경스러운 발언을 하게 만든 무언가를 우리도 내면에서 강제로 보고 있지 않은가?

《세상의 주인》에 등장하는 세계는 집단적인 기억 상실 속에서 유물론과 유명론을 지지하며 초월적인 신비를 철저히 부정한다. 처음에는 종교와 신앙인들을 지적으로 조롱하더니 급기야는 하느님의 사람들을 제거해 나간다.

그렇다면 《세상의 주인》은 니체와 직접 대화를 한다고 볼 수 있다. 로버트 휴 벤슨에게 조금이라도 빚을 진 신학자들인 과르디니, 발타자르, 뤼박 등과도 직접 대화를 하고 있다.

우리 시대 인물인 전임 교황 베네딕토 16세와 현임 교황 프란치스코도 대화한다. 두 교황은 《세상의 주인》이 아주 특별한 통찰력으로 미래를 예견하고 경고하는 책이라면서 꼭 읽어 볼 것을 권했다. 편협한 이념 전달 수단으로 작동하는 근시안적 인본주의는 종교와 신학의 시대가 끝났으므로 새로운 형이상학이 필요하다고 강조한다. 벤슨은 《세상의 주인》에서 자세히 묘사한 것처럼 이런 종류의 인본주의에 의혹을 품는다. 초월적인 존재를 인정하지 않고, 믿음의 문제를 과학적인 유물론으로 치부하며, 새로운 가치 체계를 정립한다면서 기만적인 실험을 감행하기 때문이다. 이 소설 속 미래 사회 사람들은 삶에서 종교적 요소를 제거하고 그 빈 자리를 인본주의적 요소들로 대체한다. '그리스도교 정신이 빠진 가톨릭교'인 셈이다. '대상이 없는 헌신'을 강요당하고 '초자연성이 사라진 종교'를 믿는 것이다. 향기도 없고 가시도 없는 장미를 만든 것과 다를 바 없다. 그리스도교 이전 시대의 종교 형태가 바로 이런 모습이었다. 벤슨은 그리스도교가 사라진다면 그 후의 종교도 이런 모습이 되리라고 예견한 것이다. 프랑스의 철학자 르네 지라르가 설득력 있게 입증했고 역사적으로도 꾸준히 증명된 것처럼 종교가 붕괴할 경우 열에 아홉은 파멸로 끝난다.

인간의 역사와 종교의 관계를 이해하는 데 발타자르가 쓴 짧지만 심오한 에세이 〈인간의 종교와 예수 그리스도의 종교Human Religion and the Religion of Jesus Christ〉만큼 훌륭한 글은 없다. 지라르의 작품과 함께 꼭 읽어 보기를 바란다. 《세상의 주인》을 깊이 이해하는 데 도움을 준다. 발타자르는 이렇게 생각했다.

인간에게는 모든 것을 거부할 권리가 있고 어느 무엇에도 구속되지 않은 채 스스로 창조할 만한 힘이 있다는 진정한 무신론을 처음으로 폭로한 것은 그리스도의 몸으로 나타난 하느님의 무한한 사랑이었다.

《세상의 주인》에서 신을 거부하는 행위는 종교의 비신화화와 사회
적 진보라는 이름으로 포장되어 있지만, 극단적인 인본주의를 옹호하
고 인간 본성에 내재한 폭력성과 분노를 감추는 역할을 한다. 발타자
르는 이런 사상적 흐름이 장구한 역사의 흐름을 거스르고 최근에 나
타난 현상이라고 지적한다.

계몽의 종교에서는 진정으로 계몽된 사람이 진리이다(거짓은 진리
의 일시적인 모호함이다). 반면에, 예수 그리스도의 종교에서는 오
로지 예수만이 진리이다. 그만이 인간의 죄와 잘못을 깨닫게 하고
그들을 대신해 십자가에서 속죄한다.

《세상의 주인》은 구세주로서의 그리스도를 부정하는 현상을 핵심
주제로 다룬다. 이 주제는 이야기가 진행되면서 점점 강화되는데, 신
학적 관점에서는 메이블 브랜드가 경험하는 여러 사건에서 가장 잘
표현되어 있다. 메이블은 그리스도교가 금지된 사회에서 종교의 역할
을 대체하는 어느 사원에서 절차에 따라 명상을 시작한다. 그녀는 모
든 인간을 넘어서는 초월적인 존재가 출현했음을 느끼고 크게 감동한
다. 펠센버그라는 인물이야말로 전 세계를 하나의 가치로 통합할 '새
로운 구세주'라고 믿는다. 그러나 이런 황홀한 영적 체험은 오래 지속
되지 않는다. 거짓된 축복의 환영을 체험하고 평온한 마음으로 사원

에서 나오자마자 메이블은 공포에 사로잡힌다. 그녀는 눈앞에서 피에 굶주린 '유령들이 떼 지어 나와' 인간 특유의 포악한 본성을 드러내며 인본주의 종교를 거스르는 적들을 처참히 살육하는 장면을 목격한다. 희생자들의 행렬이 이어지면서 메이블이 잠시나마 품은 믿음의 세계가 불타기 시작한다. '한쪽 손에 못이 박힌 채 커다란 십자가에 매달린 사람'에 이어 '몸이 무엇인가에 꿰뚫린 벌거벗은 아이의 시체'가 지나가고 '목매달려 죽은 남자'가 뒤를 따른다. 순식간에 무지의 장막이 벗겨지면서 그녀는 세상을 파괴하고 싶은 분노에 사로잡힌다. 메이블은 더 이상 견딜 수 없었다.

다른 길은 없었다. 인본주의만이 유일한 종교였다. 사람은 신이었다. 최소한 신의 가장 고귀한 현신이었다. 하지만 메이블이 더 이상 관여하고 싶지 않은 신이었다.

불행히도 펠센버그가 지배하는 계몽 사회에서는 그런 사람들의 운명이 정해져 있다.

《세상의 주인》은 니체의 인본주의가 가진 치명적인 약점과 그리스도론의 핵심인 비폭력성을 이야기로 절묘하게 풀어낸 작품이다. 소설은 마무리 부분에서 '지존하신 성체'를 노래한다.

'묵은 계약 완성하는 새 계약을 이뤘네.'

예수가 십자가로 가는 여정과 매일 이 희생을 기리는 의식은 '세계의 죄'를 속죄한다. 지라르가 날카롭게 지적했듯이 세계의 죄는 '스스로 자신의 폭력성을 제거하지 못하는 인간의 무능함'에서 비롯한다. 그렇다면 줄리언 펠센버그가 '세상의 주인'의 자리에 오르는 것은 신학적으로 무의미한 일이다. 철학적으로도 오류이고 역사적으로도 맹목적이다. 물론 이런 일은 얼마든지 일어날 수 있다. 벤슨이 상상한 디스토피아는 바로 그 점을 경고하고 있다. 하지만 벤슨은 '주인'의 권위가 타당하고 생명을 존중하며 지속되려면 초월성을 전제로 해야 한다는 사실을 설득력 있게 보여 준다. 발타자르는 이렇게 말했다.

'아들 외에는 아무도 아버지를 알지 못한다'(마태오 복음서 제11장 27절)라는 말에 담긴 의미는 스스로 진리를 깨닫고 소유할 수 있는 인간의 본성을 초월한 무엇인가가 분명히 존재한다는 것이다.

벤슨은 놀라운 상상력을 바탕으로 새로운 영역을 개척했을 뿐만 아니라 신학적 예술의 지평을 넓혔다. 《세상의 주인》은 많은 독자에게 철학적으로 또는 신학적으로 진지한 성찰과 사유의 기회를 선사할 것이다.

100년 동안 잊고 있던 위대한 작가
로버트 휴 벤슨의 재발견

– 《세상의 주인》의 역사적 의미

– 마틴 샘슨(영국 브리스틀 대학교 영문학과 교수)

로버트 휴 벤슨은 1871년 에드워드 화이트 벤슨과 메리 시지윅의 막내아들로 태어났다. 웰링턴 칼리지의 초대 교장을 지낸 그의 아버지는 트루로 교구의 주교를 거쳐 1883년 영국 성공회 수장인 캔터베리 대주교 자리에 올랐다. 그해에 벤슨은 서머싯 클리브던에 있는 사립 학교에 진학했고, 이후 이튼 칼리지에서 공부했다. 1년간 영국 식민지이던 인도의 행정청 공무원 임용 시험을 준비했으나 실패했다. 1890년 케임브리지 트리니티 칼리지에 입학해 고전 문학을 공부한 뒤 1893년 문학사 학위를 취득했다. 이후 성직자가 되기로 결심하고 신학 과정을 시작했다. 1894년 부제서품을, 이듬해 사제 서품을 받았다. 1903년 글로스터셔 우드체스터에서 로마 가톨릭교로 개종하고

1904년 가톨릭 사제 서품을 받았다. 성공회 수장 캔터베리 대주교의 아들이자 촉망받는 지식인이던 벤슨의 개종은 당시 사회에 큰 파장을 일으켰다. 이후 케임브리지 란다프 하우스에서 신학 공부와 저술 활동에 몰두했으며, 1907년 대표작 《세상의 주인》을 출간했다.

벤슨은 《세상의 주인》이 논란을 일으키리라는 것을 알았다. 그는 서문에서 다음과 같이 언급했다.

이 책이 큰 파문을 일으키리라는 사실을 잘 알고 있다. 그 점에 대해 어떠한 비판도 달게 받을 각오가 되어 있다.

이 글에서 짐작할 수 있듯이 벤슨은 논쟁에 적극적으로 임하는 사람이었다. 그는 심오한 사유 활동 못지않게 실질적인 경험을 중시했다.

그의 발언과 활동은 잦은 파문을 일으켰지만 굳건한 신앙심은 한결같았다. 벤슨의 전기 작가 재닛 그레이슨은 이렇게 평가한다.

문제는 주관주의와 교조주의의 대립이었다. 당시 영국 성공회는 가톨릭교 교리에서 점점 멀어져 개신교에 가까워지고 있었다. 이는 종교 경험에 영적 직관이 필요하다는 주관론으로 완전히 기울고 있다는 뜻이었다.

벤슨이 개종을 선택한 데는 주관론과 영적 직관에 대한 거부감이 크게 작용했다. 그는 성공회의 가르침이 편향적이고 감정적이며 때로는 무의미하다고 생각했다. 반면 가톨릭교에는 균형과 변하지 않는 권위가 있었다. 벤슨의 종교적 여정에서 결정적 장면은 머필드 공동체에서 웨스트민스터 대성당 사제 찰스 고어의 강연을 들은 것이었다. 벤슨은 1897년부터 2년 동안 런던 남동쪽 세븐오크스 근방의 작은 마을에서 보좌 사제로 사목한 후 수행과 공부를 위해 영국 북부의 머필드 공동체에 머물고 있었다. 고어는 그 강연에서 이렇게 말했다.

사실만으로는 부족합니다. 사실이 충분하지 않을 때는 본능과 직감을 따라야 합니다.

재닛 그레이슨에 따르면 벤슨은 이 말을 '교리에 문제가 있고, 교회는 불완전하다'는 의미로 받아들였다고 한다. 그는 이 강연을 듣고 얼마 지나지 않아 개종에 대한 결심을 굳힌다.

벤슨은 스스로를 임무를 수행하는 관찰자로 여겼고, 그의 작품은 그런 임무의 수행이었다. 그레이슨의 표현을 빌리면 '벤슨은 예술을 위한 예술을 하지 않았다'. 그는 남달리 강한 의지를 지닌 지식인으로, 글에서도 이런 면모가 잘 드러난다. 회고록 《개종자의 고백》에서 자신의 믿음이 어디에서 비롯했는지를 성찰하는 대목이 그렇다. 벤슨은 '개종이 잘못된 선택은 아니었을까? 언젠가 실망하게 되지는 않을까?'에 관한 답을 얻고자 했다. 자신을 비롯한 당시 많은 지식인의 개종이 치기 어린 행위로 비치지 않을까도 걱정했다. 그는 전통적인 종교들의 공통점과 차이점을 비교한 뒤 다음과 같은 결론에 이르렀다.

형식주의가 개신교의 특징이 아닌 것처럼 가톨릭교의 특징도 아니라는 것을 다시 한번 강조한다.

벤슨은 일부 개신교도의 주장과 달리 가톨릭교회의 미사를 특징짓는 의식, 장식, 예복 등은 허례허식이 아니라고 생각했다. 오히려 가톨릭의 형식주의는 신자들이 어느 한쪽으로 치우치지 않고 이성적으로 생각하게 해 주는 역할을 한다고 생각했다. 나아가 신앙의 깊이를 공동체 내부나 외부 세상에 드러내는 척도로 작용한다고 믿었다.

이 말은 가톨릭의 가르침을 실천하는 이들에게 형식은 종교적 감수성을 자극하는 실질적 수단이라는 뜻이다. 그럼에도 벤슨은 이렇게 주장했다.

사람들이 잘 모르는 사실이 있다. 가톨릭교도들은 종교가 지나치게 감상적으로 흐르는 것을 경계하며, 종교의 핵심이 신의 의지에 복종하고 그 의지를 실천하는 데 있다고 생각한다는 것이다.

그는 '가톨릭교 신자는 형식적이지 않다'는 견해를 바탕으로 《세상의 주인》을 집필했다. 논란의 여지가 있지만 이 소설은 벤슨이 가톨릭으로 개종한 이유를 직접적으로 밝힌 글이라고 봐도 무방하다. 그는 이 소설을 통해 개인적인 경험과 성찰을 바탕으로 인간으로 산다는 것의 의미가 무엇인지를 진지하게 모색한다.

저명한 철학자이자 예수회 신부인 C. C. 마틴데일이 집필한 《로버트 휴 벤슨의 생애》는 벤슨의 전기 가운데 가장 완성도 높은 작품으로 평가받는다. 그는 이 책에서 《세상의 주인》의 핵심 주제에 관해 다음과 같이 말한다.

1905년 12월 즈음 벤슨 신부는 그보다 아홉 살 많은 소설가 프레더릭 롤프의 영향으로 프랑스 사회주의 창시자 생시몽에 관심을 두게 된다. 낡은 체제에서 갑자기 나타난 반그리스도 문명사회의 모습이 떠올랐다. 롤프는 그에게 반그리스도에 관한 글을 써 보라고 제안한다.

그 제안에 사로잡힌 벤슨은 1906년 1월 롤프에게 편지를 썼다.

반그리스도 아이디어가 머리를 떠나지 않습니다. 만약 글로 쓴다면 상당한 분량의 책이 될 겁니다.

반그리스도에 초점을 맞추고 시작한 작업이지만 결론은 전혀 다른 방향으로 흐른다. 독자는 그의 책을 통해 다채로운 지적 경험을 하게 된다. 내면을 돌아보고 믿음의 증거들을 찾아 면밀히 살펴보도록 명령하기 때문이다.

문학계에서도 수많은 스타가 뜨고 지지만 벤슨의 문학사적 입지는 그런 흥망성쇠에서 비켜서 있다. 앞에서도 언급했듯이 벤슨이 창조한 문학 세계는 인간이 존재하는 한 사라지지 않을 중요한 가치들을 형상화했기 때문이다. 재닛 그레이슨은 이에 관해 이렇게 말한다.

초기의 벤슨은 절대적인 것들에 이끌렸다. 시간이 흐르고 세상이 바뀌어도 변하지 않을 영적인 삶을 추구했다. 그는 단단하게 발을 디딜 곳을 찾아다닌 끝에 비로소 단단한 땅을 찾았다. 벤슨은 아름답지만 시들어 가는 잉글랜드의 장미 정원을 뒤로하고 사람들이 사막이라 일컫는 곳으로 들어섰다. 그곳에서 드넓은 황무지가 아닌 위안과 영감으로 가득한 낙원을 찾았다. 그리고 마침내 타는 듯한 목마름은 사라졌다.

벤슨의 명성이 드높은 이유는 그의 사상과 작품이 종교계뿐 아니라 지식 사회의 여러 분야에 걸쳐 영향력을 발휘했기 때문이다. 그는 종교가 있든 없든 모든 사람을 대상으로 보편적 문제에 관한 질문을 던졌다. 그중에는 공감을 얻은 것도 있고, 반발을 산 것도 있었다. 조지프 피어스는 다음과 같은 일화를 소개한다.

'교회 일치 운동'을 예로 들어 보자. 벤슨은 교회 일치 운동(ecumenism : 가톨릭교, 개신교, 성공회, 정교회 등 다양한 그리스도교 교파의 결속을 도모하는 신학적 운동)을 '당신이 안으로 들어오는 주의 you-come-in-ism'로 이해해야 한다고 생각했다. 그는 모든 사람이 가톨릭교의 충만한 진리를 받아들임으로써 죄와 죽음을 이겨 내기를 바랐다.

이처럼 벤슨은 추상적 믿음을 생생한 언어로 개념화하는 데 탁월한 능력을 보여 주었고, 당시 지식 사회의 논의를 주도했다.

그는 비판적인 사고의 중요성을 강조했지만 사람의 마음을 움직이는 데는 한계가 있다는 것 또한 잘 알고 있었다. 그래서 은유적 개념을 활용해 로마 가톨릭교 신자로서의 경험을 공유하는 방식을 선호했다. 한 강론에서 벤슨은 그를 신앙의 본보기로 삼고자 하는 이들에게 자신과 그들이 결코 다르지 않다고 말했다. 자신이 그런 것처럼 '홀로 편안하게 걸을 수 있는 내면의 정원으로 통하는 문'을 찾게 될 것이라고 격려했다. 사실 그 길을 찾기까지 벤슨의 행로는 험난했다. 수많은 위기와 역경 속에서 때로는 저항하고 때로는 절충하면서 어렵게 길을 걸었다. 회고록 《개종자의 고백》에서 그는 이렇게 고백한다.

사람이 마침내 고지에 오르면 그동안 걸어온 길을 다시 따라가기가 참으로 어렵다.

벤슨은 예술을 통해 삶의 의미를 찾았다. 이는 그와 친분이 있던 많은 사람의 증언을 통해서도 드러난다. 마틴데일은 다음 사례를 소개한다.

영국 문단에 큰 족적을 남긴 프랜시스 톰프슨은 열정적으로 그에 대한 예언을 남겼다.
'그는 삶을 살았다. 그 자신의 삶을 살았다!'

벤슨이 가톨릭교에 정착하게 된 이유에 대해 당시 영국 종교계의 핵심 인물이자 그의 친구인 R. J. 캠벨은 다음과 같은 흥미로운 의견을 전했다.

벤슨 신부가 특별한 이유로 가톨릭교 신자가 되었다는 느낌을 받은 적은 없다. 그냥 그렇게 해야 했기 때문에 그 길을 선택한 것 같았다. 내가 아는 한 그는 지적인 동기에 의해 움직이지는 않았다.

이는 벤슨의 작품이 오늘날에도 여전히 유효한가에 관한 의문을 다소나마 해소해 준다. 그의 가치관이나 문제의식이 그 시대에 국한된다거나 해당하는 무엇이 아니라 시간을 초월하여 인간의 삶을 결정짓는 그 무엇에 관련되어 있다는 뜻이기 때문이다.

많은 독자가 인간과 삶에 대한 벤슨의 시선에 큰 호응을 보여 주었다. 어느 독자는 《세상의 주인》을 읽고 그에게 다음과 같은 편지를 썼다.

벤슨 신부님, 이렇게 재미있는 이야기를 써 주셔서 정말 감사합니다. 모든 작품이 대단하지만 저는 특히 《세상의 주인》을 좋아합니다. 모터 달린 악마가 앞으로 더 무서워질 것 같아요. 신부님이 묘사한 세상의 종말 방식은 정말 압도적이었어요. 아픈 사람들을 구원해 준다는 안락사 시설도 기억에 남습니다.

물론 이 감상평은 작품 해석에 관한 논란의 여지가 있지만 다양한 성향의 독자들이 그의 작품에 반응을 보였다는 증거 중 하나다. 벤슨과 동시대를 살던 예수회 신부 조지프 리커비는 이 소설에 찬사를 보내며 반그리스도를 상징하는 인물인 펠젠버그에 관한 의견을 남겼다.

벤슨이 의도한 대로 그는 가장 완벽한 인간의 모습을 보여 준다. 하느님과 그리스도의 정반대에 위치한 인물이다.

그의 모든 작품 활동은 믿음의 본질을 밝히고 사람들을 믿음의 세계로 인도하려는 의도를 반영한 것이다. 영문학자 G. A. 세바스코는 '벤슨의 영적인 영향력은 가늠하기 어려울 정도로 지대하다'라고 평가한다. 프랑스 열성 팬들은 벤슨이 20세기 가톨릭 사상계에 지대한 영향을 끼친 자크 마리탱, 라이사 마리탱 부부나 예수회 신부이자 관념주의 철학자인 테야르 드샤르댕과 비교해도 손색이 없다고 주장하기도 한다. 누가 더 위대한가를 논하는 것은 부질없는 일이겠으나 이들 모두 오늘날까지도 여전히 중요한 사상가들이라는 점만은 분명하다.

벤슨은 자신이 제시한 이론이나 사상만큼 치열하게 살았고, 누구보다 열정적으로 창작에 매진했다. 하지만 지속적인 과로로 인해 폐렴을 동반한 협심증과 신경계 손상으로 1914년 샐퍼드에서 마흔셋의 젊은 나이에 눈을 감았다. 그가 문학계에 남긴 훌륭한 작품들은 오늘날 세계정세와 사회 변화에 대한 통찰을 담고 있어 다시금 활발히 논의되고 있다. 두 교황을 비롯해 수많은 사람이 100년의 세월을 뛰어넘어 여전히 큰 울림을 전하는 이 소설에 경의를 표하는 이유다.

옮긴이 **유혜인**

경희대학교 사회과학부를 졸업했다. 글밥아카데미 출판번역 과정을 수료하고 현재 바른번역에서 영어 번역가로 활동
중이다. 옮긴 책으로는 《나는 상처받지 않기로 했다》, 《나는 오늘부터 달라지기로 결심했다》, 《인 어 다크, 다크 우드》,
《우먼 인 캐빈 10》, 《위선자들》, 《악연》, 《봉제인형 살인사건》, 《우리는 아이들을 믿는다》, 《나는 스쿨버스 운전사입니
다》 등이 있다.

세상의 주인

초판 1쇄 발행 2020년 4월 10일
초판 5쇄 발행 2020년 6월 19일

지은이 | 로버트 휴 벤슨
옮긴이 | 유혜인

발행인 | 강수진
편집인 | 성기훈
마케팅 | 곽수진
홍보 | 조예은
디자인 | 석운디자인
교정 | 신윤덕
띠지 사진 사용 허가 | 주한교황청대사관
띠지 사진 제공 | Franco Origlia / Getty Images Korea
표지 이미지 복원 | 김은송

주소 | (04044)서울특별시 마포구 양화로 8길 16-20 피피아이빌딩 3층
전화 | 마케팅 02-332-4804 편집 02-332-4806
팩스 | 02-332-4807
이메일 | mavenbook@naver.com
홈페이지 | www.mavenbook.co.kr
발행처 | 메이븐
출판등록 | 2017년 2월 1일 제2017-000064
Korean translation copyright © 2020 Maven

ISBN 979-11-90538-03-9 (03840)